ANTHONY REYNOLDS

RUINATION

破败之兆

LEAGUE OF LEGENDS™

[英]安东尼·雷诺兹 著　　刘阳汝鑫　谢楚聿 译

北京联合出版公司

图书在版编目（CIP）数据

破败之咒 / (英) 安东尼·雷诺兹著; 刘阳汝鑫, 谢楚聿译. -- 北京: 北京联合出版公司, 2022.10（2022.11重印）
ISBN 978-7-5596-5503-5

Ⅰ.①破… Ⅱ.①安… ②刘… ③谢… Ⅲ.①长篇小说—英国—现代 Ⅳ.①I561.45

中国版本图书馆CIP数据核字(2022)第170627号

北京市版权局著作权合同登记　图字：01-2022-5396号

RUINATION: A League of Legends novel by Anthony Reynolds
This edition published by arrangement with Orbit, an imprint of Hachette Book Group, Inc., New York, USA. through Bardon-Chinese Media Agency.
Simplified Chinese translation copyright © 2022 by Beijing Xiron Culture Group Co., Ltd. All rights reserved.

破败之咒

作　　者：〔英〕安东尼·雷诺兹
译　　者：刘阳汝鑫　谢楚聿
出 品 人：赵红仕
责任编辑：徐　樟

北京联合出版公司出版
（北京市西城区德外大街83号楼9层　100088）
河北鹏润印刷有限公司印刷　新华书店经销
字数337千字　700毫米×980毫米　1/16　印张23.75
2022年10月第1版　2022年11月第2次印刷
ISBN 978-7-5596-5503-5
定价：98.00元

版权所有，侵权必究
未经许可，不得以任何方式复制或抄袭本书部分或全部内容
如发现图书质量问题，可联系调换。质量投诉电话：010-82069336

献给贝丝，我的至爱，我的生命。

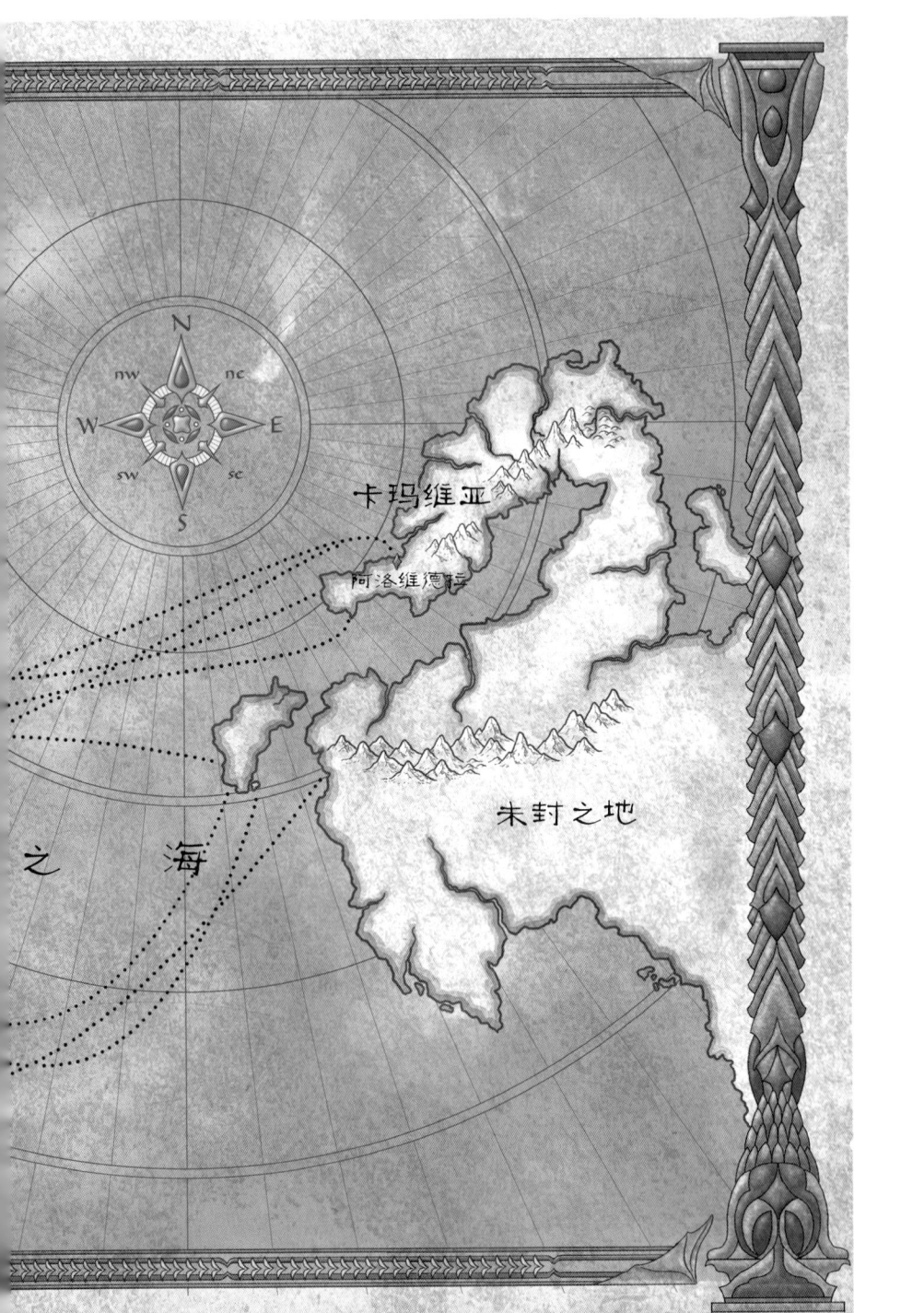

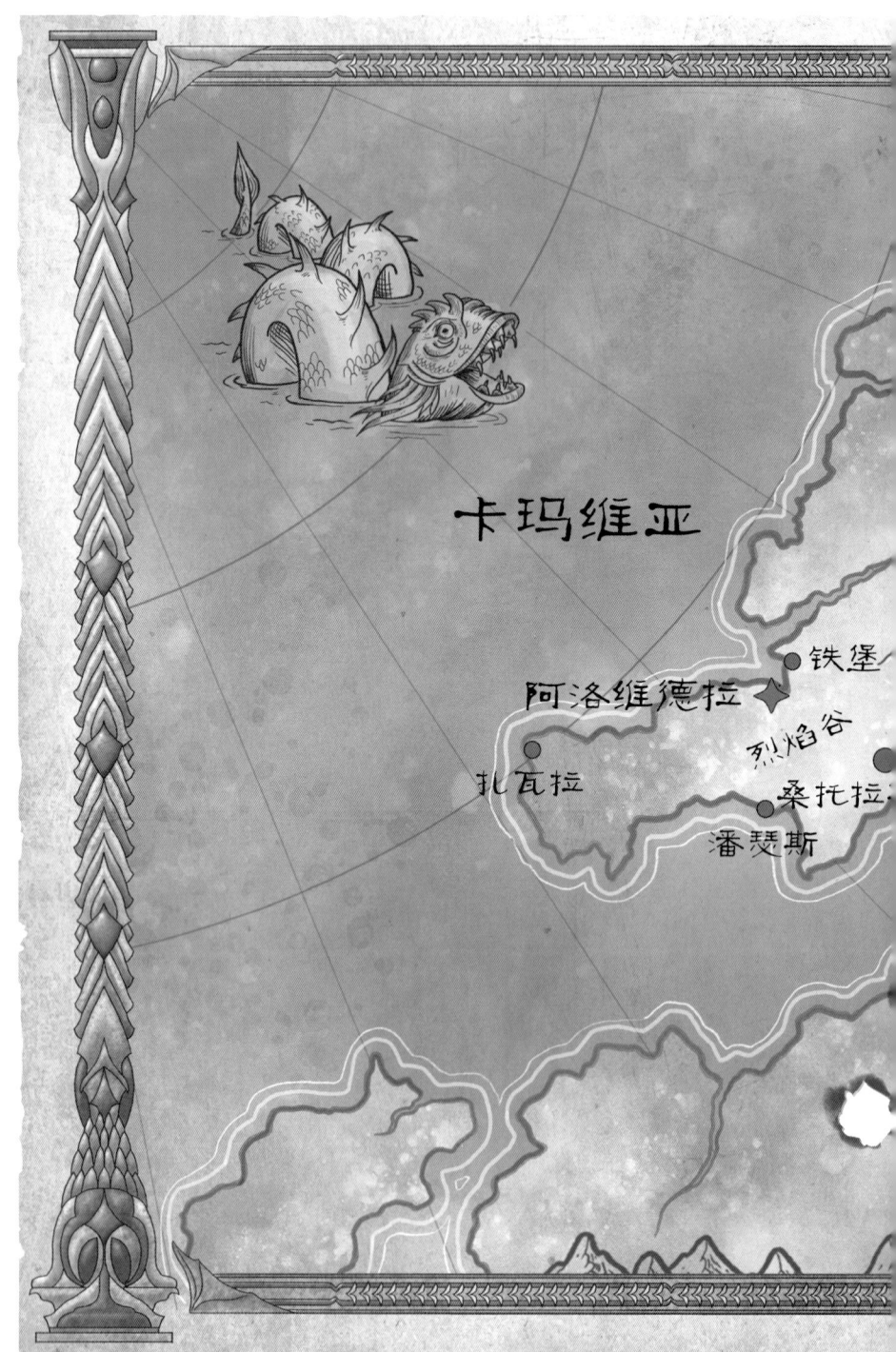

卡玛维亚

铁堡
阿洛维德拉
烈焰谷
扎瓦拉
桑托拉
潘瑟斯

卡拉·黑伽亚里之王室成员

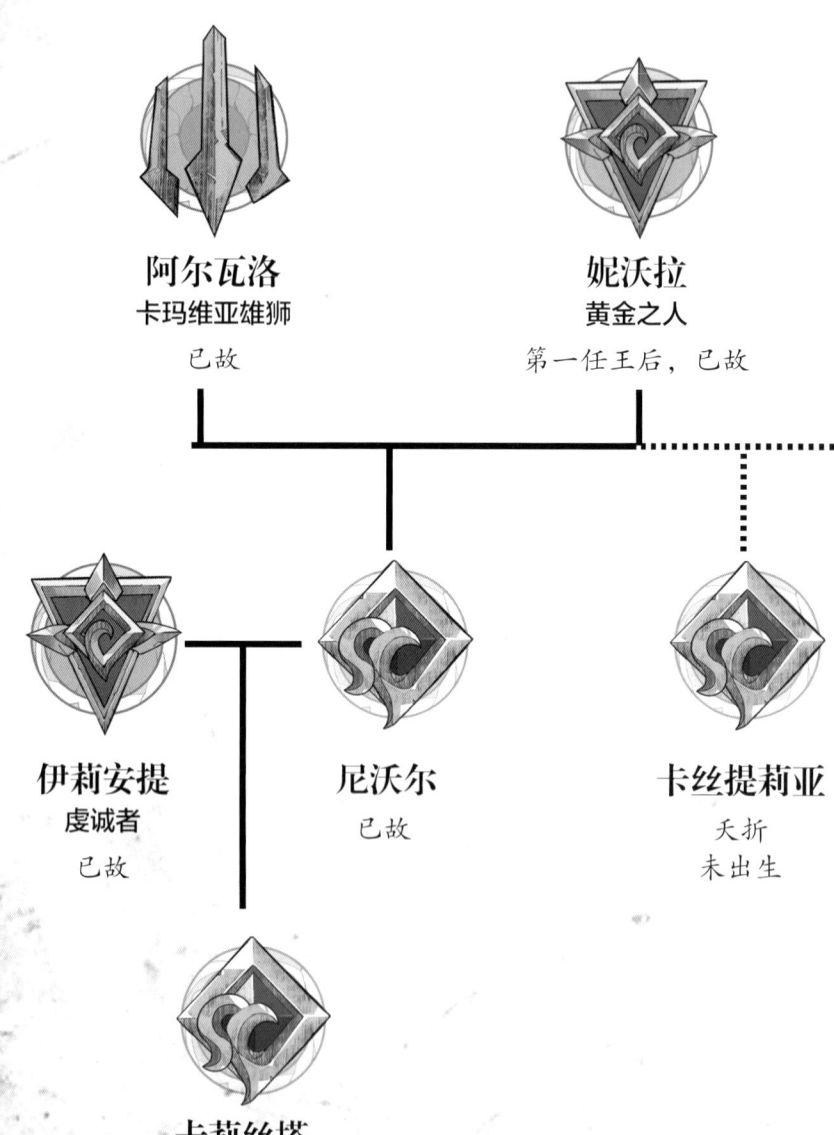

卡玛薇拉   **莉亚诺**

潘瑟斯出身   扎瓦拉出身

第二任王后，已故   第三任王后，已故

 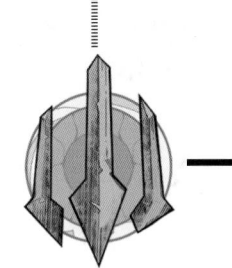 

拜斯提里昂   **佛耶戈**   **伊苏尔德**

夭折
未出生

"所有国家都必将崩溃、沦陷,最后被世人遗忘。而它们在临终挣扎之际,往往拖累他国,共坠深渊。"

——《帝国纪》卷六

海力亚的泰鲁斯著

序曲

福光岛，海力亚

厄洛克·葛瑞尔远离人群，只身站在一旁等待典选。众学徒在狭小的露天剧场中等候，目之所及皆是白色大理石和鎏金顶石的光芒。海力亚不加掩饰地炫示其富有，仿佛是在鄙弃福光岛外的人间疾苦。

人人有说有笑，共同的紧张感让他们聚在一起，除了葛瑞尔。他一人独立，缄默不语，眼神育不可测。没人同他搭话，也没人有意邀他加入闲谈。就连注意到他在场的人，也寥寥无几。人们的目光掠过他的头顶，擦过他的身旁，仿佛他并不存在——对大多数人而言，他确实并不存在。

葛瑞尔却不以为意。他没兴趣与这帮人说些无聊的闲话，对他们之间的同侪情谊也全无丝毫艳羡之情。今日，他的辉煌将得到见证。今日，教团核心的大门将向他敞开，迎接他成为光眷者秘密上层的一名学徒。这份荣耀，他当之无愧。在场学徒无人能与他比肩。他们或许来自名门望族，他却生在目不识丁的猪倌人家。但若论天资才干，没人能与他相提并论。

大师们到了。他们一一从中央楼梯逐级而下，满怀希冀的人群随之噤声。葛瑞尔注视着他们，目光灼然若渴。他舔了舔嘴唇，开始品味即将降临在他身上的威望与荣耀，期待着他马上就能有幸得窥的不传之秘。

众大师在剧场座席的底排错落就位。他们神情肃穆，盯着静立台下的一众能士。在漫长的静默中，悬念渐增。终于，一名蟾蜍般模样、言谈虚夸的大师清了清嗓子，开始向毕业生致辞——那是巴泰克长老，他面色苍白、油光虚浮。他一本正经地开始了长篇大论，不时夹带着自我吹嘘。葛瑞尔的目光逐渐涣散。

终于到了大师们选择毕业生收为弟子的时候。在座的大师都是光眷者各个主要学科和教派的领袖人物。他们代表了奥术学、逻辑学与玄学的一众派别，福光档案学、占星学、隐修辩术、秘传几何、探索者和其他学术领域分支。所有人都为光眷者的共同大业各效其力——收集和研究世上最强大的奥术法器，并将其编目入库。

这是一个聚集了全天下顶尖头脑的智囊团，而厄洛克·葛瑞尔的注意力只放在一人身上："掌禁人"玛尔古萨大主教。她肤色深沉，皱皱纵横，曾经的一头乌发如今已遍染秋霜。玛尔古萨是海力亚能者之中的传奇人物。她并不是每年都出现在典选仪式上，但只要她一出现，必定会将一名新学徒带入教团内部。

典选杖呈上，首先交给在场最为德高望重的玛尔古萨大主教。她伸出骨节嶙峋的手，握住典选杖，学徒间又是一阵交头接耳。玛尔古萨今天真的要选出一名学徒了，葛瑞尔的两片薄唇之间隐约噙着一抹笑意。老妇人目光如炬，如鹰隼一般扫视候选人群。学徒们一个个屏气凝神。

她一旦开口，被叫到的人便将立时荣耀加身，变为精英层的神圣一员，前途亦将一片光明。厄洛克·葛瑞尔的手指因期待而抽搐，属于他的时刻到了。大主教终于开口，葛瑞尔正待举步上前，却听她用陈年烈酒般的沙哑嗓音沉声道：

"来自赫尔斯墨的泰鲁斯。"

葛瑞尔眼神一晃。一瞬间,他以为一定是出了什么差错,然而那一瞬过后,并未中选的冷酷现实便如同冰水一般当头浇下。

被选中的学徒发出欢呼,四下里又是一阵窃窃私语和惊喘之声。初担大任的学徒一路上前,同辈们纷纷拍肩鼓舞。他跑上剧场台阶,站到玛尔古萨大主教身后,露出喜不自禁的笑容。

葛瑞尔表面上波澜不惊,然而身姿僵硬、如临大敌。

之后的仪式无非是一串沉闷而又超现实的模糊画面。大师们一一接过典选杖,各自收取一名新学徒。一个又一个名字被叫到,葛瑞尔周围的候选人群逐渐稀疏,直到他孤身一人站在那里。芸芸师众与昔日同窗垂眼注视着他,如同即将宣判死刑的陪审团。

他的双手不再颤抖。屈辱与仇恨在他体内翻腾绞滚,仿佛两条抵死缠斗的蛇。仪式倏然落幕,典选杖被重新封入盒中,由金袍侍者收回。

巴泰克眼中带笑,岸然道:"厄洛克·葛瑞尔,诸位大师皆无意收你为徒,然而本教以仁慈为念,已为你预留一席,望你由此戒骄戒躁,略识仁恕。届时或有大师垂怜——"

"在哪儿?"葛瑞尔打断他,激起一片啧啧低语,但他毫不在乎。

巴泰克的视线掠过自己的蒜头鼻,看向葛瑞尔,脸上露出厌恶之色,仿佛失足踩到了什么秽物。他目露凶光,厉声说道:"你将成为锤石监属吏。"

昔日同窗纷纷发出嘲谑,有的掩口而笑。无论是字面意义还是比喻意义,锤石监属吏都可谓底层的渣滓,是在海力亚地下仓库底层负责看守和巡视的人,学徒们戏称之为"垂尸人"。凡是沦落此地的人,必定是已触怒大师,若非仕途失足,便是言行不当,抑或是光眷者欲除之而后快的眼中钉。在黑暗的地底,他们可以任世人遗忘,沦为笑柄,不堪之至。

巴泰克仍在居高临下地喋喋不休,但葛瑞尔已然充耳不闻。

在那一刻,他发誓,这不是结局。他将尽心服侍监长,并且在那里展露他的才能，让这些外强中干的老朽和那帮趋炎附势的同窗心服口服。他会在那里待上一两年，再进入教团内部，获得他应有的地位。

他们无法击溃他。

今日之辱，他铭记于心。

卡玛维亚，阿洛维德拉

裁决圣所内幽暗凉爽，卡莉丝塔庆幸自己不必在殿外忍受卡玛维亚的酷暑。她穿着贴身铠甲，头顶翎盔，肃立于殿内，静待判决。

烁银王座的继承人跪在她身侧。尽管圣殿内阴凉蔽日，但瘦弱的少年却呼吸急促，汗出如浆。

他的名字是卡拉·黑伽亚里之佛耶戈·桑提阿如尔·莫拉赫。他正等待着，端看今天究竟是自己的加冕之日，还是命终之时。

无上王权，或是就此绝命。再无其他可能。

他是卡莉丝塔的叔叔，但她更像是佛耶戈的姐姐。二人自小一起长大，卡莉丝塔一直深受他的爱戴。佛耶戈本无意继位，但卡莉丝塔的父亲，也就是先王的长子及继承人——意外谢世，这才轮到他的弟弟佛耶戈加冕。

人群的喧嚣，全都被隔在冰冷的圣殿墙外。祭司们头戴兜帽，脸藏在没有表情的陶瓷面具背后，在幽暗之中森立成环。浓烟熏燎之间，他们窸窣作语，念念有词。

"卡莉？"佛耶戈的声音几不可闻。

"我在。"卡莉丝塔站在他身侧低声回应。

他抬眼瞥向她。他的脸修长俊美，雅贵非常，但此时此刻，他完全不像是已经二十一岁的人。他神色慌乱，如同在逃亡与死斗之间惊疑不定的困兽。在他前额上画有三条血迹，交会于眉心。血色三叉戟的图样一般只绘于亡者额间，助他们早日渡往彼岸，便于先灵辨认。这也恰恰意味着，佛耶戈命悬于此。

他悄声道："父亲临终的遗言，再和我说一遍。"

卡莉丝塔一僵。先王曾是卡玛维亚雄狮，无论在战场还是政坛，都叱咤一时。但当他躺在床上奄奄一息时，看起来一点也不像那个让敌人闻风丧胆的骁勇之王。弥留之际的他枯羸瘦削，往日引以为豪的力量和生气悉数被抽空。他的眼中仍然有着全盛时期的些许踪影，但那就像余烬中残留的光芒，是黑暗将他吞噬之前的最后一丝光亮。

他用仅剩的力气紧紧攥住她。那双手已不成人形，更像是秃鹫的枯爪。"答应我，"他声音嘶哑，身上焖燃着一股绝望的火焰，"这孩子毫无王者气度。这是我的过错，但责任却必须由你来承担，我的孙女。答应我，指引他，为他谏言。如有必要，就控制他。保护卡玛维亚。现在，这个重任就交给你了。"

卡莉丝塔说："我答应您，祖父。我保证。"

佛耶戈仍然仰头看着她，期待她的回应。殿外不时传来人群的阵阵呼叫，如同远方海浪相击的轰鸣声，依稀可闻。

卡莉丝塔违心说道："他说，你会成为一位伟大的国王，而他所有的丰功伟绩都无法比拟。"

佛耶戈点了点头，试图从她的话中获得些许慰藉。

她神色略微缓和，出言安抚："害怕也没关系。不害怕才是傻子。"她冲他使了个眼色。"我是说，那就比平时更傻了。"

佛耶戈笑了，笑声里透着一丝绝望，在空旷的殿内显得十分突兀。祭司们投来眼神,王位继承人当即敛容正色。他把一绺乖张的鬈发拨到耳后,然后再一次站定身姿,盯着幽冥深处。

卡莉丝塔说:"不要惊慌失神。"

佛耶戈低声道:"如果那把剑将我处死,下一个跪在这里的将会是你,卡莉。"他沉思片刻,又道:"你若为王,会比我称职得多。"

卡莉丝塔低声喝止:"不许胡说。你有先灵福佑,血液中流淌着你父亲所没有的力量。你当之无愧。夜临之际,你会加冕为王,现在的一切都将成为回忆。那把剑不会将你处死。"

"可如果——"

"那把剑不会将你处死。"

佛耶戈缓缓点了点头,口中重复道:"那把剑不会将我处死。"

大殿的空气略有所动,祭司们唱诵不绝的声音加快了节奏。他们手中的香炉左右摆荡,烟火氤氲。当太阳终于移到头顶正上方时,光线穿过穹顶中心的水晶射入圣殿。阳光所到之处,熏雾缭绕,浮尘飘摇,一片迷蒙之间……空无一物。

然后,王者之刃出现了。

巨剑悬浮半空,剑名"穆清"。卡莉丝塔不由得屏息凝望。穆清只存于先灵圣殿中,除非卡玛维亚的合法统治者亲自召唤,或者由祭司们召唤出来审判新任国君。

卡玛维亚的历任君主都会头戴烁银王冠,他们历来骁勇善战,而这个象征神武之力的三戟银冠,无疑是王室血统的绝佳写照。然而,这把"穆清"才是王位的真正象征。穆清的持有者将占据不容置疑的至高地位,但拥有王者之刃也意味着要将灵魂交付予它——并非每个卡玛维亚王位继承人都能在结契仪式中幸存。

卡莉丝塔明白这并非口耳相传的危言耸听。在卡玛维亚的漫长历史中,数十个继承人曾在审判圣殿中丧生。有人将这把剑称为"噬魂之刃"不无道理,卡玛维亚的继承者和敌人同样为之胆寒。

殿外的人群已经陷入沉寂。他们静盼裁决,准备迎接新的君主,或者哀悼他的逝去。若非大门敞开荣耀加身的佛耶戈手握宝剑阔步上前，便是圣殿顶上敲响一声丧钟，宣告他的终结。

卡莉丝塔说："佛耶戈，是时候了。"

王子点了点头，勉力起身。那把剑就悬在他前方，等他握取，但他仍然犹豫不决。他盯着它，不能动弹，惊恐万分。祭司们在没有表情的面具后面瞪大眼睛，怒目而视，无声地敦促佛耶戈依命行事。

卡莉丝塔低声催促："佛耶戈……"

他急切地小声询问："你会和我在一起，对吗？我一个人可能做不到统治这个国家。"

卡莉丝塔说："我会和你在一起。我会一如既往地陪在你身边。我保证。"

佛耶戈向她点了点头，旋即回头看向光芒之中岿然不动的穆清。机会只有现在这几秒。现在就是审判的时刻。

祭司们的唱诵之声越发激扬。圣剑周围烟雾缭绕，如同盘曲的蛇虺一般扭动不已。佛耶戈不再迟疑，走上前去，伸出双手紧握住剑柄。

他双眼大睁，瞳孔急剧收缩。

然后张口急啸。

第 一 部 分

"若是当初那一剑不曾失手,世界便不会是这般模样……"
　　　　　——哨兵技师,真达卡亚

伊苏尔德至亲，我的姐妹：

展信之时，想必你早已离开阿洛维德拉，距离桑托拉斯只剩数日路程了。

我们尽力斡旋，最终垂成，我深感失望。但切莫沮丧，须知祖父尚在位时，不曾有过和谈之意。今日境况，已是进步。你曾恳切建白，既为避免卡玛维亚再树新敌，也为盟国利益争取保全。若非当下佛耶戈急需立威，他兴许根本不会容许一众祭司以及铁之团置喙。

你的谏言，佛耶戈最为看重；你的善心，更能助他多加约束骑士团，以防越轨。你们成婚时日不长，便让他改头换面，着实出人意料！东部营房夜间布施济困一事——我已知是因你请托——在劳苦人民心中为佛耶戈增光许多。此外，他特许平民阶级选举代表于议会中占有一席，也是因你所言，此举更是令我叹服至今。

此次桑托拉斯之行，你执意以身涉险，亲临是非之地，我虽然难免忧心，但其中情由也尽可体察。信然，若是佛耶戈那一干廷臣的智识、悲悯与共情之心能及你万一，世事将顺遂许多。诸多先例为鉴，桑托拉斯的覆灭已成定局，但你坚信王后莅临可使桑托拉斯不致化作一地瓦砾——我亦深以为然。

各骑士团对掠城禁令必定存有微词——他们向来借由征伐大获其利，然而决计不敢忤逆成命。诚然，仅凭一条禁令便奢望杜绝暴行，未免天真。但我确信，此例一开，不啻照亮卡玛维亚前路之曙光——邦邻之间往来贸易将日渐繁荣，民众生计越发兴旺，进而不必再借堂皇之词黩武渔利。

骑士团掳掠成性，一时之间难以纠偏。但若有你匡助，我们必能劝服佛耶戈最终一举根除此风。高尚的初衷因贪婪而逐渐败坏，早应出手整治。你的族人曾目睹家园焚毁，同胞受戮。过往暴行无可补救，唯愿将来不再重演。

你为卡玛维亚的光明未来所做的贡献，必将铭于史册。是你唤醒了佛耶戈的善念，我因此对未来满怀希望。

挚友
卡莉丝塔

第一章

桑托拉斯，冲荡平原
佛耶戈加冕一年半后

庶军首领卡拉·黑伽亚里之卡莉丝塔扯掉头盔，深吸一口气，捋了捋被汗水浸湿的长发。她是烁银王座之矛，也是国王的侄女。

烈日当头，炽热而无情。热浪灼烧着她的胸口，但她的心跳缓缓地平复下来。直到战火渐息的此刻，她才开始感觉到伤口生疼，也不知是如何受的伤。她感到头很沉，耳中似有嗡鸣。是头部受到重击吗？有可能，但战场一片混乱，她也不清楚。

她背脊酸痛，手臂像灌了铅一样。此刻她只想躺倒在地，闭上双眼，但她没有这样做。没有一个士兵愿意看到他们的指挥官屈服于疲惫。因此，她岿然不动，默默向先灵祷告，希望她的双腿不要擅自崩溃。

尘土飞扬的平原上散落着成千上万具躯骸。苦战之处，成排士兵交战厮杀，尸骨堆积如山。大多数残躯已一动不动，但仍有少数还在盘桓。双方的幸存者都在抽搐呻吟。但胜者是卡玛维亚人，他们的伤员将被抬走，伤势得到照看，而桑托拉斯的伤兵将气绝于此。

战场之外，那些士兵的妻子、丈夫和子女在砂岩筑成的城墙上看着这一切。他们的城市在劫难逃。卡莉丝塔仿佛已经能听见他们的哀号。恐慌将席卷城内。桑托拉斯的国王孤注一掷，决意与卡玛维亚为敌，但他已成为一具尸体，他的城市也将被占领。

在卡莉丝塔身后，远处有一片可以俯瞰战场的高地，她的国王高坐于幔亭中观看战局，王后也陪在身侧。佛耶戈曾想要御驾亲征，手握强大的"穆清"，领军作战。他拥有骁勇善战的王族血统，而他的父亲就是传说中的卡玛维亚雄狮。佛耶戈已经登基一年半，他想向盟友和诋毁他的人证明他的力量。

开战之前，他的咨议官和将军们无不敦促他远离险地，在远处观战，可他却置若罔闻。他们一走，卡莉丝塔便与他对峙。

她开始失去耐心，咬牙切齿地说道："你是一国之君，而且尚无子嗣。"

佛耶戈却厉声道："我已经受够了活在父亲的阴影下。"他身披战袍，镶有金边的黑色盔甲明光锃亮。"我跟他流着一样的战士之血。我想要这场胜利属于我。"

卡莉丝塔反驳道："无论你是否亲征，胜利都将属于你。这场战争将作为佛耶戈国王的胜利载入史册。你是否出战并不重要。"

"对我来说很重要。"他反应激烈。

没人敢用这种语气跟他说话，但自从孩提时起，他就一直渴望得到她的认可，可以说现在依然如此。

事已至此，佛耶戈还是不服气。他张口欲辩，伊苏尔德王后却把手放在他的胳膊上，说："卡莉丝塔很明智，亲爱的。留在我身边，求你了。你无须证明什么。"

尽管伊苏尔德言辞温和，但她身上有一股令人敬畏的力量。佛耶戈叹了口气，终于不再固执己见。他握住她的手，说："大概只是自尊心让我执意出战。我会依你所言，我的爱人。"

飞扬的尘土之间，杀气犹存，遍地皆是已逝之人和将死之躯。卡莉丝塔高举长矛，向远处的王室夫妇致意。

"最好处理一下，将军。"低沉的嗓音从身后传来。卡莉丝塔回过头，看到她最信任的得力副将莱卓斯。他身材魁梧，个头远远超过卡玛维亚军队中的其他士兵，黝黑的面庞上，纵横交错的疤痕隐约可见。跟所有出身低微的庶军步兵一样，他身上的披挂不过是一件硬皮胸甲、一顶简陋的铜盔和一对皮胫甲而已。当他卸下臂上的巨大木盾时，早就被劈裂的盾牌登时崩作碎片，露出他与常人大腿一般粗壮的双臂。他身上溅满血污，但大都不是他的血迹。

卡莉丝塔盯着他，还不明白他在说什么。他指了指她的鬓角，她这才伸手去摸。看到指尖的血迹，她眉头一皱，垂眼看去，只见自己的头盔松松地拎在麻木的手指之间，侧面已被凿出一道裂口。想必是一记重斧，所幸并未正中，否则她早已横尸沙场。她向来走运，莱卓斯心知肚明。

卡莉丝塔道："一点小伤，无妨。"

莱卓斯的手里则是一件面目狰狞的战利品：桑托拉斯王的头颅。正是这名战士的死，击溃了敌军将士。斗志一旦崩溃，便意味着大势已去。战场之上，恐惧蔓延得极其迅速，士兵们的决心往往不堪一击。要击垮整支军队，只需一人之死，就如同引发雪崩的一颗碎石。

卡莉丝塔赞道："干得漂亮。"

坊间传闻，敌军之王是用剑的高手。今日一见，果然名副其实。他一骑当先，率精锐部队侧入右翼，一路锐不可当，厮杀之势有如半神。卡玛维亚军防线本已濒临崩溃，千钧一发之际，莱卓斯只身穿过鏖战的士卒，直击敌方首领。

毫无疑问，桑托拉斯王是一名天生的战士……只不过他从未遇见像莱卓斯一般的对手。

莱卓斯嘟哝了一句："这杂碎东西有两下子。"

卡莉丝塔心下了然，说道："还是略逊一筹。骑士团肯定会大发雷霆，怨你抢了他们的功劳。"

莱卓斯咧嘴一笑。他的五官太过粗犷，算不上英俊，却是一张诚恳的脸。更令人称道的是，他从里到外不带一丝奸诈。莱卓斯黝黑的眸中忽然闪过一丝狡黠，说道："那只会让胜利的滋味更加甜美。"

卡莉丝塔响亮地哼了一下鼻子。这声音可不怎么体面，但眼下她身边除了莱卓斯和效忠于她的庶军士兵，再无旁人。她或许出身高贵，然而贵族的假意阿谀和两面三刀令她反感，她向来更喜欢与普通士兵为伍。卡玛维亚宫廷之凶险不亚于任何战场，满是佯攻、奇袭与垂死的挣扎。相较之下，卡莉丝塔宁愿在战场上与敌人进行正面交锋。至少在战场上，她能看到是谁在挥刀相向。

远处的扬尘透露了敌方残兵已逃往何处，但他们难成气候。三支骑士团主力与庶军并肩作战，共同击溃了桑托拉斯。青焰骑士团、乌号骑士团和铁之团，此外还有几个规模略小的骑士团，已经没有机会发起制胜的冲锋，因为在他们完全投入战斗之前，敌人就已经崩溃了。所以现在骑士团只能追击残寇来略逞雄威。

卡莉丝塔不顾疲惫，带着莱卓斯一起走入庶军之中。她希望士兵们能看到他们的将领。她频频停下脚步，对一个个士兵加以称许，或是谈笑几句，再或示以同情。凡遇伤者，她屈膝探问，垂死之人，则执手言谢。而已逝之人，她便为其在额前画上血色的三叉戟，对他们的勇武致以感激之词——这些言语对她来说无非空洞，但对生者而言，却聊以慰藉。她告诉年轻的士卒，他们现在已经不再是新兵，又向满面衰疲的老兵们点头致意。戴着陶瓷面具的祭司们在战场上小心穿行，在手鼓上敲出清脆的响声，好将死者的亡魂引向先灵所在。

两人所到之处，将士们都会拍拍莱卓斯的肩膀。即使那些没有目睹他杀死敌王的人，也有耳闻。每一个庶军士兵都对他心怀敬畏。他是他们的护身符。卡莉丝塔不敢想象，如果莱卓斯在战斗中倒下将会发生什么，因为他实在是庶军的心脏和灵魂。

当卡莉丝塔和莱卓斯问候完兵众时，太阳已经西沉。她已经喉头干枯，满面尘烟。一名军官递来了水袋，她感激不尽地接过。

沙场搏斗的冲击现下逐渐消退，庶军之间泛起一股雀跃之情。他们熬过了这一天，并取得了胜利。他们将再次见到他们的妻子、丈夫和孩子，迎接他们的下一个黎明也将充满荣光。

大家为莱卓斯欢呼喝彩，他也不吝将那血淋淋的战利品高高举起，供众人观瞻。卡莉丝塔看到他宽阔的双颊上升起一抹红晕，不禁莞尔。像他这样的壮汉，在战场上所向披靡，即便面对排山而来的重骑兵也全无惧色，但这样的崇敬倒让他浑身不自在。她觉得这一点着实可爱。

莱卓斯与她目光相遇。救我——他用眼神乞求，却只让她玩心顿起。她一只手搭上他远远高过她头顶的虎肩，高举长矛。

她纵声长呼："莱卓斯！屠王者！"

他大吃一惊，忙低头盯着她。他的窘相让她更是乐不可支。

庶军中发出雷鸣般的喝彩，众人齐呼莱卓斯的名字。现在每个人都站了起来，扬起手中满是凿痕和血迹的武器。直至欢呼声渐渐平息，卡莉丝塔才注意到静立一旁看着这一切的重装骑士。他骑着一匹巨型钢甲战马，肩披上等丝绒制成的紫色大氅，一身华美戎装熠熠夺目。

铁之团宗师，赫卡里姆。*我的未婚夫。*

她立时把手从莱卓斯肩上移开。前一刻的欢腾荡然无存，只剩一片寂静。魁梧的莱卓斯转向赫卡里姆，垂首示敬，庶军成员也纷纷低头，唯独卡莉丝塔除外。她出身王室，只在国王面前才讳于直视。

赫卡里姆的样貌生得傲气又尊贵，仪表堂堂，浑身贵族气派。他的眼光不无傲慢地扫过一众士兵，在莱卓斯身上停留了片刻，最后落在卡莉丝塔身上。他有一头深色的齐肩鬈发，浅棕色皮肤全无半点瑕疵，深绿色眼瞳有如渊海，深邃之中既有诱惑，又有危险。

他稍一侧身，金甲声动之间，翩然落地。他身材高大，肩膀宽厚——不如莱卓斯魁梧，可又有谁能与他比肩呢？一名女侍急忙上前拉住缰绳——她既然能成为赫卡里姆的贴身随侍，可见家财之雄厚。那匹巨兽打了个响鼻，铁蹄踏地，双目炯然。有那么一瞬间，它似乎要咬那个女孩,但主人的一声勒令制止了它。

赫卡里姆低下头,视线却未离开卡莉丝塔的双眼,说道:"卡莉丝塔小姐。"

卡莉丝塔下颌微动,应道:"赫卡里姆大人。"

又是一阵静默,她在等他开口。她的铠甲之下,一颗汗珠顺着她紧绷的脊背滑落。他们定于今年内成婚,但这只是两人的第三次交谈。与陌生人相差无几的他们之间有一种不难理解的尴尬。周围有数十人旁观静听,但说实话,她的心思几乎都集中在她身边一动不动的莱卓斯身上。

赫卡里姆似乎有所觉察,又瞥了莱卓斯一眼,目光停留在他仍然紧抓着的断首上。卡莉丝塔觉得他即将要说的是一介贱奴夺走了他斩杀敌王的荣誉,但他没有。赫卡里姆笑了,笑容温暖,让他满面生春。

赫卡里姆说道:"能陪我走走吗,小姐?"

她回答:"当然。"

他转过身来,伸出臂弯。卡莉丝塔将长矛递给一个随从,走到他身边,把手轻轻放在他华丽的臂甲上。

我们这副样子,想必是一番奇景。花园漫步或许更适合一对订婚情人,但此时此刻,他们在垂死和已死的人堆间漫步。赫卡里姆的仪容无可挑剔,让卡莉丝塔倍加强烈地意识到自己浑身都是血污、尘土和汗水。

赫卡里姆含着笑意,低声道:"这下可别说我不知花前月下了。走运的话,下次我们还能碰上暴尸坑,或是沼泽地。当然,我必定护送周全。"

卡莉丝塔很高兴看到他也有诙谐的一面。她感到两人之间的紧张稍有缓和,于是抬头看向他。他的牙齿怎会如此完美?她漫不经心地想。

他柔声说道:"能看到你的笑容真是太好了,小姐。"

她环顾四周,坦承道:"此番境况下,我竟笑得出来,我自己也很惊讶。"

"你今天的胜利,实在令人叹服,真可谓旷古奇功了。"

"以陛下之名,一切荣耀皆归于他。"

"那是自然。"

二人所到之处,庶军将士无不立正行礼。

赫卡里姆留意道:"看来,他们对你很敬慕。"

"他们不过是在感激一个不把他们视为草芥的将军。"

赫卡里姆哼了一声。卡莉丝塔不知道他是否觉得可笑,又或是他从未有过类似的想法。事实上,很少有贵族会这么想。

他沉吟道:"有人担心,你太得民心了。"

"就因为我没有把他们像牲畜一样赶进屠宰场里吗?"

赫卡里姆挠了挠下巴,答道:"是因为他们人太多了。民心所向的君主,往往都是借由底层的暴动最终当权的。"

卡莉丝塔笑出声来,说道:"但凡有人认为我对烁银王座有所图谋,那都不过是些卑鄙的愚劣小人。我无心掌权,而且向来嫌恶宫廷政治。战场才是我的归宿。"

赫卡里姆笑了。先灵在上,他实在俊美极了。

他说:"你很会领兵,问题是一旦没有闲话可传,很多人就会忍不住无事生非。虽然你当众把你最得力的奴兵称为屠王者,不过呢,这恐怕不能帮你平息那些闲话。"

卡莉丝塔眉头一皱,断然说道:"我不介意风言风语。宫廷本就是虺蜮横行之地。"

赫卡里姆神色一肃,如同阳光被一片云层遮蔽。他停下脚步,转身面向卡莉丝塔,握住了她的手。这是他们第一次触碰对方。

他郑重其事地说道:"恕我无礼,尊贵的小姐。我无意令你烦扰。我只是前来确认你安然无恙,并为你今日的雄谋奇略致贺。"

卡莉丝塔感到双颊微红,小声道:"谢谢。"

赫卡里姆松开了她的手,两人继续沉默无言,直到他们绕了一整圈，又回到起点。赫卡里姆的侍从仍然牵着他那匹愤怒的乌黑坐骑。她把缰绳递还主人的时候明显松了一口气。

赫卡里姆说："我要失陪了，亲爱的小姐。陛下有令，不得洗掠城池，我得前去辖制部下。之后城内将举办一场庆功宴。不知你是否愿意赏光，与我同席？"

"这是我的荣幸，大人。"

赫卡里姆大人最后留下一个微笑，重新骑上那匹高大的骏马。他先绕了一圈，再策马离开，侍从们紧随其后，一路影从。他仿佛天生的骑手，与那匹愤怒的战马浑然一体。

看到宗师重新归队，铁之团的骑士们一阵欢呼。随着一声号角，这位号称"铁前锋"的骑士下令前进，骑士团便向被征服的城市进发。

看着绝尘而去的铁之团，卡莉丝塔神色黯然。虽然正如赫卡里姆所言，桑托拉斯侥幸能逃过全城大洗，但小规模的劫掠仍是难以避免——向来如此。而且她很清楚，若是有人抵抗只会惨遭屠杀。

莱卓斯往地上啐了一口，说：

"他骑术不赖。这我承认。"

第二章

桑托拉斯

对于包办婚姻，卡莉丝塔并无怨言。她一直都知道她的丈夫由不得她自己挑选。作为先王的孙女和新王佛耶戈的侄女，她的婚姻当然是政治交易的筹码。对此，她从未有任何抵触。毕竟世事如此。她早就决意听天由命，哪怕是要她嫁给哪个臃肿蹒跚的贵族老爷也无所谓。所以当佛耶戈说希望她嫁给赫卡里姆时，她甚是惊喜。

当然，她心中十分清醒，这婚约纯粹是为了巩固王权……不过，当她走进被征服的桑托拉斯城，在中心广场的庆功宴上坐到赫卡里姆身边时，她觉得先灵们对她算是不薄。

赫卡里姆只比她年长几岁，却在铁之团中迅速蹿升。作为有史以来最年轻的骑士团宗师，他早已战功累累，尊荣加身。纵观国中所有骑士团，无论是政治地位还是军事实力，铁之团都可谓首屈一指……其财力更是不容小觑。数百年来的攻城略地，让铁之团坚不可摧的堡垒库房中塞满黄金、珍宝和魔法器物。

入夜已经几个小时，珍肴异馔满布长桌，各色酒饮往复挹注。显然，早在两军于平原交战之时，盛宴的准备工作便已经开始。而这本是为桑托拉斯国王准备的凯旋宴。尽管仆人们尽力掩藏，卡莉丝塔还是注意到他们的惶恐不安。他们的主人已命丧沙场，而凶手正是他们现在侍奉的人。

一名年轻仆人为卡莉丝塔呈上一盘食物，她回了一句"谢谢"。可他却没想到她会与自己搭话，错愕间仓皇离去。

宴会已然极尽喧闹。狂欢作乐的卡玛维亚人满席放肆高喊，纵声大笑，为胜利举杯。伶人奏乐，一群瓦斯塔亚舞者翩翩起舞，以超凡脱尘的曼妙身姿腾转空翻。举足之间，虹光圜转。

佛耶戈和年轻的王后尚未驾临，但已经授意众人可先行开宴，各大权贵便不遗余力地奉行上意。想到城中居民正瑟缩家中担惊受怕，一干贵族却在此处宴饮作乐，卡莉丝塔只觉不齿。她无心用膳，若非出于礼仪，她一刻也不愿在席间盘桓。诚然，若是没有佛耶戈的禁令，城中景象将会是一片触目惊心。饶是如此，对于阵亡者的家眷们来说也并非多大的慰藉。

她仍然身穿铠甲，不过已经清洗干净。她无暇沐浴，只洗手洁面，由仆人们为她理过乌黑的长发，并施以兰膏。她没有束发，任其随意披散。因为成婚之前她都不必束发，婚后则需编成辫，以示她与赫卡里姆的人生已紧密交织。她从不离身的长矛此刻正倚在桌沿。

在场数百人皆出身名门。他们大多是骑士，也有一些是在庶军中任职的贵族，在她麾下效力。当然，那些人都已经被分派到酒宴末席。在庶军任职并无荣誉可言，遑论金银；骑士团才享有真正的声望利禄。卡莉丝塔很清楚自己拥有王室特权，但她更愿意相信，就算没有这份特权，她依然甘愿在庶军中任职。与其坐在卡玛维亚的武士精英之间，她倒是更想跟她的士兵们在城墙外饮酒作乐。不过，她还是顺从佛耶戈的心意，坐在了这里。

赫卡里姆就在她的左首。他细心周到，谈吐轻松从容，是一个极富魅力的追求者。紧挨着他们的是跟庶军一同随驾前来桑托拉斯的其他骑士团将领：魁伟冷厉的青焰骑士团俄多诺大人，高挑俊美的乌号骑士团宗师奥罗拉女士。奥罗拉女士嗓音高亢，性情直爽，据说是个令人生畏的角色。卡莉丝塔甫一见面便对她心生好感。

对面坐着的是金盾团的宗师——一个不甚显赫的骑士团。那宗师中年样貌，体格壮硕，一对细眼闪露贪光，苍白的脸上横着一道难看的疤痕，此刻已经酒酣。

他拖长声调说："卡莉丝塔小姐，看来你成就了一番不可成就的伟业。"

卡莉丝塔心下无奈，无意与他闲谈，但还是礼貌性地弯了弯嘴角，说："此话怎讲，西奥多纳宗师？"

他说："你将一群贱民打造成了一支还算过得去的军队。"他晃晃悠悠地举起酒杯，半途还溅出了一些。"我敬你一杯，因为这实在是我始料未及的成就。本来也没人愿意去操这份闲心，更何况是王室成员。"

"让人始料未及恰恰是我的喜好。"

她要带领庶军时，整个宫廷大为震惊。她并不觉得承认自己的军事天赋有何傲慢之处，而且她相信，为国效力的最佳方式就是披甲为将，率领卡玛维亚规模庞大的常备军队。在贵族们看来，领导出身寒微的士兵毫无荣誉可言，但那些庸碌无为的士族贵胄对她抱有何种看法，又何须介怀？

西奥多纳接着说："但为什么选了庶军？你随便加入哪个贵族军团，他们都会觉得三生有幸。为什么要领着那帮乌合之众？"

卡莉丝塔强调："今天获胜的，正是那帮乌合之众。而且，庶军是我最能为卡玛维亚——还有卡玛维亚人——效力的地方。过去，庶军总是被拿来当成箭垛，消磨敌方冲杀的锐气。"

西奥多纳抹了把嘴，说："他们本就是下等人。"

"他们是卡玛维亚人，不该被当作牺牲品。我相信庶军的作用远远不止于此。而一支强大的庶军可以帮助我们保障卡玛维亚的强盛。"

西奥多纳宗师重新满上酒杯,嗤道:"是骑士团保障了卡玛维亚的强盛。那才是真正的力量所在,向来如此。"

卡莉丝塔已经难掩她对西奥多纳的厌恶之情,斩钉截铁地说道:"骑士团不等于卡玛维亚。背信弃义或是拒绝向新登基的君主宣誓的骑士团并不鲜见。早在我的先人扫若王在位时期,金盾骑士团便曾与王室对抗,不是吗?"

"这你可被她说中了。"奥罗拉女士不禁失笑。

西奥多纳两眼直瞪,咬牙骂道:"那已是三百年前。我们金盾团历年来为烁银王座流过的血,无人能及。新王加冕当日,我们便已宣过誓了,不像某些人。"他肆无忌惮地甩了赫卡里姆一眼。

铁之团并没有立即向佛耶戈宣誓。虽说倒也不足为奇,但是铁之团历来是王位最坚定的捍卫者,如此犹疑,足见他们对新王并无太大信心。整整一个星期过后,再加上卡莉丝塔与赫卡里姆的婚约,铁之团才肯宣誓效忠。

邻座的贵族们一个个敛声屏气,等着看赫卡里姆上钩。但他只是低声一笑,拿起缎帕擦了擦嘴。

卡莉丝塔抬起手,准备息事宁人。让西奥多纳出丑固然有趣,但毕竟对大家都没好处。她说:"没人有意玷污金盾团的名誉。我不过是想说,骑士团威名赫赫自然不假——希望他们长久效忠。但除此之外,拥有一支忠于自己的强大军队,对卡玛维亚而言是明智之举。"

西奥多纳冲赫卡里姆嘟囔了一句:"你也这么觉得?"

赫卡里姆耸耸肩,说道:"如果一支强大的庶军意味着我的人可以少些伤亡,我何必要反对呢?"

西奥多纳不屑地摆了摆手,说道:"你要不是准备娶她,恐怕不会是这番说辞。而且国王还不准洗城?呵!那这场仗打得真是白费力气!"

赫卡里姆的笑容冷了下来,但语气依旧轻松。他朗声道:"多喝点水吧,西奥多纳宗师。不然等到明天,除了头痛欲裂之外,你还得跟今晚可能得罪了的人——决斗。"

这番话惹来附近一阵轻笑。他们已经吸引了一批观众，因为王公贵胄对于宫廷闹剧一向求之不得。两位宗师在此一较高下，这等赏心乐事，实在叫人欲罢不能。西奥多纳哼了一声，并不理会赫卡里姆的忠告，又喝了杯酒。

卡莉丝塔颇为感激赫卡里姆巧妙地将众人的注意力从她身上移开。他不动声色地冲她眨了眨眼。对于政界的尔虞我诈，他显然远胜于我。他能在前任宗师殒命沙场之后，如此迅速地晋升至铁之团首脑之位，凭借的不仅仅是勇力。

通过政治联姻将铁之团与王位绑在一起的确是上策。一开始，她疑心这是国王首席咨议官的想法，但现在她觉得，这或许就是赫卡里姆自己的手笔。他无疑有这样的胆量，敢直接向国王提议。如果当真如此，她不确定自己是该赞赏他的雄心壮志，还是该小心加以提防。她拿定主意，两者兼施。

不及她细想，便听到传令官在宴会的喧嚣中高声叫道："佛耶戈国王、伊苏尔德王后驾到！愿陛下长治千秋！"

所有王公贵族一齐起身相迎。

王室卫队夹道左右，佛耶戈和伊苏尔德在嘹亮的号声中步入庭院，国王的亲卫瓦斯克依旧不离御前。年轻的国王阔步前行，得胜之喜溢于言表，而他的妻子则挽着他的手臂，莲步盈盈。二人彼此贪恋，情深意笃，卡莉丝塔为此感到高兴。佛耶戈的人生中并未感受过多少关爱。

孩提时代，他凡有所求，无不顺意……唯独除了父母之爱。他的母亲死于分娩，而父亲在佛耶戈出生时已经垂垂老矣。在其长子去世之前，他从未正眼看过佛耶戈。即便在佛耶戈成为继承人后，他的态度也冷漠专横得令人窒息。短短几个月后，先王便告驾崩，因而登基一事，实在让佛耶戈措手不及。

卡莉丝塔把佛耶戈当作弟弟一样爱护，并且容不得旁人说他半句不是，但即使是她也不得不承认，佛耶戈是个被宠坏的孩子，如今又长成了一个有权有势的青年，从来不知道忠言逆耳的道理。不过，她比任何人都了解他。佛耶戈有一颗善良的心，对一切事物感触极深，无论好坏。若引导得当，她相信他可以成为一位明君，他只需再成熟一点。

当初，佛耶戈冲动成婚，卡莉丝塔和其他贵族一样大为震惊，并且忧心忡忡。伊苏尔德并无显赫家世，二人的结合也不会给卡玛维亚带来政权或者财富——她甚至根本就不是卡玛维亚人，只是一个来自战败国家的缝衣女，出身寒微。然而，他们夫妻情意绵绵的样子让卡莉丝塔很快改变了想法。

佛耶戈自出生以来，从未对任何人、任何事物这般宠溺。这是他第一次把他人放在自己的愿望和需求之上。他聆听她的话，重视她的意见，远远超过他的咨议官，甚至卡莉丝塔。尽管这位王后没有受过正规教育，但她天资极高，对于人事和宫廷政治有一种出于本能的洞见。更重要的一点，大概是她宅心仁厚、考虑周详，缓和了佛耶戈的冲动个性和自我为先的行止。卡莉丝塔终于有了一个盟友，一个可以帮忙控制佛耶戈从而维持卡玛维亚稳定的人。

如今，他终于成长为卡玛维亚的一国之主。而今晚的表演（这确实是一场精心编排的表演），足以让人窥见他能成为一位何其强大且备受爱戴的君王。他浑身散发着魅力与自信，而且完美地把握了出场的时机。在美酒与胜利的作用下，众人无不醺醺欲醉。但除了满面通红的西奥多纳之外，还没有人醉到酒后失仪、寻衅滋事的地步。

佛耶戈一身王者气派，却不至夸炫。若是在他们的阿洛维德拉宫廷，可能正宜炫弄，但此地甫经战乱，奢靡之风理当加以收敛。佛耶戈身着黑色胸甲，闪闪发光，昭告世人他虽未参战，却是实实在在的战士。他额间戴着三戟王冠，但他的剑，那把真正象征王权的巨剑穆清居然不在，反而令人介怀。

佛耶戈的王后伊苏尔德则端庄娴雅，赏心悦目。她有着无可挑剔的鹅蛋脸，一双湛蓝的大眼睛脉脉含情。一身衣裙由她自己亲手缝制，由无数绸缎与丝绒层层累叠而成，宛如花瓣一般在她周身绽放。伊苏尔德无意利用卡玛维亚的传统服装来掩盖她的出身，反倒大大方方地制作了一件突显她异族身份的罗裙。王后所挑选的珠宝亦是别出心裁：精致的银链襻结成网，其间缀以蓝晶，与宫廷女眷们所戴佩饰截然不同。不过，卡莉丝塔猜测她们多半不久就会竞相效仿。

伊苏尔德王后浑身散发着迷人的异域风情。一众骑士王公喧闹不已，人人身裹铁甲锁链，而她身处其间，更显得娇艳如花，珍美如玉。即便如此，卡莉丝塔仍能看出周围许多人笑容背后的轻蔑和否定。他们不齿于伊苏尔德低微的出身，也痛恨她的异族血统。

佛耶戈和伊苏尔德浑然不觉，双双行至庭院前端为他们准备的餐桌前。佛耶戈请王后就座，吻了她的手背，然后转身走向众人。

他朗声祝酒，嗓音如丝绒一般柔顺优雅，字字清晰可闻："卡玛维亚的兄弟姐妹们，今天，国家以你们为荣！先灵以你们为荣！我以你们为荣！"佛耶戈高举手中的酒杯，说道："今晚，我敬诸君一杯！"宴会现场欢声雷动，数百人皆高举手中佳酿，美酒四溅。佛耶戈一饮而尽，将杯子扔在一旁，令众人大为兴奋。他纵声大笑，叫道："再拿一杯来！"

佛耶戈刚要就座，伊苏尔德却将手放在他的胸前，侧身对他说了几句话，他便道："啊，是的，谢谢，我的爱人。我差点忘了！"卡莉丝塔知道他并不是真的忘了什么。"我们正是为了此物，才来到了桑托拉斯！"

他一声击掌，庭院霎时肃静。一群祭司走了进来。他们低着头，把脸藏在没有表情的陶瓷面具下。在他们身后，四名奴仆合力抬着一个金匣，看上去分量很沉。他们把金匣放在石板地面，抽出扛运用的杆子，鞠过一躬，便赶忙告退。佛耶戈微笑着走上前去，修长的手指在精美的金匣表面摩挲一番。他戏剧性地停顿了片刻，随后传来清晰的咔嗒两下开锁声，金匣缓缓打开。众人纷纷引颈前倾，想要一窥究竟。

卡莉丝塔不由得暗赞。佛耶戈很清楚如何操纵人群，而她并不认为这是一件坏事，丝毫不觉得。这是一位成功的君主必须具备的品质。

佛耶戈睁大双眼，齿间低哨一声，可谓做足了悬念。随后他郑重道："我们需要更多光线。"他的声音平稳而低沉，但字字清晰可闻，足以左右在场众人。

伊苏尔德王后摸出一个玻璃小球，稳稳托在掌心。佛耶戈挥手一扫，从她手中接过小球，放近唇边，低吟一语，然后将其轻轻抛向空中。那玻璃球悬停在他头顶上方大约十人高的地方，开始从球心发亮，淡淡白光照向国王和那只金匣。

佛耶戈眯起眼看着它，眉头紧皱："嗯，显然还不够亮。"他扫视人群，说道："我最信任的咨议官呢？努尼奥·奈克里特，你要是还没醉倒的话，就快步上前！你的国王需要你的才能！"

咨议官从人群中冒了出来，引得笑声一片。他的脸像一块破旧的皮革，深纹横纵，双眼陷在幽暗的眼窝中。虽然上了年纪，但他的英锐才识丝毫不减。他心情尚佳时，便已不苟言笑、疾声厉色。此时他走向国王，常年深锁的眉头皱得更紧。他的不世之才竟被用作酒宴把戏，供醉醺醺的贵族消遣，他显然十分不满，但还是顺从地走上前来。

佛耶戈俯身与他耳语。努尼奥面露愠色，顶了几句，然后将目光转向那颗发光的玻璃球，口中念念有词，做无声密语，眼中幽光乍现。他伸出一只手，玻璃球倏然高飞，直入夜空，如同一颗返归苍穹的流星。与此同时，球中发出的光芒骤增，以至于庭院中的每个人都不得不背转身去，生怕双目被灼伤。

转瞬之间，仿佛一个新的太阳就此诞生，在桑托拉斯上空冷冷燃烧，方圆数里皆沐浴在一片淡淡光辉之中。

"太棒了！太棒了！"佛耶戈叫道，王后也欣然拊掌。"多谢，尊敬的努尼奥，现在可好多了！真是好多了。"

老咨议官依然眉头紧锁，抽身离场。

佛耶戈接着说："各位，今天，创建我们伟大国家的先祖为我们骄傲！"他在贵族们面前踱走，激情与信念在他眼中燃烧。"我们的建国之祖，双生子，卡玛和尊贵的阿维亚，在向我们微笑！他们向整个卡玛维亚微笑！"他又一次站在金匣前，把手伸进去，说道，"好，言归正传，各位，这就是米迦勒圣爵！"

说着，他高高举起了那件尊贵的魔法器物。一个有盖的圣杯，上面镌刻着符文与古老的记号。圣杯周围萦绕着熹微的光芒，仿佛被一片蒸腾的雾气包围。一众骑士皆肃然起敬，发出啧啧称赞。

"我们解放这件圣器的崇高使命就此完成！当年，先祖卡玛被阿斯托的黑箭刺穿心脏，奄奄一息之时，是他的妹妹阿维亚救了他的性命。这段故事各位耳熟能详。但直到最近我才知道，先祖卡玛之所以能够生还，正是因为阿维亚有了这件圣器！阿维亚将这圣杯放到他唇边，他的伤口便当即愈合！数百年过去，如今，它又回到了我们手中！"

这番话更是赢得了前所未有的热烈欢呼。卡莉丝塔环顾人海，看到王公贵胄们眼中如饥似渴的贪欲，心生不安。

我们高贵的求索精神已被腐蚀了多久？这孜孜以求的精神，花了多长时间沦为显而易见的借口，方便我们烧杀抢掠、夺取沃土、剽窃邻国？它又是何时开始用于辩解，证明入侵别的城邦国家将会给卡玛维亚王国带来更多财富和尊严？

卡莉丝塔猜测，卡玛的求索理想在遭到不可逆转的玷污之前，少说早在好几代人之前便已沦丧。更悲观的揣度则是，堕落始自卡玛本人。毕竟，他曾手握穆清，雄霸一方。而他心爱的国家，正是建立在他手下败将的尸身之上。

今天的战斗也不例外。卡玛维亚的国界范围不断扩大，而桑托拉斯多年来一直是独立城邦，位于阿洛维德拉东南方向，紧邻着卡玛维亚不断扩张的疆界。两地渊源极深，曾无数次结为盟友并肩作战，并且贸易互通，彼此受益。然而，切断这些羁绊需要的只是一名祭司的一句话，宣布先灵示意要收回——用他们的话说是"保护"——卡玛维亚世代相传的宝物。那件宝物拥有古老的奥术力量，如今就在桑托拉斯城墙之内。

胜利给她带来的所有满足感都在这一刻变质，她没有加入这场由贪婪驱使的欢呼中。不能再这样下去。当然，说来容易。然而她知道佛耶戈是个善良的人，尽管他年少时不乏劣迹。她相信他会走上正途……只要引导得当。

当其他人都在欢呼时，卡莉丝塔看着伊苏尔德。王后在欢笑，但卡莉丝塔看得出她情不由衷。她默默感谢先灵。有了伊苏尔德，佛耶戈或许真的会改变。现在伊苏尔德虽然贵为卡玛维亚的王后，但这个王国却在她出生前便已摧毁她的家园。跟这次一样，祭司们将那次入侵称为"神圣使命"。如果是卡莉丝塔要独自试图引导卡玛维亚复兴自身的求索精神，大约并无胜算。但有了伊苏尔德的帮助，她相信佛耶戈会有从善如流的可能。

尽管如此，卡莉丝塔骨子里仍是清醒务实之人。她知道此战与米迦勒圣爵毫无瓜葛。在宣布这次入侵之前，除了祭司之外，还有谁听说过那件魔法器物？虽说从长远来看，和平通商更加有利可图，但对卡玛维亚的金库来说，灭国所带来的珍宝货财仍然可谓多多益善。不过，这场战事甚至与夺取桑托拉斯也没有关系。

不，这场战争是为了给佛耶戈创造战绩。他需要向周边地区传递一个信息。他用这场战争向世人宣告，传说中的战神之王——卡玛维亚的雄狮的确已经死去，但他的儿子继承了他的血脉。这场战争也提醒世人，佛耶戈不容小觑，卡玛维亚的力量仍然不容忽视，任何轻慢都将招致灭顶之灾。

此外，骑士团也已经开始变得不太安分，这场胜利至少在短时间内能让他们心满意足。

卡莉丝塔强颜欢笑，拍了拍手。今日不可不战。

然而，她环顾四周，骑士贵胄们浑然已似非人。空中投下不自然的强光，让他们的脸上血色尽失，人人皆似狞鬼恶灵。

她不寒而栗。

第三章

正是他们刻意表现出来的从容不迫露出了破绽。其他仆人都战战兢兢,惶恐不安,好像生怕卡玛维亚人随时会爆发。卡莉丝塔不怪他们,毕竟数小时前,桑托拉斯的军队在战场上惨遭扫荡。他们用颤抖的手侍奉征服他们的人,不愿与之对视。

相比之下,正朝国王餐桌走去的两个仆人,手里端着刚刚满上的酒壶和一盘盘食物,却是一副不卑不亢的神色。这一男一女,从各个方面来看都毫不起眼,相貌也是见之即忘。若在别处,他们的伪装可谓天衣无缝,但此时此刻,正是这种受过训练的镇定让卡莉丝塔心生疑窦。如果他们神色慌张,那么事成之前她大概都不会留意到他们。

卡莉丝塔无视周围人疑惑的目光,抓过长矛站了起来。赫卡里姆在她身后说了些什么,但她没有听到,她的注意力集中在那两个假仆人身上。她没有大叫出声,因为目前仍然有可能是她多心了。

她大步走向御前。桌旁负责警戒的侍卫们对两个仆人进行了搜身,检查他们的衣袖和胁下是否藏有武器。侍卫们一无所获,便放其通行。

也许是我弄错了，卡莉丝塔想。但那两个人还是莫名让她不安，于是她加快脚步。

两人分道而行。女仆绕到国王一侧，垂首执壶，很端庄，而男仆则端着盛满新鲜佳肴的盘子走向另一个方向。他把满满一盘美食放在桌子上，然后开始收拾空盘，向国王靠近。

卡莉丝塔已经走到半路。佛耶戈正与伊苏尔德极尽欢昵，对其他的一切都毫无觉察，还没有注意到卡莉丝塔。她依然没有叫出声来。她依然还未确定。

国王的亲卫瓦斯克就站在附近的阴影中，一只手轻轻放在剑柄上，始终保持警惕。他紧盯着正在接近的女仆。瓦斯克有"御鹰"之称，可谓名不虚传。一旦情况不对，他就会出手。

不是吗？

女仆嘴唇翕张，佛耶戈稍稍侧脸，眼也不抬，只是略略点头，指了指他的酒杯。她俯身开始倒酒，身子转了一个方向，另一只手就避开了瓦斯克聚精会神的监视。

女仆暗暗攥紧拳头，一缕黑色烟雾从中盘旋而出，如同旋舞水中的墨色。巫术！瞬息之间，那缕轻烟便化作一把玄色利刃。这样的魔法，卡莉丝塔前所未闻。瓦斯克和御前卫队都没有察觉到任何异样。除了卡莉丝塔一人。

刺客已准备好致命的一击。即便如此，她依然面无表情，神色木然，没有泄露半点杀气。即便如此，卡莉丝塔依然没有叫出声来，因为她知道不等有人做出反应，国王便将命丧黄泉。

她低喝一声，长矛应手而出。她将多年的训练和所有力量都凝聚在这一掷之中，暗暗祈求先灵能让自己一击制胜。长矛径直飞出，划然刺破空气，越过御前侍卫。

太迟了，刺客已经抬头。她正想旋身避开，却不及长矛之速。长矛正中胸口，将她整个人猛然击飞出去。

众人震愕，一时喑哑。随后整个庭院哗然大噪，一片呼号。骑士贵族们纷纷起身，将椅凳掀翻在地。佛耶戈站了起来，瞪大眼睛盯着他身后那个被长矛穿胸的刺杀未遂之人。

卡莉丝塔全速冲刺，一面拔出腰间短剑。混乱之中，几个不明情况的侍卫想拦下她，但她轻巧脱身，竭力在混乱的场面中盯紧另一名刺客。他已将收到一半的餐盘弃置不顾，跪在桌旁，似乎是被吓坏了。但这只是掩人耳目的手段。在他手中，黑暗凭空盘旋成一双利刃。

瓦斯克看到卡莉丝塔前来，拔出佩剑。

"在那儿！"她喊道，一只手指向第二个刺客。

瓦斯克看向刺客，点了点头。他一把将佛耶戈拖到身后，自己隔在国王和刺客之间。伊苏尔德已从座椅上滑了下来，蹲在地上。瓦斯克怒喝一声，将御用餐桌翻倒在地，形成一个临时屏障。陶盘酒壶悉数在石板地面摔得粉碎。

刺客丢弃了之前不自然的从容假面，嘶声咆哮。两个侍卫上前攻击。刺客绕过侍卫的击刺，畅行如流，更显得侍卫们笨拙迟缓。他快得不可思议，行动之间在身后留下一丝残影。当他人已越过侍卫身后时，他们方才倒地。卡莉丝塔甚至没有看到他出手。

接下来轮到卡莉丝塔，她手中利刃呲呲作响，急待直取敌首。他把她的短剑格开，挥起另一把刀劈向她，迅猛骇人，刀上似有黑影滴落。卡莉丝塔晃身后仰，以一毫之差避开了这凶狠的一劈。他紧接着一脚踢到她胸口。卡莉丝塔气息一滞，不禁踉跄后退。

又有两名御前侍卫倒在了那双夺命黑刃下。随后，刺客把挡路的餐桌掀翻，为击杀目标扫清道路。瓦斯克冲杀而前，疾如猛蛇。卡莉丝塔极少见到像御鹰一样迅疾如电的剑客，但与刺客相比，就连他也顿显迟缓，仿佛在水中挪移。杀手轻巧地绕过了瓦斯克的攻击，步步逼向御座。

卡莉丝塔勉力起身，几乎无法呼吸，但她仍然拼命想要保护佛耶戈。

瓦斯克知道自己不敌对手。卡莉丝塔已经从他的眼神中读懂了一切。瓦斯克使出一记完全不似平日的钝招，正中刺客下怀。他飞身逼近，将两把黑刃插入瓦斯克的胸膛。

这位御前亲卫看向杀手身后，与卡莉丝塔目光交会。她这才意识到，他是故意承受这致命一击的。刺客也意识到了这一点，但为时已晚。御鹰的利爪已将他紧紧擒住。他奋力挣扎，却无计逃脱。卡莉丝塔将手中短剑刺入刺客颈间，瞬间将其了结。

她没有机会为瓦斯克崇高的牺牲致以谢意。他已经躺在地上，在死亡的阵痛中抽搐。颈间苍白的皮肤下，黑气已渗入血管，清晰可见，并漫向他的双眼。

她从第一个刺客身上拔出长矛，来到国王身边。佛耶戈正在安抚伊苏尔德，张臂搂着她的肩膀，将她带回座椅。

卡莉丝塔问："伤到了吗？"

佛耶戈回道："我没事。"

"你呢，我的王后？还好吗？"

伊苏尔德抬起头来，双眼大睁，神色惊恐。她点点头，震惊之下一时失语。

佛耶戈怒吼："他们是谁？"

卡莉丝塔喃喃道："或许更该问的是，谁派他们来的。"她暗骂自己的愚蠢。我不该杀了第二名刺客。关于雇主的秘密已经和他一起长眠。她用矛头轻触了一下女刺客掉落的刀刃，它顿时瓦解，仿佛是用灰烬制成的，只在石头上留下一块黑色的污迹。

此刻，更多侍卫手持武器，环绕在国王和王后身边。尽管如此，卡莉丝塔并没有降低她的警惕。她扫视人海，不放过任何威胁。这并非易事，因为这里有太多动作和噪声。不过，她的目光被一个仆人吸引住了。他正低着头，在人群中缓缓挪动。

卡莉丝塔指着他大喊："阻止那个人！抓住他！"

旁观者迅速后退，侍卫冲向那名仆人。那人立即丢弃伪装，敏捷地跃上餐桌，一把玄刃在他手中现身。待刀刃成形，他掉转刀身，熟练地抓住刀尖，振臂掷出。

玄刃在空中不断旋转，朝佛耶戈飞去。

"不！"卡莉丝塔叫道。她纵身一跃，拼命将长矛挥向玄刃飞行的方向。她碰到了，但就只是碰到了，轻得不能再轻地擦了一下，没有造成偏移，而是让旋转的刀身在空中抖动起来。

在那令人心悸的一瞬中，卡莉丝塔认定自己失败了。她顺着刀刃的方向望去，心想佛耶戈注定难逃此劫。

刀刃钉进了伊苏尔德所坐的高背椅。王后一缩，避开了袭击，而那把可怕的凶器就在她身旁震颤。

卡莉丝塔这才敢呼吸。方才那一碰已经足够，恰好足够。骑士和侍卫像铁桶一般将刺客团团围住。即便他身法再怎么灵活如魅，也难逃脱。她下令："活捉！必须活捉！"刺客将三名侍卫击倒，但在盾牌、锁甲铁拳和剑柄的合围猛攻之下，他终于倒在了地上。

佛耶戈并不满意。眼见王后差点被刺客的利刃击中，他理智全失。这些刺客并不是唯一能够凭空变出武器的人。他猛然抬手，空气恍惚一震，穆清已然在他手中显形。他与王者之刃以魂契相结，剑之显隐，皆随心动。他满面赤红，目露凶光，大步走向已被按倒在地的刺客。

卡莉丝塔快步跟上佛耶戈，提醒道："陛下。"

"让开！"

她低声急呼："佛耶戈，我们必须——"

"退下！"他伸手向横一扫，似乎要把卡莉丝塔推到一边，他的手却并未碰到她。尽管如此，她还是被一股无法抗拒的力量推开，踉跄滑倒。

旁观者间惊呼四起。佛耶戈是开国以来第一位拥有魔法资质的卡玛维亚君主，坊间相传这必定是从他母亲的血统中继承而来的，但宫外之人极少得见他施展能力。这也是佛耶戈想要御驾亲征的原因之一，他想要向他的臣民和盟友展示他所拥有的力量。

当卡莉丝塔重新站起来的时候，她已远在十五英尺外。

国王一脸杀气，再次吼道："退下！"无形的怒气将按住刺客的侍卫们全部掀倒，摔在一旁。

"留个活口！"卡莉丝塔大喊，可佛耶戈充耳不闻。她曾见过他这个样子。自从登基后，他已有所克制，但这样的狂怒在他年幼时便很常见。血脉偾张之时，他什么也听不见。每当他情绪激动时，流淌在他血液中的奥术力量似乎也变得更为猛烈。

他盯住遍体鳞伤的刺客，双手紧握穆清，如同准备行刑的刽子手。他呼吸粗重，蹙恨至极，嘶吼道："你胆敢惊扰王后？你胆敢谋害我？"

刺客摇摇晃晃地支起上身。他的一只耳朵里淌出鲜血，眼睛肿得几乎睁不开，还有一只胳膊已被扭至畸形。他竟然还未昏迷，简直堪称奇迹。他麻木地抬起头，冲佛耶戈眨了眨眼。

佛耶戈怒吼："我是卡玛维亚之王，统治着全世界有史以来最伟大的国家。而你，什么都不是。"

"佛耶戈！留他一命！"卡莉丝塔喊道，竭力对抗他的力量，然而她感觉就像在推一堵看不见的墙。

佛耶戈反执剑柄，双手握住王者之刃，剑尖向下，送入刺客体内。

压制卡莉丝塔的力量突然消失，她踉跄而前。佛耶戈抽出长剑，刺客俯首扑地。他的血肉已经枯竭，就像久经暴晒的果实。

整个庭院一片死寂，每个人都呆立当地。

王后的声音划破寂静，她低喘道："佛耶戈。"她的指尖沾有血迹。

卡莉丝塔顿时大骇，这才发现刺客扔出的刀刃擦过王后，划破了她身上的精美衣料，在她肩头割出一道浅浅的伤口。卡莉丝塔回想起御前亲卫死前在地上翻扭挣扎，皮肤下的黑色血管不住抽动，她的心一下子坠入谷底，喃喃道："先灵保佑。"

那把刀插在高背木椅中，逐渐化为灰烬，被晚风轻轻吹散。

王后双眼一翻，佛耶戈喉间撕扯，发出哽恸之声。

随着一声轻叹，伊苏尔德昏然倒地。

第四章

福光岛，海力亚
佛耶戈加冕一年半后

厄洛克·葛瑞尔眉头紧锁，在海力亚地底的库房大厅之间穿行。锁链和钥匙在他腰间杂然作响，灯笼的微光在黑暗中闪烁，影影绰绰，仿佛有无数幽魂厉鬼在他周围翻滚叫嚣。这些黑影的存在非但没有让葛瑞尔感到惊惶，反而给他带来了些许慰藉。将近十五年来，它们一直是他的同伴，他的战友，他的心腹。它们默默地见证了一切，对他而言既是知交，亦是同谋。

有时候，黑影们似乎会对他进行审判，或是在黑暗之中向他低语，怂恿恨意甚至暴戾将他的思绪占据。

葛瑞尔停下脚步，摇了摇沉重的木门，检查是否已经锁好。他高举手中的灯笼，透过门上的铁窗向里窥视。库房的地板中间放着一个上了锁的铁箱，除此之外，别无他物。葛瑞尔提着灯笼四下探照，将徘徊在库房角落中的阴暗一一逐散，让所有不测无处遁形。待他心满意足，便继续前行。

锤石监低级守吏的生活不外如是。葛瑞尔的任务是在海力亚地底暗无天日的大厅和长廊中巡视，确保世人不会发现库房所藏的魔法器物。它们被视为重要法器，或是凶险之物，故而庋藏地底。而最令葛瑞尔感到屈辱的是他所看守的不过是些次等杂器，根本就不是什么强大法器。他毫无出人头地的机会，而他的直属上司马克西姆监长庸鄙至极，动辄以贬损他为乐。

大师们骗了葛瑞尔。他们并不只是把他发配到这里待上一两年，好让他"戒骄戒躁，略识仁恕"。他永远都不会有机会证明他已经从这次失败中吸取教训，有所成长。他早就明白，大师们将他发配此地，是为了让他销声匿迹。他们已将他清出视线，甚至打算直接忘记他的存在。

葛瑞尔继续只身前行，巡视门是否锁紧，封条是否完好。在地底的一片漆黑之中，往往十天半个月见不到一个活人。各个库房守吏都轮流在指定的负责区域中巡逻。在不见天日的地底，长达数百里格的隧道层层密布，除非刻意安排，否则不大可能与其他守吏相遇。正巧葛瑞尔也想避开他人。他对他们只有鄙视。

从表面上看，海力亚堪称美之殿堂，学风炽盛。容光焕发的青年才俊和一身长袍的长者大师在此探索知识，传承学问，俨然一片和平富庶的求知胜地。然而，撕开这层表象，肮脏的裙带关系和光眷者的伪善便暴露无遗。

光眷者内部一面对外打着学术平等主义的幌子，一面竭力掩埋教团最不可告人的秘密。葛瑞尔认为自己的使命便是揭开这些秘密，并且将之据为己有。他钻得越深，收获越大。

葛瑞尔会像掘坟一般，将这些秘密悉数挖出。大师们不遗余力隐藏的东西，必定拥有不可估量的威力。可他们凭什么决定哪些知识应当与人分享，哪些又该被掩埋？这分明就是自视甚高。教团内部的大师们一直为自己囤积着这样的力量，并且严防死守，满心猜忌。

葛瑞尔本应成为他们当中的一员。十五年前，光眷者就应当将他纳入内部，可他们却决定将这份殊荣授予赫尔斯墨的泰鲁斯。泰鲁斯！愚不可及！但他的家世却实在显赫。反观葛瑞尔，则一无所有。

虽然他一度相信，凭借自己的卓越才识和学术机敏，登上巅峰并非妄想，但他现在已经明白，大师们永远不会将他邀为同道。他没有合适的人脉、财富或者遗产。如他这等无名小卒，皆在排挤之列。

这份屈辱至今仍旧蚀骨焚心。

葛瑞尔所巡视的隧道在地表之下蜿蜒盘旋，杳杳无极，错综复杂。尽管他极力探索，仍有无数秘密隐匿其中。海力亚如同一截腐烂的树桩，白蚁遍布，靠着任人唯亲与狂妄自大苦苦支撑，可以说从内到外都在腐烂。海力亚的崩溃只是迟早的事。

葛瑞尔并非虔诚之人，也不信奉任何神灵。对他而言，虔诚意味着对死后将要面临的一切感到惶惧无措，是因为不敢面对真相而妄图求得虚假的慰藉——而真相，便是人生本就无所追寻，世界向来冷漠无情，一个人的生死更是毫无意义。尽管如此，葛瑞尔依然虔心祈祷，希望自己能够目睹福光岛的陷落。

他继续巡视。寂静的长廊里，只有冥冥烛影和心中仇怨一路相随。尽管多年来葛瑞尔已熟悉这里的环境，但一条条无尽的隧道仍然如同错综盘绕的迷宫。他刚刚成为锤石监守吏时，迷路是家常便饭。有一次，他因为灯油燃尽，在黑暗中困了整整三天。他双手摸索着前行，最后居然老天垂怜，让他找到了出路。锤石监守吏在地底隧道丧生的情况屡见不鲜，尤其是那些刚刚加入的新手。

头几年里，他依靠地图、墙上和地上的粉笔标记以及线轴来辨别方向。而现在他已不再需要这些手段。他对巡行路线了如指掌，有时甚至会挑战自己，特意在一片漆黑中行走。他熟悉每一级凹凸不平的台阶，每一块歪斜错位的石板，即使闭着眼睛也不会被绊倒。闲暇时，他要么疯狂地翻阅他从上锁的库房里偷出来的禁书秘籍，搜寻大师们隐藏的秘密，要么深入迷宫之中，僭离职守区域，不断探索和测试他的活动范围。

在幽深的地底，时间的流逝无法衡量，甚至难辨昼夜。只有最上层才有一些设计精妙的竖井通向地面，因而略有光线。有那么几条走道上，可以透过狭长的窗缝窥见大海的另一边。虽然也没什么风景，但清风带来的咸湿气息与蒙蒙水雾，足以让人从地下仓库那干燥凝滞的空气里偷得一丝畅快。当然，这样的风水宝地，只有最高级别的守吏才能负责……也就是那些通过贿赂和私交而爬上顶层的人。

即便是葛瑞尔用来睡觉和存放微薄财产的房间，也同样埋在无尽的黑暗之中。一旦灯笼熄灭，这里便伸手不见五指。在黑暗中待得太久，大脑就难以清净。由于视觉刺激的缺失，大脑便从记忆深处和灵魂的角落之中汲取养分，自己造出一番景象。因此而沦为疯子的守吏，也不在少数。

葛瑞尔的指尖拂过冰冷的石墙，结束了漫长而曲折的巡逻，开始朝自己的单间走去。其他守吏在轮班结束后会直接前往公共食堂。用餐时间通常也是他们唯一与活人接触的机会，但葛瑞尔只有在必要时才会与人共处一室。他房中放有几壶水和数周分量的干粮。他将独自进餐。此外，他也迫不及待想要继续研究几天前刚从东下层的库房里偷来的书籍。

正当他走下一段狭窄的螺旋石阶时，忽然听到底下有什么声响。他停下脚步，迅速合上了灯笼的透光口。他站定当地，侧耳细听。

毫无动静。

刚刚是他听错了？有可能。声音在隧道中的传播方式不同寻常，让人很难判断声音的距离和方向，而且黑暗之中还会回荡着很多无法解释的敲击、咯吱、呻吟和登音。

葛瑞尔又等待片刻，刚要继续走时，却再一次听到了声响。这一次，确凿无疑。有人在低声说话。

葛瑞尔关着灯笼，蹑足走下楼梯，沿着走廊转向他的房间。他听到一阵嘀咕，还有木头断裂的声音。当他绕过最后一个拐角，看到从他房中溢出的灯光时，他整张脸都因愤怒而变得扭曲。大约九个小时之前，他准备出门巡视时，就已经把门锁好。那把沉重的挂锁已经被人撬开，甩在地上。

房里又传来一阵撞击声，葛瑞尔怒不可遏，加快了脚步。当他跨入房门时，眼中的恨意几乎脱眶而出。他的房间已经被人搜遍。书桌抽屉全都被拉出来，里面的东西也掀翻在地。大箱子被人从床底下拖了出来，锁头碎裂，衣物和书籍四处散落。墙边的床也被强行拉开，床单毛毯都被人从坚硬的床垫上扯了下来。

葛瑞尔立刻注意到，藏在箱底的秘密隔间已经被发现。封盖床后壁龛的石板也暴露了。

不好。

像他这样的守吏，本是奉命看守锁在库房里的器物和典籍。不管是谁，没有大师们的明确书面许可，从库房中拿走任何物件的下场都是被驱逐……而这正是葛瑞尔多年所为。现在，就在他的房里，所有罪证都暴露无遗。

葛瑞尔的脸涨得通红，双眼直直地瞪着那个发现他罪行的守吏。一个秃顶的身影正跪在地上，口中不停嘀咕，一边翻阅葛瑞尔的笔记。他抬起了头。

是马克西姆监长。他的脸臃肿肥硕，面色苍白，满脸喜悦毫不遮掩。一直以来，他让葛瑞尔过得痛苦不堪，存心要葛瑞尔崩溃。而葛瑞尔从未屈服，强忍监长施加的每一次折磨。

马克西姆舔了舔嘴唇，仿佛在品味一道可口的小菜，一面断言道："葛瑞尔，你完了。"

第五章

卡玛维亚，烈焰谷

卡莉丝塔沿着行军队伍逆向而行。庶军队列严整，士卒们脚穿草鞋，整齐划一地踏过龟裂的硬土，身后扬起一片滚滚尘烟。将近两季，滴雨未落。军中已有流言，只怕久旱成灾，官廪不济。卡莉丝塔固然担心粮饷短缺，但这并非眼下的头等要事。

她一经过，士卒便高举手中长矛致意，可她却无甚回应，只是面色凝重地盯着那架庞大的御辇。

御辇比多数平民家宅还大，五十个庶军士卒将它扛在肩上，汗流浃背。他们已经在无情的酷暑之中行进了整整三日。抬运御辇的士卒每两个小时进行一次轮换，才不至于拖累行军速度。庶军在破晓之前开拔，一路跋涉不停，正午时分才稍事歇息，随后便继续前行至日暮。这样的行军速度近乎摧残，但不出两日便能抵达王都阿洛维德拉。

王后一息尚存，卡莉丝塔为此感谢先灵庇佑。若非有米迦勒圣爵，伊苏尔德只怕在庆功宴上就已丧命。其中不无讽刺——卡玛维亚对桑托拉斯的进攻既是此次暗杀的起因，却也使他们寻到了让王后得以续命的神器。卡莉丝塔其实颇感诧异，没想到这件器物竟然真如传闻那般具有奇效，而不仅仅是充当开战托词的装饰品。

这只圣爵具有非凡的疗愈功效。王后倒下后，众人便急忙将水倒入圣爵之中，放到她唇边。尽管咨议官努尼奥借助自己的天赋增强了圣爵的威力，却依然无法阻止毒咒的蔓延。不过，此举至少减缓了毒素的蔓延，为他们争取到寻找解药的时间。

既然王后一息尚存，就仍有希望。然而，当卡莉丝塔走向沾满尘土的御辇时，她痛苦地摇了摇头。事情不该发展到这种地步。她恨自己行动迟缓，恨自己没有早点看到刺客，恨自己没有早点出声警示。她也恨自己不够迅速、不够强大、不够机警，没能阻止这场悲剧的发生。

她救了国王一命，并因此为人称道，可她丝毫不觉得自己是个英雄。相反，她觉得自己一败涂地。她的长矛可能的确挡开了刺客的凶器，但王后却因此罹难。卡莉丝塔始终无法释怀。她在脑海中反复重演刺杀现场，不断思考自己应当怎么做，怎样才能更好地保护佛耶戈和伊苏尔德。

卡莉丝塔暂且抛开悔恨和自责，走到御辇前。周围的侍卫点头放行。御辇正面伸出一段金色步梯，几乎降至地面。卡莉丝塔走了上去，一想到自己的重量现在全都压在士卒肩上，便有些不自在。

卡莉丝塔一边登阶，一边将头盔摘下，夹在胁间。厚重的帷幔已被束起，空气与光线流入御辇之中，里面还罩有一层绡帐，以屏外人。一名侍卫掀开绡帐，放卡莉丝塔入内。

御辇内部皆为王室形制，富丽堂皇，无不毕备。装潢之奢华，行进之稳定，若非卡莉丝塔刻意提醒自己，真要误以为这里已是王宫之中。王后躺在巨大的床上，昏迷不醒，但这总好过继续被疼痛和谵妄所折磨。

佛耶戈在王后身侧，握着她无力的手。卡莉丝塔进来时，佛耶戈抬起头，眼中血丝密布，眼圈发黑，神色空洞。卡莉丝塔估摸着，自从王后倒下，他就没合过眼。

御医热芒完成检查后，为伊苏尔德包扎伤口，换好绷带。他从城内骑马赶来，数小时前方才抵达。他服侍王室家族长达数十年，卡莉丝塔与他早是熟识。她幼时曾试图骑上一匹鞍鞯不齐、桀骜未驯的烈马，结果摔断了手臂，当时便是这位御医为她诊治的。在卡玛之涯，她从百英尺高的岬角跃下，差点葬身海底，也是蒙他照料才捡回了性命。

佛耶戈嘶声问道："怎么样？"

热芒叹了口气，擦去额间的汗水说道："实在是见所未见。还需看看此毒对敷剂有何反应，但除了缓解王后的痛苦，恐怕老臣也别无他法。黑暗正在王后的皮肤下蔓延。虽然缓慢，只怕终将染指心脏。请恕臣无能，陛下。除非出现奇迹，眼下老臣也无力回天。"

卡莉丝塔的心揪了起来。佛耶戈毫无反应，目光也没有从伊苏尔德身上移开。

热芒转过身来，看着卡莉丝塔。他双肩下垂，眼中流露出恻隐之情。卡莉丝塔回以疲惫的微笑，拍了拍他的背。至少对她而言，热芒的诊断实属意料之中。

佛耶戈问道："也就是说，你已经束手无策了？"他的语气并不咄咄逼人，甚至视线也没有从伊苏尔德身上移开，但以卡莉丝塔对他的了解，任何预兆都逃不过她的眼睛。

她正要劝阻："佛耶戈……"

"陛下——"热芒刚开口，佛耶戈便转过身，举起一根修长的手指，制止了他。

佛耶戈低喝道："不。如果你确无办法挽救王后，就不必多言。"

"如果能知道王后中的是什么毒，也许还有希望。"

卡莉丝塔心下隐痛。假如佛耶戈没有杀死最后那名刺客，他们或许就能有线索。

佛耶戈猛地起身，一把抓住了热芒的前襟。他和卡莉丝塔一样，高挑精健，手足之间有着钢铁般的力道。热芒就像被抓上岸的鱼一样瞪大了双眼。

佛耶戈咆哮道："一个不会救人的医者，要来何用？"

卡莉丝塔一只手放在他的肩膀，说："佛耶戈，放开他。"可他置若罔闻。

佛耶戈的膂力迫使老御医不住后退。热芒被推向门口，一路的拖蹭让他的草鞋几欲离脚。

"你无能为力，那就去做点有用的事，找个帮得上忙的人！"佛耶戈大声怒斥，把热芒甩出辇外。他惊呼一声，从步梯上跌了下去，砰的一声摔在尘土之中。

佛耶戈喘着粗气，回到伊苏尔德身边，并重新握住她的手。卡莉丝塔透过绡帐，看到御医差点爬不起身来。

佛耶戈喃喃道："我不能失去她，卡莉。我愿意付出任何代价。我不能失去她。"

卡莉丝塔抿紧双唇，一言不发。她默然转身，大步走出御辇，走下金色步梯，重新戴好翎盔，轻轻跳落地面。

卡莉丝塔一面扶起热芒，一面道："别怪他。"老御医身上沾满尘泥，想必有好几处瘀伤，但伤得最重的似乎是他的自尊心。"他很痛苦，王后对他而言便是天下。"

热芒神情苦涩，想要掸掉袍子上的污泥，却无济于事，便道："那么我很担心之后将会如何。因为我认为王后已经无法挽救。他从小就一直出人意料，任性妄为。一旦他的天下不在，他会如何？"

卡莉丝塔知道，此事不容乐观。

热芒又道："我为王后悲痛，也替陛下难过，天地可鉴。但卡玛维亚需要一个强大而稳定的君主。他可够格？"

"请慎言！"卡莉丝塔很不喜欢这番对话的走向，低声道，"他还年轻，现在又正遭痛创。但还望切记，他仍是你宣誓效忠的君主。"

热芒耸耸肩道："你比他更有先王的气质，卡莉丝塔。要是你能坐上烁银王座，该有多好。"

卡莉丝塔厉声喝止："不可妄言。"

热芒看着她的眼睛，随即嘟哝道："倘若王后果真遭遇不测，我怕是也留不得了。"他向卡莉丝塔垂首致意，苦笑道："能为您的家族效力，实在荣幸之至，但老臣也该就此作别了。"

卡莉丝塔看着热芒离去的背影，感觉自己正在被大水逐渐没顶。她提醒自己："你已许下诺言。"在先王弥留之际，她已经许下诺言。现如今，先王就站在先灵圣殿中审视着一切。

保护佛耶戈，保护卡玛维亚。

卡莉丝塔自言自语道："我在努力。"

* * * *

各个骑士团首脑和高级副将聚集在赫卡里姆的豪华指挥帐中。桌上摆着一幅地图，众人环立桌旁。卡莉丝塔居于正中，眉头紧锁，双臂交叉抱于胸前。莱卓斯也在场，只不过他出身低微，只能退居一众贵族身后，远远地站在暗处。

金盾团宗师西奥多纳断然喝道："我们遭受了这样的袭击，决不能便宜了他们！不然我们不就成了任人践踏的傻子吗？"

乌号团奥罗拉女士便问："那你觉得我们是不能便宜谁？我们连刺客是谁派来的都不知道！"

西奥多纳用手套里的手指戳了戳地图："全天下的刺客多半都来自塔坎港，可这么多年来，当地领主一直在包庇他们。要我说，我们就打塔坎港，杀鸡儆猴，让他们知道，胆敢威胁卡玛维亚的人绝不会有好果子吃。"

奥罗拉反对道："塔坎港是我们的盟友！"

西奥多纳冷笑道："桑托拉斯曾经也是我们的盟友！而现在它成了卡玛维亚的一部分！"

俄多诺怒喝道："那是一场由祭司授命的圣战。"青焰骑士团素来谨承教义，卡莉丝塔知道，他们这位宗师尤其虔诚。

西奥多纳皮笑肉不笑地说道："你要是喜欢，我们随时能找一个祭司来宣布，把塔坎港烧成灰烬正是先灵的意思。"

俄多诺涨红了脸，皱眉道："尊敬的先灵不是在战争和权谋的游戏中任人摆弄的工具，西奥多纳。他们容不得你如此嘲弄。"

"噢，是吗？要论权谋，祭司们玩起来可比宫廷里所有人都放肆！即便是你，想必也清楚得很！"

俄多诺正欲张口再辩，卡莉丝塔插话道："就算刺客真的来自塔坎港，也不可能是领主们指使的，雇主可以是任何人。我们好像并不缺少敌人。"

赫卡里姆接道："刺客一死，我们可能永远都不会知道谁是幕后黑手。"

西奥多纳喝道："无所作为只会让别人更加胆大妄为！"

卡莉丝塔反击道："就是说，仅仅为了夸耀自己的实力，你希望我们攻击一个很可能与此事毫无瓜葛的盟友？"

"如果说这样才能震慑那些对我们心怀不轨的人，没错，我确有此意，毫不犹豫。"

西奥多纳的厚颜无耻让卡莉丝塔瞠目。一想到要对盟友发动又一场毫无道理的战争，仅仅是为了显示手腕，她感到恶心。到底还要让多少人无辜受难？不行，必须另寻他法。

西奥多纳还不肯作罢："豺狼已经闻风而来。他们曾经忌惮卡玛维亚的雄狮，但他已经死了，而他的小崽子根本就还没有经过试炼。桑托拉斯开了个好头，但他还需要再进一步彰显自己的力量和冷血。要是我们的敌人对他不知敬畏，我们将来就会被打得七零八落，满地找牙。"

卡莉丝塔几乎无法保持镇定："你刚才，真的把你的国王叫作——没有经过试炼的小崽子？"

西奥多纳道："我可不是故意冒犯，实话实说罢了。如果你祖父还在世，他也会同意出兵的。换作是他，早就把塔坎港夷为平地了！"

"难道你从未想过，很可能正是我祖父的强硬才造就了我们现在所面对的敌人？我们今日对桑托拉斯的胜利，只不过为我们的明天树立了更多仇敌？而我们如果袭击塔坎港，其他盟友难道不会担心什么时候会轮到他们，并因此有所图谋？我们一手创造了这种暴力、战争和报复之间的恶性循环。现在正是打破它的时候，而不是继续变本加厉。"

西奥多纳断言道："这就是卡玛维亚！就算我们继续树敌，那又怎样！摧毁他们一样不在话下！"

卡莉丝塔沉下脸色："西奥多纳，你这套把戏并不高明，用意也再明显不过。塔坎港紧邻金盾团要地，多年以来，你一直觊觎当地的财富。你想利用这次暗杀作为发动战争的借口，一场卡玛维亚无法承受的战争，只为从中渔利。"

西奥多纳伸手抓住剑柄，勃然怒喝："你好大的胆子！"

与其说卡莉丝塔是听到了莱卓斯的低吼，不如说她感觉到了一股杀气，如同战犬面对敌人时发出的威吓。当然，一旦莱卓斯对骑士团宗师动手，无论有何情由，他都将遭到处决。卡莉丝塔举手示意，让他平静下来。

赫卡里姆沉声道："够了！王后身受重伤，就躺在几十步外！现在不是互相责难的时候。"

西奥多纳转而将矛头指向他，说道："她玷污了卡玛维亚的雄狮留下的传统——"

赫卡里姆立即拔剑出鞘，剑尖直指西奥多纳，厉声道："卡莉丝塔小姐无须任何人代她出战，更不必我多此一举。但你若再敢出言不逊，我便要请战了。"

西奥多纳涨红了脸，怒喝道："你还不是跟我一样，想要拿下塔坎港。"

赫卡里姆道："但不是以如此手段，趁着陛下照料王后时在背地里密谋。就算我们要对塔坎港采取任何行动，也必须根据烁银王座的明确诏令行事。"

西奥多纳盯着赫卡里姆，然后点点头，勉为其难地朝卡莉丝塔欠了欠身，却不正眼看她，只道："恕我无礼，尊敬的小姐，是我出言莽撞了。"

赫卡里姆还剑入鞘，西奥多纳则找了个借口先行离开，其他骑士也一一随行。

奥罗拉女士揶揄道："精彩依旧啊！要是能看到你或者卡莉丝塔小姐将他打倒，出多大票价我都乐意。"

说罢，她也带着麾下骑士离去。帐中只剩卡莉丝塔、莱卓斯跟赫卡里姆和铁之团的几个高级成员。

赫卡里姆道："您的副将该学会控制自己。"

卡莉丝塔答道："我认为他已经做得很好了。西奥多纳的一双手臂不都还在吗？"

赫卡里姆讪讪一笑，抬头瞥了一眼莱卓斯。赫卡里姆比这位出身低微的副将矮半个头，莱卓斯体形壮硕，更加突显其高大。赫卡里姆承认："有道理。"

卡莉丝塔眉头微皱，问道："西奥多纳说你跟他一样想拿下塔坎港。我之前并不知情。陛下知情吗？"

赫卡里姆叹了口气，在脸上一揉，突然显得很疲惫，说道："眼下的情形似乎确实不宜谈论开疆扩土和先王遗风，但对于某些骑士团而言，只有承诺给予荣耀才能保证他们的忠诚。"

"而铁之团却有所不同？"

赫卡里姆又笑了，但这一次似乎更为真诚。他回道："若是说过去的铁之团，自然也是如此。但既然我们已经订婚，铁之团和卡玛维亚的命运便交织在了一起。现在，是时候超越对荣耀的无尽追寻，展望更广阔的前景了——既是为了整个卡玛维亚，更是为了所有的卡玛维亚人。"

卡莉丝塔眉心紧蹙，掩饰不住地讶异。赫卡里姆的回应实在是出乎意料。

赫卡里姆再次揉了揉自己的眼睛，仿佛在卸下他的面具。要说卡莉丝塔没有为此感到欣慰，便是刻意撒谎。

赫卡里姆道："休息一下吧，小姐。还有两天的艰苦跋涉，我们才会抵达阿洛维德拉。"

卡莉丝塔穿过黑暗的营地，走向自己的帐篷，一路沉默不语。莱卓斯如影随形，同样一路无言。

等回到了庶军营区，莱卓斯问："你相信他吗？"

卡莉丝塔坦言道："我不知道，但我希望如此。"

第六章

福光岛，海力亚

他们来的时候，还有几个小时天才亮。

一只拳头砸在门上，葛瑞尔应声惊醒。他猛地站了起来，心脏怦怦直跳。门底下的缝隙透出忽明忽暗的橙色灯光——有人就站在房门外。那只拳头又一次砸在门上，葛瑞尔不禁有些畏缩。

他俯卧在地，一只手伸到硬板床底下摸索，指尖掠过他要找的东西——几天前从厨房里偷来的削刀。他把刀拔了出来，舔了舔嘴唇。

敲门声再次响起，葛瑞尔紧紧攥着那把削刀，走了过去。他强打精神，把门闩滑到一边，缓缓打开门，冲着灯光眨了眨眼。他把刀子藏在来人的视线之外。

一个低沉的声音叫道："厄洛克·葛瑞尔。"

葛瑞尔答道："正是。"他眯着眼睛，试图看清那些黑影。两个人，一男一女，身材都比他高大得多。这倒无关紧要，真要出手的话，再强壮的人都经不住往脖子上一抹。不过，他们手握厚刃重戟，身着华丽的白色胸甲，头戴槽纹头盔，正是监卫的一身行头。这不是个好兆头。虽然海力亚没有城市卫队，但监卫的职能与之相差无几。

那女人吼道:"尼扎娜监守长传唤,她要和你谈谈。"

监守长。

虽然葛瑞尔与她素未谋面,但早就有所耳闻。她掌管整个锤石监,所有守吏都是通过她手下的各种监长和文吏向她上报。传闻她冷酷无情,对隶属之人漠不关心。

葛瑞尔问道:"监守长有何指示?"

那大个子看了看另一名监卫,摇摇头,脸上露出神秘莫测的笑意。

那女人又喝道:"我忘了问。总之,她要见你,立刻。其他的你不必知道。"

葛瑞尔仍在暗地里紧紧攥着那把削刀。他犹豫不决,一时焦灼没有头绪。这次传唤很可能与马克西姆监长发现他从库房中窃取典籍有关。监守长到底知道多少?

良久,葛瑞尔开口道:"且容我更衣。"

男监卫低头看了看葛瑞尔的睡袍,一脸不屑地喝道:"好吧,动作快点。"

葛瑞尔点点头,砰的一声将那两个监卫关在门外。他呆立片刻,将所有可能的后果都设想了一遍,然后来到桌前,放下削刀,把灯笼点亮。他在手盆里洗了把脸,然后穿上装饰繁复的守吏袍。尽管那两个监守在门外低喝,以示威胁,葛瑞尔依然不紧不慢,无视他们的催促。嗒的一声,他扣好了腰带,盘上锁链——上面挂满他所掌管的钥匙,随着他的动作唰唰作响。葛瑞尔把稀疏的头发向后梳理整齐,再拿起一把银色小剪修掉几缕杂乱的胡须。

他盯着削刀看了一眼,将它塞进长袍上的一个口袋。

当他打开门时,两个监守正怒目而视。

那男监守道:"准备好了?还是要我先给您磨个脚皮?噢,要不我再跑个腿,到大师们的浴场给您拿点润发用的芳香精油?嗯?您意下如何?"

葛瑞尔并不理会他的讥刺,只道:"不必了。"

另一个监守命道:"快走。"

三人一路无言,默默爬过一连串隧道、旋梯、库房和走廊,向地面走去。两名监守一人在前,一人在后,仿佛葛瑞尔是个囚犯。也许他正是一个囚犯。葛瑞尔自己也不知道。

他想过逃跑。只要摆脱这两个监守,他肯定能在地底的黑暗中甩掉他们。他或许可以在下面躲上好几个月,但是如果进不了厨房,他肯定会饿死。

他们到达目的地时,天已经亮了。一名监守用力拍门,只是不像叫醒葛瑞尔时那么凶悍。里面有个声音命他们进去。

葛瑞尔先走了进去,监守紧随其后。尼扎娜监守长坐在她的办公桌前,戴着一枚单片放大眼镜,小心翼翼地修剪着一棵种在方形漆盆中的小树。透过她身后的一扇铅格窗户,可以看到大海。耀眼的晨光让葛瑞尔不由得眯起双眼。他已经忘记他上一次看到日出是什么时候。

房间里一把空椅都没有,葛瑞尔就站在那里等着。监守长对他的出现没有任何反应。她神色严肃,一头蛛丝般的银发绾成一个紧实的发髻。她大概四十岁,也可能七十岁。她仍在全神贯注地进行修剪,一把细剪上下翻飞,将不合意的芽苞嫩叶一一修掉。

葛瑞尔瞥了一眼自己身后的监守。两人就像监守长的忠实警犬一般,一动不动地盯着正前方。他又回过头来看向监守长,她还在继续手上的工作。

葛瑞尔道:"听说监守长有事召见?"

尼扎娜监守长头也不抬,只道:"这棵树可能体形很小,但它其实已有三百多年的历史。是不是很惊人?你知道它为何如此长寿吗?"

葛瑞尔盯着她,眉头紧皱,答道:"我……不知道。"

监守长岸然道:"剪除弱点。一棵树只有那么多能量可用。当然,阳光、水和营养物质都有帮助,但如果不加以照料,这棵树就会把宝贵的能量浪费在叶子和枝条上,削弱它的完整性,还有美感。"

葛瑞尔回道:"削弱您要的美感。"

"你说什么？"尼扎娜第一次抬起头来，单片眼镜让她的右眼显得异常巨大。

"您说这会削弱它的美感，但那只是您眼中的美感。您的看法。这棵树怎么会在乎？"

尼扎娜嗤之以鼻，目光回到那棵树上，继续修剪，一面说道："是我让树根得到它们所需的水，是我让这棵树得到它所渴望的阳光。生死皆在我手。对这棵树而言，我就是神。所以说，我的看法就是唯一的标准。"

葛瑞尔皱起眉。监守长的论断之中有不少纰漏，但他觉得还是少说为妙，以免跟她作对。

监守长沉吟道："锤石监守吏就如同这棵树，我照料他们、培养他们、喂养他们。我时不时要修修这边的叶子，剪剪那边的树枝，来确保整棵树的健康。"她摘下单片眼镜，小心翼翼地将其收进一个精制皮盒中关好。然后，她把盆栽移到一旁，把焦点放在葛瑞尔身上。她将手肘支在桌面，两手指尖相抵，身体前倾，问道："知道我为什么找你吗？"

葛瑞尔舔了舔嘴唇，双手摸向长袍口袋，下意识地靠近削刀的手柄。

监守长挑了挑眉，催道："嗯？"

葛瑞尔眼睛也没眨，回道："我不知道，监守长。"

监守长毫无反应。她态度冷淡，叫人捉摸不透。"你知道擅自拿库房里的东西会遭到什么处罚吗？"葛瑞尔紧张起来。监守长又尖锐地加上一句："比如说，书？"

葛瑞尔直直地看着她，说道："驱逐。"

监守长表示认可："不错，驱逐。只要轻轻一剪，不合规矩的叶子就消失不见了。过去曾有比我更松懈的监守长，只有属下犯了最严重的罪行，他们才会选择驱逐。但我觉得这种态度，此等纵容，实在是含混不清，根本起不到警戒作用，反倒助长了违规者的气焰。"

葛瑞尔盯着她，一动不动，手紧紧地握住削刀。

监守长问："你最后一次见到马克西姆监长是什么时候？"

葛瑞尔脱口而出："一个星期前。"

监守长紧盯着他，一言不发。片刻过后，她站起来，走到窗前，望着大海说道："马克西姆监长不见了。你可知情？"

葛瑞尔眉头一皱，问道："不见了？我不明白。他病了吗？"

"不，他没病。他失踪了，蒸发一般。"

"他去哪儿了？"

"我们在他房里发现了一些禁书，都是从密封的库房里偷出来的。想必你对这些也是一无所知？"

葛瑞尔摇头道："不，监守长，我毫不知情。"

监守长转过身来面对葛瑞尔，让他再次紧张起来。是现在吗？她终于已经玩腻了，要下令抓捕他了吗？

监守长又道："他自己大概也知道自己的不检点会被揭发，于是选择了逃跑，而不是承担后果。有时候，叶子还没来得及剪就会自己落下。"她对此不屑一顾。

葛瑞尔松开了刀柄。当他看到监守长从她的长袍口袋中拿出一个大铁环时，眼中闪现出如饥似渴的光芒。那个铁环上挂着几十把钥匙。

"这些钥匙本来是属于马克西姆监长的，现在归你了。"

"我？"葛瑞尔小心翼翼地问道，视线却没有从那串钥匙上移开。

"马克西姆的手下当中，要数你的任职期最长。因此，现在将由你接替他的位子。恭喜你，葛瑞尔监长。"

* * *

葛瑞尔监长将新钥匙挂在锁链上，嘴角勾起一个志得意满的微笑。他在黑暗中穿行，一边哼着小曲，一边穿过地下室、被人遗忘的隧道以及无人问津的走廊，一路走向深处，走入整个库房最古老的角落。他觉得自己很可能是多年以来唯一踏足此地的人。

在一条狭窄的长廊入口，他跪下来，用灯笼照亮地面。几天前他曾在这里撒过盐，现在盐粒全都保持原状。很好，这说明没人来过这里。葛瑞尔心满意足，踩过散落一地的盐，继续沿着长廊前行。他的脚步十分轻快。事情总算开始变得顺遂如意。

他来到走廊尽头，在一扇上了锁的门前掏出一把大钥匙，插到锁眼里转动起来。锁扣机关发出一阵咔嗒声。他依旧哼着歌，走进了牢房。一阵血腥恶臭涌了过来，浓烈得让他双眼有些刺痛。

室内一面墙上安着一块结实的木板，上面整整齐齐地依照尺寸大小摆着各式各样的屠刀、斩刀和铁匠用的钳子。葛瑞尔拿起其中一件，也是他的心爱之物——一把锋利得令人胆寒的弯钩镰。

暗房深处的阴影里传来一阵呜咽。葛瑞尔看向锁在墙上那个早已不成人形的身影，笑着在他面前挥了挥手中那把弯弯的镰刀，叫道：

"早安，马克西姆监长。"

第七章

卡玛维亚，阿洛维德拉

国王和众军返回阿洛维德拉时，一路上气氛凝重。在卡莉丝塔眼中与葬礼游行无异。

王后重病的消息已经传到都城，众人围聚如堵，似乎全城人都出来迎接他们的回归。

在庶军的护送下，载着王室夫妇的御辇穿过巍峨的砂岩城门，沿着主干道前往王宫。大街小巷之中，百姓们摩肩接踵，连广场和屋顶都全部站满。人人神色黯然，一言不发。御辇前撒满了橙色花瓣。依照习俗，这种花象征着对先灵的祈求，希望他们能保护和治愈伤员病患。路面上花瓣纷纭，连石板也变得有些滑脚，看上去好似一笔重彩，从城门一直延伸到王宫，着实壮观。卡莉丝塔知道王后深受百姓爱戴，但此刻眼见这种潮涌般的爱意倾泻还是令她震撼。人群的数量似乎更胜佛耶戈的加冕仪式和她祖父的葬礼。

随驾前往桑托拉斯的骑士团在抵达都城之前便已经与庶军分道而行，骑马返回各自的城垒。临行前，他们都向国王致以慰问，尽管佛耶戈充耳不闻。最后离开的是铁之团，他们的铁堡离阿洛维德拉不过半日路程，坐落在一片巨崖之巅，嵌于绝壁，坚不可摧。由于地势险峻，铁堡在建成之后数百年都从未遭到围城之困。也正因如此，铁之团与烁银王座之间的联姻可谓举足轻重。

卡莉丝塔看着赫卡里姆策马离开。他们将在一年内完婚。虽然现在她对赫卡里姆不再是一无所知，但也不敢说自己已有十足的了解。他似乎是个正人君子，确实魅力十足，才干过人，显然也颇有政治手腕，这一点的重要性毋庸置疑……却也让她产生戒心。

庶军护送御辇穿过都城，直到顶着棘刺的高大宫门在他们身后訇然合拢。

"请吩咐，将军。"莱卓斯的语气与他平时对其他贵族说话时一样，谦恭而又平淡。两人之间出现了一种距离，一种几天前还不存在的距离。

卡莉丝塔道："让庶军加强宫中防卫。"她听到了自己声音中的冷漠——那是贵族对奴兵说话的口吻，而她对此深恶痛绝。尽管如此，她还是像往常一样，尽量不去在意。此刻她肩负重任，不会被她不愿承认的感受所干扰。

"遵命，将军。"莱卓斯行过礼后，转身便去。

* * *

卡莉丝塔在寝宫外来回踱步。最近她连日如此。有时候，她坐下来凝视远方，思绪纷乱，在焦虑和内疚之间备受煎熬。有时候，她坐在门外那些并不舒适的金色椅子上，断断续续地打瞌睡。但大多数时候，她都是在踱步。

门口安排了多名侍卫，时刻保持警惕。几个小时过去了，侍卫换了又换，换了又换，而卡莉丝塔仍然坚守在原地。仆人们往来穿梭，一个个低着头，端来饭菜、清水和毛巾，然后把被汗水浸透的床单和没动过的食物碗碟撤走。

数十名方士、医师、沥血师、药师、巫师和祭司先后抵达。比较幸运的那些挠着头走出来,一面小声嘀咕。其他人则是被丢了出来,在国王的咒骂声中落荒而逃。没人能够阻止毒素缓缓地夺走王后的生命,而随着时间的流逝,寻得解救之法的机会也越发渺茫。

卡玛维亚历代国君数百年来收集的魔法器物全都无济于事。每一天,佛耶戈都会在伊苏尔德沉睡的几个小时里到库房中竭力冥搜,翻遍先王们赢来的战利品,搜寻任何可能挽救王后的线索,最后却一无所获。

整个阿洛维德拉都在为伊苏尔德祈祷。城中的大小庙宇充满了祷告者的身影,乞求先灵让王后康复。王宫门前每天都摆着鲜花和花环。卡玛维亚的所有王公贵胄和骑士团都致信慰问,希望王后早日康复,只不过这些文字全无寻常百姓那种发自肺腑的真情表达。社会底层之人对王后的爱戴,远非王公贵族所能及。

寝宫中传出王后的叫声,止住了卡莉丝塔的脚步。叫声极其凄厉。卡莉丝塔心想,假如那把可恨的毒刃是刺入了伊苏尔德的心脏,或许反倒是种解脱,至少不必让她遭受如此折磨。

宫外漆黑一片,距离黎明还有几个小时。卡莉丝塔祈祷,若伊苏尔德大限将至,但愿她能平静地离开,毫无痛苦。这是她应得的馈赠。

鎏金大门打开,佝偻的咨议官努尼奥伸长脖子,探出头来。若非事态严重,卡莉丝塔可能会被努尼奥的样子逗乐,因为他看起来正像一只从壳里探出头的乌龟。努尼奥看到她,招了招布满皱纹的手,唤她过来。

卡莉丝塔低声问道:"伤势恶化了?"

老咨议官叹了口气,似乎有些泄气。他常年给人一种闷闷不乐的印象,老是眉头紧锁,暗自嘀咕,但卡莉丝塔知道他不过是做做样子。努尼奥已经在王室中任职数十年,虽然他自己从未有过孙子,却对佛耶戈视如己出,关爱备至。眼见王后罹难,佛耶戈悲痛欲绝,努尼奥也不好受。这对所有人而言,都不好受。

努尼奥应道:"是的,小姐。米迦勒圣爵的疗愈作用即使得到了加强,仍是救不了她。圣爵的力量虽然大大延缓了毒发时间,但并没有阻止毒素继续扩散。其他手段也丝毫不见成效。王后这次恐怕是在劫难逃了。"

"除非试遍所有方法,否则佛耶戈是不会罢休的。"

努尼奥道:"陛下已经筋疲力尽。他连续多日不眠不休,而且几乎没有进食。他现在就跟王后一样,在我眼前渐渐萎靡。"

卡莉丝塔神色惨然,点头道:"我再跟他谈谈。"

努尼奥道:"这样最好。"说罢,他略微把门推开,让卡莉丝塔进入寝宫,一边道:"他不听我的,也不听医者的建议,但他肯定不会无视你。"

卡莉丝塔在门口顿了一下,压低声音问道:"你觉得,她还有多长时间?"

"一小时?一星期?这很难说。"

寝宫中闷热至极,四处弥漫着病痛和汗水的恶臭。一片寂静之中,只有一只音乐盒在丁零作响。那是王室夫妇的新婚贺礼,伊苏尔德将之视若珍宝。但在此际的幽暗之中,曲调竟显阴森,很凄切。

卡莉丝塔经过之时,努尼奥道:"我们可能会失去王后,但我们不能再失去国王了。"说罢,老咨议官转身离去,将门关上。

高大的窗户全部紧闭,寝宫里一片昏晦。只要一声令下,廊柱上镶嵌的宝石便能璀璨无比,然而此刻却都暗淡无光。卡莉丝塔的眼睛过了好一会儿才适应这里的昏暗。随后,她向佛耶戈走去。他几乎已经不成人形,垂首呆坐在巨大的床边,握着王后纤细的手。伊苏尔德紧闭双眼,面色苍白,一动不动。若不是她胸口仍有微弱的起伏,卡莉丝塔会以为她早已魂归先灵。

卡莉丝塔单膝跪在佛耶戈身边,柔声道:"我很抱歉,佛耶戈。"

佛耶戈憔悴不堪,凹陷的双眼中只剩空洞,将自己的整个躯骸裹在疲惫和悲痛之中。他眼中又泛起泪光,嘶声道:"我不能失去她,卡莉丝塔。"

卡莉丝塔无言以对，只能无助地用双手环住佛耶戈。他紧紧抓住她，轻声啜泣。她就这样抱着他，分担他的痛苦。

"我这副样子有失王者风范，对吗？"佛耶戈抽回手，抹去脸上的泪水，又道，"我好像从未见过父亲落泪。"

卡莉丝塔道："祖父是个无情的浑人。我倒是更愿意见到一位能够流露真情的国王，而不是一个在失去骨肉时都不掉一滴泪的君主。"

佛耶戈坦言道："我对他向来没有好感，但我确实很羡慕他。他简直坚不可摧。他怎么能如此坚强？"

卡莉丝塔道："因为他从未有过你和伊苏尔德之间的那种爱。你应该为此怜悯他的匮乏，而不是羡慕他的冷漠。"

佛耶戈道："他爱卡玛维亚。"

卡莉丝塔点头道："的确。他对卡玛维亚的爱远远超过自己的家人。"

佛耶戈的脸上似乎浮现一丝笑意，他附和道："不错。他老说的那句话是什么来着？王国高于一切。他还说，这就是成为一国之君的意义。他不可能同意我与伊苏尔德的婚事。为爱结合？我看他根本不懂。"

卡莉丝塔道："佛耶戈，同时成为一个好人和一个好国君，并非不可能。"

佛耶戈空洞的笑容逐渐消失，他低声道："没有她，我可能一个都做不成。没有她，我活不下去，卡莉丝塔。我也不想再活下去。"

卡莉丝塔盯着佛耶戈，惊恐和怜悯之情一时交杂。他向来有些偏执，但此刻，他身上还有一种她从未见过的黑暗。她告诉自己：这只是佛耶戈因为过于悲痛而说的傻话。他会恢复的。

但如果他无法恢复呢？

卡莉丝塔道："伊苏尔德不会希望听到这样的话。"

佛耶戈点了点头，自责道："是的。"他颤抖着深吸一口气，试图调整自己的情绪。"为了她，我必当坚强。伊苏尔德会回到我身边。

她必须回到我身边。"

伊苏尔德仿佛听到了自己的名字,在睡梦中发出呻吟。她眼皮微动,轻声叫道:"佛耶戈?"此时,卡莉丝塔已经适应了寝宫的昏暗,这才看清王后的情况有多糟糕。她面如死灰,浑身湿黏,所有色彩仿佛都已消融殆尽。她虽一息尚存,但看上去已经与幽魂无异。

佛耶戈握住她的手,应道:"我在,亲爱的。"

卡莉丝塔感觉自己唐突了二人之间的亲昵,便起身向后退了几步。

伊苏尔德用模糊而缥缈的声音喃喃道:"我好像溺水了。我在水底滑倒,不能呼吸。旁边站有穿着长袍的人,但他们都不肯救我,只是……在一旁看着。"

佛耶戈柔声道:"那只是一个梦,亲爱的。不过是个噩梦。"

伊苏尔德目光涣散,但当她看到藏身暗处的卡莉丝塔时,忽然面露喜色,叫道:"卡莉!"

卡莉丝塔回以微笑,向她走了过去,应道:"王后陛下。"

伊苏尔德道:"你来真是太好了,你一直对我很好。"

卡莉丝塔道:"以后也将如此。"

伊苏尔德闭上眼睛,呼吸声渐渐加重。她似乎又一次陷入了沉睡,却忽又转醒,并倚向佛耶戈道:"能帮我个忙吗,亲爱的?"

佛耶戈答道:"要我做什么都行。"

"你能帮我把格温找来吗?小时候我每次生病,她都陪着我。"

"当然,亲爱的。我这就命人……"

伊苏尔德睁大双眼,问道:"你能亲自去吗?她是我的珍宝。"

一想到要离开伊苏尔德身边,佛耶戈便面露难色。

伊苏尔德又道:"有卡莉陪着我呢。她会护我周全,没事的。"

佛耶戈瞥了一眼卡莉丝塔,她耸了耸肩,给他一个肯定的微笑。佛耶戈点点头,起身道:"我去去就回。"说罢,在妻子的额上轻轻一吻。

佛耶戈走后,卡莉丝塔问道:"格温?你的朋友吗?"

伊苏尔德勉力起身,说道:"一个和你单独说话的借口。但他很快就会回来。我得长话短说。"

卡莉丝塔扶她坐起来,在她身后支起一个枕头,问道:"什么事?"

伊苏尔德深吸一口气道:"虽然佛耶戈不肯接受,但我快死了,卡莉。"

"还是有可能——"

伊苏尔德握住卡莉丝塔的手。她的皮肤热得发烫。"我很平静。"伊苏尔德叹了口气,摇头道,"可是佛耶戈……"

卡莉丝塔道:"你是担心他。"

伊苏尔德低声道:"我担心的是他会做什么。到时候你一定要帮他接受我离开的事实,扶持他继续前进。求你了。不然,我根本不敢想象他会做出什么事来……"

伊苏尔德的担忧不无道理,卡莉丝塔也深有同感。佛耶戈有一颗善良的心,但他实在无法预测,总是喜欢心血来潮,以自我为先。我可以从旁引导,但真正让他稳定的是伊苏尔德。是伊苏尔德让佛耶戈的傲慢和冲动有所收敛。她若离开,佛耶戈和卡玛维亚的命运着实堪忧。卡莉丝塔可以想象出佛耶戈将会如何癫狂,完全失去控制,像溺水之人一样盲目挣扎,把他能抓到的一切事物全部拖下水。

卡莉丝塔道:"我会尽我所能。"

伊苏尔德道:"我真希望我们还有更多时间在一起,卡莉。我相信我们会情同姐妹。"

"我们已经是姐妹了。"

伊苏尔德脸上的笑容逐渐消失,低声道:"佛耶戈身上还有我爱上他时的影子,但他……变了。他的暴怒越来越严重。"

卡莉丝塔心下一沉,应道:"悲痛对每个人的影响都有所不同。"

"不仅是在我受伤之后。"伊苏尔德警惕地望向门外,又道,"这几个月以来一直如此。他对你,对每个人都隐瞒了这一点,只有我知道。他控制欲极强,又很偏执。他说他需要我,没有我他也不复存在。我吓到了。"

伊苏尔德说着，从床褥下摸出一本皮革封装的簿册，递给卡莉丝塔。

"你收好，"她急切道，"快，趁他还没回来！"

卡莉丝塔接过书册，疑惑道："这是？"

"是我的想法、期望和恐惧。你等到无人时再看。它会让你更懂他。"

卡莉丝塔缓缓点头，眉头依旧紧蹙。

"卡莉，我死后会发生什么很让我担心。可是想到还有你在，心里就宽慰了许多。他需要你的引导，还有你的爱。"

卡莉丝塔有无数问题想问，可不等她开口，佛耶戈便已返回。他气喘吁吁，满头大汗，显然是一路跑来的，臂下夹着一个发色鲜艳的布偶。卡莉丝塔不动声色地藏起了书册。"我把格温带来了！"他一脸骄傲地挥舞着，随即又道，"你坐起来干什么，亲爱的？你需要休息！"

伊苏尔德任由佛耶戈将自己放回床上，并把布偶紧紧抱在胸前，向他身后的卡莉丝塔无声致意："谢谢。"

卡莉丝塔一边琢磨着伊苏尔德的话，一边走出寝宫，继续守夜。王后所说的佛耶戈的变化令她不安，她恨自己没有早点注意到。她感觉责任在不断压来。她再次对一个垂死的王室成员许下了承诺，肩上的重担越来越沉。

她祈祷自己有足够的力量来承受这份重担。

* * *

"小姐。"

卡莉丝塔瞬间惊醒，猛地站起来，伸手去拿长矛。侍女大叫一声，急忙往后缩。

"抱歉，你吓到我了。"卡莉丝塔说道。她还没有完全醒过来，眨了眨蒙眬的双眼，环顾四周。

她正在自己的房间里，身上仍然穿着盔甲。她与伊苏尔德的谈话已经是三天前的事了。这三天，她大部分是在寝宫门外度过的，但最终还是听从了老努尼奥的劝告，回到自己床上睡了一觉。努尼奥答应，一旦王后情况有变，他立即派人前来送信。

卡莉丝塔冷静下来，把注意力转向那名侍女，问道："怎么了？"她想，大概是她一直害怕的那个消息。

侍女回道："陛下召您前去，并且要快。"

卡莉丝塔在宫中飞速穿行。所有的捷径，每一条途经仆人便道的路线，她都一清二楚。她和佛耶戈从小就光着脚在这些大厅里疯跑。她本就更加迅捷灵敏，却总是让佛耶戈抓到她，或是手下留情，放他逃走，否则他很快就会泄气。

在一个转角处，卡莉丝塔从大理石地面上侧滑而过，吓得一旁的仆人惊喘一声，整个人都贴到墙上。她穿过候见厅和客厅，越过困惑的侍卫，径直奔入寝宫。

终于到了，她整颗心怦怦作响。侍卫们引她入内。她冲入昏暗的房中，只见佛耶戈正坐在伊苏尔德床边的书桌前，周围全是书册、典籍和一卷卷羊皮纸。卡莉丝塔的目光转向伊苏尔德，她静静地躺着，双手交叉，放在胸前。

卡莉丝塔气喘吁吁地问道："王后，是不是……？"

佛耶戈道："情况照旧。你是不是……噢！对不起，我不是想故意吓你。"

"她……她还好？"

"是的。"佛耶戈喜上眉梢，说道，"更重要的是，我想我找到了！"

"找到什么？"

"救她的办法！"

第八章

卡莉丝塔淡淡道:"福光岛。"

"不错!"佛耶戈十分笃定。他穿着拖鞋,来回踱步,脚下的碎石嘎嗒作响。"福光岛确实存在!我很笃定!"

此时,两人正在一处廊亭宫苑。卡莉丝塔担心佛耶戈突如其来的兴奋会吵醒王后,便将他带出寝宫。此地名为王后园,僻静无人,是藏于深宫的一处宝地,卡莉丝塔一直钟爱有加。宫苑之中高墙环立,玉柱成林,正中心的喷泉水声汩汩。花坛经人悉心照料,开满了来自世界各地的诸色花品。一片晴空之中,云朵悠然舒卷,色泽鲜丽的蜓蜥伸出长舌,舔食花蜜,纤细的翅膀扑扇不已。

卡莉丝塔看着佛耶戈,心中越发惊恐。他看上去活脱是个疯汉,只穿了件睡袍,顶着一头乱发,手舞足蹈,滔滔不绝地说着福光岛的事。

卡莉丝塔努力克制住内心的怀疑,问道:"你所说的种种,都是梦中所见吗?"

"并不是梦!是神启!来自先灵的启示!"

卡莉丝塔柔声道："佛耶戈。"

"不，卡莉，确为神启无疑！我跟大祭司谈过了，他们可以做证！"

卡莉丝塔皱起眉。为什么神职人员要纵容佛耶戈的幻想，甚至还加以怂恿？这根本帮不了他。她说道："可福光岛不过是一个神话。"

"我当然知道！但我说的是，那不只是神话！"佛耶戈依然十分笃定。他停下脚步，激动地指着卡莉丝塔道："我也曾如此以为。但我遍阅卷宗，那些神话定是岛上的神职人员自己编造流传的，用以阻止外人闯入。福光岛确实存在，彼处必有治好伊苏尔德的办法。"

卡莉丝塔叹了口气道："我知道这个故事，佛耶戈。据说在福光岛上有一汪清泉，其中流淌着的生命之水能够治愈一切致命的创伤。就这样。这是个故事，是讲给孩子们听的童话，仅此而已。"

佛耶戈紧紧抓住她的肩膀，说道："哈，但我已经找到了福光岛真实存在的证据，卡莉！"他因这份执念而颤抖不已，眼中充满狂热。"伊苏尔德有救了！"

卡莉丝塔深吸了一口气。她看得出来，佛耶戈根本不容他人置喙，只好说道："让我看看。"

* * *

国王的研究资料都搬到了卧室一侧的客厅里，摆满书桌和茶几。佛耶戈站在门口，一会儿看看卧室中熟睡的妻子，一会儿看看卡莉丝塔和努尼奥——两人正在钻研摊在他们面前的各种记载、地图、日志和史料。

佛耶戈道："如何？这下你们可明白了？"

卡莉丝塔瞥了努尼奥一眼，他不动声色地耸了耸肩。

卡莉丝塔道："我很犹疑。有很多相互抵牾之处……"

佛耶戈断然道："但诸多细节都指向福光岛的存在，不可能是巧合！"他跨到一个茶几前，一面挥手强调。"你们且看，这个人的记载。名为朱兰？或是基兰？无所谓。这是从艾卡西亚原稿翻译过来的。他说自己到过海力亚城，还记录了他跟岛上的学者、图书馆和秘密一起度过的日子。而海力亚这个地名反复出现，这里、这里，还有这里。"他指向好几份摊开的书籍和卷轴，不断补充。"而且你们看！在那些文献记载的一百多年后，海力亚还出现在了这幅地图上！虽然只是一份残卷，但仍旧可以与我们的地图相对应，福光岛就在这一带。"

卡莉丝塔和努尼奥看向佛耶戈在新地图上指出的位置。

卡莉丝塔问道："永恒之海？"

"不错！福光岛就在永恒之海！而且那里有治愈伊苏尔德的秘密！"

这么多天来，卡莉丝塔第一次看见佛耶戈如此振奋。她不禁回想起他小时候因各种事物而兴奋不已，然后马上又被别的东西吸引过去的样子。他对自己刚刚发现的宝物有着无限热情，卡莉丝塔总是很容易受到感染。可这一次，佛耶戈的推测显然带有歇斯底里的色彩。然而，这毕竟是佛耶戈在渺无希望的黑暗中找到的第一个突破口，卡莉丝塔也不愿直接泼他冷水。

她柔声道："佛耶戈，我们的船舶在这片水域航行多年，恕我直言，如果水手们遇到了传说中的福光岛，我们一定会有所耳闻。"

佛耶戈受挫地看着她，怒喝一声，随后转向他的咨议官道："努尼奥，你敢说所有这些关联都是无稽之谈吗？"

努尼奥揉了揉布满褶皱的额头，一面翻弄一本古籍，一面说道："这也并非完全不可能。"

佛耶戈喜道："看吧！连老努尼奥都表示赞同！"

努尼奥澄清道："嗯，年轻的国王，老臣尚且未能赞同这一假设。不过，如果只看传说当中最具传奇色彩的部分，比如海底帝国的故事，还有跟天降半神之间的战斗，那么的确有可能有么一片海岛，而这个海力亚或许就在那里。"

佛耶戈兴奋得大叫："没错！"他回头瞥了一眼卧室，生怕吵醒了伊苏尔德，然后压低声音接着说道："而且我越是查证便越是笃定，福光岛就在那里！"

努尼奥柔声道："可是陛下，倘若果真如此，那么几百年来似乎都没有人见过福光岛，至少没有文献记载。就好像这片岛……凭空消失了。"

卡莉丝塔嘀咕道："或者已经沉入海底。"

佛耶戈道："所以我命航海部把近五十年穿越永恒之海的所有船只的日志和航海图都送过来了。没想到保留了这么多记录！"他指着一大摞木箱，每个箱子都仔细贴有标签。

努尼奥显然也颇受震撼，叹道："所以陛下才把寺院子弟叫来帮忙？"

佛耶戈道："正是，我让他们整理这些记载和图志。另外，我还让御用制图师根据他们收集的信息绘了一份草图。"他兴致勃勃地展开一卷羊皮纸，那是一张崭新的手绘地图。"谁知道我们居然还有一个御用制图师？"

努尼奥干巴巴地说道："老臣知道。"

佛耶戈道："总之，今天凌晨我去敲他的门，把他吓得半死。不过他画功了得，你们看。"

地图东边为卡玛维亚，北边粗粗勾勒出艾欧尼亚群岛，西边则为瓦洛兰大陆东境。瓦洛兰的北境是一片寒冷荒芜之地，风教犹劣，只有整日争战不休的部族蛮夷。地图南部为恕瑞玛，境内多为沙漠。恕瑞玛以东，则是大片难以穿越的荒野丛林。横亘于卡玛维亚和这些远邦异土之间的，便是永恒之海，需要航行数周才能穿越这片广袤无垠的水域。除了被称为蟒行群岛的一片小型海岛之外，船员几乎没有任何歇脚的地方。

地图上标出了所有的主要贸易路线和卡玛维亚舰队行经的海上通道，经纬纵横，如蛛丝一般密密盘结成网。而本该有蜘蛛盘踞的罗网中心……空无一物。

卡莉丝塔问道："为什么这里会有个缺口？"

佛耶戈道："不错，为什么？"

卡莉丝塔用指尖描画地图上的航线，皱眉道："它打断了通往好几个地方的最短路径。是否因为我们的船在避开什么危险？比如一个大漩涡？"

"去过这一带的人曾在航海日志中提到，他们会落入一片怪雾中打转，导航手段全部失灵。就在这儿，你看。"佛耶戈边说边走到那堆箱子前，打开其中一个箱子，翻出一本小小的皮面日志。他翻到事先标记好的那一页，清了清嗓子，念道："我们发现自己正在无风带中漂流，不知所措。四周一片模糊。虽然没有明显的洋流或者海风，但当我们终于又能看到星星时，船已偏航，在原路线以北好几里格，航向也不对。"

佛耶戈看向他的听众，满怀期待地扬起眉毛。

卡莉丝塔道："所以说，你认为福光岛就藏在那里？"

佛耶戈道："我敢肯定，福光岛就在那里。"

卡莉丝塔低头盯着地图思索，随后道："假设福光岛确实存在，你凭什么认为那里会有伊苏尔德的解药？"

佛耶戈翻了个白眼，又气急败坏地怒喝一声。

努尼奥坦言道："再虚幻的故事，往往也有一定的真实性。如果我们接受陛下的推测，相信这个传奇之岛的确可能就在此处，也就可以顺势推断，关于此地拥有疗愈力量的传说或许并非完全子虚乌有。"

卡莉丝塔依然不为所动，又道："只怕是竹篮打水，佛耶戈。想在神话岛上寻求解救之法，我认为并不明智。"

佛耶戈长叹一声，一直支撑着他的那份狂热也开始消散。他在一把奢华座椅的绛色绒垫上坐下，环顾房中的书册、地图和图志，茫然道："这可能是她唯一的机会。其他办法都已是枉然。"

内疚感再度袭来，如同一把利刃绞入卡莉丝塔的五脏六腑。都是我的错。她瞥了一眼身边的老咨议官。

努尼奥耸肩道："试着找找福光岛并无坏处。"

卡莉丝塔瞬时目眦欲裂。他在想什么？无论结局如何悲惨，佛耶戈也必须接受现实，而不是寄希望于胜算渺茫的垂死挣扎。

卡莉丝塔道："佛耶戈，别傻了！我把伊苏尔德当作妹妹一样疼爱，也想尽我所能去救她，但我们必须面对现实——她康复的希望已经何其渺茫。我知道你很难接受，但如果正如医师所言，她已时日无多，那么你更应该陪在她身边，而不是埋头翻阅卷宗、铤而走险、寻求秘方。"

佛耶戈似乎很受伤。卡莉丝塔叹了口气。她不想伤害佛耶戈，但他必须接受现实。她伸手抚上他的手臂，希望能让刚才的话听起来不那么刺耳，也希望他明白自己是真心替他着想。

"抱歉，佛耶戈。"

佛耶戈把她的手甩开，眼中燃着怒火，恨恨道："我以为在所有人当中，只有你会明白。"

"佛耶戈——"

他直指她的脸道："不必多说，你的建议我已知悉，我不接受。"

"可你要是——"

"够了！"他大声呵斥，"我已经决定了。我知道解药就在那里。下次涨潮我就要派出我们最快的船。努尼奥，你来负责。"

卡莉丝塔感到怒火中烧，努尼奥却仍然欠身应道："遵命，陛下。"

佛耶戈回头看向卡莉丝塔。现在他怒气已消，又道："宫中可能会有人出言反对，但你还是会支持我的，对吗，卡莉？"

她叹了口气道："当然。但假如你真的决意如此，你要派谁去？"

佛耶戈道："必须是我的亲信。当初我跟伊苏尔德成婚时，那些贵族多半觉得我愚不可及，所以我不指望他们。而骑士团的忠诚也未必靠得住。"

努尼奥问道："那陛下想要派谁？"

佛耶戈道："赫卡里姆。他既与卡莉丝塔订婚，铁之团必定忠于烁银王座。"

卡莉丝塔小声嘀咕:"我们还没有成婚。"

佛耶戈摆手道:"是还没有,但我们可以把婚期提前,赫卡里姆本来就一直在催促。"

卡莉丝塔扬起眉毛,惊道:"他一直在催?我怎么不知道?"

佛耶戈没有理会她,继续说道:"需要的话,你明日便可完婚。此事可以安排,不是吗,努尼奥?"

老咨议官瞟了一眼卡莉丝塔,回道:"是,陛下。"

佛耶戈和他的首席咨议官随即开始讨论婚礼的筹备工作,而卡莉丝塔一个字也听不进去。她的眼前浮现的是各家骑士团在别国烧杀掳掠的惨景。铁之团也曾是其中一员。若是没有佛耶戈的敕令,加上伊苏尔德的现身,桑托拉斯必定也难逃劫难。而关于福光岛的传言,哪怕只有四分之一属实,那就无疑是一片富饶之乡。卡莉丝塔几乎已经听到了惨叫……

她开口道:"别派铁之团去。他们应当留在此地镇守。"

努尼奥接道:"那……?"

卡莉丝塔毅然道:"我去。"

福光岛,海力亚

厄洛克·葛瑞尔已经想不起他上一次开怀大笑是什么时候的事了。但当他在地底库房中发现一具死去多时的海力亚大师尸体时,他笑得眼泪直流。

尸体已变成一具干枯的躯壳，长袍也大半化作尘土。那位大师的头皮上还粘着一绺头发。他断了一只脚踝，关节扭成畸态。尸体附近还有一只灯笼，早已油尽灯枯。葛瑞尔想，这老糊涂准是被绊倒之后摔断了腿，直到油尽灯枯还找不到出路。在疯狂和干渴夺走他的生命之前，他撑了多久？对于像葛瑞尔这样的垂尸人，大师们向来鄙夷至极。一想到那些高高在上的大师中也有一人临终之际在黑暗之中四处摸爬，感觉实在妙不可言。

很难判断这具尸体在这里待了多久。二十年？或者五十年？这片库房的干燥会减缓腐烂速度，所以也可能有百年之久。

这人是个大师，因为他脖子上挂着一枚已被腐蚀的魔符，身份一目了然。魔符在葛瑞尔手中散成碎片，嵌在里面的白石滑落出来。葛瑞尔喃喃道："钥石。"石块长约一掌，其上刻有符文字样，摸着竟然尚有余温。只有烁光塔的大师才会掌管这样的钥石。葛瑞尔细细把玩着，享受它的触感，然后放入了长袍中。

这片库房显然已经有数十年无人踏足。葛瑞尔刚收获的监长钥匙大大拓宽了他的猎场，让他进入海力亚地底最深、最古老的地窖之中。

葛瑞尔问那具骷髅："你避开他人耳目，独自跑到这下面，要做什么？"

直到这时，他才发现尸体手里好像攥着什么东西。他不得不用力掰弄尸体的手指，才把它们松开。那些手指像干枯的树枝一样被折断，露出一把暗无光泽的旧钥匙，上面覆满铜锈，末端仿佛一只凝视的眼睛。很快，这把钥匙也加入了葛瑞尔腰间的锁链。

葛瑞尔花了好几个小时才找到与这把钥匙对应的锁。而在那扇门后，他发现了那本将会改变一切的书。

第九章

卡玛维亚，阿洛维德拉

"你要离开卡玛维亚？"莱卓斯挥剑的动作一滞，惊道，"现在？合适吗？"

卡莉丝塔见机出手，挥矛疾刺。矛头银光闪动，仿佛长蛇吐芯，却被莱卓斯一一化解。卡莉丝塔向后一退，一面盘旋，一面寻找破绽。

"我不知道。"她坦言道，"但我不可不去。"

现在轮到莱卓斯出手。他虽然体形壮硕，却行动敏捷，有着出人意料的速度和平衡感。他佯攻下盘，待欺近时却撩起一道弧光，直取咽喉。卡莉丝塔向下一缩，飘身闪避，刺向他肋下空当。莱卓斯挥盾格开矛头，又直劈下来。他没有手下留情。若不全力迎击，卡莉丝塔便会大发雷霆。她灵动如舞，闪身避开了这一劈，随后的连击也都一一予以回敬，却也悉数落空。

两人再度分开，各自汗水涔涔，继续盘旋对峙。

莱卓斯问道："你说不可不去，是为了王后？对陛下的责任？还是为你自己？"

问得好。卡莉丝塔可能不愿承认，但她之所以自告奋勇，很大程度上确实是出于内疚。她只道："但凡有机会救回王后，无论多么渺茫，我都必须一试。而且，如果此事不成，或许也能给陛下一个交代。"

莱卓斯道："这不是你的错。"

"我必须去。"

莱卓斯不再勉强她。

之后的训练，两人各怀心事，默不作声。末了，兵刃皆已钝涩不堪，两人也都浑身挂彩，这才开口交谈。

莱卓斯道："那我们什么时候出发？"

卡莉丝塔深吸一口气，颇不情愿地说道："我明早破晓时出发。"莱卓斯浑身一僵。卡莉丝塔望向远方，又道："陛下命你留守阿洛维德拉。"

"他什么时候开始知道有我这号人了？"

"自从你取下桑托拉斯国王的首级。"

莱卓斯似乎另有他想。卡莉丝塔想，这也难怪。她轻叹一声。她也想尽可能让莱卓斯远离宫廷，远离那些毒蛇的巢穴，可佛耶戈执意如此。

莱卓斯问道："到底怎么回事？"

* * * *

卡莉丝塔和莱卓斯来到候见厅时，赫卡里姆正与佛耶戈在觐见厅中交谈。厅门大敞，这位铁之团宗师大概没有料到，自己的声音已经清清楚楚地传到门外二人耳中。

只听赫卡里姆道："恕我直言，陛下，我……不认为这是明智之举。"

佛耶戈依然衣冠不整，只披了件睡袍。他高坐在烁银王座上，心烦意乱地敲着银色扶手。赫卡里姆所站之处离王座只有一阶之遥，而努尼奥则隐匿在侧。

赫卡里姆又道："这有悖于卡玛维亚建国以来的传统。"他语气谦恭，言辞间却透出恼怒之意。

莱卓斯两眼愣怔。卡莉丝塔从小便熟悉烁银王座。她少时常与佛耶戈一起爬上去，没少为此挨训。她都忘了这个王座有多么令人生畏。它高大威严，闪闪发光，主宰了整个空间，让所有踏入觐见厅的人立刻明白座上之人所拥有的财富和权力。这也正是烁银王座的意义所在。

卡莉丝塔轻声道："放松。那不过是一大块抛了光的金属，而他只是一个人。"

莱卓斯嘀咕道："说得轻巧——'只是一个人'。只是一个可以随时将我处死的人，就因为我鞠躬不到位，或者干脆，就因为我吃饭时用错了叉子。"

卡莉丝塔努力克制嘴角的笑意，平静地看着他道："所以你最好别用错叉子。"

"谁叫他摆那么多把？用得着吗？"

卡莉丝塔注视着莱卓斯，将手放在他的胸口道："没事的。"

莱卓斯道："我不明白。我应该在队伍当中，跟庶军的兄弟姐妹站在一起。他找我做什么？"

卡莉丝塔叹道："在亲眼见到你之前，他不希望我向你透露。"

她的内心远远没有表面上那么淡然。佛耶戈状态尚佳时便已难以预测，而他此刻的状态实在不容乐观。睡眠不足、绝望沮丧，加上现下这种孤注一掷的热盼，都让他濒临崩溃。卡莉丝塔惴惴不安。

"一切都会没事的。"这句话既是为了安抚莱卓斯，也是为了说服她自己。

眼前的大个子点了点头，但看上去并未释然。

早先他问过卡莉丝塔："那我穿什么？"即便在战场上，卡莉丝塔也从未在他眼中见过如此忧虑。"我连一件，呃，像样的衣服都没有，更别说能穿去觐见国君的行头了。"

莱卓斯的局促不安让卡莉丝塔不禁大笑。他洗过澡，剃好发须，在她的一再担保下，穿上了他自己的盔甲，当然也没少给盔甲上好油，将它收拾得一尘不染。

只听赫卡里姆又道："他是下等人！这样的王命无法服众。"

佛耶戈挥手示意卡莉丝塔和莱卓斯入内，一面道："服众与否，我并不在乎。我需要一个能够信任的人，一个没有搅在政治权谋当中的人。况且这次暗杀未遂，也有可能是我自己宫廷中人的手笔。我需要一个与所有贵族都毫无瓜葛的人。"

直到卡莉丝塔和莱卓斯已经走到了觐见厅中央，赫卡里姆才注意到他们的存在。他想到两人一定听到了他方才所言，便很识趣地摆出了尴尬的神情。卡莉丝塔和莱卓斯在通向王座的陛阶前单膝跪地，将手放在地上，垂首示敬。

"行了行了，够了。"佛耶戈一面说，一面示意卡莉丝塔和莱卓斯继续上前，又道，"我不想离开王后身边太久，我们速战速决。带他上前，我想近距离看看。"

卡莉丝塔走上陛阶，在距离王座还有一级台阶时停了下来，侧首道："赫卡里姆大人。"

赫卡里姆垂首应道："卡莉丝塔小姐。"

莱卓斯止步于卡莉丝塔的下一级台阶。以他的出身，这便是他所能企及的最高点。

佛耶戈从王座上走下来，与卡莉丝塔和赫卡里姆擦肩而过，开襟睡袍的下摆一路拖在身后。他在莱卓斯身边转来转去，像在评估一头刚刚拔得头筹的公牛。莱卓斯则一动不动地站在原地，视线低垂，毕恭毕敬。

卡莉丝塔与努尼奥对视一眼，老咨议官微微耸了耸肩。

佛耶戈道："嗯，确实非常魁梧，气质令人生畏，却又看着很恭顺。很好。"

"莱卓斯副将是庶军当中最好的战士。"卡莉丝塔觉得有些恼火，但顾及未婚夫就站在一旁，自己不便发作。"他是我麾下最得力的军官，随我征战多年，一直忠心耿耿。"

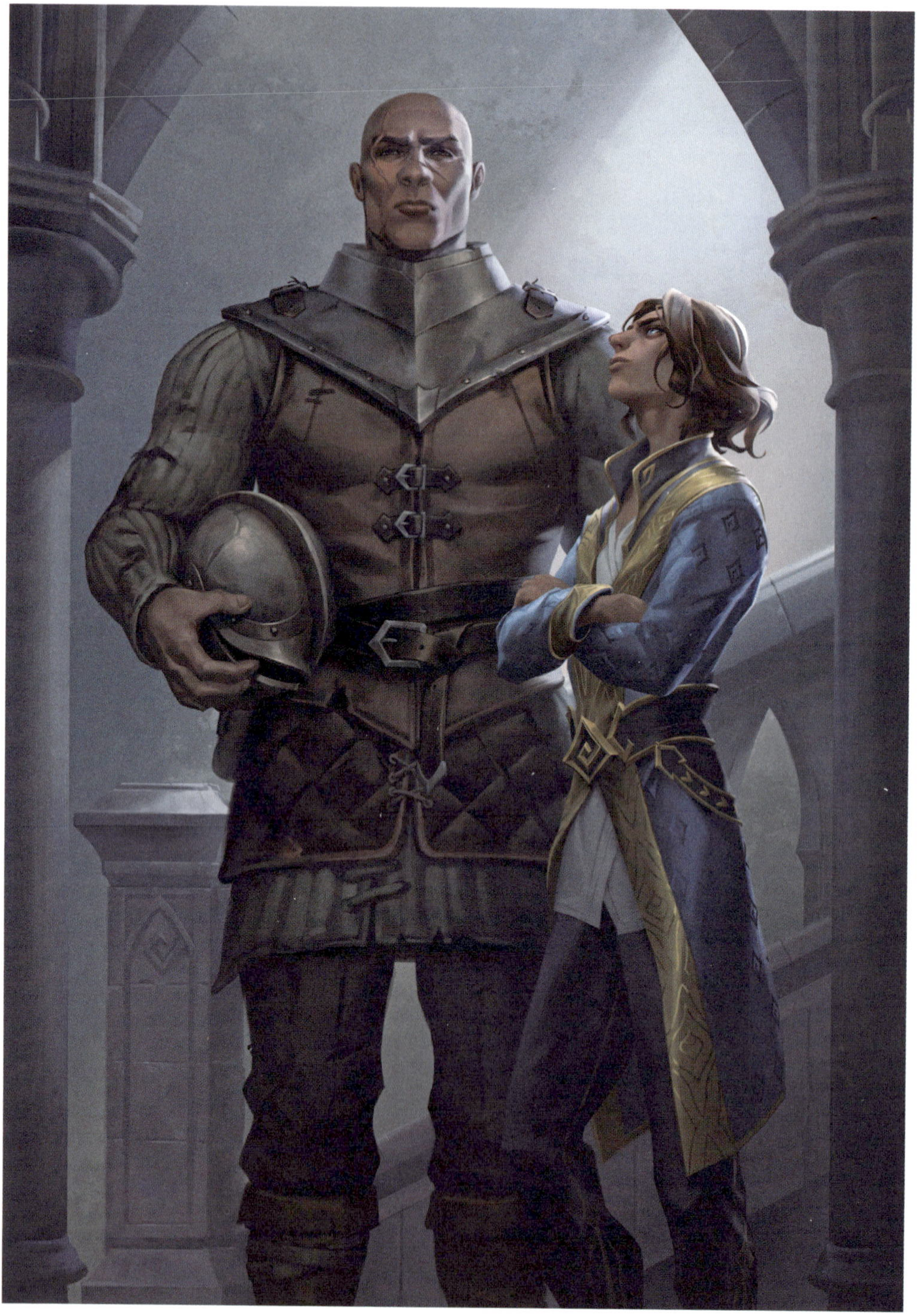

"就是他杀了阿格里波斯吗？"佛耶戈又一次站在莱卓斯面前，"那的确了得。桑托拉斯国王的剑术可不简单。"

卡莉丝塔道："正是。而且这并非他在战场上首次建功。"

"还很忠诚？"

"是的，忠心无比。"卡莉丝塔愠道，"但您可以亲自问他，佛耶戈陛下。他就在您面前。"

佛耶戈挑眉看向赫卡里姆，令卡莉丝塔更为窝火，但她强忍怒气。在此时发作，对谁都没有好处。

佛耶戈对莱卓斯道："准你平视。"

莱卓斯正迟疑不定，赫卡里姆翻了个白眼道："吾王有令。抬头。"

莱卓斯缓缓抬起视线，似乎担心这道命令是个陷阱。他虽然站在比国王低两级台阶的地方，目光却与他持平。

佛耶戈轻声问道："你是否忠诚，莱卓斯副将？"

"是，陛下。"莱卓斯应道，声音低沉而洪亮，"我的生命属于陛下。"

佛耶戈与他对视片刻，随后向卡莉丝塔点头道："我喜欢他。"说罢又转向莱卓斯道："现命你为新任御前侍卫。"

莱卓斯眼神一晃，惊道："国……国王陛下？"

佛耶戈的语气仿佛在同一个三岁小孩交流，又道："我发现我需要一个新的御前侍卫，就由你来担任。"

莱卓斯瞠目结舌，充满疑惑地瞥了一眼卡莉丝塔。她微微颔首表示肯定。

莱卓斯道："荣幸之至，国王陛下！"

赫卡里姆仍在嘟囔："我无意冒犯副将，但他实在是出身低微，陛下。按照惯例，御前侍卫当由骑士团成员充任。即便抛开惯例，也必须由贵族充任。国法如此。"

佛耶戈重新坐回王座，一面说道："但我是国王。我可以修改国法，不是吗？努尼奥，不行吗？"

老咨议官叹了口气道："事情没那么简单，陛下。这些规定是可以改，但需要时间，还必须……遵守一些章程。"

"可我不想再花时间了。如果再次发生暗杀怎么办？我需要他立刻开始保护我们。"

努尼奥提出："依臣之见，还有一个办法。"

"快说。"

努尼奥道："假如他是个贵族，陛下便可立即任命。那么……就封他为贵族吧。"

佛耶戈道："我们竟可以这样？"

努尼奥道："是您可以，国王陛下。近来数月，有几位贵族相继离世，他们没有血缘近亲，留下了几座庄园，闲置无主。照此情形，这些土地和头衔都归为烁银王座所有，陛下有权将其分配给新的主人。只要给莱卓斯副将一座庄园和一个头衔，他就会成为一名贵族。"

佛耶戈道："哈！如此简单。"

努尼奥道："确实如此简单。臣可以即刻命人备好文书。"

"就这么办。"

努尼奥又道："臣提议潘瑟斯，国王陛下。南海岸线上一座朴实的庄园，葡萄园不错，酿得一些好酒。至于头衔……准男爵足矣。当然，他还需要一个更恰当的军衔才能担任御前侍卫。臣提议，大帅。"

佛耶戈试着念道："莱卓斯大帅。嗯，甚好。潘瑟斯也是个不错的选择。"他转向莱卓斯道："我想你应该不会反对？"

莱卓斯仍在瞠目结舌。方才的瞬息之间，他的整个世界天翻地覆。他勉力答道："我……不反对。"

佛耶戈挥手道："努尼奥，此事由你去办。现在，我必须回到王后身边。"

国王从王座上站了起来，众人皆单膝跪地，垂首示敬。在侍卫的簇拥之下，佛耶戈大步离开。

他走后，众人起身，卡莉丝塔伸手将年事已高的咨议官搀扶起来。众人一言不发，默默走出觐见厅。莱卓斯仍然有些愣神，赫卡里姆则一脸愁容。努尼奥离去时嘴里嘀咕着要去解决文书的事,留下卡莉丝塔、莱卓斯和赫卡里姆站在候见厅,颇为尴尬。

赫卡里姆率先打破沉默,说道:"看来,我该道声贺了,大帅。"他又露出迷人的微笑,假面鲜亮如初。莱卓斯反射性地垂下视线。赫卡里姆举起一根手指摆了摆道:"不敢当。你已荣升贵族,只需向国王陛下鞠躬。"

莱卓斯战战兢兢地抬起眼睛。卡莉丝塔笑道:"大帅。"说罢,微微欠身致意。

莱卓斯道:"这……还要一阵子才能适应。"

* * * *

卡莉丝塔彻夜辗转反侧。她读伊苏尔德的日记直到深夜,睡下之后又反复惊醒,总担心天已大亮,自己错过了发船时间。她感到五脏六腑中翻搅不已,怎么也摆脱不了疑虑——寻找福光岛实在是愚蠢之至,不可能有什么好结果。

她还总是忍不住回想起,赫卡里姆对莱卓斯陡然升迁的强烈不满。而一想到这儿,她的思绪便又转到莱卓斯身上,脏腑中又是一阵翻搅……

卡莉丝塔将衾单甩到一边,双腿摆向床沿。夜间仍有暑气,她的窗户敞着,淡淡的月光洒入房中。她从小到大都住在这个房间,不过她现在已经很少睡在宫里,而是常年奔波于征旅途中,在营帐里的行军床上歇息。她的铠甲和头盔挂在房间另一侧的支架上,长矛和短剑则在身侧。她反复收拾了十几次的行囊就放在铠甲支架下。

她叹了口气,从床上起身。此刻的一身及地睡袍可谓难得的奢侈,因为在野外,她总是身穿铠甲入眠。她伸了个懒腰,向阳台走去。脚下的石板清凉舒爽。她推开门,走入黑暗之中。

她的房间高踞王宫上层,下方便是高耸的崖壁,海浪不住地击碎在礁岩上。此时距黎明还有几个小时。她闭上双眼，聆听海浪的拍岸声，在海风中深深呼吸，让自己的心平静下来。

一阵轻轻的敲门声打断了卡莉丝塔，她皱起眉。谁会在此时找她？她悄声回到房中，从剑鞘中拔出了短剑。敲门声再次传来，沉静而又执拗。卡莉丝塔一只手握着短剑，一只手缓缓将门打开。

一个头戴兜帽的高大身影站在门外，虽然看不清那人容貌，但卡莉丝塔还是一眼就认出了他。

"莱卓斯？"那人急忙把脸别开。卡莉丝塔翻了个白眼，愠道："趁人还没发现，赶紧进来。"

说着，她一把抓住他的胳膊，将他拉入房中。她迅速环顾周围，确定四下无人，才把门关上。她在莱卓斯身边转来转去，而他则戳在那里，依然刻意把脸撇到一边。"你来这儿做什么？"

"你能不能……先把剑收起来？"

卡莉丝塔低头瞥了一眼手中的短剑，调侃道："我也说不好，大帅。可能还会用到。"声音中带着笑意。

莱卓斯正视她道："卡莉丝塔，我永远都不会伤害你。永远不会。你知道的。"

现在轮到卡莉丝塔躲开视线了。她感觉自己脸上泛起红晕，便转过身去还剑入鞘，一面道："我知道你不会的。"她背对着莱卓斯，却能感觉到他的目光仍在自己身上。"只不过是个蹩脚的玩笑。"

莱卓斯道："我想在你出发前见见你。"

卡莉丝塔的心怦怦作响，五脏六腑又开始翻搅。她深吸一口气，试图恢复镇定，却并不奏效。她转过身来，抬头看向莱卓斯。她的眼神中透出防备，但同时还有另一种更为深沉的东西，她一直以来都试图掩藏的东西。莱卓斯靠得很近，她甚至闻得到他的气息，混杂着鞣制的皮甲、上过油的兵刃，还有汗水的味道。这味道如此熟悉，令她安心，可现下竟出现在她房中，又让她……不知所措。

然而，她不想他离开。

"我有东西给你。"莱卓斯从颈间取下一条精致的链子，银色的吊坠上刻有两株玫瑰，茎叶交缠，如同一对缠绵的恋人。

卡莉丝塔轻叹道："太美了。"她正要伸手去拿，却又将手缩了回来。如此珍宝，想必价值不菲。如今莱卓斯坐拥土地庄园与贵族头衔，家财可观，但他也绝不可能在得知此事后的数小时内便买下它。对出身低微的士卒而言，就算是副将，也要花费积攒多年的微薄俸禄，才能买下这样的项链。"莱卓斯——"

莱卓斯道："我并不奢望什么。但是这个，要么现在给你，要么扔下码头。"

卡莉丝塔一时哽结，感到内心深处无数思绪在纠杂翻腾。最后，责任战胜了一切。她只道："我不能收。"

莱卓斯隐忍地点点头。卡莉丝塔的整颗心仿佛被人紧紧攫住，用力拧绞。眼前的壮汉用满是疤痕的大手将精致的吊坠握进拳中，让它消失不见。"看来还是去码头好。"他喃喃道，"对不起，我不知道我在想什么。"

卡莉丝塔道："不，该抱歉的人是我。订婚的事——"

莱卓斯低声道："你不需要解释什么，更不需要向我解释。"

卡莉丝塔面无表情，但她感到内心正在崩溃。

莱卓斯又道："你是一位拥有王室血统的公主。但你跟我一样，是责任的奴仆。你大概更甚于我。没关系。我是个军人。我明白责任是什么。"他想笑，却是满面酸楚。"既然你天一亮就启航，倒是省得我们明天训练时感到尴尬。"

莱卓斯似乎还有话说，却欲言又止，转身离开。卡莉丝塔悄然紧随，想说点什么，却不知该说什么。

莱卓斯在门口回望一眼，嘶声道："一路小心，卡莉丝塔。此刻，此生，我的心与你同在。"

然后他转身离去。

只留卡莉丝塔孤身一人。

当出身低微的副将从卡莉丝塔房中走出时，赫卡里姆正站在走廊暗处眯着眼窥视。那壮汉将兜帽拉起，遮住剃净过后露出旧疤的头，消失在黑暗中。

赫卡里姆暗暗攥起了拳头。

福光岛，海力亚

厄洛克·葛瑞尔正在细细钻研面前的书册，眼中燃着炽热的光芒。那是一本古籍，书页破损，笔墨褪色，但大部分仍清晰可读。葛瑞尔用死去大师的钥匙打开了一间库房，发现了这本古籍。不，葛瑞尔纠正自己——这把钥匙属于他。

他舔了舔嘴唇，翻到下一页，随后两眼睁大。那是一份精准详尽的图稿，画的是位于海力亚地底深处的一间大厅，巨型水池坐镇当中，另有通向水池的台阶。图稿周围潦草地记着尺寸、测量和算式。葛瑞尔意识到这是一幅尚未建成的建筑图稿。

他快速浏览了之后的几页，几乎不敢相信自己的眼睛。上面精心绘制了大厅的每一个角落，乃至一旁的耳室，从几何形柱子，到天花板上构成完美比例图案的精美拱石。书中还有关于照明方案的详解，以及将大厅底下的天然泉水引入中央水池的计算结果。

葛瑞尔喃喃道："生命之水。"传闻都是真的。

大师们手中掌握着永生的秘密……可他们一直秘而不宣。

苦涩和愤怒在葛瑞尔体内翻涌，让他越发坚定了目标。他有资格享有这些泉水，而他也会设法得到它。

第 二 部 分

"举棋不定，不若以身涉险。"
—— 卡玛维亚古谚

王后伊苏尔德的日记节录

我已然发觉,自己正身处夹缝之间。

我出身低微,现在却成了王族——而且是一国之后。我在两个世界之间漂流,如同幻影,二者皆是,却又无一适从。

与佛耶戈新婚不久,我便已经察觉宫廷对我的热情逐渐冷淡。廷臣与贵族们不齿于我卑贱的出身和外邦血统,所以若非必要便视我为无物。骑士团的各位宗师在我面前也只会与佛耶戈晤谈。就连仆人们看我走近也会诚惶诚恐地垂首——在他们眼里,我已是王族的一员,与他们有天壤之别,并且理所当然地与其他贵族一样,心怀鬼胎、残忍暴虐。

能让我感到自在的人,除了佛耶戈之外,便只有卡莉丝塔。她会听我说话,会看到我的存在。更令我欣喜的是,她和我一样,希望建立一个更加仁慈的卡玛维亚。而其他人呢?全都希望我立即消失。他们甚至会觉得,如果当初佛耶戈挑选了一个更登对的妻子,那是最好不过的。

这种感觉让我难过了好一阵子,心里很迷茫。可我后来意识到,我所处的位置——这一个令人不适、尴尬,也是独一无二的夹缝,正是我最合适的处所。地位赋予了我极高的特权,让我可以成为横跨天堑的桥梁,连接起一无所有的人和拥有一切的人。也只有这个位置,能够让我将两方团结在一起,谋求共同的利益。

佛耶戈的爱,还有倾听的意愿,给了我很大的希望。他并不完美——谁又不是呢?——可他希望变好。更重要的是,他希望卡玛维亚能够变好。他会兴致勃勃地与我彻夜长谈，商量着种种可能带来兴盛的举措。有了他的支持，还有卡莉丝塔的守护，即便宫廷中疑虑重重、阴云密布，我也坚信我们会取得成功。

是的，我存在于两个世界之中，各占一半，却又两头碰壁，但我仍感激自身的际遇。我欣然接受。在我眼中，未来正徐徐展开，洋溢其间的是光明与希望。

第十章

永恒之海

崭亮的卡玛维亚大船上,卡莉丝塔手持长矛,在甲板上疾奔。这艘船名为"剑鹰号"。卡莉丝塔直奔剑鹰的左舷栏杆,几欲冲出舷外。可她一脚踏上雕栏,又用力蹬转开来。她凌空出手,长矛从后甲板上方划过,刺穿了悬在空中的沙袋。

卡莉丝塔轻轻落地,站直了身子活动两肩。她走向旋转不止的沙袋,正要取回武器,忽然听到一旁有人拍手叫好。

卡莉丝塔从沙袋中拔出长矛,撒出一些细沙。余光瞥见船长那魁梧的身影此刻正闲靠在船尾的桅杆上看着她。船长名叫薇尼克斯,是个直爽利落的瓦斯塔亚女人。她五官粗犷,一双黑眼睛明亮有神。她的毛发如同皮毡一般,脸上和手臂内侧颜色略浅,其他地方则是更为浓密的红褐色。一对形同水獭的毛茸圆耳,穿有十多个耳环,指爪短粗,指甲涂成了艳粉色。

船长道:"我的水手都在打赌,看你什么时候会把长矛甩进海里。有人赌一小时,还有人赌一天。现在已经过去十多天了,你一次都没失手。"

卡莉丝塔道:"抱歉,让各位失望了。"

"欸，你不用跟我道歉。"薇尼克斯笑了，露出了她的小尖牙和显眼的犬齿，"我是唯一赌你不会失手的人。所以你保持住，让我小赚一笔。"

卡莉丝塔夸张地欠身道："我尽力而为。"

太阳无情地抽打在他们身上。十几天过去，卡莉丝塔没有见到半点陆地的影子。永恒之海名副其实，无论从哪个方向望去，都是一片无垠。好在风向对他们有利，航行十分顺利。

卡莉丝塔虽是在海边长大的，但她极少出海。她曾想象海洋中四处生机勃勃，但此时看来，这里似乎更像是一片荒芜。头几天，他们还看到了众鸟群飞、龙鱼腾跃，甚至还有一头巨大的镰鲸破浪而出，惊现船头。但后来的几天，几乎没有任何生命的迹象。

一开始，广阔的海面充满了新奇感。卡莉丝塔坐在船舷上荡着腿，兴高采烈地看着鼠海豚在"剑鹰号"船头的白浪中欢乐地翻腾。有时候，她只是躺下身来，静静享受阳光、木头的吱呀声和"剑鹰号"的律动。

很快，这一切开始变得单调。为了让自己有事可做，卡莉丝塔住到后甲板，把这里变成了训练场。每天，她都要进行好几个小时的严修苦练，从伏地挺身和索具攀爬，到不断重复的突刺、步法、转身和格挡。

"你可能饿了，公主。"薇尼克斯船长向卡莉丝塔抛出一个面包。

卡莉丝塔应手接过，说道："请别再这样叫我。"

"随你怎么说，公主。"

卡莉丝塔只得摇头，没好气地哼了一声。她用面包敲了敲栏杆，眉头皱了起来——硬得像块石头。

薇尼克斯道："下面有汤。有汤就咽得下了。"

"谢谢你，船长。"卡莉丝塔这才意识到自己已是饥肠辘辘。天刚亮她便开始训练，而现在太阳已经快要爬到头顶正上方。这一次，她终于忘了时间的流逝。

船长道："我们正在接近你那片神话岛的估测位置。如果它们真在那儿，我们明后天应该会经过。"

"你真的觉得它们不存在？"

薇尼克斯吸了吸鼻子，胡须也跟着一颤。"我可没说我不信。我在海上见过的怪事可不少，不会随便否定这些东西。人人都长命百岁的神岛？这跟我见过的最离谱的事相比还差得远呢。但这不代表我们一定就能找得到。如果这些岛屿被刻意藏了起来，就更不好说了。"

卡莉丝塔极目远眺，望向地平线。如果数百年来都没人能够找到福光岛，那她凭什么认为自己会找到？这很可能完全是浪费时间。她喃喃道："也许我根本不该来。"

"那不就错过了这些？"船长笑道，一面指了指周遭景色。"剑鹰号"并非卡玛维亚舰队之中体量最大的船只，但迅疾非常。无风之时仍然可以靠划动船桨前行，而一旦有些许微风，它便能充分展开层层船帆，如利刃一般划破水面。

然而，在永恒之海的广袤之中，"剑鹰号"渺如一叶扁舟，任凭风浪摆布。他们要是沉没了呢？这片海毫不在乎。明日的太阳会照常升起，世界也不会就此停摆。想到这些，便让人不觉生出沧海一粟之感。

薇尼克斯又道："你想啊，你要是还留在阿洛维德拉，现在会干吗？垂头丧气地待在宫里，等着王后咽气？别怪我说话太直啊，那你还不如来这儿呢。至少你现在有事可做。就算没什么结果，那就没有呗。"

说罢，她转身返回了船长室。卡莉丝塔则细细思索她刚才的话。卡莉丝塔并不介意别人如此耿直。恰恰相反，这倒让她耳目一新，十分受用。若她祖父尚在，也会欣赏船长的作风。即使面对未知和疑虑，卡玛维亚的雄狮也一向是当机立断的。

卡莉丝塔正起身要去找汤，忽然听到瞭望员在主桅杆上高声呐喊，同时一只手指着正前方。卡莉丝塔从楼梯上一跃而下，来到主甲板，飞身绕开水手们，直奔右舷。

"拿着。"她将长矛递给一个惊慌失措的女舱员，自己则一步步爬上索具。"剑鹰号"高处的风朝她呼啸而来，船身的摆动越发剧烈，她的五脏六腑也随着海浪的起伏而摇晃。最后,她终于来到狭小的瞭望台,让上面的水手吃了一惊。

卡莉丝塔问道:"看到什么了?"

"自己看吧。"说罢,那水手递过一根细长的银管。

瞭望台上站不下两个人,卡莉丝塔便将索具缠在腿上,固定好身子,然后小心地接过瞭望镜。她将瞭望镜放在一只眼前,眯起另一只眼睛,旋转长管末端调整焦点。"看哪里?"

"看地平线,正前方。"

卡莉丝塔一次又一次调整瞭望镜,皱眉道:"我看不到地平线。"

那水手道:"问题就在这儿。"

* * *

一片白雾挡在他们面前,如同一堵巨大的城墙,高耸至数百英尺之外。由于看不清顶点,天际线也一片迷蒙,白雾的真正高度实在无法估量。

卡莉丝塔从未听闻何种迷雾会来得如此突兀。实在是不对劲。推动"剑鹰号"的风对它似乎毫无影响,那雾气倒像是固体一般,不肯消散。

而"剑鹰号"正径直向它驶去。

"船长,一百码!"大副叫道。

卡莉丝塔瞥了一眼薇尼克斯。这位瓦斯塔亚船长两手抱臂,紧盯着前方。她的脸上有一丝笑意。

她乐在其中。

卡莉丝塔问道:"以前碰到过吗?"

船长微微露出犬齿。"从来没有。应该很有意思。"

"五十码!"

水手们降了几面帆,减缓航速的同时保留足够的动力。薇尼克斯不断瞥向手中那只精制的黄铜罗盘。"稳住航向！"

"是，船长！"

"二十码！"

现在他们眼前就只有那堵雾墙了。感觉很不真实，仿佛他们正在驶向虚空。卡莉丝塔屏住呼吸，指节紧扣栏杆，渐渐发白。她差点以为船会撞上那片白茫……可他们竟然驶入其中。

白雾微凉，湿气缭绕，他们仿佛航行在雨云之中。太阳已经消失不见，水面没有一丝微风，"剑鹰号"的船帆全无用武之地。卡莉丝塔看到海面好似湖泊，一平如镜，四下里只有"剑鹰号"发出的声音：船木微响、绳索摩荡，还有水手们不安的脚步声。

薇尼克斯船长深吸一口气，合眼叹道："这雾气里有古老的魔法。感觉……太棒了。"

卡莉丝塔并不意外，这是奥术造出的迷雾，唯有如此方能解释。瓦斯塔亚船长满足地长叹一声，重新睁开双眼，眼中散发出奇异的光芒，周身笼在一层柔光之中。

卡莉丝塔道："你在……发光。"

薇尼克斯笑道："远古时候，我们的种族就是从魔法中诞生的。现在就像是……重新被点燃了。"

卡莉丝塔瞥了一眼薇尼克斯那只精致的罗盘。指针很稳定。"还在航线上吗？"

船长点头道："还在。虽然我们走得不快。"说罢，她抬头看了看无精打采的船帆，大声令道："好了，姑娘们、伙计们，该划船了！来吧！"

船员们纷纷出动，各就其位，打开出桨孔，将金色的长桨伸进那片怪异的静水之中，然后随着大副的呐喊声，整齐划一地摇动船桨，"剑鹰号"也开始向前滑行。

他们似乎在阴森静谧的迷雾中行驶了好几个小时。没有太阳，也就难以知道确切的时间。船长的罗盘显示，他们的航向仍保持不变，但照此情形,他们似乎会一无所获。浓雾之外,很可能不存在任何事物。又或者,他们已经栽进了某种魔法陷阱之中,无论再划多长时间,都不会有任何进展。

当卡莉丝塔发现头顶上方有动静时,如释重负地指着前方叫道:"鸟儿!"

薇尼克斯呼道:"可不是吗!有鸟,就说明也有陆地。"船长转向卡莉丝塔,颇不情愿地点头道:"看来你那个神话岛也没那么玄嘛,公主。"

卡莉丝塔道:"那,岛在哪里?"

"问得好。"

又走了一段时间,前甲板上传来一声高呼:"我好像看到前面有动静了,船长!"

没过多久,卡莉丝塔也看到了——似乎是白雾变暗了。她不由得屏住呼吸。难道他们找到了传说中的福光岛?

随后,他们骤然驶出了迷雾,突如其来的风浪让"剑鹰号"剧烈地摇晃。然而他们眼前并没有岛屿,只有开阔的水域。

船长咒骂一声,吼道:"我们兜回来了!"接着便又咒了一声,还比之前骂得更大声、更粗俗。

卡莉丝塔道:"可你的罗盘呢?"

船长递给她看。指针先是疯狂旋转,然后渐渐变慢,最后指向……他们来时的方向。

卡莉丝塔道:"我们又回到起点了?"

船长道:"几乎分毫不差。看来那片岛不欢迎不速之客。"

* * * *

"剑鹰号"又试了三次,三次都被迷雾逐出。每次驶入,他们都尝试了不同方法,却无一奏效。

第一次，他们一进入迷雾就向右急转，沿着雾气边缘划行，尝试摸清雾气的范围。可是不知怎的，他们发觉自己掉了个头，朝着相反的方向前进，紧接着就突然冲出了大雾，回到了起点。第二次，他们试着在迷雾中蜿蜒前行，希望误打误撞能遇见那片群岛，但大雾再次不为他们所动。最后一次，他们刚一进入雾气便原地掉头，朝着来处驶去。这一招看似荒谬，但他们并没有立即驶回开阔的海面，反而在雾中逗留了更长时间。卡莉丝塔不禁开始认为他们用计战胜了这片诡秘的迷雾。

几只毛色闪亮的海獭忽然从镜面般的水中冒出头来，看着"剑鹰号"驶过。卡莉丝塔吓了一跳——它们看上去和船长真是像极了。

薇尼克斯低吼道："别说出来。"

"说什么？"

"不管你在想什么。反正别说出来。"

这些生物的出现更说明岛屿就在附近，可就是不肯现身。"剑鹰号"面前的迷雾逐渐稀薄，尽管他们努力改变方向，避免离开迷雾，但他们很快又回到了开阔的海面上。

刚从迷雾中脱出，他们便立即被黑暗吞没，狂风暴雨迎面扑来。迷雾本身似乎散发着淡淡幽光，而当他们被困雾中时，夜幕已经降临。黎明前的几个小时，乌云和大雨逐渐退散，船长这才能借助星星判断此刻的位置。

他们已经来到预计位置的西边，偏了好几天的航程。

薇尼克斯道："比起卡玛维亚，我们现在离蟒河三角洲更近。要想回去，我们要么花上几天时间绕过这烦人的迷雾，要么试着穿过它回去。不过，天知道我们最后会跑到哪儿去。"

卡莉丝塔指向那堵雾墙道："我们还不能回去。佛耶戈说得对。福光岛就在那里！"

薇尼克斯道："指不定还在月亮上呢，我们上了天准能找着。"

卡莉丝塔握紧拳头。明知福光岛就在附近，却是咫尺天涯，这比一无所获还要糟糕。她说道:"我不能空手而归。"

薇尼克斯道:"谁知道王后撑没撑到现在?"

这当然也是卡莉丝塔一直害怕的事,但她决定暂且不去理会这种担忧,只道:"这片雾一定有通过的办法。"

"好吧,我先去睡了,公主。"船长宣布,"等你想好怎么办再叫我吧。"

卡莉丝塔回到狭窄的船舱。船长曾想把自己的房间让给她,还说"看在你是公主的分儿上",但卡莉丝塔回绝了。甲板底下,水手们大都已经在吊床上鼾声震天,但睡觉的事,卡莉丝塔想都没想。她点燃了一盏灯笼,挂在船身拱肋的一个钩子上,掏出她的油皮包,爬上吊床。

阵阵海浪拍打着船身,卡莉丝塔也随着"剑鹰号"轻轻摇摆,一面翻阅努尼奥给她的手写笔记和一沓纸。在她动身之前,这位老咨议官与几位学者彻夜不休,将佛耶戈查阅到的所有蛛丝马迹都誊抄出来。她仔细翻了几遍,拼命寻找可能有用的线索,任何线索。但里面除了天马行空的幻想,什么也没有。

天将破晓时,她突然注意到其中一页纸的侧边草草记了几行字。她方才读过这一页,但并没有注意到。她眨了眨疲惫的眼睛,将那沓纸侧过来,放在灯下。那几行字是努尼奥亲手所写,端正流畅。

取终点与起点的星图,两相参照,可知此次航程大约耗费十日。

她重读努尼奥所批注的正文部分。那段文字摘自晦涩冗长的译文,原文是艾卡西亚人基兰关于福光岛的记载,其中详述了他所看到的星座、吃过的早饭,以及与日俱增的赞叹之情。里面没有任何关于前往岛屿的实用信息,但这也许并不重要。努尼奥大约已经发现了什么……

卡莉丝塔从吊床上爬起来,跑出船舱,一路上水手们连声嘟囔,骂骂咧咧,她只当没听见。她径直跑到船长室,猛地闯了进去。

船长方才睡得正酣,此刻睡眼惺忪地看向来人,迎着晨光眯了眯眼。她一丝不挂,被单也只盖住了一部分身体。

"您要上来吗，公主？"薇尼克斯带着睡意，不怀好意地笑道，完全没打算遮一遮她的裸体。

她显然是在说笑，目的是让卡莉丝塔感到不适……她的目的达到了。卡莉丝塔只觉得脸在发烫，急忙移开视线。

"不必了，谢谢。离这里十天左右的航程内，有几个港口？有数百年历史的那种。"

"你就为了问这个，来搅了我的美梦？"

卡莉丝塔道："这很重要。"

薇尼克斯从床上起身，依然不准备遮羞蔽体，卡莉丝塔只好转身面壁，摇头感叹船长的自信。在她身上，毫无羞耻感可言。但卡莉丝塔也感到钦佩。船长的那种自由，是身为公主的她永远无法奢望的。

"十天？好吧，大概可以到亚玛兰欣海岸，不过到不了什么大港口，也到不了哈雷尔港，更不可能越过海岸到白塔尖。我看，十天航程的范围内，唯一值得注意的地方是芭茹，也就勉强能到吧。"

卡莉丝塔道："芭茹。是在……蟒行群岛？"

薇尼克斯道："没错。那儿的人有点意思。他们已经在那里待了很久。水手一流，领航也是一把好手，而且天不怕地不怕。别人大都拼命躲开住在海底黑暗里的那些生物，这芭茹人倒是特意去找它们。他们专门猎海，简直是一群疯子，而且还天天晚上猎。你现在可以转过来了，公主。"

船长一身混搭风格，招摇之至，紧身皮裤配着高筒靴，里面一件皱巴巴的花衬衫，外面一件几乎拖到地上的天鹅绒外套。"看起来怎么样？"她一面问，一面摆出夸张的造型。

卡莉丝塔哭笑不得地说道："看起来你已经准备好带我到蟒行群岛去找一个向导。"

薇尼克斯笑道："那就来吧，公主。"她打开门，领卡莉丝塔出去，一面道，"你可以再跟我讲讲我们为什么要去那里，我呢，得想想要怎么跟船员解释我们干吗还不回家。"

第十一章

蜥行群岛，芭茹

卡莉丝塔板着脸掀开琥珀珠帘，怒气冲冲地从石门中走出来。一只小狗大小、长了些羽毛的宠物从她身边一扭一扭地走过，她差点忍不住一脚踢上去。

从岩壁凿出的露台上，一个身披深红色甲壳的芭茹男人正看着她离开。他体格魁梧，粗壮的两臂上布满文身，交叠于胸前。薇尼克斯船长忙不迭地跟在卡莉丝塔身后。两人都没有武器——芭茹人要求所有外来者在上岸前将武器留在船上，盘查极其严格。

薇尼克斯承认："事情确实没有我想的那么顺利。"

卡莉丝塔怒道："根本就是浪费时间！"

"芭茹人相当保守，但我没想到他拒绝得这么……响亮。"

抵达芭茹后这四天，薇尼克斯一直充任卡莉丝塔的译员。

薇尼克斯熟谙芭茹语言，让卡莉丝塔不由得惊叹："我以为你只来过这里一两次。"

薇尼克斯觉得没什么大不了的，只道："对我们瓦斯塔亚人来说，学习语言不是什么难事。"

尽管如此，每次她们打听如何穿越那片怪雾或是打算雇用一名向导，对方不是含糊其词，就是顾左右而言他，客气中还夹着挖苦。一加追问，人人只说得看大祭司的意思……为了求得那位大祭司的接见，卡莉丝塔一行费了好几个小时的口舌，最后只见上了几分钟。大祭司听到请求，便强行打断，拒绝提供任何帮助。

卡莉丝塔大为恼火，怒道："那个螃蟹祭司明显有所隐瞒。他们为什么不肯帮我们？"

薇尼克斯摇头道："我不知道。可能是宗教禁忌？抱歉，公主，我好像让你失望了。"

大祭司的庙宇和住所坐落在岩塔之巅，凿在岩间的石阶有些松动。卡莉丝塔二人正沿阶下行，路上与几个卫兵擦肩而过，他们都穿着刺突不平的赤色蟹甲。身侧的岩壁上画着大祭司所侍奉的神灵——一只海岛大小的螃蟹，背上有一座巨大火山。薇尼克斯解释道，这些信徒认为是蟹神在创世之初创造了蟒行群岛。不过它也并非一心仁善，关于蟹神行事的描述充满暴戾之气，可见它似乎同时拥有巨大的破坏力和创造力。

蟹神并非芭茹人尊奉的唯一神灵，而是众神殿中纷繁万千的神灵之一。另一位重要神灵是位年轻女性，一头红发，脚踏一对腾空的鲨鱼，大概是太阳神。还有一位神灵的形象更加怪异，竟是一大团纠缠盘绕的触角，有的从浪底腾升，有的自云端垂落。这与卡玛维亚的先灵崇拜实在有着天壤之别，让卡莉丝塔惊叹不已。

二人走近岩底时，色彩绚丽的鹦鹉从身侧飞过。她们俯瞰丛林，只见六肢猴在树冠间摆荡。虽然不见其他野兽，闷湿的空气中却回荡着各种喧吼啼鸣，与干燥的卡玛维亚地区截然不同。若非有要事在身，卡莉丝塔定会兴致盎然地探索这些岛屿……然而，寻找福光岛的重任犹如压在她心头的巨石。芭茹人显然不欢迎外人久留，而卡莉丝塔已经快要耗尽他们对客人的耐心了。

"剑鹰号"正泊在远处，不在受到保护的港口范围内。虽然凸出水面的石坞上系着几十艘芭茹船只，但这里的港口对卡玛维亚的船只而言实在过浅。"剑鹰号"附近还停着其他几艘外来船只：一艘优雅的艾欧尼亚单桅船，桅杆似乎是一棵活树。还有一艘船的尾部放着一尊鹰头战士的巨大金像，卡莉丝塔猜想是来自西部的沙漠；另外几艘船都是她从未见过的造型。

丛林之中，十几座岩塔拔地而起，每座岩塔上都凿着盘旋的触角，上面布满门窗。其余的芭茹房舍则四散于岩塔底部，与地面植被相掩映。

"太可惜了。"薇尼克斯一边说，一边带卡莉丝塔回到地面，"芭茹领航对大海了如指掌，就像能跟海水交流一样。我跟我的船员都已经是卡玛维亚舰队里一等一的好手，可跟他们一比，我们太业余了。"

卡莉丝塔接道："倒很谦虚。"

薇尼克斯道："我实话实说而已。现在怎么办？"

卡莉丝塔一手拍掉正叮在她脖子上的小虫。芭茹人透过门窗看着她们。他们没有敌意，却压迫感十足，就连织工、艺人和祭司也都是战士模样。

卡莉丝塔道："我不知道。在我看来，这次冒险从头到尾都是白费力气。我也不知道现在该如何了。"

两人快到岩塔底部时，薇尼克斯道："好吧，说点好消息。'剑鹰号'已经装好了补给，我的人都很开心。一顿热饭就能让大家士气高涨，真是神奇。"

下到地面，只见芭茹人为日常生计四处奔走，一片繁忙景象。渔民们大声揽客，一群孩子咯咯大笑着跑过大街。卡莉丝塔没想到这片聚居地如此之大，热闹程度不亚于卡玛维亚任何一个渔镇。

"我还弄到了几桶本地佳酿，砍了个好价钱。"说罢，薇尼克斯掏出一只酒壶，打开塞盖，痛饮一大口，然后心满意足地赞道，"船员们肯定会乐得不行。"

薇尼克斯将酒壶递过来，卡莉丝塔一闻之下，顿时熏出眼泪。"老天，这是什么？"

薇尼克斯大笑道："本地特产，可以让人胸毛旺盛。"

"我为什么要……"卡莉丝塔话到嘴边，看见瓦斯塔亚船长那张毛茸茸的脸，便把话咽了下去，只道，"没事。"

薇尼克斯哼了一声，将那壶刺鼻的饮料一口喝干，拍了拍卡莉丝塔的肩膀道："来，我知道码头边上有个好地方，螃蟹堪称一绝。我们过去吧，趁着你考虑下一步行动，我们至少还能填饱肚子。"

* * * *

船长说得没错，螃蟹味道极美，但并不能驱散卡莉丝塔心头的阴霾。

夕阳西下，她们远眺着海面，而芭茹船队正在为夜间的捕猎做准备。渔民们都像是要上战场的样子，面无表情地将鱼叉和带有倒钩的长矛拉上船，在石坞上与亲人吻别。这也难怪，因为卡莉丝塔知道，这些渔民是要出海猎杀潜伏在幽暗水底的蛇蟒与海兽。奇怪的是，渔民们上船时都往海里扔了什么东西。

卡莉丝塔问道："他们在做什么？"她和船长坐在长桌旁，桌面仍有吃剩的餐食。"剑鹰号"的几个船员也跟她们同席，桌旁还坐着许多本地人和海湾里其他船只的水手，人员纷杂，一桌子人说着六七种不同的语言。这家酒馆生意兴旺，本地居民和外邦来客似乎都对其青睐有加。

薇尼克斯又干下一杯本地烈酒，说道："这是在供奉蛇母，表示敬意。"

卡莉丝塔看着自己剩下的半杯酒，不知是否应该喝完。这酒口感粗劣，但卡莉丝塔并不讨厌饮后的醺然。正在犹疑不定时，薇尼克斯伸手抓过酒杯，一饮而尽。

她见卡莉丝塔有些诧异，便道："怎么？你已经盯着这杯酒一个多小时了！"

卡莉丝塔只好摇摇头，讪讪一笑。

船长立时欢呼："终于笑了！你一整个晚上都愁眉苦脸的！"

卡莉丝塔的表情再次蒙上一层阴影。她本该挡下那把毒刃，现在却害得王后奄奄一息，她还有什么资格独自享乐？想到此处，她便道："我看我还是回到'剑鹰号'上，让你和船员们好好享受。现在的我恐怕不宜作陪。"

薇尼克斯靠在椅背上，环顾四周道："再等等，我们一起回去。"

虽然芭茹本地人并不在意卡莉丝塔他们，但有好几个外来水手面色不善。卡莉丝塔一进酒馆，就听到几人在小声嘀咕。看来此地也对卡玛维亚的名声有所耳闻。他们大概认为"剑鹰号"是一艘侦察舰，前来探查即将征服的新土地。战士的直觉告诉她，此刻的气氛很容易变得难看。她忽然庆幸芭茹法律禁止外人携带武器上岸。

卡莉丝塔低声示警："我们最好现在全部回船。"

薇尼克斯笑道："别呀，我倒想说好戏这才要开始呢。"

话音未落，一个外来水手便撞上薇尼克斯的一个船员，竟打翻了那船员的酒水。两人间立刻剑拔弩张，其他人也站了起来，看事态是否升级。两个当地的彪形大汉走了进来，但薇尼克斯抢先插手。

她抬手做出息事宁人的样子，一面说道："先生们，先生们，我相信这事可以好好商量。"她语气轻快，可她眼中闪过的狡黠却向卡莉丝塔透露了她的真正意图。卡莉丝塔缓缓站起身来。

一个来自西部沙漠的水手低头瞥了一眼身高才刚到自己胸口的船长，讥讽了几句，便转过头去。卡莉丝塔眉头一皱，心道：这下他惹错人了。

果然，薇尼克斯当即拧转腰身，以全身重量击向那人，正中他咽喉。他一下子瘫倒在地。酒馆里顿时炸开了锅。又有一些水手站了起来，一边咆哮，一边挥拳示威。有个水手被椅子砸个正着，还有一个被突然掷来的盘子击中头部，应声而倒。薇尼克斯放声大笑，缩身躲开向她抡来的一拳，随手一记上勾拳，直顶对方下颌，将其击飞。

卡莉丝塔双臂叠在胸前，旁观这场混斗。芭茹人也大都退居在侧，任凭这些外邦人互相殴打。之前进来的那两个当地大汉只是在一旁偷笑。

一个水手晃晃悠悠地舞着一条断掉的椅子腿，转向卡莉丝塔。

她警告道："别这样。"那人却仍然急攻而来。她一手抓住椅子腿，一个旋身，令那人顺势跪倒。他惨叫一声，肩膀脱臼，手中的家伙也掉落在地。作为一名将军，卡莉丝塔不主张不必要的争斗，但当她一脚踢开痛苦号叫的对手时，芭茹人表现出的敬意让她十分称心。

一个瘦小的老妇人从厨房里走出来，嚷了几声。那两个当地大汉这才上前控制局面。其中一个大汉将扭打在一起的两人整个抬离地面，一双巨手一边一人，将他们拉开。另一个大汉则抓住一个斗殴者的裤子和后背衬衫，直接把她扔进海里。

一个芭茹大汉刚转向薇尼克斯，她便大笑道："我们不打啦！不打啦！"船长把她的船员全部从混战中拉出来，转身逃入夜色，把烂摊子全留在身后。

最后一个离开的是卡莉丝塔。

她微微欠身，朗声道："烁银王座向您致歉。"但显然没人知道她在说什么。现在所有目光都集中在她身上，许多人目露凶光，似乎有更多恶战一触即发。

卡莉丝塔知道这世上还有一种通用语言，便掏出一大把卡玛维亚金币——这场混乱造成的损失，她出双倍赔偿。待到她向众人展示完毕，便将金币整整齐齐地码在一张还没被掀翻的桌子上。人群的目光一时都转向金币，她趁机抽身，匆匆前去追赶薇尼克斯和她的船员。

好几个船员都受了伤，但也不过是裂了几根肋骨、肿了几个眼圈，众人一路嬉笑着向码头走去。

卡莉丝塔走到船长身边问："到底怎么回事？"

薇尼克斯答道："我觉得我们都可以释放一下，不觉得很有意思吗？"

卡莉丝塔无奈摇头，但也不禁发笑。

水手们一个个登上划艇，还不忘相互炫耀伤口和战绩。卡莉丝塔正要上船，却看到有人走近。她眉头一皱，转过身来。夜色漆黑，来人显然并非本地人。她警觉起来，疑心是否有人想为刚才的混战而报复。不过，单枪匹马来挑战他们这一群卡玛维亚人，任谁看来都不是明智之举。

那人沉声嚷了些话，卡莉丝塔却听不懂，而薇尼克斯用同样刺耳的语言吼了几句。

卡莉丝塔道："他的语言你也会说？"

"我说过了，语言不是难事。"

"他有什么事？"

薇尼克斯与那人交谈，听起来像是在争吵，甚至是在互相呵斥，但薇尼克斯似乎并不生气。随后，船长转向卡莉丝塔道："他说他知道你没有从芭茹大祭司那里得到你想要的答案。不过，他知道谁能帮你，而且他愿意带路。当然，要给个好价钱。噢，他还知道你是个公主。我看要价至少会翻一番。"

卡莉丝塔上下打量他一番。她不太喜欢那人冲她笑的样子。他一口钢牙，在月光下森森发亮。

可我还有别的选择吗？

* * *

薇尼克斯道："你确定吗？"

"剑鹰号"停在一个宽阔的海湾里，毗邻蟒行群岛中最大的一座岛屿，距离他们刚刚认识的向导所在的芭茹港口有大半天航程。卡莉丝塔站在船尾，准备爬上用绳索和滑轮固定在船尾的划艇。

她自言自语道："我不确定。可是现在别无他法。"

卡莉丝塔通过薇尼克斯得知，昨晚接近她的人名叫拉祖·菲罗斯，自称是"商人、探险家，有时也会提供信息和奇物秘器"。他来自一个叫欧什拉·瓦祖安的港口城市，位于西边一道狭长的地峡上。卡莉丝塔对这个名字有些印象。几年前，曾有一个使团前来卡玛维亚请求通商，但据她所知，他们并未如愿。

"在他眼里，看到的只有你的金币。"

卡莉丝塔道："我知道。不过，这不代表我得不到我要的答案。"

菲罗斯的船停在附近，形制奇特，卡莉丝塔从未见过。船名为"进步号"，船体宽大，结构坚实。船头船尾都有类似堡坞的建筑，装有木瓦屋顶、琉璃窗户和烟囱。船尾的堡坞正面还嵌着一座大钟，钟声一响，一排排小门便应声打开，一群小人偶从中列队而出。

他们第一次看见这艘船时，薇尼克斯惊奇道："靠太阳判断时间有什么问题？"

卡莉丝塔问菲罗斯："这可是魔法？"他咧嘴一笑，露出满口钢牙，滔滔不绝地讲解起来。

薇尼克斯译道："没有魔法。他说是齿轮，藏在钟里的机制，还有欧什拉·瓦祖安的工艺。其他的我就懒得译了。他在吹牛，说它造价有多昂贵等等。他可能是想要我们惊叹一番。要我说，根本就是浪费钱。"

虽然薇尼克斯不屑一顾，觉得这艘船全无实用价值，但眼前的精妙设计的确让卡莉丝塔惊叹不已。

卡莉丝塔爬上划艇时，薇尼克斯道："我真觉得这不是个办法，但我会跟你一起去。"她打了个响指，吩咐女舱员："亲爱的，帮我把珈达找来，好吗？"

那女孩跳下甲板，卡莉丝塔便问道："珈达？"

薇尼克斯道："我认识那么几个好姑娘，珈达是最好的那个。当然啦，'剑鹰号'不算。'剑鹰号'永远是我的真爱。"

卡莉丝塔稍后才知道，珈达是一双巨型弯刀，十字形护手精美无比，形似盘蛇。

薇尼克斯将刀鞘挎在肩上时，卡莉丝塔道："它跟你差不多大。"

薇尼克斯道："她从没让我失望过，我俩关系最好。"她转向甲板上的一名水手道："放我们下去！"

那名水手将绳结解开，送出绳索，将划艇降到明镜般的海面上。除了卡莉丝塔和薇尼克斯外，划艇上还有四名"剑鹰号"的船员。他们操着船桨，向岸边划去。这是一个与世隔绝的孤岛，渺无人烟。巨大的岩层拔地而起，瀑布飞悬，绿意盎然。

薇尼克斯盯着炎热茂密的丛林道："为什么那位先知偏偏在这种地方？这对客人来说可有点难找。"

卡莉丝塔道："或许她正有此意。"

"或许这不过是为了把你引到一个僻静的地方，好拿走你所有金子？"

卡莉丝塔并不否认："也并非不可能。不如就趁机再发泄一次？"

薇尼克斯一脸不情愿地说道："那我还是更喜欢跟喝醉的水手们在酒馆打架。"

"记住了。"

他们慢慢靠近了海岸，卡莉丝塔跳进齐腰深的水中，帮忙把船拖到沙滩上。海水暖意融融，十分可人，但从"剑鹰号"过来途中，她在水中看到无数鳍棘游鳞，让她不愿在这片水域多做不必要的停留。

拉祖·菲罗斯独自站在岸上。看到卡莉丝塔走近，他满脸堆笑，牙齿闪闪发光。他向卡莉丝塔欠身致意，然后同薇尼克斯说话。薇尼克斯嗤之以鼻。

卡莉丝塔问道："他说什么？"

"不出所料，他想谈报酬问题。"

"那他说的先知在哪里？"

薇尼克斯再次与菲罗斯交谈，他朝着树林点了点头。"他说先知就在丛林里，还有好一段路。但他故意含糊其词，说是如果我们现在出发，可以在日落前走到那里。我看，我们要是不付钱，他是不肯再透露什么了。"

菲罗斯又说话了，对自己比画了几下，又对卡莉丝塔一行人比画了几下。

"他又在说自己是个言出必行的人。他出于善意，独自带我们进去，没有任何护卫。但他真的很想得到报酬。"

"好吧。"卡莉丝塔掏出一个袋子，举向菲罗斯道，"这是你三分之一的报酬。等我们见到先知并且安全返回后，再付你剩余的钱。"说罢，她将袋子扔了过去，菲罗斯一把接住。卡莉丝塔指着他又道："不要背叛我，菲罗斯，否则你会后悔的。"

薇尼克斯译完，菲罗斯摇头大笑。卡莉丝塔听出他说了一个词——卡玛维亚人。

她问道："有什么可笑的？"

"可不是吗？"薇尼克斯吸了吸鼻子，"他说：'不是每个人都像卡玛维亚人那样无情，心里只有贪欲。'我真不喜欢这人。"

卡莉丝塔道："我们还是出发吧，好吗？"

菲罗斯又向她鞠了一躬，示意他们进入丛林。

他们一动身，卡莉丝塔便走近薇尼克斯低语："小心身后，谨防有人跟踪。"

第十二章

卡莉丝塔一行人顶着烈日，在丛林间跋涉，但高耸的巨崖和岩塔上空不久便乌云密布。海上一时电闪雷鸣，波涛汹涌。大雨旋踵而至，毫不留情地砸向地面，瓢泼之声几乎掩盖了其他一切声响。

他们已经淋得浑身湿透，而道路也越发险峻，所以只好排成一条长队，在一路泥滑中踽踽而行。卡莉丝塔将长矛当作手杖，支撑自己站稳脚步。而一行人中，只有薇尼克斯并未受到大雨的困扰。她的皮毛犹如油衣一般，雨水一沾即落。她紧盯住拉祖·菲罗斯的背影，边走边哼着歌，瓦斯塔亚的旋律一路萦回耳畔。

卡莉丝塔抬头看向前方的崖壁道："这一个小时下的雨比卡玛维亚一年还多！"

薇尼克斯喊道："什么？"

卡莉丝塔应道："啊，当我没说。"

"什么？"

"我说当我没说！"

薇尼克斯怒道："你说我胖了很多？"

"不，我说——"话音未落，卡莉丝塔才注意到薇尼克斯眼中透着狡黠的光。薇尼克斯大笑，卡莉丝塔则气恼地摇了摇头。

薇尼克斯又喊道："第一次我就听到了！我可说清楚了，这对我来说是一句赞美！"

岩隙裂谷之间，一片漆黑。他们有时只能勉强侧身挤过，有时则不得不蹚过因暴雨而涨水的池沼。他们快要抵达目的地时，雨停了，云层渐渐散去。从头顶上方的罅隙中时不时可以望到海湾的另一侧，薄暮时分的丹光霞影也随之时隐时现。

忽然，前方又传来阵阵轰鸣，眼前一练飞瀑径直坠入丛林间豁然下沉的巨大天坑。随着最后一束阳光的消失，一道巨大的彩虹出现在水雾之中。

卡莉丝塔俯瞰天坑中那一片幽冥。"我猜她在下面，对吗？"菲罗斯点点头。卡莉丝塔叹息一声，喃喃道："真不意外。"

* * * *

卡莉丝塔到达坑底时已经入夜。她让其他人都留在上面，自己只身爬了下来。不出所料，那位先知只愿意单独见她。

天幕上星光荧荧，倒映在瀑布坠入的深潭之中。潭边则是蘅芷薜萝，满地芳菲。四下里回荡着水潭相激的轰鸣声，蒙蒙水汽在空中旋舞升腾。从上面看来并不明显，但坑底实在别有洞天。天坑边缘的崖壁悬在半空，水潭在下方不断延伸，直至目不能及的幽冥深处。

一条狭长的步道紧贴着崖壁，通向瀑布后方。卡莉丝塔猜想先知大约就在那里，便小心翼翼地沿着那条步道，穿过滑溜的岩石和繁密的茎叶。

一个纤长的身影正站在一块岩石上等她。起初，那身影纹丝不动，卡莉丝塔还道是一尊雕像，可当她走近时，那雕像竟转过头来看向她。喷薄的水雾遮住了那个身影，卡莉丝塔看不大清，但显然不同于她所见过的任何生物。

那生物道："很美，不是吗？"

那是女性的声音，有种奇异的空灵感，而且竟没有任何口音。尽管卡莉丝塔能听明白每一个字，但她并不确定它说的是什么语言。她小心翼翼地走过去，想要看清声音的来源。

只见那生物悠悠指向四周，又道："这处海湾，这片丛林，这道瀑布——一切都无人染指，原原本本，如此纯粹。但它不会永远如此。一个城市会像溃疡一样从这里生长。一个充满谎言和杀戮的地方。这……让我感到悲伤。"

卡莉丝塔道："你在说还未发生的事，仿佛你已经看到了一样。"

那生物道："我已经看到了，卡玛维亚人，卡拉·黑伽亚里之卡莉丝塔。我一直在等你。"

"你是谁？"

一阵风骤然吹散她们之间的水雾，卡莉丝塔两眼睁大。先知的皮肤是黄昏时分的淡紫色，双腿修长，关节翻转，末端却是蹄子。一道弯角从她的额心伸出，莹莹如月。

先知道："很多生命都用不同的方式称呼我。但我是众星之子。你可以叫我索拉卡。"

* * * *

索拉卡将卡莉丝塔引到瀑布后面，进入一个狭浅的天然洞窟。光线星星点点地散落在洞顶，一簇簇荧芝发出的柔光令整个洞窟沐浴在浅蓝色的清辉之中。

索拉卡的动作轻缓而优雅，卡莉丝塔在她身边感到一种深深的平和。索拉卡将双腿整齐地叠在身下，坐在一个低矮的石架上，并示意卡莉丝塔也坐下。在她们身侧，倚着一根高大的法杖，杖头是一弯新月。一块平坦的岩石上，放着一只小茶壶和一对杯子。洞窟里几乎没有其他东西可以表明这是先知的家，但卡莉丝塔知道这里正是索拉卡的居所。

索拉卡问："茶？"

卡莉丝塔点头致意，并拿起其中一个杯子。它竟是热的，草药的芳香在热气中蒸腾。她问道："你怎么知道我会来？你又怎么知道我的名字？"

这个奇怪的生物拥有一双迷人的眼睛，仿佛将苍穹中的漫漫群星与杳杳天体悉数映在眼底。她说："我想你远道而来，并不是为了这些问题，不过我还是可以回答。这两个问题有着同一个答案：是星星告诉我的。"

"我明白了。"卡莉丝塔其实根本不明白，但先知不外如此。

索拉卡轻笑道："我不介意你的怀疑。"

卡莉丝塔追问道："如果确实如你所说，那么你已经知道我为什么在这里了？"

索拉卡笑了，笑中透着些许悲凉，若有惋惜之情。"我知道你为什么来，我会尽我所能回答你。但你也可以选择一个别的问题。你可以问，如果你……离开，会发生什么。你可以问，如果你扔掉肩上的重担，与心上人一起离开故土，又会发生什么。"

卡莉丝塔没有移动，心中却忽然戒备起来。难道这个生物能读懂她内心深处的想法和欲望？"如果我这么问，你的答案会是什么？"

"你会很幸福。你会乐享天年，人生完满。你会有孩子，你的孩子们也会有孩子。你终将离去时，那些爱你的人会像轻风一样围绕在你身边。"索拉卡的笑容逐渐消失，又道，"但即便知道结局，你也不太可能选择这条路。"

"那你为何要告诉我这些？"

索拉卡叹了口气道："也许我只是希望你避免一条充满悲伤的漫漫长路。也许我希望你的人生能够拥有一丝快意。毕竟凡人的生命是如此短暂。"

卡莉丝塔又问:"那么我们的命运是早已注定了吗?命运是否无法改变,而我们所做的一切选择不过是幻觉?"

索拉卡摇头道:"噢,并非如此。你的未来属于你自己。你要走的道路由你自己选择。我所看到的是可能性。在你面前有无数可能到来的未来,但选择永远属于你。"

卡莉丝塔抿了口茶道:"那你在我的这些未来中看到了什么?"

索拉卡低声道:"黑暗。"说时,一片阴影落在她身上。或许是光线造成的错觉,簇簇荧芝和漫天星光似乎一时都暗淡下来。

卡莉丝塔小声道:"好吧,相当令人振奋。"

索拉卡轻笑几声,方才的阴影也消失不见。"即使烈焰被熄灭,一切似乎都消失殆尽,沉灰之下仍可能隐藏着一丝火星。只要它仍在燃烧,便能驱散世界上所有黑暗。只要它仍在发光,就有希望。"

"我不明白。"

索拉卡恻然道:"我知道。而且你可能永远不需要明白。正如我方才所言,未来并非早已注定。"

卡莉丝塔道:"这些都……很迷人。但我来此地是为了解决一个具体的问题,我没有多余的时间。"

"你有一个务实的灵魂,卡玛维亚人卡拉·黑伽亚里之卡莉丝塔。你很明智,不会轻信那些声称自己看到未来的人。大多数自称先知的人的确都是虚妄的。"

卡莉丝塔道:"所以现在你要告诉我,只有你的预言是真的?为什么其他人都是骗子,而你不是?"

索拉卡道:"你是否相信我并不重要。朝起夕伏,日出日落,恒久如是。真理并不需要信仰才能成为真理。真理……就是真理。"

卡莉丝塔道:"给我一些切实的依据,可供证明的,我便会相信。"

索拉卡笑道:"我不需要向你证明自己,但我可以告诉你,你正在寻找藏在迷雾中的岛屿,但在我看来无功而返反而更好。假如你执意前往——你我都知道这是必然——我可以告诉你，海中的金色女郎将会为你带路。"

卡莉丝塔淡淡重复道："海中的金色女郎，那是谁？"

索拉卡喝了口茶，意思是预言已尽于此。卡莉丝塔翻了个白眼，随后起身，开始来回踱步。

她问："为什么总要打哑谜，说些怪话？为什么不直接告诉我答案？"

索拉卡道："我只能告诉你我所看到的东西。至于其他，我恐怕无能为力。"

"仅此而已？这就是我的预言？找一个会带我去岛上的金色女郎？"

索拉卡脸上写满惋惜和同情，只道："我言尽于此。"

卡莉丝塔盯着先知，为她给的谜语感到沮丧，更气恼自己为何一开始要选择来此。这个生物显然有所保留，但卡莉丝塔也明白自己不可能得到一个直截了当的答案，只好说："谢谢你的茶。"说罢，她将杯子放在石板上，低头致意，然后转身离开。

索拉卡道："这水潭很深，并且通向海湾。"

卡莉丝塔皱起眉，侧头瞥了一眼这个奇怪的生物。而先知正凝视着飞瀑间反射的月光，若有所思，并未与她对视。

她疯了吗？

卡莉丝塔摇了摇头，离开洞窟。

* * * *

卡莉丝塔一边爬回天坑边缘，一边回想先知的话。实在是莫名其妙。

她一返抵坑顶边上的狭窄岩块，瞬时沉下了脸。她的心脏还在因刚才的攀爬而剧烈跳动，此时却看到好几把弩弓正对准她。

只听一个口音很重的声音道："别紧张。请将长矛扔下天坑。除非你想浑身插满弩箭,你的船长也被割喉。"

卡莉丝塔心中暗咒。菲罗斯。这浑蛋竟会说卡玛维亚语。她看到薇尼克斯被迫跪在菲罗斯跟前,脖子上架着把刀。他身边还有好几个外邦水手,随时准备发箭。他们是从哪里来的?卡莉丝塔这才想到他们一定是提前进来准备埋伏的,便又暗骂了一通。她早该想到。为了急于见到先知,她行事过于草率了。

看起来菲罗斯刚冒出来的护卫至少倒了五个,但薇尼克斯也死了四个手下,她自己也在流血,一只眼睛已经肿得睁不开了。

卡莉丝塔瞪着菲罗斯。她可以在他割破薇尼克斯的喉咙之前杀了他。这样虽然解恨,却拦不住他的手下用弩箭将她们射死。

薇尼克斯吼道:"宰了这浑蛋!"

"别想了。"菲罗斯说着,手上一紧,割出一道血痕,薇尼克斯嘶声一哼。

卡莉丝塔又瞟了一眼弩弓,寻思她在这样的距离下能否躲过攻击,结论是不大可能。她只能恨道:"好吧。"

菲罗斯命道:"慢慢扔。"

卡莉丝塔恶狠狠地盯着他,缓缓伸出手臂,将心爱的长矛扔进了天坑。它瞬间就消失在喷薄的水雾之中。卡莉丝塔又道:"不管你收了多少报酬,都不值得。"

菲罗斯把薇尼克斯扔在地上,命道:"捆住她的手。"他的一个水手把薇尼克斯的胳膊拉到背后,迅速将其手腕绑在一起。"还有她也是。"

另外两名水手小心翼翼地朝卡莉丝塔走去。她脸色阴沉,但还是任由两人粗暴地将她的两臂扭到背后,用绳子捆住。

她被押到薇尼克斯身边被迫跪倒时问道:"现在如何,叛徒?"

菲罗斯道:"叛徒?哎哟。我可要说清楚,没人付钱给我。但我相信,卡玛维亚会非常希望看到王位继承人安全返回。"

"你打算拿我去要赎金?那等着你的就是欧什拉·瓦祖安的男女

老幼全部惨遭屠杀。你真的想要对此负责吗？"

菲罗斯道："你们那帮人可真是嗜杀成性。'赎金'这个词太难听了，在任何语言中都是。你将成为我的客人，得到公主的待遇，在我那个美好的城市里享尽荣华富贵。我只想让你们的国王向菲罗斯家族开放贸易。然后，只要你想回去，随时可以。"

"你太愚蠢了，菲罗斯。你不会有好下场的。"

菲罗斯咧嘴笑道："走着瞧吧。你已经低估过我一次，搞不好还会再看走眼呢。"

卡莉丝塔与薇尼克斯对视了一眼。

船长道："对不起，公主。刚才放倒了几个，可惜没能弄死那个钢牙贼。不然我们至少不用听这些废话。"

卡莉丝塔细想眼下情形。她和薇尼克斯两人跪在地上，双手被缚。菲罗斯的水手们将她们三面包围，切断了所有逃路……除非她们从悬崖边上逃走。

卡莉丝塔喃喃道："这水潭很深，并且通向海湾。"

薇尼克斯低声问："什么？"

卡莉丝塔悄声道："先知说的。"

她抬眼看了看菲罗斯，他正向护卫下达命令，一时分神。卡莉丝塔又看向薇尼克斯，用下巴指了指悬崖道："你不怕高，对吧？"

"噢，你不会真的——"

卡莉丝塔已经猝然起身，冲向天坑。她的双手被绑在身后，跑起来很不自如，但她速度飞快，让菲罗斯和他的手下大吃一惊。她身后传来一阵呼喝，一支弩箭嗖的一声飞过，离她的脖子不过一英尺。

她来到天坑边缘，毫不迟疑，纵身一跃。

她在空中扭头，看到薇尼克斯就在身后不远处。一支弩箭击中薇尼克斯的肩膀，她踉跄了一下，却未停步，半跳半摔地掉入天坑。

下坠时，崖壁在卡莉丝塔眼前飞驰而过，一片模糊。接着忽然置身于清凉的水雾之中，什么也看不见。那感觉十分奇妙，卡莉丝塔想，这会不会就是飞翔的感觉。

随后她便砸破水面，深坠潭底，一时无法呼吸。气泡和激涌包围着她，令她眩晕不已，完全丧失了方向。她极力扑腾踢打，有那么一瞬，她真的以为自己要溺死了。

然后她停止挣扎，让自己冷静下来。不断升腾爆破的气泡渐渐消失，周围的环境开始浮现。她瞥见潭底那些阴暗黝黑的岩石，也看到了在头顶闪烁的月光。她用力蹬水，死死憋住气，朝那道光划去。最后，她终于浮出水面，一面颤抖，一面大口呼吸。

薇尼克斯在附近露出头来，惊慌未定地笑道："疯了。"

卡莉丝塔道："我们还没脱险。"她看了一眼薇尼克斯肩上凸出的弩箭问道："还好吗？"

薇尼克斯抖了抖肩，脸上一抽，却道："还好。"

"刀，在我胯上。快。"

两人踩着水调整姿势，好让薇尼克斯可以用被捆的手够到刀。

"我好像找到了。"

"别弄掉了。"

船长道："不会的。哎呀……"

"什么？你该不会？"

"没有，开个玩笑。只要……好了！"她松开自己，然后迅速割断卡莉丝塔的绑绳，问道，"现在怎么办？"

卡莉丝塔道："先知说这水潭通向海湾。你能撑住吗？"

薇尼克斯道："我不会拖累你。但首先……"

她反身潜入潭底。即使只能用一只手，她在水中也游得毫不费力，两腿齐蹬，身形轻摆，灵若游鱼。卡莉丝塔踩着水留在原地。一分钟过去，又一分钟过去。就在卡莉丝塔开始担心时，薇尼克斯再次浮出水面。

"给。"薇尼克斯说着，将长矛递给卡莉丝塔。

"你怎么……？"

薇尼克斯道:"我眼神比你好。来吧,我找到了出去的路,而且还看到珈达了。"

* * * *

卡莉丝塔好不容易才又冒出水面,不住地咳水。她爬到岩石上,紧紧抓住参差不齐的尖石,不顾手指被划伤。一阵大浪轰然拍来,但她仍然死抓着礁石不放。就在她快要坚持不住时,薇尼克斯抓住了她的盔甲带子,用惊人的力量把她拖了上去。

终于脱离险境。卡莉丝塔靠着岸边大喘着气,眼睛盯着黑暗的水面。几十条锐利的鱼鳍在她们刚刚出水的地方疯狂盘旋。

她嘶声道:"太险了。"

"现在要回船上去了。"

她们爬过岩石,往先前划船上岸的僻静海湾走去,惊得螃蟹、章鱼一路逃窜。一到沙地,她们便开始飞奔,沿着一条斜线跑向她们拖船上岸的悬崖边上。菲罗斯的船还在,说明至少她们抢先了一步。

两人以最快的速度将小船拖入水中。薇尼克斯低声道:"我听见他们的声音了。"说着,拼命用一只手推动小船。

卡莉丝塔看到丛林中火把闪动,正朝她们靠近。菲罗斯和手下看到她们,大喊一声。卡莉丝塔奋力一拽,小船终于滑入水中。

"等等!"卡莉丝塔跑向另一条船,抽出一双船桨,用力甩向海面。海浪中冒出一张獠牙巨口,狠狠地叼住其中一支,像火柴一样将它咬断。

卡莉丝塔惊愕未定,转身跑向薇尼克斯,爬上小船。

"走!"卡莉丝塔喊道。两人拉起船桨。

薇尼克斯喃喃地说:"我真希望你从先知那里得到了你要的东西。"

* * * *

"你确定你不想把那个浑蛋的船弄沉？"

卡莉丝塔从"剑鹰号"的甲板上注视海湾对面。这个提议很诱人，但她还是摇头道："不值得冒这个险。而且他那些船员不该只是因为主人的贪婪就要搭上性命。"

卡莉丝塔将弩箭从薇尼克斯肩上拔了出来。薇尼克斯痛喝一声，然后咬牙问道："所以这些全部都是白费力气？"

卡莉丝塔恨道："似乎是这样。先知并没有给我任何明确的答案。"

"那现在怎么办？"

卡莉丝塔叹息一声，说道："我们回卡玛维亚。"

她失败了。

第十三章

永恒之海

"嗬,有船!"

卡莉丝塔勉力挣脱忧郁,站起身来。她已浑身湿透,感到淋雨带来的彻骨寒意。尽管如此,她还是不愿躲到甲板下。接连几个小时,她一直坐在"剑鹰号"的船舷上,无精打采地盯着大海。她以手作棚,挡开恼人的飞沫,眯起双眼看向远方,可什么也看不到。层层雨帘仿佛起伏不断的巨大幕布,让海面一片昏晦。

薇尼克斯向瞭望台喊道:"是冲我们来吗?"

"不,船长!我觉得……他们被围攻了!"

卡莉丝塔穿过甲板,走向船长。她现在看到了:风暴之中,隐约可见一个模糊的黑影。她没想到是这么近,大概只有几百码的距离,便问道:"被什么围攻?"

薇尼克斯低声咒骂,吼道:"赤鬣党!"

雨帘左右分开,卡莉丝塔看到前方船只周围的水中有什么东西,还有一群袭击者正在爬船。船身已经严重地倾向一侧——能有这样能耐的东西,想来就令人胆寒。

"赤鬣党？"卡莉丝塔不解道，可薇尼克斯早已转身，高声下达指令。

"向左！左满舵！满帆！离开这里！"

卡莉丝塔大叫："且慢！那些人需要我们的帮助！"

薇尼克斯怒喝道："我才是船长。"

卡莉丝塔反击："可你向王室宣过誓！"

薇尼克斯吼道："他们已经是死人了！赤鬣锐鳞是海底来的瓦斯塔亚猎手！我们必须离开，立刻，不然我们也会死在它们手里！"

一群海绿色生物用喙状大口叼住武器，拖着长长的蛇尾，爬上了那艘船。它们的鳍鬣都是耀眼的鲜红色。还有一些正从海里冒出来，挥着带有锯齿的黑曜鱼叉，把甲板上的水手们穿刺成串。卡莉丝塔叫道："他们正遭到屠杀！我们必须救他们！"

薇尼克斯回道："太危险了！你不懂！那些都是杀人好手！"

卡莉丝塔目露寒光："你的尊严呢？若是袖手旁观，我们所有人一起蒙羞！"

薇尼克斯咆哮一声，双手紧握成拳。她的水手们都僵在原地，不知船长和公主之间的对抗会有何结果。只听薇尼克斯道："好，但要算在你头上。"

她黑着脸重新下令。片刻之间，"剑鹰号"便转向被困船只，船员们也纷纷拿起武器。有的人挎上长弓和箭筒，开始爬上索具，有的人则备好了绳钉和刀剑。

薇尼克斯告诉卡莉丝塔："找到它们领头的，干掉，我们也许还有活路。"

* * *

卡莉丝塔跟几十名卡玛维亚水手一起荡过两船之间的空隙，矮身落在另一艘船起伏不定的甲板上。

一只高大瘦削的赤鬣锐鳞转向她，斑驳的长尾在身后甩来甩去，盐水和腐肉的恶臭扑面而来。它的背脊和鳍片上穿着几十个锈迹斑斑的钩子与金属环，手腕、脚踝和脖子上都绑着长长的红藻编带，带子上串着白骨，苍白的眼中闪露出机警的凶光。它举起黑曜鱼叉，向卡莉丝塔发起进攻。

卡莉丝塔往地上一滚，躲过这一击，同时拔刀出鞘。她单膝跪地，挺刀砍向锐鳞腿后。那怪物怒号几声，又叉向她。卡莉丝塔再次滚过一侧，在主桅杆旁长身立定。先前她从"剑鹰号"甲板上掷出长矛，将一只锐鳞钉在了这桅杆上。她拔出长矛，转身格开又一记猛刺。对手怒气冲冲，小腿上正在流血。卡莉丝塔以矛为棍，猛击锐鳞的头部，紧接着腿下一扫。它嘶吼着倒地，被卡莉丝塔一刺封喉。

甲板上至少有十几只锐鳞，还有一大批正用粗大的指甲抠住木板，爬上船来。此时甲板上已有不少伤亡，但倒下的大多是人类。"剑鹰号"上射出的箭划破雨幕飞来，射中几只怪物，却只死了一只。其他人仍在苦战，四下皆是厮杀怒吼之声。

只见一条带有倒钩的长鞭忽地甩出，绕在一个卡玛维亚水手颈间，他只得松手放开绳钉。卡莉丝塔还没来得及出手相救，他已被扔进了汹涌的波涛之中。挥鞭的锐鳞借力跳上甲板，恰好跟卡莉丝塔的长矛撞个正着。

"来啊，死海怪！"船长薇尼克斯一边大吼，一边挥着巨大的弯刀珈达四处砍杀。她一记重劈，砍倒一只锐鳞，跟着一脚把它的残尸踢下船去。卡莉丝塔与她隔着混乱的甲板目光相遇，船长咧嘴一笑，又冲向下一个敌人。

"小心身后！"有人叫了一声。

卡莉丝塔猛一回头，只见一只锐鳞乘她不备，手持长矛扑了过来。锐鳞还未得手，就被一颗紫色爆弹击中，摔飞出去。

先灵在上，这又是什么？

卡莉丝塔转过身，只见是个年轻人，手掌和小臂上燃着紫色符文。他痛呼着跪倒在地。那些符文光芒四射，又爬向他的上臂。他双手碰到的甲板变得焦黑，冒起浓烟，随后迸出紫色火焰。

一个身穿长袍的长者站在年轻人身后，用卡莉丝塔听不懂的语言责备那年轻人。长者手无寸铁，脖子上戴着一枚魔符，正发出耀眼的光芒。他向年轻人竖起手掌，掌心发出白光。符文瞬间退去，紫焰也跟着消散，就像被浇灭了一样。

一只凶狠的锐鳞在长者身后爬了起来，用鱼叉刺向他背心，卡莉丝塔急忙大叫。然而她的担心是多余的。一层刺眼的光晕将长者护住，那锐鳞和它手中的鱼叉瞬时化为灰烬。

突然，整条船向右急倾。双方数十个战士从甲板一侧滑向另一侧。其他人一个个从卡莉丝塔身侧滚过，但她蹲下身子，稳稳抓住栏杆。船身进一步倾斜，木头嘎吱作响，发出抗议。当卡莉丝塔看清是什么东西把右舷往下拽时，她惊呆了。

一只身长足有半艘船的庞然大物正从海里浮上来，粗糙的青色躯体上水流如注。它至少有六条腿臂，最下面一对末端是一双巨蹼，上肢却偏偏像是人类的手臂。那巨兽的脸臃肿胀大，一张巨口长满尖牙，每根獠牙都有匕首长短。触手在它下颚屈伸扭动，不住刺向空中，探寻猎物。一对死白的细眼中心，瞳孔细如针尖，正盯着拼命挣脱它的水手们。巨兽长嘶一声，喉间又露出一堆触手，唾沫和令人作呕的腐藻喷了一甲板。那声尖啸回荡在卡莉丝塔耳际，恐惧的魔掌将她的心攥住。

那巨兽的躯干和脖子上牢牢套着由链条和鳞革制成的缰具，肩上还蹲着一只锐鳞骑手。那骑手将一把缀满图腾和神物的三叉戟举过头顶，开始怒吼。它戴着由红藻和骨头编成的精制头饰，身上用发光的墨水文着漩涡图案。

首领。

有一瞬间，卡莉丝塔因恐惧而动弹不得，但只过了一刹那，她便咆哮着跑了起来，径直冲向那头巨兽。它大手一挥，抓起一个水手，

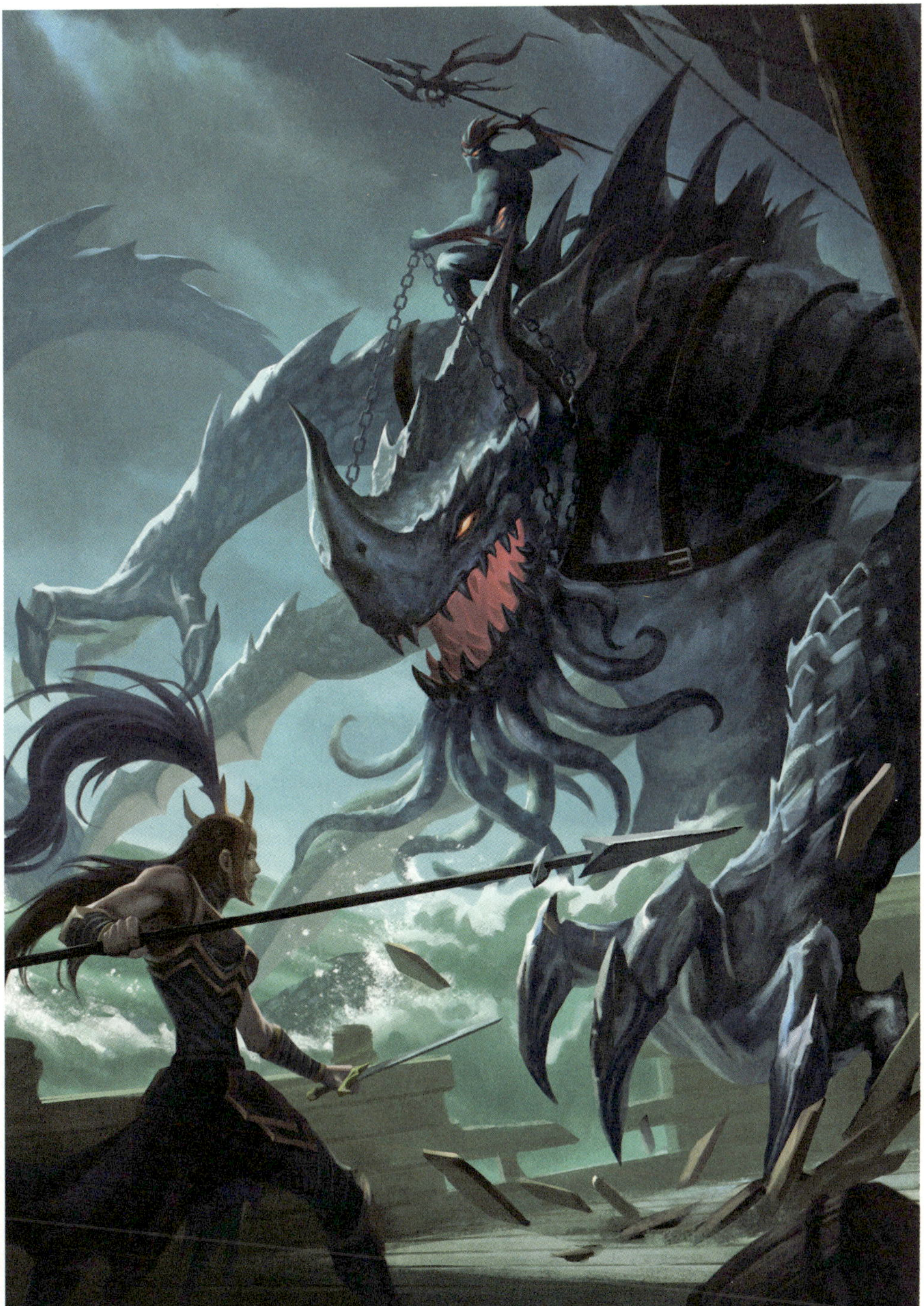

摔向甲板。它肩上的瓦斯塔亚首领俯身向前，将手放在巨兽头上，大声喝令。一股能量从它掌心冲出，巨兽顿时两眼一白。首领又吼出一道命令，将三叉戟对准长袍长者，那只巨大的海兽也跟着转向，船再次向一侧猛倾。

卡莉丝塔闪过一击，双眼紧盯着那个首领，继续向前疾奔。薇尼克斯也来支援，冲向一侧的锐鳞，巨大的双刀当胸合斩，将它砍倒。

薇尼克斯喊道："杀了它！"

卡莉丝塔在甲板上全速冲刺，那巨兽和骑手一心扑在长袍长者身上，根本没注意到她。那个年轻人并不理会长者的喝令，径自走上前去，双手间再次聚集巨大能量，几欲迸裂。然而他还未及释放，巨兽便将他拍到一边。他从栏杆上摔了下去，掉在下层甲板上。

卡莉丝塔跳到一根狭窄的栏杆上，轻声疾跑，然后跳到巨兽背上。它皮糙肉厚，覆满藤壶，正好方便落脚。她双手紧握长矛，举过头顶，扑向瓦斯塔亚首领。

那首领发现她时，为时已晚。它用一股脉冲急命坐骑转身，却仍然没能避开。矛尖瞬时钉入了它的胸口。

主人一死，那巨兽便开始失控，疯狂地嘶叫扑打，将卡莉丝塔从背上甩了下来。它把一只锐鳞咬成两截，尾巴猛地将一个倒霉的卡玛维亚人甩到主桅杆上。那人扑在甲板上，不再动弹。

卡莉丝塔闷哼一声，单膝跪地。那巨兽的眼睛不再是一片诡异的空白，而是眯了起来，喷出怒火。它挥动巨大的人形手臂，把另一只锐鳞撕成两半。此时，忽然传来一声狩猎号角，锐鳞们闻声便逃下船去，消失在深海之中。那头巨兽嘶声尖啸，栽在甲板上，差点又要将船掀翻。随后，它便滚进水里，前去追随奴役它的锐鳞。

战斗结束了。

* * *

"杀得好。"薇尼克斯说着,将卡莉丝塔扶起。

卡莉丝塔环顾甲板上的伤亡水手,问道:"我们损失了多少人?"

薇尼克斯道:"没我希望的好,但也没我担心的那么严重。反正,肯定比这些人好点。"

卡莉丝塔点了点头。遇袭船只的人员伤亡似乎超过半数。她不知道薇尼克斯是否会因为她强行插手这场劫难而怨恨她,便深吸一口气,开口道:"船长——"

薇尼克斯打断了她:"你的决定很对。来救他们是应该的。我的第一反应竟然是逃跑,太丢人了。"

卡莉丝塔道:"想要保护你的手下,并不丢人。"她侧头指向获救船只的船员道:"他们是谁?"

薇尼克斯低声道:"我不知道。这艘船看构造像是恕瑞玛的三层桨船,但那种船对付不了开阔的海域。而且这些人也不像是沙漠来的。不过,我想我们马上就会知道了。"

两个人朝她们走来,卡莉丝塔点头致意,认出他们就是刚刚战斗中的二人。

年纪较长的那人声若洪钟地问好:"朋友们,你们好!"他的卡玛维亚语近乎完美,只是略微带有口音。"你们能够及时相助,实在感激不尽!"他看上去像是学者样貌,身上一袭灰袍,眼神锐利,敏于识察,斑驳的须鬓也都经过仔细修理。不过,他身材颇为壮硕,面色黝黑,又像是大部分时间都奔波在外的士兵。卡莉丝塔猜他正处中年。他脖子上挂着一枚徽记,像是几个三角形交叠在一起,中间的球形石头,现在已不再发光。"若不是你们出手相助,我们恐怕早已殒命,实在是有蒙大恩。"

卡莉丝塔道:"抱歉,我们来晚了。你们伤亡惨重,许多船员已经魂归先灵。"

那人道:"没有你们,情况恐怕更糟!不过,恕我失礼,我还没有介绍自己。我是探索师泰鲁斯。这是我的学徒瑞兹。"

卡莉丝塔看向那年轻人。他十几岁的年纪,头部两侧被剃光,中间的长发编成了辫子。他也是一身灰袍,不过是开襟样式,露出晒得黝黑的胸膛,精瘦而强健。尽管他努力掩饰,但看得出他有些疼痛。他光滑的脸颊上挂着自负的微笑,英俊之中透着狂妄,有种不可一世的气质。

"我是卡莉丝塔。"她将注意力转回泰鲁斯身上,又道,"这位是'剑鹰号'船长薇尼克斯。"

泰鲁斯颔首道:"幸会。"

"你的卡玛维亚语说得很好。"

泰鲁斯答道:"我求学天下。"

"但我不熟悉你的口音。你来自哪里?"

"我出生在西北方向的一个小村,名叫铁水。"

瑞兹道:"我们那里主要盛产……那个……叫什么来着?山羊?对,山羊。"他也会说卡玛维亚语,只是远不如他的师父。他冲卡莉丝塔笑了笑。

泰鲁斯干笑一声道:"唉,年少狂妄。我的学徒实在太爱听自己说话,就连还没掌握的语言,他都不放过。而且他对长辈也不怎么尊重。"

"长辈?"瑞兹翻了个白眼,"我觉得——"

"够了。"泰鲁斯呵斥一声,"去把伤情报告给船上的医生,看看你能帮上什么忙。我马上就过去。"那学徒皱着眉,用卡莉丝塔听不懂的刺耳语言小声嘀咕了几句,气冲冲地走了。泰鲁斯疲惫地叹了口气,又对卡莉丝塔道:"实在抱歉。他是个令人气恼的年轻人。一根手指上的天赋比我们大多数人全身上下加起来都要多,可惜他冲动顽劣,品格堪忧。"

卡莉丝塔不禁笑道:"我认识这样的人。不过多亏他救了我,否则我早就当场丧命了。"

泰鲁斯摇头道："他根本不该使用那些法术。他能够吸取魔法的原始精华，但实在太多太快。他缺乏对符文形式的了解，无法安全地施放这种力量，或是进行引导。他也没有足够的自制力和责任感来接受此类教导，至少现在还不行。"

不远处传来一声痛呼，间杂其他叫喊。卡莉丝塔看到瑞兹匆匆跑向一个倒下的水手。

泰鲁斯道："抱歉，我先失陪了。"

卡莉丝塔道："请便。我们会留下来帮忙。我们有一些物资，还有伤药之类的。"

泰鲁斯道："又蒙大恩，实在感激不尽。"他向卡莉丝塔鞠了一躬，然后转身离开。

卡莉丝塔转过身来，看见薇尼克斯正皱着眉，靠在栏杆边上，便问道："怎么了，船长？"

"在蟒行群岛的时候，那个先知跟你说什么来着？跟着金色的什么？"

卡莉丝塔道："她说金色女郎会给我带路。怎么了？"

薇尼克斯嘴角勾起一抹神秘的微笑，指向船头。卡莉丝塔顺势看去。

"我不明白——"话音未落，她不禁惊叹，"噢，噢！"只见船首像是一座英气逼人的金色女像。她俯瞰着大海，双臂在身后张开，仿佛在振翅飞翔。

"看来这就是你的金色女郎了，公主。"

* * *

卡莉丝塔问："你说你来自西北方的一个小镇。叫铁水，对吗？"

她和泰鲁斯坐在甲板下面，享用丰盛的热汤和面包。两人单独用餐，因为薇尼克斯已经返回了"剑鹰号"，而泰鲁斯的年轻学徒则去处理师父指派的一些琐事。

泰鲁斯讪讪一笑道:"说是小镇已经是抬举它了。虽说瑞兹那小子是想让我难堪,但他说得没错。铁水的确是个蛮荒之地。"

卡莉丝塔道:"可你看起来并非来自未开化的地方。远非如此。你们是学者?还是祭司?"

泰鲁斯笑道:"祭司?不,怎么会是祭司?"他从白镴酒壶中啜了一口,继续道:"科学是我唯一的信仰。不过,'学者'一词倒是十分贴切。"

"那学者们怎么会在永恒之海上冒险呢?"

"我相信,知识是世界上最宝贵的资源,远比黄金更有价值,而我的使命便是收集和保护知识。"他耸了耸肩,又道,"有时候,这意味着必须前往大多数学者不愿意涉足的地方,并带着值得进一步研究的文物和书籍返回。"

"在我听来,这像是周游世界,到处拿走本不属于你的东西。你会成为一个优秀的卡玛维亚人。"

泰鲁斯笑了,并不否认卡莉丝塔的话:"卡玛维亚确实拥有大量的文物和书籍,我和同人们都非常渴望一观。不过在我看来,我获得这些东西的方式没有那么……咄咄逼人。"

卡莉丝塔也笑了:"那你又是从哪里得到这些知识的呢,泰鲁斯大师?你的'同人们'眼下又在哪里?"

"一个对天下大势而言无足轻重的地方。穷乡僻壤,不值一提。"

卡莉丝塔道:"一个不值一提的穷乡僻壤,却有足够的财富让你如此舒适地周游天下。"他们用的餐盘都是精工细作的瓷器,银制餐具也非常华美。整艘"灿见者号"处处流露着富贵之气。

泰鲁斯问道:"卡玛维亚的公主怎会对一群名不见经传的学者感兴趣?你想加入我们吗?不过,你可能会发现学者的生活完全不能与阿洛维德拉的乐趣相提并论。我们相当沉闷,这点我可以保证。"

"你知道我的身份?"

泰鲁斯道："我若不知，那就真是才疏学浅了。"

卡莉丝塔道："那我就直说了。我不相信你的阶层真的如你所说，不值一提。我正在寻找福光岛。"

泰鲁斯用一种难以捉摸的目光注视着卡莉丝塔。"福光岛是个神话。"

卡莉丝塔道："事实并非如此，你我心知肚明。福光岛就藏在这片大海中心的迷雾里。我们曾试图穿越迷雾，但没有成功，迷雾的魔法一次又一次地将我们逐出。"

"据我所知，卡玛维亚人的求索往往以流血暴力收场。你们此行的目的是征服福光岛吗？"

卡莉丝塔道："不。我们的求索文化早已堕落，现在被用来当作侵略他国的借口，令我深恶痛绝。我寻找福光岛乃是出于道义。卡玛维亚王后现正奄奄一息。她被一把毒刃所伤，我们最好的医者也无能为力。我需要求得解药，为此而寻找福光岛。"

泰鲁斯用丝巾擦了擦嘴道："我也想帮你，可——"

"我真心向你乞求。我那年轻的叔叔，也就是国王陛下，他深爱着王后，王后就是他的生命。我很担心，王后若是离开，他会做什么。"

"他会做我们所有人在失去亲朋好友时必须做的事，即哀悼。"

卡莉丝塔道："恐怕远不止此。他会寻找可以责难的人，并向这些人倾泻卡玛维亚的力量。随之而来的，是死亡和毁灭。他的愤怒和痛苦很难消解。"

"这听起来像是威胁。你在胁迫我透露我可能知道的蛛丝马迹，好让你找到你幻想中的福光岛。"

卡莉丝塔叹气道："如果你不肯帮我，我答应你，我也不会将我们之间的对话告诉任何人。佛耶戈不会去攻击大海中央的一个学者岛。他会将怒火撒向卡玛维亚的各个邻国。等到邻国灭亡殆尽，他又会转向自己的国民。而这些都将是我的错。"

"你的错？"

卡莉丝塔道："我本可以阻止这一切。我也本该阻止这一切。可我若是失败，只能一直耿耿于怀。我们的相遇并非偶然！一位独角先知告诉我，上天注定海中的金色女郎会把我带到岛上，指的必定是你的船。我从不相信预言，可她说的一切都已经成真。我想我注定会与你相见。"

泰鲁斯皱眉道："独角的先知？可是众星之子？"

"她说她叫索拉卡。你可听说过？"

他向后靠去，揉了揉下巴道："你所描述的生物，曾经出现在世界各地众多文化的传说之中。你说你真的见过她？"

"是的。正是她的指引让我找到了你。"卡莉丝塔握住泰鲁斯的手，又道，"我向先灵起誓，我永远不会泄露福光岛的真相。你可以永远囚禁我，但我求求你，如果你的学者们有任何办法，请不要拒绝我。财富、文物、古籍，都可以给你们，还有只存在于阿洛维德拉图书馆才拥有的知识。任何需求，但提无妨。你说我对你有大恩。那么，如果你可以的话，请帮帮我。求你了。"

泰鲁斯沉默良久。卡莉丝塔用恳求的眼神默默注视着他。终于，他点了点头，温言道："我不能做出任何承诺，但我相信你的真心。我会带你上岛。"

第十四章

探索师泰鲁斯站在"灿见者号"船头，就在那座金色船艏后，手中托起一颗微光荧荧的浅色石球，上面刻着错综的线条。卡莉丝塔在远处看着，只见他把球从颈间的徽记上取下来，前面的白雾便左右分开，放他们通行。

"剑鹰号"仍留在迷雾之外。虽然泰鲁斯答应会带卡莉丝塔上岛，但拒绝带领卡玛维亚的船只通过。薇尼克斯认为只身前往有些不妥，但卡莉丝塔别无选择。

只听一人道："你哪怕试上一百年，但如果没有路石，你永远无法接近福光岛。"

卡莉丝塔转过身，看见泰鲁斯的年轻学徒瑞兹正随意地靠在栏杆上。

"那我很高兴能遇到你们。"说罢，她又看向泰鲁斯。

船只在平滑如镜的水面上掠过，耳畔只听到三十来只船桨有节奏的划水声。几乎一半的船员都在锐鳞袭船时折损，但他们的前行速度依然可观。

瑞兹道："庇护魔法很古老，而且很强大。只有这样，光眷者才能继续工作，而不必担心有人突袭或是入侵。否则，这片岛实在过于诱人。"

他一下子提供这么多信息，让卡莉丝塔颇感讶异，但转念一想，便知他是在炫耀。好吧，如果这个自负的年轻人想要把他师父所隐瞒的事情都告诉她，她也不会拦着。

她环顾四周雾气，说道："这是道很好的屏障。"他们仿佛穿行在一条隧道中，在前方十几码处打开，又在他们身后关闭。隧道恰好与船同宽，船桨的末端则没在雾气之中。只有甲板的轻微起伏表明他们正在移动。"这比城墙和军队更有效。任何人，若是没有那种石头，便无法通过吗？"

瑞兹肯定道："不错。"

卡莉丝塔又问："那么，福光岛上人人都有那种石头吗？你呢？"

瑞兹瞟了她一眼，卡莉丝塔看得出，现在他的眼中出现一丝警惕。他只道："没有。你问这个做什么？"

卡莉丝塔耸耸肩，若无其事地说道："好奇而已。"

"我希望有一天能拜访卡玛维亚。"瑞兹沉默片刻，又道，"我的才能在那里会获得应有的珍惜和尊重，而不是像现在这样，在他所谓的监护下戴上镣铐。"说着，他用下巴指向泰鲁斯。"到时候，也许你可以带我参观一下。"

卡莉丝塔道："也许吧。"

瑞兹道："你很能打。你的动作让我想起了我们一族的剑少女，全天下都没有比她们更凶猛的战士。"

"在福光岛上？"

瑞兹大笑道："不是。福光岛的人哪有半点战士的影子。不像你跟我。我不是说福光岛，我出生在一个叫可霍姆的村庄，在北方的荒原上。"

"那你怎么会加入福光岛的学者团？"

瑞兹满不在乎道:"我离开了可霍姆。那里对我来说实在太小，我就自己出来了。"卡莉丝塔猜想这背后另有隐情，却不再追问。瑞兹又道:"我自己过了一两年。学会战斗，学会打猎，学会照顾自己。我还在沙漠那边当过一段时间佣兵，曾经是琥珀之鹰的成员。你可能听说过他们。"

"没有。"

"哦。总之，他们的报酬不高，但我发现我有一种特殊的天赋，可以进到我不该去的地方。那才能赚大钱。"

"你成了小偷。"

瑞兹道:"我不过是为了谋生，做了该做的事。总之，有一天，我发现卑尔居恩码头有一艘新船，不是本地的，而且整艘船都富得流油。"

"我斗胆猜猜——是'灿见者'。"

瑞兹咧嘴一笑。"泰鲁斯在他的舱室发现了我。我被逼到角落，无处可逃。那是我第一次表现出我的天赋。"他举起一只紧握的拳头。紫色符文开始在他的血肉中燃烧。然后，他偷偷地看了一眼泰鲁斯，松开手，将力量驱散。"泰鲁斯很惊奇，就把我收入门下。他启航离开时，我就跟他走了。"

他的神情突然黯淡。

"有段时间一切都挺好。他们说我很有天赋，但又觉得我爱闯祸。"

卡莉丝塔嘀咕道:"真不知道是为什么。"这话把瑞兹逗乐了。

他又道:"刚成为泰鲁斯的弟子时，我很兴奋。他是个探索者，你明白吗？大多数光眷者都在海力亚过着枯燥无味的生活，探索者却可以周游天下，寻找魔法神器。我还准备去四处游玩，而他答应会帮我培养天赋。"

"可他并没有？"

瑞兹凛然道:"他根本就是个专横的暴君。什么也不教，只想让我专注于魔法理论，没有半点实用的东西，一直要等到他觉得够格才行。可我早就够格了！他不过是嫉妒我可以得心应手地运用魔法。他可以操控魔法，但需要借助魔符来汲取力量，而我什么都不需要。他这是在故意妨碍我，不想让我抢了他的风头。"

卡莉丝塔点头摆出同情的样子，心下翻了个白眼。她已经受够那些有权有势、天赋异禀的年轻人了。

瑞兹继续怨道："他根本看不到我的潜力。他们都没有眼光。"

"你一定很熟悉福光岛吧？"

"没人比我更熟。我第一次到那里，就趁其他学生睡觉时到处查看。那些只有教团内部的上层人士才能去的地方，我都可以神不知鬼不觉地自由出入。"

"那你一定知道，福光岛的复活魔法是否存在？"

瑞兹瞟了她一眼道："生命之水？这就是你要找的东西？"

卡莉丝塔道："不错。"

瑞兹大笑道："那你还是省省力气，现在就回卡玛维亚吧。生命之水不过是个童话故事！谁知道是哪儿传出来的。可能就是光眷者刚成立时，有几个老医生救了个迷路溺水的水手之类的。他们可能给他喝了些补药，那傻子什么也不知道，就以为是活命水。回到当地小酒馆里喝了几杯就开始添油加醋，大肆宣扬，最后弄出了这么个故事。我还知道一个版本，说是这水能让人永生。哈！假如那些大师老朽当真活了几百年，大家会不知道吗？"

卡莉丝塔道："也许这种水真的存在，只不过你还没有资格知道。毕竟你只是个学徒。"

瑞兹嗤之以鼻道："要是果真如此，我早就已经找出来了。不管是谁派你来的，那人是个蠢货。"

卡莉丝塔脸色一沉。"一介学徒，小心说话。"

"蠢货就是蠢货！"瑞兹叹道，根本没发现卡莉丝塔神色不对，"若不是蠢货，就是幽默感太过荒谬。你确定那人派你来，不是在开玩笑？"

卡莉丝塔死死地盯着他:"再有一句不敬之语,就别怪我手下无情。"

瑞兹露出一个自以为玩世不恭的微笑,然而卡莉丝塔脸色始终阴沉。他笑嘻嘻地说道:"到底是谁更愚不可及?是下令之人,还是服从之人?"

话音未落,卡莉丝塔已抓住瑞兹的手腕用力一扭。他痛呼一声,被迫双膝跪地,任她摆布。他缩身要逃,却是白费力气——卡莉丝塔手上没有丝毫放松。

"我已经警告过你。要我说,愚蠢的人是你。"

她猛地一推,放开瑞兹。他揉着手腕,怒目而视。他似乎还想说什么,却又改变了主意,只是皱了皱眉,转身离开。

卡莉丝塔独立原地,看着瑞兹的背影,喃喃道:"还是得广结善缘啊!"

福光岛,海力亚

在海力亚地底一个促狭低矮的房间里,监长厄洛克·葛瑞尔独自一人坐在桌前。

有些守吏受不了库房的幽闭和无处不在的黑暗,觉得这里窒息压抑,叫人抓狂。葛瑞尔则不然。库房是唯一让他感到舒适的地方。在这里,他掌控着一切。

库房里的每一个角落都摆满了图纸、地图和他用蝇头小字整整齐齐写下的注释。数十张稿纸和摊开的书册铺满了地面、书桌和床板。换作旁人，便会觉得这里一片狼藉，但对葛瑞尔而言，这一切都井然有序。

书桌的正中央便是那本古籍，记载着深藏于福光岛核心的奥秘——万载井。传说中的生命之水，就在那间斗室之中流淌。一想到大师们一直将这个宝藏据为己有，葛瑞尔便感到怒不可遏。

接连数周，他都在疯狂地寻找进入万载井的方法。他知道那房间就在烁光塔底，但最直接的通道只有最高级别的大师才可以独自前往。而对他来说，那里是禁地。一旦他接近烁光塔，便会被剥夺所有职衔和特权。

尽管如此，他觉得肯定曾有一条路线，可以穿过重重地下仓库接近圣水。地下隧道像蛛网一般爬满了海力亚的每一个隅角罅缝之下。那些最古老的隧道大都已经废弃或是被人遗忘，还有一些隧道则在过去的数百年中塌陷，掩埋在沙砾堆中。大多数坍塌是事故所致，但也有一些通道是因为弃置不用，或是太过危险，一旦进入便难以全身而退，这才被人故意弄塌。

葛瑞尔怀疑，有些古老的隧道曾一度连接着万载井。据他推测，在光眷者成立初期，他们并未将生命之水当作不传之秘而严防死守。可是后来，大师们决定圣水应当由他们独享，于是便封锁了通往万载井的隧道。因此，葛瑞尔一直在绘制一张巨大的地库路线图，与万载井的建筑图纸相互参照，希望能找到那些古老的隧道。然而他一直一无所获……直到现在。

他举起一张薄如蝉翼的纸片，对着灯笼的光线细细观察。这张纸几近透明，他在上面画了一大堆细细的虚线，错综交杂，令人眼花缭乱。这样的图他画有好几十张，每一张对应着不同库层，全都是整理过十几张地图之后绘制而成的，煞费苦心。虚线表示在岩石上凿出的沟渠或是烟囱。有些是垂直的，以便将食物、水和信息从高处传下来，或者让烟雾安全地排出库房。有些是为了疏导雨水和地下水，将其引入大海——如果放任不管，这些水分就会渗入库房，长此以往，便会对珍贵的书籍文物造成难以估量的损害。于是便有了这些不可思议的沟渠闸口。大多数极其狭窄，连老鼠都难进出，但也并非全部。

葛瑞尔小心翼翼地走到地板中央，将那张纸片放在万载井那一层库房的地图上。他匍匐在地，细细审视一条条虚线。终于，他找到了他要的东西。

"在这儿呢。"他低声说道，嘴角咧出狂妄的笑容。

大多数线条都是平行或垂直连接到库房和走廊的，这很好理解。唯有一条不同。它连着一条旧隧道，却不知通往哪里。这条线直接切入了地图上的大片空白区域，周围没有任何其他隧道。万载井就在那里。而葛瑞尔刚刚找到了通往那里的路。

葛瑞尔得意地狠狠一笑，一下子站了起来，开始在房里来回走动，兴奋得不住颤抖。残暴的复仇之念从他的脑海中喷涌而出，他要向所有排挤和轻视他的人、所有试图压制他的人复仇。

他停下脚步，告诉自己："一步步来。"他可能已经找到通往万载井的方法，但还要设法绕过层层防御和护咒。

他望向床头的小架子，上面摆着他从已死大师的魔符上取下的三面石。那是一块钥石，比最珍贵的宝石更加罕有，更难到手。他拿起钥石，又坐回桌前，继续翻阅那本古籍，发现有一页上画着万载井的鎏金大门。而当他发现有一幅图样描画的正是他手上的钥石时，简直欣喜若狂。可是大门上有两把符文锁，每一把都需要一块大师的钥石才能打开。

葛瑞尔只有一块钥石。现在他只需要设法弄到另一块。他并未因此而感到沮丧。他从骨子里坚信，他将进入万载井，并且揭穿大师们那伪善的假面。他将摧毁他们。

葛瑞尔桌上的灯笼扑哧一闪，灭了。但他没有再去点燃。他坐在黑暗之中，想象着大师们会如何身败名裂。

那是何等精彩的场面。

第十五章

福光岛，海力亚

卡莉丝塔也不知道他们究竟航行了多远，也许只有半里格，又或许数百里格，但不到一个小时他们就穿过了迷雾。

前路忽然开阔起来，仿佛巨大的透明幕布向两侧滑开，传说中的福光群岛出现在眼前，洒满阳光。每一座岛屿四周都是暗色的峭壁，顶部却是一片郁郁葱葱。稍大的岛屿可见人烟，却不甚稠密。星星点点的白色房屋之间，散布着形状规整的牧场、围有护栏的田地，以及精心打理过的树林。牛羊逐草而食，人们在一排排庄稼间躬身劳作，或是指挥长角的家畜耕田垦地。

他们绕过一个岬角，浮光流彩的城池赫然眼前。"看哪，海力亚！"说着，泰鲁斯将那枚刻有符文的浅色石球，即瑞兹所说的路石收进口袋。"学识之城！"

海力亚一路绵延，直至天际。全城上下皆以白石建成，饰以黄金。每座塔楼、剧场和穹顶建筑都规模惊人，堪可媲美外界的宫殿。处处庭院层次俨然地穿插在宏伟的建筑之间，让整座城市显得极为开阔，井井有条，令卡玛维亚都城相形之下显得杂乱无章。街巷与拱桥贯穿全城，无不完美对称，四方规整。这些几何形状似乎别有深意，却并非卡莉丝塔所能领会。设计之精准，她尚可赞叹，但个中玄妙，她便一无所知了。

其中一座高塔，坐落在层层平台之上，俯瞰所有建筑。泰鲁斯见卡莉丝塔盯着它，便道："那是烁光塔，海力亚的议会所在地，也是整座城市的心脏。这就是你要请见的地方。"

卡莉丝塔转而看向船港。一圈圈码头呈同心环状，环形的缺口就在船港正中央。船港两端立着灯塔，有几十艘船只停在周围。大型船只多为三层桨船，被安置在环外，而环内则是小型渔船和驳船。码头上的桥梁也都完美对称，其中两座大桥通往海力亚城中。如此工程，实在堪称奇迹，如果不用魔法，卡莉丝塔想不出要如何兴建。

然而最令她惊奇的一点是，这座城毫不设防。没有高耸的城墙，没有堡垒，没有闸门，没有冲杀场，没有石弩炮台——港口全无守备。卡莉丝塔看不到任何军队或是战舰的迹象。身为将军的她一看便知，一支小得不能再小的军队便可攻下海力亚。只需给她几艘舰船、数百好手，就能踏破此地。

泰鲁斯道："世间的奇迹，不是吗？在一个险恶荒凉的世界中，还有这样一处闪耀动人的港湾。"

卡莉丝塔道："我从未见过这样的地方。"

"以后也不会。还有什么地方可以让人全心求学，不必担心战争和暴行？"

卡莉丝塔无言以对。的确，如果有什么地方可以救回王后，非海力亚莫属。

"灿见者号"平稳地划过轻波起伏的水面，驶入奇特的环形码头。他们靠近船港时，其他船只上的水手向他们问好，空气中充满了欢声笑语。一位司港将他们引向圆环外侧的一个开放泊位。"灿见者号"放慢速度，缓缓驶入。船员们收起船桨，将泊船的绳索甩出，等在码头的坞工便熟练地将其绕在闪闪发光的缆桩上。所有动作迅速精准，训练有素，让寄身戎马的卡莉丝塔由衷赞赏。

她刚踏上坚硬的石质码头，便引来好事之人引颈围观。一小群搬运工和渔民在旁目不转睛地盯着她，议论纷纷。

卡莉丝塔道："我猜，你们这里外人不多。"

泰鲁斯答道："确实少见。噢，但是此地无所不包，各色人等来自世界各地。毕竟，若无万象纷呈，便无流光溢彩。不过，生人的确十分罕见，只有由我这样的人带路，外人才能穿过圣霭。"

"荣幸之至，多谢你将我带到此处求情。"

卸货过程迅速而有序。泰鲁斯下达完最后的指令，便将收尾工作留给手下，自己带领卡莉丝塔沿着相互连接的环形码头和桥梁前往城中。瑞兹面色不善，犹犹豫豫地跟在两人身后。自从前日争执之后，他便一直躲着卡莉丝塔，让她也落得清净。走过庭院遍地的街道和壮观的大理石台阶，泰鲁斯顺道为卡莉丝塔指出几幢值得注意的建筑和府邸。他们沿着一条通衢大道前行，一路经过无数齐整的柱子、雕像和广场。

泰鲁斯道："这就是学者道，从船港一直向上，直抵烁光塔。"

卡莉丝塔从小在阿洛维德拉的王宫里长大，早已看惯金银财宝、靡丽奢华，但这整座城似乎更是饶裕非常。每一座建筑都是雕梁画栋，每一个广场都有高大的雕像和精美的大理石喷泉，而雕塑的眼睛以棱镜打造，中间点着金色眼瞳。种在大理石块中的盆栽，无不经人精心照料。

海力亚的居民也同样令人赞叹。虽然泰鲁斯自己穿着朴素的灰袍，但大多数居民都穿着别出心裁的鲜艳衣裳，几十块织物相互交叠，呈现与城市设计相似的几何图案。很多人还戴着头饰，形如盛开的花朵，胸前挂有精美繁复的金、银、宝石或青铜垂饰，全部都是对称设计。

泰鲁斯解释道："这些标志着佩戴者隶属于哪个学派，以及他们所在的级别。"

卡莉丝塔发现她手中的长矛是城中为数不多的武器之一。她的确看到了一些侍卫，他们身着白衣，戴着全罩头盔，上面竟全无一点装饰。他们手持华丽的长戟，似乎只是仪仗所用，而非实战兵械。一路上，她引来更多注视和窃窃私语，但她已经习惯了众人的目光，倒也不以为意。

卡莉丝塔留心道："我没看到乞丐，也没有受苦的人。他们是在城里的其他地方，被拦在这些地区之外？"

泰鲁斯道："因为没有，所以你便看不到。我们有足够的财富和途径来确保无人困顿潦倒，所以说，我们怎么会不去帮助那些需要帮助的人呢？"

"的确，怎么会呢？"

他们登上几段宽阔的阶梯，逐渐来到城中高处，最后走到一道雄伟的拱门——开示之门前。拱门两侧也有身穿白袍的哨兵把守。门廊石雕上刻着复杂得让人难以置信的几何图案，显然传递了大量信息，但只有清楚门道的人才能解读。穿过拱门则是一个宽阔的广场，烁光塔就在广场尽头。

从近处看，烁光塔更加令人叹为观止。即使在这样一个雄伟的城市中，依然威仪不减。塔身高度很可能是阿洛维德拉王宫的两倍不止。塔尖正中有一只巨大的金色眼眸，镶在一系列相互重叠的三角形之间，下方则是一道飞瀑，从数级承水阶上倾泻而下，轰然作响，注入棱角分明的水池中。

泰鲁斯道："我到议会代你请见，请在此稍候。我已传过话，命人为你备了一间房。我的学徒会给你带路。此地没有宫殿，希望一切安排尚可称意。"

卡莉丝塔道："不必费事。我原以为我能立即向议会陈情。我不能久留。不知王后还能坚持多少时日。"也不知她是否还在人世，她心中忧惧，却并没有直言。

泰鲁斯保证道："自然，我定会陈明你急需请见。请沐浴用餐，稍事休息。我会尽快传话。"他欠身致意，快步经过侍卫，穿过了拱门。

瑞兹仍旧不愿直面卡莉丝塔，只道："这边。"说罢，便转身大步离开，也不管她是否跟上。

两人一路无言，卡莉丝塔正好能够全身心沉浸在这座城市的盛景之中。只见年轻男女坐在露天的圆形剧场中，聆听光眷者前辈的教诲。公园里有人在大理石板上玩策略游戏，神情严肃。整座城既繁忙又空旷，学者们在各种建筑之间匆匆穿行，放眼望去却又是大片大片的广场和精心修过的草坪，道旁树木也都俨然成列，整齐划一。

这座城繁华壮美，井然有序……但似乎还缺少什么。海力亚少了一些东西，一些难以名状的气息。尽管有成千上万的人在此安居，却感觉不到丝毫惬意或是烟火气。这里很冷，因为所有事物全都沐浴在毫无瑕疵的阳光之中。这是一座完美的城市，却毫无生气。卡莉丝塔觉得一切都无可指摘。但或许，这就是问题所在。

人无完人，这一点她再清楚不过。一座城市，本该反映城中人的生活。一座设计得如此一丝不苟的城市只让她觉得这里有所隐瞒，令人不快的一面都藏在视线之外。

也许只是因为她从小生活在卡玛维亚的虎穴之中，耳濡目染变得消极了吧。

瑞兹将卡莉丝塔领到给她备好的住所，一言不发，转身便走。富丽堂皇已经不足以形容室内的陈设。卡莉丝塔走遍各个房间，只见一切精致而纯粹，让她无所适从。她反倒开始刻意寻找纰漏，比如墙上的裂缝、地面的翘曲，然而一无所获。

宅邸的一侧专为沐浴而设，三个独立的浴室里各有不同温度的浴池。另一个方向则是一处私人图书馆，精装书籍成千上万。走到日光明媚的阳台，可以俯瞰城景，眺望大海。卧室高大宽敞，放着一张圆床，沉入地面。卧室外设有一处花庭露台，四周皆是大理石花床，无一不是精心修整。还有一方几何形状的喷泉，沿壁覆满鲜花绿萝。

一位面色白皙的侍者给她倒了一杯果饮，卡莉丝塔便问："海力亚的每一处住宅都是这样吗？还是说，这里只是为了让来客叹服的设计？"

那人笑了笑，显然没有听懂她的话，赶紧鞠躬告退。

卡莉丝塔喝了口果饮，觉得实在太甜，便放到一边，转而走进浴室。池水散发着精油和海盐的香气，舒缓怡人。沐浴过后，她用温热的毛巾擦干身子。回到房中，只见床上摆着三套衣装，各具风情，十分精美，均以上等丝绸和纤柔的棉布制成，并绣有对称图案。尽管如此，她还是将它们留在原处，仍然穿回了她那套破旧的皮衣盔甲。这身行装在她沐浴时被人拿去清理维护，让她颇感不快，尽管阿洛维德拉宫里的仆人也会做同样的事。头盔上长长的黑色头饰焕然一新，海水蒸发后留下的盐块结晶已被刷净，她的高筒皮靴也被擦得锃亮。不过幸好，她的武器没被动过。

丰盛的餐食在餐厅里等着她：蜜饯、牛羊肉、海鲜、汤、烤蔬菜、奶酪和水果片，还有一篮新鲜出炉的各式面包。卡莉丝塔突然觉得饥肠辘辘，便装了满满一盘，拿到阳台上。

她刚吃完第三盘，有人送来了一张密封的纸条。封蜡上印着一本燃烧的书，封面中间有一只眼睛。她拆开封口，展开羊皮纸，看见一行端正文雅的字迹。她迅速读过一遍，然后又细细重读了一遍。

明天。她明天将在泰鲁斯的陪同下面见议会。她松了一口气。这一刻终于来了。

她祈祷王后还在人世。

葛瑞尔监长熄灭了灯笼，侧着头。他站在一片漆黑之中，一动不动，静静聆听。

就在那儿。他又听到了。隧道里微微回响着的脚步声，确凿无疑。此人动作极轻，但这库房可是他的天下。换了旁人，很可能根本不会留意，或者只会把这动静当作老鼠或是地面大厅的回声，但葛瑞尔比任何人都了解这个地下迷宫。有人私闯库房。而且，听这鬼鬼祟祟的行径，此人应当很清楚自己不该来这儿。这是个故意到处偷偷摸摸的人，不可不防。此人必定知道自己的行径一旦暴露会有什么后果，因而竭尽所能确保自己私入库房的事不被发现。

葛瑞尔可以选择转身回到来时的路。他很清楚声音在地底如何传播，所以可以精准地判断入侵者的所在方位，若想避开，实在易如反掌。然而，葛瑞尔根本没想过转身离开。这倒不是因为他曾发誓要坚守这些隧道——那些誓言不过是些屁话，毫无意义。他已经一次又一次地遭到背叛，凭什么还要去遵守那些誓言？

葛瑞尔走向那个声音。他才是这里的头号猎食者，不需要四处躲藏，避人耳目。不，闯入这里的人才应该避开他。只可惜此人已经失足走入他的巢穴，成为他的猎物。他的嘴角挂上一个残忍的笑容，全身上下血脉偾张。他从袍子下面抽出了他的镰钩。不管闯进来的人是谁，都将为此而后悔。

葛瑞尔悄然移动，穿过黑暗，走向他那浑然不觉的猎物。

瑞兹好像听到远处有什么动静，便停下动作。

不过是只老鼠。寻思过后，他又继续穿行在藏书殿地底的库房迷宫中。他确定这里只有他一人，更确定以自己的能力，就算有个垂尸小吏想给他使绊子，他也能应付自如。不过，他还是稍稍关上了灯笼的透光口，让光线不那么显眼。

全都怪泰鲁斯。他说瑞兹没有足够的控制力，说他血液中流淌的符文魔法很危险。过去，他还一度以为光眷者会好好培养他的魔法天赋。可他简直错得离谱。不让他练习，也不让他研读过去符文大法师的典籍，他怎么可能学会控制？从泰鲁斯平日言谈的字里行间，瑞兹知道有些典籍就锁在库房里。可他师父断然拒绝为他呈请，准他查阅这些典籍。于是，他只好像个寻常小贼一样偷偷摸摸地来到这里。

瑞兹咧嘴一笑，提醒自己，他本来就是一个寻常小贼。至少在泰鲁斯将他收归门下，带他穿越迷雾来到海力亚之前，他曾经是。

他重操旧业，闯入他不该去的地方。他又碰到一扇上了锁的门，便跪在门前，放下灯笼，拿出一卷皮套。他熟练地解开绑带，展开后露出他最信赖的一套撬棒。每一件都是他亲手制作，根据自己的需要进行弯曲塑形。他拿起门上沉重的挂锁查看一番，然后将针状撬棒插入钥匙孔。只得片刻，他便找到锁芯的销子，将它压好。他一手稳住第一根撬棒，接着又插入第二根，继续摸索。

想找到他要的书，并非易事。一年前，他第一次来到这里，被地下仓库的巨大规模吓得目瞪口呆，意识到自己可能花上一辈子都找不到他想要的东西……不过，现在这已经变成了一种游戏，一种消遣，一种变相的反抗。只要他和泰鲁斯一回到海力亚，他便会在夜深人静时潜入库房，尽情探索。风险虽有，却只让他更加享受这种逆举。

成了。锁里发出几不可闻的咔嗒声，瑞兹小心一扭，便打开了。他把撬棒放回皮套中卷好，拿起灯笼，又瞥了一眼走廊，然后走进库房。

若是从前，他可能会用密封库房里的金器把口袋全部塞满，可如今的他对这些小玩意不屑一顾。真正的好东西总是藏得更深。他发现靠近后墙的一个大箱子，走了过去。

"好宝贝。"说着，他用手在箱子表面不断摸索。指尖微微刺痛——是这箱子的奥术护咒，于是他满怀期待地舔了舔嘴唇。这是个好兆头。这些护咒并非肉眼所能见，但他感觉得到，就像他感觉得到用撬棒按住的销子。他发觉这种护咒十分古老，得花上一些时间。他揉搓着双手，跪坐在地。

他闭上眼睛，开始了工作。他用手指描画出护咒的图案，一边想象，一边在脑海中摆弄它们，研究怎样才能让它们失效。就这样，他一个接一个地解开了符文护咒，最后只听咔嗒一声，箱子上的锁扣开了。他笑了起来。

紧接着，他的心猛地一跳，颈后汗毛陡然竖起。一阵锁链拖地的声音，就在他身后。他这才明白，之前听到的动静不是老鼠。

瑞兹惊恐地瞪大双眼，抓起灯笼就朝门口甩去。一个人影站在库房里，一动不动，苍白的脸上挂着狰狞的笑容，盯着瑞兹。瑞兹大喊一声，开始聚集他的力量，可他还来不及释放，那个鬼魅般的身影已朝他扑来。

他感觉头侧被什么东西击中，然后地面飞速冲到眼前。

第十六章

"以卡玛维亚国君、魂结穆清之人、卡拉·黑伽亚里之佛耶戈·桑提阿如尔·莫拉赫之名,我特此前来贵城,万望赐惠。"

陈毕,卡莉丝塔将翎盔夹在胁下,昂首挺胸地肃立厅内,静候答复。

海力亚议会森然在眼前。在她上方,一共十七位大师在烁光塔巨大的金色穹顶下坐成一个半圆。有些大师倚着讲台的雕栏;有些大师则似乎百无聊赖,心不在焉。

卡莉丝塔原以为泰鲁斯是议会的一员,可他只是笑了笑,说自己不过是个微不足道的能者,远远未到大师级别。不过,他仍陪同面见,代卡莉丝塔向议会呈请,并表示她风节可敬,应无恶意。言毕,便退居她身后的阴影之中。

此刻,卡莉丝塔只身独立,镜子的反光从四面八方照到她身上,而议会成员却都在暗影之中,面目模糊。负责发言的大师是一位名叫巴泰克的长者,样貌竟与蟾蜍相差无几。他要求卡莉丝塔阐明所求,她也已照做,并且言辞切直,不事藻饰。

她静立良久。几位大师交头接耳，另有几位则用审视的目光盯着她。就这样过了好几分钟。

卡莉丝塔打破了沉默。"卡玛维亚王后身中奇毒，正奄奄一息，我们最好的医者和祭司都束手无策。"她的语气几乎掩饰不住恼意。"如果生命之水确有其事，并且你们不吝施以援手，我恳请各位襄助。"议会仍然毫无反应。卡莉丝塔一脸困惑地环顾诸位大师。为什么他们都不回答？她瞥向身后的阴影，想要寻找泰鲁斯，却怎么也看不到他，只好又转身向大师们道："没人说话吗？如果你们愿意出手相救，烁银王座将永感大恩。卡玛维亚也将与贵邦缔盟。"

鸦雀无声。

卡莉丝塔开始失去耐心，又道："还是说，你们想要酬金？我有权满足诸位提出的任何报酬。据我所知，卡玛维亚拥有光眷者梦寐以求的大量文物。"

一位大师从阴影中呵斥道："卡玛维亚人，议会不接受任何形式的贿赂或者威胁。"卡莉丝塔几乎辨不出是谁在说话。

她遮住眼前的强光，沉声说："我无意威胁，也无意行贿。我不过是本着诚意前来寻求帮助。"

此话又换来一片沉默。卡莉丝塔攥紧拳头，正要开口，巴泰克却抬起手宣布："议会已经了解你的请求，卡玛维亚的卡莉丝塔公主。我们将暂时休会，仔细商讨。待我们决议之后，自会传唤。"

卡莉丝塔皱眉问道："还有什么好商讨的？你们可以选择帮忙，或者让一名无辜女子白白送命！如果你们有办法救王后，请直接告诉我！"

"待我们决议之后，自会传唤。"

一道强光打在瑞兹身上。他只觉头部嗡嗡直响，左眼也肿了起来。他摔倒了吗？他不记得了……

"啊，你醒了。"

这声音仿佛一桶冷水泼在他脸上，他猛地清醒过来，惊觉自己双臂分开，被铁链紧紧地绑在墙上。

"这是哪里？"

"一个库房里，深到你喊破嗓子也没人听见。"

瑞兹扭动身子，想要躲开炫目的光线。"你是谁？"

"我是发现你闯入禁地的人，是正捏着你那条小命的人。"

瑞兹眯着眼，想透过刺眼的光线看清说话者，可眼前只有一个模糊的身影。不过，在他被击倒前的一瞬，他看到了。他还记得那人苍白的笑脸。他也看到了那人的长袍，还有挂在大铁环上的钥匙。他是一名锤石监守吏。

瑞兹啐道："不就是个活该等死的垂尸人吗？"

那身影忽然一滞。无声之中透着杀气，怨戾不断酝酿，蓄势待发。瑞兹不愿让那守吏得意，便强压内心的恐惧，怒瞪着他。

瑞兹吼道："少废话，快把我交给监卫吧。来啊！如果他们要把我踢出光眷者，那也请便，起码他们那些空洞的许诺跟胡说八道，我不用再理会了。"

暗影中的守吏哂笑道："你怎么知道，我会把你交给监卫？"

瑞兹并不答话。

守吏又道："也许，我更愿意把你留在这里。也许我打算让你崩溃，让你受苦。一点一点，慢慢瓦解，直到你所有的意志都消失殆尽，只知道跪地求饶。"

瑞兹重重地咽了口唾沫，试图掩饰自己的恐惧，但似乎不太奏效。

守吏又讥道："有人知道你在这里吗？"

瑞兹听出他声音中狰狞的笑意，便收起方才的轻蔑，开始支支吾吾。

守吏大笑起来。森冷的笑声中充满怨怼，极为可憎。只听他道："看来你已经开始明白自己的处境了。你在上面闲庭信步，极度自负，一脸虚伪。你鄙视我们垂尸人，可这里是我的天下。我的。在我这里，你所有的财富、权势和诡计都不值一提。在我这里，坏我规矩的人该有什么下场，由我来决定。在我这里，一切我说了算。在我这里，我才是王。而你，竟敢来偷我的东西。"

守吏一口气吼出这一长串话，字字利如针锥。随之而来的静默里，瑞兹只听到守吏粗重的呼吸声。

瑞兹低声道："我跟他们不是一伙的。我跟你一样痛恨他们。"

话音未落，守吏大笑出声。"我看未必。你胸前戴着学徒的魔符。你跟他们就是一伙的，否则他们绝不会给你戴上这个。你要不是跟他们一个鼻孔出气，早就被扔到这里了，跟我当初一样。"

瑞兹心头涌起一阵苦闷，怒道："你弄错了。我不是养尊处优的人，根本不是。我是个无名小卒，而我师父有意让我永远只当个无名小卒。他根本不愿教我，什么重要的东西都不教。他就是怕我抢了他的风头。"

又是一阵沉默。之后，灯笼的透光口转过一边，光线不再正对着他的眼睛。灯光的残影依然炫目，但瑞兹眨了眨眼，看清了囚禁他的人。

守吏高大瘦削，面色苍白。他的眼神如同恶鲨一般，冰冷至极，毫无生气。他一手举着一把弯弯的镰刀，刀锋狠利无比。

守吏吼道："也许你说的是实话，也许不是。但都一样。"

153

这人是个疯子。瑞兹心下越发惊恐。他吸了口气，暗暗发力，双手开始散发出紫色光芒。魔力在他的体内燃烧，注入他的每一根血脉……但由于双臂被缚，他无法形成他需要的符文形状来控制魔力。无法聚焦的能量不断飞溅、退却，最后消失。

守吏道："符文法师？这倒是有点意思。"

瑞兹瞪着他，眼中仍残留着魔法染成的色调，让一切都蒙上一层紫色。"什么意思？"

"告诉我，你是怎么打开箱子的？我找到你时，你打开的那个箱子上附有护咒。"

瑞兹道："那些符咒又不是特别强。对我来说，要解开它没有难度。"

守吏又道："有意思。"说罢，他转过身去，开始走来走去，似乎正在脑海中进行某种辩论。突然，他回头看向瑞兹道："告诉我，你师父是谁？"

"探索师泰鲁斯。"

"赫尔斯墨的泰鲁斯？"

"对。"

守吏开始大笑，摇头道："啊，太棒了。泰鲁斯，泰鲁斯，泰鲁斯。"

"你认识他？"

"他偷走了我的位置。我是所有学徒中最强的，但他们选择了他。他得到了一切，而我则被扔到这里，烂在地底下。"

瑞兹迎上垂尸人的视线道："他诱我加入光眷者，承诺会教导我。我有一种罕见的天赋，但我需要学习更多的符文形式来充分引导我的力量。他说他会帮忙，可结果什么也没教。他不让我学习我需要的知识，还以此要挟，逼我就范，说我还没准备好。什么都不教，要我怎么学？"

"所以你为了反抗泰鲁斯，来这里找你要的东西？"

瑞兹正视他道："对。"

守吏摸着下巴，再次转过身去。瑞兹没有吭声。片刻之后，守吏又转回来说道："你可以像只老鼠一样在库房里找个几百年，也永远找不到你要的东西。但我知道它在哪里。我可以把它给你。"

"你为什么要帮我？"

守吏用他那毫无生气的双眼盯着瑞兹。"你是怎么下来的？那些小玩意不可能让你通过监守、护咒门或是回音室。重重障碍，你是怎么绕过的？"

"对我来说，出入禁地本来就易如反掌。"

守吏皮笑肉不笑地勾了勾嘴角。"我想，我们或许可以互相帮助，各取所需。"

卡莉丝塔在房中来回走动，犹如笼中的困兽。

泰鲁斯淡淡道："我理解你为何愤怒，但议会就是如此。他们会不断争论，多番考量，直到达成一致。"

卡莉丝塔瞪了他一眼："根本就不应该需要商议。你将海力亚描绘成一个开明的社会，但如果他们要花几个小时来辩论是否要帮助一个垂死之人，我看你可能需要重新考虑一下你的观点。"

泰鲁斯揉了揉眼睛，疲惫地说道："我们通常不会干涉外界的政治和事务。恕我直言，卡玛维亚历来好战，行事乖戾，所以卡玛维亚王室成员的造访才引发了一些担忧。"

卡莉丝塔道："我并非前来刺探情报以图征服的斥候。无论需要什么保证，我都可满足，以表诚意。"

泰鲁斯道："我明白。我相信你，所以才将你带来。但也有很多人觉得我的做法并不可取。"

卡莉丝塔停下脚步。"你会受我连累吗？"

泰鲁斯耸肩道："也许会。但如果他们要制裁我，那也随便。我相信我的选择。"

卡莉丝塔道："如果你知道他们帮不了我，便不会带我到这里。生命之水是真的，对吗？难道就不能给我一壶，让我立即返航吗？伊苏尔德眼下已经命在旦夕！"

泰鲁斯道："我相信他们会做出正确的决定。我知道这让人气恼，但我们必须耐心等待。"

卡莉丝塔叹了口气："我尽力。虽然我实在不喜欢干坐在这儿等着。"

泰鲁斯道："我理解。你是个军人，一位将军，更加重视行动。你一直马不停蹄地寻找解救之法。不如让自己歇息一下。读本书，出去走走。随便做些什么打发时间。但愿议会不会考虑太久。"

卡莉丝塔道："我祖父总是说，死后自可长歇。"

泰鲁斯哼道："谁敢说卡玛维亚的雄狮不够勤恳呢。他一生中征服了多少独立国家？有十三个吧？"

"准确地讲是十八个，如果算上那些反叛之后又被击溃的国家。"

泰鲁斯叹道："对他的继承人而言，这是一笔相当可观的遗产。抱歉，扯远了。请容我失陪一阵，我去看看我能否帮你说服一些议会成员。"

卡莉丝塔道："谢谢，泰鲁斯。你是个好人，感谢你对我的信任。"

"等你的王后得救了，再谢不迟。"

厄洛克·葛瑞尔双臂交叠，站在库房中看着瑞兹工作。

他虽然解开了锁链，却并没有放瑞兹走出库房。他还采取了预防措施，以免他的囚犯妄图反抗。

葛瑞尔在解开锁链之前告诉这个年轻人："我已经写好一封信，就摆在我的桌面上。信中写了你的名字，说我在下层库房中抓到你在盗窃禁物。"

瑞兹道："为什么？我们刚才可不是这么说的！"

葛瑞尔抬起一只手让他闭嘴。"你不知道我的房间在哪里，可监卫知道。如果你妄想在我解开锁链时搞什么小动作，他们就会发现那封信。那你就完了。我知道你说你不在乎被赶出光眷者，但这明显不是实话。你要是敢出去乱说，或是想害我，我就会毁了你。"

瑞兹道："根本没必要。"

"给我办件小事，我就把你要找的东西给你。再把那封信烧了。"

瑞兹说到做到，在被葛瑞尔释放之后没有做出任何反抗。而现在，瑞兹正闭着眼，盘腿坐在地上，面前放着一个密封的保险箱。箱子锁得严丝合缝，上面却没有普通的钥匙孔，只有一个凹槽用于放置大师的钥石。每把钥石以一对多，能够打开存放着海力亚机密事物的符文锁。至于每一把钥石与哪些锁对应，取决于大师的等级。葛瑞尔用自己手里的钥石试过这个箱子，结果很是令他满意。

可是瑞兹却没有钥石。只见他嘴唇翕张，手指摆出一系列复杂的图案和姿势。不过片刻，锁扣便咔嗒一声打开了。他得意地掰了掰指关节："太简单了。"

葛瑞尔道："很好。"虽说这小子自以为是、言谈浮夸……但他解开符文护咒的能力的确不容小觑。葛瑞尔开始在脑海中设想这少年带来的无数可能性，但表面上却不动声色。

瑞兹道："所以你到底想让我干什么？打开一些让你头疼的符文锁？都拿来吧，我一口气给你解了。"

厄洛克·葛瑞尔强压怒火，心中暗恨自己竟不得不有求于这个少年。他恨不得将瑞兹关在这间暗室里，看着他被惊慌和恐惧支配，看着他痛悔自己的妄自尊大。这份恨意让葛瑞尔想要听到瑞兹在痛苦和绝望中哭喊，而他……

"守吏？"

葛瑞尔从诱人的幻想中回过神来，问道："你刚说什么？"

"你答应我的回报——我怎么知道值不值得？"

葛瑞尔瞪了他一眼，从腰带上解下一个皮革卷轴盒，扔了过去。

"什么东西？"

"打开。"

少年打开盒子，从里头抽出一页从书上撕下来卷好的羊皮纸。他皱着眉，凑近看了看那些棱角分明的文字，喃喃道："艾卡西亚楔形文字。"他读了几行，停了下来，抬头惊讶地望着葛瑞尔："这是……？"

"不错。"

葛瑞尔静静地看着瑞兹将注意力放回那页纸上。他依照古籍常见的阅读顺序，用手指从右到左迅速地划过一行行字句。浏览过半，他又抬起了头。

他低声道："这就是我一直在找的东西。"

"只要你能帮我打开一把锁，整本书就是你的。"

瑞兹咧嘴一笑。"成交。锁在哪儿？"

葛瑞尔露出了掠食者般的笑容。这少年就像一条上了钩的鱼，完全落入了他的手心。葛瑞尔道："告诉我，瑞兹，你可听说过万载井？"

第十七章

卡莉丝塔在海力亚待得越久,便越是感到憎厌。诚然,这里很美,想必有人会将其视为理想国,可她越发觉得这里了无生气。整座城像是被人净化过一般,空虚而冰冷,看上去如同一张面具,一种假象,将真实全部藏在表面之下。

很快,她便开始在自己空旷的套房里坐立不安。她原以为要等上几个小时,甚至一天,议会才会做出决定。可是一天过去了,第二天也过去了,始终毫无音信。第三天,她收到了泰鲁斯的便条,告诉她议会还没有做出决定。

第四天,卡莉丝塔拿起长矛,出了门。

在她登上一段华丽的台阶之后,她便触到了海力亚待客之道的底线。在一座看似博物馆的巨型建筑前,她被之前在别处见过的白甲侍卫拦住了去路。他们说了些什么,但她听不明白,只能察觉他们的语气平和却又不由分辩。

卡莉丝塔上下打量两名卫兵,心知他们不是自己的对手,但她仍然小声致歉,退了出去。她走遍全城,试图进入各种建筑,还有几处庭院，却处处碰壁。她能去的地方全都有人严格把守，更令她觉得疑窦丛生。

她感到异常孤独。她想念庶军将士们的同袍情谊。她甚至还想念佛耶戈。未婚夫赫卡里姆反而不在此列——内疚感刺痛了她。但她想念莱卓斯，程度之剧烈令她吃惊。一想到他，出发前那个清晨的尴尬场面就会浮现，心痛便随之而来，在胸腹间翻江倒海，于是她很快便转念去想其他事情。

经过数小时漫无目的地徘徊，卡莉丝塔终于在城里众多的公园中找到了一张孤零零面向大海的大理石长椅。她便坐了下来。晴朗的日子里，本该能够从这里一直望到地平线，但横亘眼前的只有那片迷雾，感觉整片岛屿都被巨大的墙壁箍在了中间。她并不因此感到安全，反而觉得自己是被困住了。

也许大师们永远不会让我离开。他们显然希望福光岛的存在永远掩藏在神话和传说的迷雾背后，自然不会愿意她回到卡玛维亚。卡莉丝塔想到了迷雾之外的"剑鹰号"和等在那里的薇尼克斯。船长说她可以等上两个星期，然后就要去港口添置补给。如果大师们不让她离开，薇尼克斯多久才会发现她回不来了？

一个皮肤黝黑的娇小女人走近了卡莉丝塔，可她沉浸在自己的胡思乱想中，根本没注意到，直到那人开口说话。

"这雾堪称奇迹，不是吗？"她的声音竟十分低沉，却也柔美悦耳。"雾里的魔法非常古老。虽然大师们永远不会承认，但这里没人能够真正理解它。"她穿着镶有银边的深色长袍，十分宽松，下面搭着贴身的黑色长裤，袍子上带有一个尖尖的兜帽，罩住她棱角分明的脸。这副打扮颇显冷厉，但她神色坦诚，面上含笑，举止也很随和。"希望你不介意我的打扰。我经常到这里来思考，远离那一切。"说着，她用戴满戒指的手指向城里。

"完全不介意。我自己也需要远离那一切。"卡莉丝塔边说边学着她的手势。

那人笑道:"海力亚确实会有这种效果。"

卡莉丝塔道:"坐吗?"海力亚人人礼数周全,但这个女人似乎是真心对她友善,实属难得。"我叫卡莉丝塔。"

这位新朋友一面在她身边坐下,一面说道:"噢,我知道你是谁。学术界的流言蜚语传得很快。你是卡玛维亚的公主,今早想要进入藏书殿的那个人!"

"是吗?"

"连海力亚的学者都未必能够进入藏书殿。你可以请求大师们的许可,只不过难于登天。噢,对了,垂尸人也可以进去,但没人理他们。不过,你的尝试可给我们带来了不少乐子!"

卡莉丝塔不禁失笑。这个女人的口吻并不是在取笑她,至少不是在阿洛维德拉的朝臣们当中最常见的那种刻意讥讽。"我……很高兴能博人一笑。"

"我是技师真达卡亚。幸会。"

卡莉丝塔回道:"幸会。"

真达卡亚道:"你跟海力亚议会谈得怎么样?"

卡莉丝塔道:"我请他们帮个忙,现在过了四天,我还在等候他们的答复。"

"不奇怪。他们是一群华而不实的浑蛋。不可理喻、自以为是,而且还小肚鸡肠。"

卡莉丝塔"嗯"了一声,没想到她如此耿直。

真达卡亚笃定道:"本来就是!他们就知道维护自己的利益。不过老实说,他们当中有几个人还算过得去。不管你的请求是什么,我希望他们能帮你说动其他人。"

"但愿如此。"两人默默地坐着,看着鸟儿在腾升的气流中振翅高飞。卡莉丝塔问:"你在这里是做什么的?看起来……跟其他人有些不同。"

真达卡亚道:"我就当你是在恭维我啦。在大多数人眼里,说得好听点，我是个怪人；说难听点，我就是个危险分子，满口歪理，喜欢煽风点火。我是哨兵的技师。"

"哨兵？"

"没有听起来那么厉害，起码现在是已经不行了。"

卡莉丝塔道："卡玛维亚也有一些人认为我是个满口歪理的怪人。其实是很多人都这么觉得。大多数贵族和骑士团对我有诸多猜忌。"

"你不是公主吗？难道他们不应该在你要走的路上抛撒玫瑰花瓣，为你的每一句话而欢欣雀跃吗？"

真达卡亚说着，脸上浮现出淘气的神色。卡莉丝塔笑道："不完全是。我对某些事的看法让他们……紧张。"

"为什么？"

"因为我想看到改变。"

"啊！那就是你自找的啦！"说罢，真达卡亚一手拍在长椅的石扶手上，"老实说，卡玛维亚和海力亚的政治好像没什么不同，说不定全天下都一样。只要是掌握了权力的人，就会觉得变化会让他们保不住自己的地位。"

卡莉丝塔点点头，又道："不谈政治了。冒昧问一句，能告诉我你是做什么研究的吗？"

真达卡亚摆出神神秘秘的样子，向前凑近，低声道："我会造武器。"

这可好，卡莉丝塔的兴致来了。可她还没来得及再问，附近的一座塔里就传来了钟声。真达卡亚闻声便像个兴奋的孩子一样跳了起来。

她叫道："我得走了！要迟到了！"

她开始往城市中心跑去，跑了大约三十步远又停下来，回头向卡莉丝塔喊道："你想看看我的手艺吗？"

"当然！乐意之至！"

真达卡亚又喊道："明天傍晚，来这里见我。我的新灵感应该到那时就差不多成了！"

卡莉丝塔道："我希望在那之前我就能得到议会的答复，启程回国！但如果没有，我会来的！"两个身穿长袍的能者一脸不悦地瞟向她们，一面小声嘀咕。真达卡亚吼了一句："得了吧，无聊的老东西们，给我闭嘴！"她气势汹汹，直接将那两人吓跑。而且她说的还是卡玛维亚语，卡莉丝塔猜是因为她。果然，真达卡亚最后又抛给她一个顽皮的笑容，这才急匆匆跑远，手里还提着黑袍的下摆，以免绊倒。

卡莉丝塔怔怔地看着她离开。

漆黑的广场上，葛瑞尔憋着怒火，站在阴影中等待。午夜已过，空气宁静而清凉。他不喜欢露天的地方。在狭窄的库房里待了这么多年，现在头顶上没有了低矮的天花板，他反而感到有些局促。

他嘶声道："人呢？"那小鬼背叛了他吗？是否不该让他自由行动呢？

"在这儿。"说话声就在左侧，把葛瑞尔吓了一跳。

葛瑞尔转过身，一声怒吼，立时将那人摁在墙上。过了一秒，他才发现来人便是那个学徒，便松手将他推开，低吼道："你来晚了。"

"我得等到泰鲁斯睡下。"瑞兹理了理长袍，瞪了他一眼，"他已经起疑心了。"

葛瑞尔往广场上扫视一圈，目光掠过暗处，看是否有人监视。什么都没有。他又喝道："走吧。"

葛瑞尔带着瑞兹绕到了藏书殿后墙。这幢巨大的建筑巍然耸峙，仿佛一头巨兽。然而这些殿堂楼阁只是地面上可见的部分，它真正的规模大半建在地下，藏在由隧道、库房、密室和锤石监守吏把守的洞穴所组成的迷宫里。两人走进建筑两翼间的一条小巷，沿着一条狭窄弯曲的楼梯走到一扇上了锁的门前,门上有一个守吏的标志。葛瑞尔打开锁,把门推开,让瑞兹进去,又回身将门锁上。

瑞兹低声道:"我简直不敢相信这些都是真的。那口井,生命之水。所有传闻。"

"这就是大师们一直以来想要掩饰的真相。他们编造故事,说生命之水不过是毫无根据的谣言,只是一个神话。"

"这帮浑蛋!"

"的确。现在安静。我们在接近入口。"

葛瑞尔领着瑞兹走过越来越窄的小巷和楼梯。设计这些通道的目的是遮挡视线,不让人从地面的天桥和砌道中看见地下的库房。这样一来,守吏们便可以避开上司的视线,在地下来回穿梭。最后,两人来到一扇被重重锁住的门前。

葛瑞尔命道:"遮住你的脸。"

瑞兹将兜帽拉低,葛瑞尔用拳头擂响橡木门。一扇狭窄的窗户滑开,露出一双惺忪的睡眼。

葛瑞尔举起监长的徽章,命道:"开门。"窗里的眼睛转向瑞兹。葛瑞尔又道:"我新招的守吏。快开门,不然我去跟监守长说一声,给你重新分配工作。"

里面传来一阵嘟囔。接着门闩落地,门吱呀一声打开了。葛瑞尔看也没看一眼,径直掠过了监卫。瑞兹低着头,急匆匆地紧随其后。

通向地下迷宫有十几扇不同的门,每扇门的门楣上都刻着一个独特的几何符号。在抵达地下仓库的入口之前,守吏们的站点共有七个,这是其中之一,而且是最小的一个,大半时间无人问津。正因如此,葛瑞尔才选择从这里进入。

他特意路过好几扇绑有铁链的门,最后才来到他想要的那扇门前。葛瑞尔舔了舔嘴唇——他知道监卫正盯着自己。他摸出一个粗硕的铁环,开始翻找钥匙。他的手心开始冒汗。他在一把钥匙上停了一下,却不敢确定,又继续找。这串钥匙是马克西姆监长藏在自己房间里的，按理他不应持有。不过，葛瑞尔对这位前任监长的私藏之举并不觉得意外。马克西姆被葛瑞尔锁在地底之后，只不过受了一丁点关照，便将他所有不能见光的秘密全都和盘托出了。现在马克西姆依然被锁在那里，只是葛瑞尔觉得，怕是没几个人还认得出那具不成人形的躯体。以后他也将继续待在那里，因为他的苟延残喘让葛瑞尔感到愉悦。

瑞兹小声道："他们还在看。你是有钥匙的，对吧。"

"别出声。"

"有人朝这边来了。"

葛瑞尔忍住抬头的冲动，然后重新翻出了他先前停顿了一下的那把钥匙，将其插到锁眼里。谢天谢地，钥匙转了。他把门推开，只见狭窄的楼梯一路向下延伸到黑暗之中。葛瑞尔瞟了一眼正在接近的监卫，不慌不忙地借旁边的火盆点燃手里的灯笼，然后走入了黑暗。离去时还随手将门重重一摔，发出砰然巨响。

他们原本可以通过葛瑞尔所管辖的隧道到达目的地，但那需要好几天才能绕完那些羊肠小道，而且其间还要穿过其他十几个守吏和监长管辖的走廊。尽管葛瑞尔的新职位赋予了他更大的职权，但是在其他监长的辖区徘徊难免会引起不必要的注意。

当然，通往万载井最直接的方式是走烁光塔，但那条路上守卫重重，想要硬闯的话非有一整支军队不可。

他们继续向下，向下，再向下，一步步踏进黑暗深处。这是葛瑞尔仔细计划过的路线。他们还要通过三个不同守吏的管辖区域，但遇见那些守吏的可能性微乎其微。他已经利用职权查过这些区域的巡视时间表，早有把握。虽说守吏们也常常偏离预定的巡逻路线，这样的人为因素实在不可预测，但他已经尽力了。要是真的遇上了守吏，那他还有一把镰刀随时恭候。

葛瑞尔喝道："快点，小鬼。还有很长的路要走。"

瑞兹不知道自己在海力亚地底的黑暗中待了多久，只觉得似乎已经走了好几天。

他完全丧失了方向感，并且痛苦地意识到，如果这个疯狂的守吏抛弃了他，他将永远找不到出路。他的余生都将被困在这里，盲目地游荡，直到他饥渴而死，或是失足跌入迷宫隧道中某个深不可测的竖井。他经过某几处深坑旁时，似乎远远地听到了海浪声。

瑞兹心中焦灼不已。虽说平时他就不太守规矩，但眼下这事非同小可。他应该告诉泰鲁斯这个葛瑞尔监长的企图吗？自从与葛瑞尔达成协议后，这个念头他考虑过数十次，可这样一来，最终只会导致自己被驱逐。泰鲁斯向来恪守规则，即便是葛瑞尔，也没能将背叛他的泰鲁斯逐出光眷者。

此外，他对葛瑞尔的愤怒感同身受。大师们凭什么对其他光眷者成员隐瞒此等神迹？凭什么只有他们自己能从中受益？然而，不管他如何试图说服自己，如何努力相信这是一次高尚的反抗，他心里清清楚楚，他这样做的唯一目的是葛瑞尔许诺给他的那本书。

全都怪泰鲁斯。如果他能信守诺言，帮助他掌控自己的力量，他也不必自寻出路。

葛瑞尔的灯笼突然熄灭。四下里彻底一片漆黑，伸手不见五指。瑞兹心下惶遽顿生。他胡乱摸索，然后撞上了一动不动的监长。

葛瑞尔嘘道："别动！"

瑞兹在黑暗中蹲下身子，努力放轻呼吸。仿佛过了一个世纪之后，他正要开口，忽听远处传来一点动静，一种回声，像是木头敲在石头上，反反复复。声音持续不断，越发清晰。很快，又有另一种节奏相同的声音加入，是脚步声。

葛瑞尔用冷冰冰的手将瑞兹推向通道一侧。瑞兹摸索了一下，发现墙上有一个浅浅的壁龛，便闪了进去。脚底不慎踩到几块碎石，让他心中一紧。葛瑞尔则是形如鬼魅，一举一动没有半点声响。叫人心慌。

几分钟过去了，瑞兹渐渐能看出葛瑞尔监长的身影就在眼前，平平地贴在壁龛的侧墙上。他忽然想到这意味着光源就在附近，心脏开始怦怦狂跳。敲击声和脚步声逐渐清晰，离前面的三岔路口不过数码，有人正朝这边走来。

光线越来越强，敲击声和脚步声也越来越大，令人煎熬。那人到了路口，停了下来，提着灯笼照过每条走廊。瑞兹几乎不敢呼吸，拼命贴在壁龛内壁。他心跳如雷，感觉自己一定会被听到。只要那个守吏沿着走廊再多走几步，他们就会立刻暴露。

葛瑞尔显然有着同样的想法，已经掏出了镰刀。瑞兹大惊，急忙摆手示意，一面摇头一面做出"不"的口型。凶残的监长用毫无生气的眼睛冷冷瞟了他一眼，又朝路口看去。

瑞兹可不想杀害光眷者。他正要跳出来大喊示警，之后任凭处置，却再次听到木头敲在石头上的声音。他从壁龛里微微探出头来，看到那守吏披着长袍上的兜帽，转身走了另一条通道。敲击声来自一根高大的木杖，顶上有一盏灯笼。那人拎着它，像是拿着一根拐杖。

两人待在壁龛里一动不动，一言不发，葛瑞尔的身影又渐渐被黑暗完全吞没。即便如此，他们依然僵在原地。一直等到那根灯笼手杖的敲击声消失了许久，葛瑞尔才用他的磨刀石擦出火花，重新点燃灯笼，而他的镰刀也隐没在长袍的层层褶皱之下。

瑞兹低声道："你刚刚准备杀了那个人。"

葛瑞尔纠正道："错了，是我们准备杀了他。你跟我，我们是一伙的。"

这句话让瑞兹脊背发凉。他早就知道葛瑞尔十分危险，行事乖戾，但此时此刻，他才真正意识到自己已是此人的帮凶。无论在这里发生什么，他都难辞其咎。瑞兹突然冒出一股冲动，想要放弃一切，不再理会这个蠢货的差遣。可他刚才看见了葛瑞尔眼中的杀气。他巴不得那个守吏朝他们走来。如果葛瑞尔得不到他想要的东西，瑞兹休想脱身。

当然，还有那本书。那是他开启自身力量的关键。他一定要得到那本书。

于是，他按捺住内心的不安，跟着葛瑞尔监长继续走入迷宫深处。

第十八章

"就这儿。"说罢,葛瑞尔停了下来。

他们正在一条走廊中间。这条走廊与其他走廊大同小异,只不过路中间有一条浅浅的沟渠,里面有一股涓涓细流。类似的水沟在低层并不少见,而这里是葛瑞尔到过的最深处。

瑞兹问道:"这是……圣水吗?"

这个愚蠢的问题让葛瑞尔大笑出声。他冷嘲道:"你喝一口不就知道了。"

瑞兹不理会葛瑞尔的嘲弄,环顾四周,怀疑道:"你确定是这里?"

葛瑞尔一脸不悦。"是,我确定。"

瑞兹只好嘀咕道:"好,你说是就是。"

"拿着。"葛瑞尔将灯笼递给瑞兹,然后便转向那面由数千块精确切割、相互交错的石块组成的墙壁。他沿着墙面摸索,几下就摸得一手尘污,但他也不去理会。良久,他后退一步,眉头紧皱。"待着别动。"葛瑞尔一把抓过灯笼,口中念念有词,回头走向刚才的路口。

他在路口停了下来,转过身,开始边走边数,只是这一次故意把步子迈得更小。当他走到一百四十四步时——这是光眷者的奥术传统中最强大的数字——他停下脚步，再次转身面对墙壁。他现在离瑞兹大约二十步远，不耐烦地招呼他过去。

这一次他找到了他要的东西。"步子小了。"

"什么？"

葛瑞尔咧嘴一笑，解释道："设计师是个矮个子。"

葛瑞尔把脸颊贴在墙上，用一只眼睛看过去。有一块石头比其他石头略微凸出一点，几乎难以察觉。如此细微的差异，要不是知道自己要找什么，根本不可能注意到。葛瑞尔小心翼翼地按下石头，它微微向里一缩。某种装置咔嗒一响，接着是稳定的嘀嗒声，旋即迅速加快。

瑞兹道："听起来不妙。"

葛瑞尔平静地说："还有一个开关，如果在规定时间内没有启动，烁光塔内就会响起警报，招来大批监卫填满这条隧道。"

瑞兹神色惊慌，急忙开始四下搜寻。"不能让他们发现我们在这里！另一个开关呢？"

葛瑞尔道："冷静。"嘀嗒声已经变得短促刺耳，他却不慌不忙地沿着走廊退了七步，然后转身面向对面的墙壁。他数着石头，找到他要的那一块。他细细观察那块毫不起眼的石头，心想，实在是妙。如果他不是事先知道，根本不可能找到它。嘀嗒声现在几乎已经变成持续的尖鸣。

瑞兹咬牙道："你根本不知道它在哪儿，对吗？我们得走了！"

葛瑞尔白了他一眼，按下石块。石块随即凹陷，嘀嗒声便停止了。随着一声钝重的摩擦声，墙上紧挨着地面的位置裂开一块嵌板。葛瑞尔道："你应当学会控制情绪。"

瑞兹嘟囔道："你的口气真像泰鲁斯。你怎么知道开关在哪儿？"

"孩子，永远不要低估研究的力量。"

"现在你听起来就跟泰鲁斯没有区别了。"

葛瑞尔没有理会他，跪在地上使劲推动嵌板。它向里滑动，然后慢慢向上，打开到一半时渐渐停住。葛瑞尔俯在满是灰尘的地板上，将手伸进去，用力往上推。尖锐的金属摩擦声每响一次，瑞兹的心便跟着一紧。最后，那块嵌板完全打开，露出了一个黑黢黢的长方形洞口，只能勉强容下一人。

瑞兹疑惑地看着它。"我们就从这儿进去？"

葛瑞尔纠正道："是你要从这儿进去。"他的脸上挂着狞笑。

"你不一起？"

"你觉得我进得去吗？"

瑞兹表情扭曲，只道："我也不确定我进不进得去。"

"你可以。"

"还有，你确定监卫不知道这个入口？"

葛瑞尔道："这是一个水闸，本来是为了在遇到洪水时排掉多余的水，但现在已经一百多年没有用过了。"

"可不代表出口那边没人守着。"

葛瑞尔并不否认。"没错。这也是你去，而不是我去的另一个原因。"

瑞兹道："会不会有些草率？如果路堵住了，或者有砖挡住了怎么办？"

"要想知道，只有一个办法，也是你得到那本宝贝的唯一办法。"

瑞兹盯着墙上的洞。这个洞实在太小，连手脚并用地爬进去的高度都不够，只能靠身体的蠕动前进。

他骂骂咧咧地甩掉斜挎在胸前的宽皮带，脱掉连帽外套，光着上身。他检查了绑在胯部的皮包和空水囊，又将一把小刀塞在靴子侧面。他拿起便携灯笼，跪在狭窄黢黑的通道入口。

"还有，"说着，葛瑞尔从长袍里拿出一卷软皮，"这个你能用得上。"

瑞兹将软皮展开，看见那枚钥石。"老天，你是怎么把这东西搞到手的？"

葛瑞尔道："这不重要。重要的是它能做什么。"

瑞兹耸了耸肩，又把它重新卷好，塞进挎包。

葛瑞尔道："上层的守卫最森严。这条路应该能绕过大部分的守吏和监卫，把你带到星合厅正下方。万载井的入口应该很显眼。那里有两把锁。这钥石可以打开其中一把，你要自己打开另一把。"

瑞兹点头道："等我。别走。"

"我就在这里等着。但如果你被抓住了，就得靠自己了。"

"就这样，还说是一伙的。"瑞兹一面嘟哝，一面爬进洞里。他低下头，又骂了一句。他趴在地上，肩膀蹭着洞壁，开始用胳膊肘往黑暗深处使劲挪。他不停地嘟囔，手扒脚蹬，慢慢进入通道深处，看起来就像是他整个人被吞了进去。

葛瑞尔朝隧道里低声道："动作要快，要轻。"然后他伸手进去，抓住了水闸盖。

"不，别关！"瑞兹一听闸盖嘎吱作响，立时惊呼，但葛瑞尔根本不予理会。随着最后的咔嗒一响，葛瑞尔封住了瑞兹的退路。他只能向前去了。

瑞兹听到身后的闸口一封，立刻困在了一片漆黑之中。他立即感到惶恐失措，呼吸急促，只觉自己已经被牢牢卡住，既不能向前，也无法退后——他本来就无路可退。

他试着往前拱，却根本挪不动。他被卡住了，他会死在这里，被困在这个幽闭的闸道里，埋葬在岩石山底。他什么也看不见，也不知道自己离出口有十码还是一千码。他想要大叫，求葛瑞尔开门把他拉出来，但他知道这根本没用。那个混账垂尸人不可能帮他。他要是敢叫，等着他的很可能就是一把尖刀。

这时，泰鲁斯的声音浮现在脑海中。记忆中，他曾经差点因为过度催动魔力而死，是那位探索师将他救了下来。

瑞兹低声道："我感觉到手底的沙粒。"第二波恐惧向他涌来。"我感觉到手底的沙粒。"

那是很久之前，他曾试图使用自己的魔力，几乎弄丢了性命。他趁泰鲁斯睡觉时，将少量魔法能量导入体内，足够让他在安全的前提下自行探索。可那股魔力很快便开始失控。原始的能量很快将他淹没，注入他身体的每一条纤维。由于魔力过剩，他的体内灼灼欲裂，紫色符文在他的血肉之中燃烧，整个人被抬离了地面。他对符文的构成没有足够的了解，不知道如何分散那么多力量，也无法将它引向体外，要不是泰鲁斯及时醒来救他，他早被这股力量彻底吞噬，化作一具焦黑的躯壳。此时，师父的声音穿破他的痛苦挣扎，让他备受慰藉。

"你正盘腿坐在沙地上。身下细沙轻暖，柔软舒适。你感觉到手底的沙粒。夕阳西下，暮色沉沉，但你仍能感受到阳光的轻抚。耳畔是风中的鸟啭莺啼，鼻间是沙漠的花草幽芳。你还能感觉到什么？你还能闻到什么、听到什么、看到什么？"

瑞兹喃喃道："我感觉到手底的沙粒。我闻到火上正烧着一壶苦根草茶。我听到细柴燃烧的噼啪声。我看到火星纷纷扬扬升入天空，从橙到紫，再到深蓝，就像水面浮游的漩涡。我看到夜幕中亮起的星光。我感觉到手底的沙粒。"

这个简单的冥想练习曾将他从毁灭的边缘拉了回来，现在也起到了同样的作用。他的呼吸渐渐放慢，心跳也稳定下来。他终于恢复了平静。

他开始继续向前蠕动。

闸道很长，而且一路都狭小局促，好在没有碎碴，让他不用受更多罪。终于，他看到前面有光，便放轻了动作，尽力不弄出一丁点声响。再往前挪了一段，却发现出口被封住了。他不禁大骇。

"不，不，不，不，不！"他一面低呼，一面加快了手脚，不顾是否会被人听到。来到闸道尽头，他扒住挡在出口的石栅，向外一看，只见一个宽敞的圆形房间，神秘的几何图形在地面交错。大理石壁上刻满具有象征意义的纹饰，还有一道巨大的旋梯，垂降至房间中心，冷冰冰的非自然光线从上层洒下。这房间还有一个出口——那是一条宽大的拱道，两旁有许多鎏金的门扉，覆盖着更多符号和纹饰。

瑞兹正要砸开石栅栏，一扇鎏金门开了。伴随着低声的交谈，两个身穿长袍的大师走了进来，身边各有一名身穿白甲的侍卫。四人都戴着兜帽，将脸遮住。瑞兹侧耳细听，却怎么也听不清他们在说什么。咔嗒一声，门在四人身后合上。接着又传来一阵机械装置的声音，齿轮和杠杆杂然作响，门楣上的符文闪烁着蓝光。

大师一行人一面交谈，一面步上旋梯，并很快离开了瑞兹的视线。片刻之后，整个石梯开始回缩，一面上升，一面回旋收拢。旋梯最后嵌入了天花板，与上面的几何图案严丝合缝，就像收起一副扇形排开的扑克牌。

四下里一片漆黑，寂静无声。瑞兹又等了几分钟，开始用手在石栅上摸索。那是用一整块坚固的石头凿成的。他摸到栅栏边缘，查探剥落的灰泥。他艰难无比地弄出左靴里的小刀，开始沿边缘用力刮削。过程缓慢且不便，不少灰泥落进了他的眼睛和嘴里。

刮完后，他一只手握住栅栏，用另一只手掌对准其中一个角劈去。闸道空间太窄，他使不出全力，只能竭尽可能地击打。感到栅栏微微一动，他大受鼓舞，又一劈，再一劈，栅栏终于松开了。他小心翼翼地将它放到地板上，然后慢慢挪出闸道，伸了伸腰，扭了扭脖子。接着，他用燧石一击，点燃灯笼，把透光口合上，只留一道细细的光线。

他把栅栏塞回原位，然后穿过房间，向巨大的拱道走去。两侧的门上看不到明显的把手或是钥匙孔。他端详半天，连门缝也找不着，其中工艺之精巧，令人叹服。几何图案覆盖了整扇门扉，交错的线条和图案将他的目光引向门中间的符号——一只眼睛从烈焰之中向外凝视。瑞兹只抬头看了一眼，便觉得后脑勺一阵刺痛，跟他手握钥石时的感觉有些相似。他不由自主地凑近，仿佛是那个符号不由分说地将他拉了过去。

他将手掌放在那只燃烧的眼睛上，一股能量立刻贯通了身体，令他呼吸骤停。他急忙抽回了手。一连串机械运作的声音响起，片刻间，门上出现两个三角形的洞，分列眼睛两侧。洞的大小恰与监长给他的钥石一样。他能看到钥匙孔的内壁也刻有线条。瑞兹感觉那股引力现在越发强烈，正将他朝三角形的钥匙孔拉去。

他迅速从挎包里掏出钥石，放在钥匙孔前。钥石忽被拉往左侧，像是磁铁被铁块吸了过去。"好好好。"他低声说着，将钥石插进去，分毫不差。钥石一到位，便有一股蓝色能量将其点亮。

当然，大门依然紧闭。葛瑞尔说过，他需要两把钥匙。

他再次感受到奇怪的引力，他的右手几乎是自己向第二个钥匙孔移去。他一接近，紫色的符文便从血肉中闪现，在他的手掌和前臂上蔓延。他震惊地抽回手，符文便消失了。

他小心翼翼地再次将手伸向钥匙孔，符文也跟着再度迸发。这一次他没有抽回手，而是闭上了眼睛。他开始在钥匙孔前方缓缓移动手掌，感受符文锁的图案。很快他便发现，这把锁像是十多把锁层层咬合在了一起，比他以往所接触的任何东西都要复杂许多，完全不可同日而语。

瑞兹气恼地低吼一声，心中却也有了一丝敬畏。他再次拿开了手掌。他没办法解开，至少不能用以前的法子。他咬着嘴唇，暗暗思忖。钥匙孔似乎又在拉扯他。他喃喃道："情况再糟又能怎样呢？"说罢，他将整只手伸进了钥匙孔。

一开始，什么也没发生。瑞兹摇了摇头。我在指望什么呢？突然，他的手腕被紧紧锁住，一股力量将他的手臂拉入钥匙孔深处。他感到一阵剧痛，整个人都被摔在门上，胸口一闷，一声痛呼卡在喉间。

他疼痛难忍，只觉得整条手臂都被拽入了炽热的火炉。他单膝跪地，快要支撑不住，却又被门所困，无从逃脱。紫色符文在他的肩上闪闪发光，他体内的力量像愤怒的野兽一样嘶声咆哮，极力破笼而出。眼前的一切全都蒙上一层淡紫，七窍之间魔雾涌溢。这种感觉，他只有过一次。

"我感觉到手底的沙粒。"他低声道，"我感觉到手底的沙粒。"他紧闭双眼，竭力平息魔力的巨浪，否则便会被撕碎。他的手臂仍然剧痛无比，浑身上下汗水涔涔。"我感觉到手底的沙粒！"

疼痛略微减轻，他赶紧趁机喘口气。在他体内咆哮的魔法也平静了几分。他能感觉到，钥匙孔内的纹路正在寻求与之相配的图案。他在其他符文锁上感受过类似的气息，但这一次要强烈得多。他仍然紧闭双眼，在脑海中描绘出交错盘结的符文图案。他想要凝神细视，可那些符文却不断翻转变化，躲开他的注视，四处游走，难以捉摸，而他则穷追不舍。忽然间，符文的排列变得清晰无比，并发出熠熠蓝光。这跟开锁相差无几——他只需找到锁芯的销子，压好，然后再到下一把。

他用空出的手在空中画出第一个符文，将第一道锁解开，接着是下一个。他依次解开每一道符文锁，直到全部完成。钥匙孔中射出一道幽光，终于放开了他的手臂。他抽回手，原以为会血肉枯焦，深可见骨，没想到手臂竟完好无损，只是皮肤下有符文在发光，正是他脑海中描绘的图案。只得一瞬，它们便开始消退。他又弯了弯手臂，不敢相信自己竟毫发无伤。刚才的剧痛也消失了，只有些许僵硬的感觉残留指间。

只听一连串机械运作的咔嗒声，大门旋开，透出氤氲的白雾。瑞兹收好钥石，小心翼翼地走了进去。

他喃喃道："万载井。"

虽说以井为名，这里其实更像一个富丽堂皇的巨大浴场。房间大半隐在浓雾之中，瑞兹的灯笼照不到尽头。目之所及，皆是白色的大理石、黄金和奥术符号。刻着精美浮雕的廊柱高耸雾中，台阶从房间边缘平缓地探进水池。池水清澈见底，毫无波澜。晶莹的池面上映着灯笼的倒影，是池水存在的唯一证明。

瑞兹屏气凝神，走到池边，跪在离水面最近的台阶上。只觉白雾像缥缈的藤蔓一般，在他周围蜷曲盘旋。他知道此地不可久留，便从腰间解下水囊，拔开塞盖，却又忽然停了下来。

从这样一座圣池中取水，无异于亵渎。可他还有别的选择吗？空手而归，去面对那个暴戾无情的守吏？还是把自己交给监卫处置？他强打精神，将水囊放入池中，荡起一层涟漪。池水清凉，似乎平平无奇。他不禁怀疑，关于池水能够起死回生的魔法故事是否言过其实。可如果真是谎言，又何必将它藏在这里，不肯公之于众呢？

水囊装满，瑞兹便将它从池中取出，举在眼前，看着水滴沿着皮革滑落。

他忽然笑道："尝尝又怎样？"说罢，便将水囊放到嘴边喝了个够，然后用手背擦了擦嘴。他从未尝过口感如此清透纯净的水，不过除此之外，似乎也没有什么别的特点。他再次将水囊装满，盖上塞盖，然后重新系在腰间。

他站起身来，正要离开，忽然发现池水中央升起了柔和的亮光。他眉头一皱。之前怎么没看到呢？他沿着水池边缘走了走，想要看清那片奇怪的光，可它恰好离得有点远，有点迷蒙，让人看不清楚。然而，瑞兹能感觉到光源的存在。池水和白雾之间都透着光，就连他的呼吸之间也透着光。

他再次看向池底，汲水时激起的涟漪正在渐渐平息。当水面恢复平静时，他的目光便锁定池底，有什么东西正发出耀眼的光芒。他的心猛地一跳。

那是一种深入骨髓的感知，池底那股能量在他脑中嗡嗡作响，对着他的灵魂轻声低语。它强大而又古老，早在人类崛起之前就已存在。那是一个符文。瑞兹自己也不知道这种想法从何而来，但他极其笃定。这是一个有形的符文，一股在混沌之中创造秩序的原始力量。

惊叹之余，瑞兹突然打了个寒战，感觉似乎有人在看他。他转过身来。

一个朦胧的身影站在水池边上，一动不动，就在几码之外。起初，瑞兹以为是巨大的兜帽遮住了那人的脸。可他随即发现，那人没有五官，脸上一片空白，与身上其他部分一样阴暗。尽管如此，瑞兹还是知道，它看到他了。他能感觉到那目光掠过他身上的每一寸皮肤。很快，他又发现自己的视线竟能穿透那身影，心下越发惊恐。它并非有血有肉的生命。

那是一个幽灵，一个亡魂，一声过去的残响。

它对着瑞兹一指，白雾也随之一晃。它的手臂上闪烁着阴森的青色光芒。它又朝瑞兹走了一步，慑人的幽光将它的轮廓勾勒得越发清晰。

瑞兹惊呼一声，转身便逃。狂奔之际，却发现房间外围站着更多朦胧的身影，全都裹在阴影之中，由白雾勾勒出身形。它们全都面朝着瑞兹，空洞地盯着他。

瑞兹心跳如雷，夺门而逃，根本顾不上将鎏金大门关上。他一路直奔闸道口。途中回头看去，只见幽灵已经穿过大门。它们体内闪着青色的幽光，没有五官的脸四处扫视，寻找瑞兹。

瑞兹嘴里暗骂，抛下灯笼。他急吼一声，将石栅栏掀到一边，完全顾不得磕碰，奋然钻进闸道。他喘着粗气，手肘猛力推挤，拼命扭动身体往前钻。

他回头瞟了一眼，就一眼。借着他刚才丢弃的灯笼，他只看见身后的房间空空如也，别无他物。

接着，一个没有五官的朦胧身影弯下腰，从闸道口向他看来。

瑞兹立刻摆头盯住前方，以最快的速度爬行。长长的甬道像是怎么也爬不到头，总觉得脚踝马上就会感受到一只幽灵之手的冰冷触感。最后，他的头终于撞到了闸门。他用拳头使劲敲打。"打开！快打开！"

闸门开了，瑞兹手忙脚乱地钻了出来。葛瑞尔就在那里，急不可耐地朝他笑着，就像一只逮着猎物的猫。"找到了吗？到手了吗？"

瑞兹没有理会，只叫道："封住闸门，快！"没想到葛瑞尔只是冲他眨了眨眼。瑞兹破口大骂，用鲜血淋漓的膝盖跪倒在地，用力拉下水闸的封板。

"说话，小鬼！"葛瑞尔一把抓住瑞兹，将他拽到自己面前，"你找到万载井了吗？"

瑞兹并不答话，只是解下水囊，用颤抖的手递到葛瑞尔面前，低声道："拿去。别再烦我。"

第十九章

卡莉丝塔早早地醒了。甫一看清周遭的陈设,她便叹了口气。又是滞留海力亚的一天,又是等待议会答复的一天,又是可能决定伊苏尔德的性命何去何从的一天。

卡莉丝塔心知自己的任务实在刻不容缓,可她又无法催促大师们。另外,卡玛维亚的嗜血之名竟让大师们对她的意图产生怀疑,也让她心有不甘。

她已经答应去见那个古怪的技师真达卡亚,但在日落之前,还有一整天的时间要打发。她很清楚,如果自己在套房里一直坐等到傍晚,只会是徒受煎熬,于是她便穿上盔甲,拿起长矛,走入黎明之前的黑暗中。

她虽是王室成员,却已从军多年,总是在日出之前醒来。一想到海力亚那些孱弱的学者此刻仍然流连梦乡,她便感到一丝优越。他们似乎是一群外强中干之辈,所幸有白雾为障,否则早就会遭到屠城,而进犯之人说不定正是她的祖先。

天光微亮,她在空无一人的街道上游荡,日出时竟已到了海力亚城郊。她并非特意出城，但她确实也不想再在城里多待。那里一切都太过严整，实在令人窒息。城外的新鲜空气、树木、篱笆和举目可见的郁郁葱葱终于让她有了喘息的机会。

她先是遇到一个牧民，还有一群长相奇怪的山羊。它们生着蓬松的白色长毛，脸和四肢却是黑色的，下巴上还凸出角来，让人望而生畏。不过它们看起来很温驯，津津有味地嚼着草，脖子上的小铃铛丁零作响。牧民举手致意，随后吹了几声口哨，牧羊犬便吠了几下，将羊群赶向一条小溪。

离开了城中那些铺设得整整齐齐的白石街道，她从木栅栏口翻过一堵低矮的石墙，沿着泥泞的小路走上山坡，好纵览全岛。坡顶上有棵大树子然矗立，树枝上系着一个小童的秋千。这里视野极佳：南面的海力亚在晨曦中熠熠生辉，气势恢宏；西面的大海如同变幻莫测的珠宝玉石，闪闪发光；北面和东面则是连绵起伏的青翠山丘、牧场和大片林地。几座村庄里升起袅袅炊烟，远处几头公牛拉着车，沿着蜿蜒的道路缓缓前行。还有一些家畜正在翠绿的山坡上吃着草，像是一簇簇小白点。

不远处便有一座村庄，坐落在一片林影荫翳的谷地。村子很小，大概只有二十来座房子，均不是寻常茅舍，让卡莉丝塔颇为讶异。每座房子都是由浅色石头和深色木材建成的，跟海力亚的宏伟建筑相似，采用同样的几何设计。通往村子的廊桥也经过精心设计，由复杂的三角形和菱形构成，木材上雕有各种符号，线条错杂。村民农夫各自忙活着，人人身穿色彩明丽的衣衫，在绿田褐土之间十分醒目。

这一切都表明这里气象升平，即使是卑微的农夫也过着安逸的生活，没有其他国家——包括卡玛维亚在内，穷苦人家常见的潦倒绝望。卡莉丝塔曾想，不知海力亚那些养尊处优的学者在享用美酒佳肴时，城外之人是否在辛苦劳作。可这里似乎并没有什么不可告人的阴暗面，至少她还没有看见。

当然，这个岛并不完美。政治和官僚显然主宰一切，否则她也不必苦苦等待议会的答复。但她很怀疑，十全十美的社会是否真的有可能存在。人终究是人。

卡莉丝塔走入山坡背面的一片树丛中。银蕨满地，蓝白相间的小花点缀其间。又走了一会儿，她才发现这根本不是一片树丛，而是一大片森林。古木参天，树干上垂瘿结瘤，藓衣斑驳，粗壮的树根在古老的岩石上纵横交错，龙蟠虬结，似乎有意将她绊倒。繁密的树冠将阳光屏斥在外，使得树下的一小片静僻蒙上了一层朦胧的光影，仿如暮色。树影婆娑之间，只见许多细小的微光在不住攒动。卡莉丝塔不知道那是什么，因为她一靠近，它们便会飞快地蹦远，甚至完全消失不见。不过，看它们如此灵动，想必不是普通昆虫。微风之中，似乎传来了孩子们稚嫩的笑声，但那也可能是树叶的沙沙声，又或者是风声带来的错觉。

巨树吱呀作响，窸窸窣窣，仿佛在彼此交谈。它们像是在看着卡莉丝塔，没有咄咄逼人，但也算不上暖意融融。它们只是自适其适。卡莉丝塔的直觉告诉她，这片古老的森林早在人类到达之前便已扎根此地。也许这片岛也感受到了森林间流淌的岁月与魔力，便任其恣意生长。在这样一片历经千载的森林面前，卡莉丝塔忽然醒悟，感觉到自己的渺小。她的所有忧虑都只是瞬息之虞，终归毫无意义。天地悠悠，一切嫉恨背叛，乃至俗世争战，又何足挂怀？这片森林在人类驻足之前便已扎根于此，也将在人类离开之后与世长存。想到此处，卡莉丝塔便感到了一些慰藉。

卡莉丝塔带着这份平静，恋恋不舍地离开森林，返回海力亚。

她回头看了一眼，感觉其中一棵树似乎动了。那是森林中一棵格外古老的参天大树，盘根错节，绿意盎然，四周尽是新生嫩苗。她几乎可以肯定，她刚转身时，那棵树就晃了一下。树干上瘿结和涡纹虬曲离奇，极像一张历经风霜的脸。

她怀着数月以来未曾感受的宁静与遐思，走向城中。

* * * *

卡莉丝塔回到住所时已接近傍晚。她刚到门口时听见一个孩子的笑声，便停了下来，没有直接回到空旷的套房，而是循着这几声欢笑，穿过走廊，走向笑声的源头。

最后，她来到一处小院，拱门和灌木整齐成列。两个看起来像是双胞胎的鬈发女孩和一个年纪更小的男孩咯咯笑着，尖叫打闹，在院子里飞奔着躲避一个穿着长袍的成年人。那人正低着头，行动笨拙，双手举到额头两侧当作犄角，一边跺脚一边大声哼哼。孩子们乐不可支，四处逃窜。卡莉丝塔发现那人竟是探索师泰鲁斯，不禁失笑，便抱起双臂，靠在拱门上观看。

过了好一会儿，泰鲁斯才发现多了一个观众。他立即挺直身子，试图恢复他一贯的严肃正经。卡莉丝塔挑了挑眉毛，他有些难为情，只好干咳一声。

"我……呃，我想今天的狩猎活动就到此为止了，孩子们。该回去上课了。"此话一出，孩子们大失所望，立时发出一片怨声。

两名教师上前召集孩子们。双胞胎女孩尖叫一声，急忙跑开，仿佛这是一个新游戏，小男孩则抱着泰鲁斯的腿，不肯松手。

泰鲁斯道："我们很快就会再玩的，托卢。"说完，他好不容易才挣开那小男孩。脱身之后，他便向卡莉丝塔走去。"我精心维护的庄严气质已经荡然无存了，是吧？"

卡莉丝塔肯定道："没错，半点不剩。但你的厄努克公牛确实扮得不错。"

泰鲁斯微微欠身道："不敢当，尽力罢了。"

"他们是你的孩子吗？"

"噢，天哪，不是的。不过我认为我有责任照顾他们。遗憾的是，他们年纪尚幼，却已家破人亡。父母之爱自然无可替代，但在这里，他们至少会受到悉心照顾和良好的教育。议会那边还是没有消息吗？"

卡莉丝塔神情黯淡。"没有。而且我已经没有多少耐心了。"

泰鲁斯点头表示理解。"实在抱歉，没想到他们要花这么长时间。当初我将你带来，并未料到事情竟会如此周折。今晚你会跟我和我的学徒一起用餐吗？"

卡莉丝塔道："谢谢，但我与人有约在先，恐怕不能应邀。有一位哨兵技师想给我展示她的作品。"

"噢，你见过真达卡亚了？在她身边，日子多半不会无聊。"

"她确实比较……精力旺盛。"

泰鲁斯答应去试试催促议会，然后便转身告辞。卡莉丝塔留在院子里，看着看护人耐心地让孤儿们聚集到一起，领去吃晚饭。她经过时，双胞胎中的一个女孩冲她吐了吐舌头。卡莉丝塔回了她一个吐舌，把那孩子逗乐了。

卡莉丝塔抬头看了一眼，天色已经开始变暗。在她出发去见技师之前，刚好还有一点时间够她洗个澡，稍微填填肚子。她一路回想着泰鲁斯扮成厄努克公牛的滑稽模样，最终回到了自己的房间。

似乎有什么东西从黑暗中尾随而至。

瑞兹走向泰鲁斯的套房，准备回到自己的房间。他一路上不停地看向身后，总觉得有无面阴影紧跟在后。虽然他什么也没看到，却总有被人监视的感觉，像是有恶灵徘徊在他的视线之外。

他曾希望白昼能够驱散这种诡异的感觉，但即使是在正午时分，他依旧能看见潜伏在周围的影子。他仍能感觉到一种可怕的压力。那身影直指着他无声控诉的样子仿佛已烙在他脑海中。同样挥之不去的，还有那个骇人的无脸面孔从闸道口俯身看他的画面。

他问师父："人死之后，灵魂还会徘徊于世吗？"他本来是要读泰鲁斯交给他的一套书，里面全是北方冰地荒原上口口相传的历史，沉闷枯燥。可他频频走神，不停地回想起前日所见。

泰鲁斯皱眉道："何出此言？我不记得有哪位奥术史的元老对死者的灵魂有过什么推想。"

"只是……只是我自己在想。"

"专心读书，瑞兹。别走神。"

他试过了，可没什么用。他一段都没读完，便发现根本读不进去，只能回头重来。看着下午的太阳逐渐坠近地平线，他心中惧意渐增。日影越拖越长，被监视的感觉也越发明显，如同芒刺在背。

晚餐时，瑞兹毫无食欲，只是没精打采地戳着盘中的食物，而泰鲁斯似乎毫无觉察。他正沉浸在一本破旧的典籍中，一边用餐，一边通过架在鼻梁上的小镜片阅读。

忽然有人用力捶门，吓得瑞兹浑身一震。泰鲁斯越过镜片瞥了他一眼，然后又看回书页，一面道："劳驾，去看看是谁。"

瑞兹重重咽了口唾沫，战战兢兢地走向门口，暗劝自己别犯傻，敲门的肯定是个血肉之躯，而不是前来纠缠他的恶灵。他把门打开，看见冲他咧嘴的葛瑞尔监长，心中惊恐不已。

监长道："你好，小学徒。"

瑞兹回头瞟了师父一眼，然后来到走廊，将门拉上，低喝道："你来这里做什么？"

"我想让你看些东西，非常有意思的东西。而且我还要兑现承诺，给你酬谢。"

"你不该来这儿！"

房里传来脚步声，葛瑞尔的眼睛眯了起来。脚步声越来越近，瑞兹惶惶不安。监长身上散发着霉尘腐土的气息，说道："找个借口，到外面见我。"

瑞兹身后的门突然打开，泰鲁斯皱眉道："守吏？有什么事吗？"

只见葛瑞尔的嘴角咧成一个狞笑，招呼了一声："泰鲁斯。"

泰鲁斯的眉头皱得更紧了，他摘下眼镜道："我们认识吗？"

葛瑞尔道："曾经认识，很久以前。"此时他的表情似乎变成了苦笑。

两人站在一起，更显得葛瑞尔狼狈不堪。泰鲁斯体格健壮，衣冠整齐，黝黑的五官如同雕刻而成，但葛瑞尔却是一脸憔悴，长袍破破烂烂，皮肤也是羸弱的苍白色调。瑞兹心下一颤。葛瑞尔曾说泰鲁斯毁了他的人生。难道他师父真的连认都认不出他了吗？

"葛瑞尔？"泰鲁斯眯起眼细看，"你是厄洛克·葛瑞尔？"

"如假包换。"

"天哪，我好久没见你了，自从——"

"自从典选之后。自从你被选中，而我被扔进了锤石监。"

"我……"泰鲁斯开始结巴，"对，是的。典选的时候。那是很久以前的事了。"

"有时候感觉像是上辈子。"葛瑞尔表示赞同，"可有时候又恍如昨日。看来你过得不错。"他瞟向泰鲁斯身后富丽堂皇的套房。

泰鲁斯生硬地还礼道："你已经成了监长，也不差。"说罢，朝监长脖子上挂着的标志点了点头。

"不差，也不怎么样。"

"什么风把你吹来了，葛瑞尔？有事吗？"

葛瑞尔道："一切都再好不过了，探索师大人。我只是敲错了门，仅此而已。我这就离开。二位晚安。"他的目光在瑞兹身上停留片刻，便转过身去，大步离开。

"他从来都怪怪的。"说罢，泰鲁斯耸了耸肩，回到屋里。

卡莉丝塔按照约定，来到俯瞰海湾的小公园里见那位技师。这个小个子女人一路闲聊着，将卡莉丝塔领进了海力亚的一座宏伟建筑。

一个身穿白甲的监卫想要阻止卡莉丝塔，但真达卡亚用手指着他吼了几句。卡莉丝塔虽听不懂她的话，也知道她骂得不好听。那监卫立刻面有悔色，但仍没有完全退缩，只是对着卡莉丝塔的长矛做了个手势。真达卡亚叹了口气，转向她。

"我已经为你做了担保，他可以让你通过，但你的武器不行。"

卡莉丝塔颇不情愿地将长矛倚在墙上，两人这才向里面走去。她们先是走进了一个满是大理石和黄金的巨大前厅。室内空间极为空旷，各种楼道走廊纵横交错，几十个学者拿着书籍和卷轴穿梭其间，行色匆匆。

卡莉丝塔环顾四周道："这里我好像试着进来过。有太多地方都把我拦在外面，现在已经记不大清了。"

"大师们不喜欢陌生人在无人陪同的情况下在海力亚到处乱逛，但你现在和我在一起。"说罢，真达卡亚冲她眨了眨眼。

在去技师工坊的路上，真达卡亚带卡莉丝塔迅速参观了海力亚的几所研究机构。卡莉丝塔曾以为阿洛维德拉的王室藏书已经为数甚巨，但那也只够装满这里随便一个图书馆的一个角落而已。这些图书馆中所收藏的知识量之大，着实令人震惊。

真达卡亚用毫无波澜的声音介绍道："图书馆。又是图书馆。这边呢……还是图书馆。"她一边带路，一边随手指向各处。"这片地方的主题你感受到了吧？啊，这里不大一样。是一间书吏厅。不过整个海力亚有很多这样的书吏厅。所以其实也没什么太特别的。"

卡莉丝塔停下脚步,瞠目结舌。整座卡玛维亚王宫算下来大概有十几个书吏,但这里少说也有上百位,而且书吏厅还远远不止这一处。所有人都在各自的书桌前忙碌,时不时将羽毛笔戳进墨水瓶,笔尖在羊皮纸上不住地划动,听起来像是一大群老鼠在挠墙。

"他们在抄写什么?"

真达卡亚耸肩道:"噢,反正就是,所有东西。"

"什么意思,所有东西?"

"典藏者有个目标,凡是世界上已知的、有价值的书籍,我们的图书馆至少要有一份抄本。"

"这……怎么可能呢?世人肯定会不断撰写新的作品。"

"筹办起来的确很折磨人,但从理论上来说,只要你有足够的书吏和译员,以及像你朋友泰鲁斯这样的探索者持续地带回古籍和新作,还是有可能办到的。当然,这要花上好几百年。"

"实在是……空前的伟业。"

"说白了是愚蠢。"说罢,真达卡亚转身大步离开。她个子不高,但一路上卡莉丝塔都在努力跟上她的脚步。"光眷者应该把集体知识和智慧投入实践,为世界做贡献,或者把失传的知识还给原来的文化。可现在我们只是不停地收集和抄写,再把这些知识锁在图书馆和仓库里,除了光眷者以外,谁都看不到。实在让人火大。我们已经变成一群沉迷于囤积知识,而不是运用知识的人。"

"光眷者似乎很喜欢这些书。"

"不只是书,还有奥术器物和各种秘器,越奇怪、越强大越好。这些东西也都被锁在库房里了。当然啦,要是有人想使用这些器物,那是万万不行的。"

卡莉丝塔喃喃道:"要是卡玛维亚的贵族和骑士们知道了,肯定会不惜一切,也要进到库房里去为所欲为。"

真达卡亚沉吟道:"噢,卡玛维亚对强大神器的贪欲众所周知。

这也很可能是议会这么久还不给你答复的原因。老实说，泰鲁斯竟会把你带进来，我是很意外的。他准是看上你了。这下算是惹出了一堆麻烦事。我其实佩服得很，没想到他还有这般志气。"

"他看起来是个好人。"

"要我说，好得可疑。一个人好到这种地步，肯定有见不得人的东西，不是吗？"真达卡亚狡黠地挤挤眼睛，卡莉丝塔觉得她大概只是在说笑。"不过，他终究是名探索者。他们这些人，经常把岛外的所有人都当成不懂事的孩子。老实说，这其实是所有光眷者的态度，也不全怪探索者。总之，我们是一群保姆，而其他人则是整天到处乱跑，摆弄一些他们根本不了解的危险玩具。这些玩具可能会毁掉他们，或者让他们互相毁灭，又或者，毁灭我们所有人。"

"什么？"卡莉丝塔笑了起来，"是不是……稍微有点自命不凡了？"

真达卡亚道："要我说，可不是有一点。泰鲁斯那样的探索者就是在做这种事，收集所有他们认为太过强大的魔法器物。他们觉得这些东西不能放在外面无人看管，于是便带到岛上锁起来，这样它们就不会造成伤害。我呢，更喜欢创新，发现新鲜事物。但这并不是光眷者的作风。光眷者痴迷于收集和编录知识，而不是推进知识。"

卡莉丝塔问道："那这整幢建筑都属于你的团体和你们的创新之举吗？"

"是就好了！这栋楼属于地动术学派，哨兵是其中的一个小分支，现在基本上无人问津。我们就窝在下层一个偏僻的小侧翼里。有时候我想，我们之所以被安置在那里，肯定是因为光眷者早就把我们抛到脑后了。"

真达卡亚领着卡莉丝塔走下一段宏伟的大理石阶，来到了下层。这里明显冷清不少，感觉整个空间不过是储藏室而已。

真达卡亚继续道："光眷者刚成立时，哨兵是最重要的分会之一，意气风发，极有声望。而现在呢，我们完全是一帮无关紧要的闲人，以至于目前只有我和四个助手。"她笑了起来。"海力亚的大师们大都巴不得哨兵直接解散，把我们的资金用到别处。不过话说回来，海力亚的大师们大都是白痴。"

她们来到一扇门前，门上的图案在卡莉丝塔看来应该是哨兵的标志：一本摊开的书和一只凝视的眼睛。这扇门要是放在别处都可称雄伟，但在奢靡成风的海力亚，就确实显得有些微不足道，很像是无人问津的角落。

"我们到啦。"说罢，真达卡亚煞有介事地大力把门一推，"欢迎来到我的工坊！"

卡莉丝塔一看，惊得目瞪口呆。眼前所见乃是锻铁车间、炼金实验室和军械库的奇异混合。在海力亚其他地方，一切都井井有条，整齐得让人窒息，而这个房间却完全是一片狼藉。角落里有个闲置的大熔炉，堆满了铁砧、木桶和各种破旧的铁匠工具，而其他架子上则充斥着稀奇古怪的奥术仪器，卡莉丝塔也不确定有什么用途，另外还有各种各样装着发光液体和晶体的瓶瓶罐罐。书架、桌子和各种武器架上，堆满了典籍和卷轴，摊开的书册里全是图稿和笔记。

卡莉丝塔和真达卡亚一进门，便有两个身穿长袍的助手抬起头来。那男助手身材魁梧，穿着厚重的皮围裙，手臂上尽是烧伤的疤痕。他点头打了个招呼，便又将注意力转回工作台，继续组装他的设备。另一个助手是个有些书呆子气的年轻女子，个子高挑，剃了光头，向卡莉丝塔她们笑了笑。

"晚上好，老大！"她用一口流利的卡玛维亚语朗声问好。卡莉丝塔大为震惊，没想到海力亚竟有这么多人说她的母语。

真达卡亚道："这是我可爱的助手，皮奥特和艾伊拉，和往常一样，加班加点。回家去吧！放松点！学习和研究可不是人生的全部，知道吗？"

艾伊拉故作神色诡秘的样子，向卡莉丝塔说道："嘴上这么说，她自己还不是老在这里过夜，都不知道被我抓到多少次。"

皮奥特头也不抬地说："我出生的部落有种说法，叫半斤八两。

不知道你懂不懂我的意思。"

卡莉丝塔笑道："非常好懂。"

真达卡亚叫道："哎呀，别跟他们瞎起哄！"

艾伊拉问道："要试试新东西？"

"是这么打算的。"

工坊里的兵器琳琅满目，卡莉丝塔扫视过去，刀剑、斧头、枪戟、弩弓、匕首、重锤、长棍、投石器，还有很多她叫不出名字的武器。这里确实是个军械库。

卡莉丝塔喃喃道："海力亚的武器估计全在这儿了。"

真达卡亚道："有可能！只可惜，我的同人们对武器没什么兴趣。来，给你看样东西。"

说罢，她递来一枚雕成菱形的浅色石头，两端呈细长的尖角状，大约有卡莉丝塔的前臂那么长，边上还刻着几何纹路。石头边缘十分圆润，而且卡莉丝塔一拿在手里便感觉它年代久远，非常久远。

真达卡亚道："最初的哨兵们就是用这些来保卫海力亚的。"

"用石头来保护这片岛？"

真达卡亚哼了一声。"你要这么说，听起来确实有点可笑，但这是圣石，早在凡人诞生之前就已经出现的古老碎片。"她的声音忽然带上一种庄严，乃至崇敬的色彩。"里面注入了灵力，非常稳定，也非常强大。噢，而且极其罕见。"

卡莉丝塔仍在摆弄那块奇怪的石头，一脸疑惑地问道："要怎么拿它当作武器？"

"现在它们一般不用作武器。你是卡玛维亚人，应该也知道，大多数魔法器物通常只有一种功能，并把这种功能发挥到极致。它们是为特定目的而制造的工具，譬如治疗、防御、发射闪电。圣石的特别之处在于，它们几乎无所不能。它们是一种通道，你明白吗？也就是说，圣石从灵界吸收魔法能量，并以稳定的形式储存起来。这些能量可以用于各种目的。比如，你已经见过它带你们穿越圣霭。圣石也可以作为钥匙，用来看管海力亚最重要的那些秘库。还有无数杂七杂八的用途，就连海力亚的灯塔也用圣石作为能源！"

卡莉丝塔皱起眉头。"对不起，你把我弄糊涂了。你说魔法来自灵界。指的是先灵圣殿吗？我们离开这个世界时前往的地方？"

"对，它有很多种叫法，不过本质上是一样的。我们的世界是有形的物质世界，而灵界，也就是你所说的先灵圣殿是无形的，是精神和灵魂的所在。灵界跟我们的世界之间有种无形的屏障，就好像隔着一层面纱，但其实灵界就在我们周围。两个世界相互交叠。而有人就能从另一个世界中汲取力量。世界上的魔法大多来源于此，只不过这股力量比较野蛮，难以控制。可一旦它被储存在圣石中，就不一样了。"

卡莉丝塔点头道："我明白了。"

真达卡亚一边说，一边在一本厚厚的精装手稿中翻找。她在其中一页停了下来，把书转过来放在卡莉丝塔眼前。她指向一幅画风奇特的插图：一个身穿长袍的人站在岩石滩头，手里拿着一块圣石。一束光从圣石中射出，烧毁了一整船挥舞着斧头和盾牌的袭击者。

真达卡亚道："据说最早的哨兵都是强大的战法师，能够让圣石发出毁灭性的力量。但法师人数稀少，就连福光岛上也没有几个，所以我想找到一种方法，让所有人都能学习如何使用圣石，在必要时可以保卫海力亚。经过多年的实验，我们终于做到了。"

真达卡亚收起那本书，朝一个武器架走去。等到卡莉丝塔把目光从手中的圣石上移开时，她看见真达卡亚拿出一件她从未见过的武器。一块长方形圣石位于中心，周身缠着一道道金线，构成几何形状。有一端跟手弩一样配有一个手柄。

卡莉丝塔放下圣石，接过武器，不禁赞叹它所展现的精湛工艺。金属部分看起来很新，但里面的圣石跟刚才那块一样古老，满是划痕。

卡莉丝塔眉头紧皱，将它翻了好几遍，仔细研究。它的主要功能似乎是一种远程武器，但它不像弩弓一样有弩臂，也没有地方可以放箭，就连扳机也没有。

最后，她开口问道："怎么用？"

真达卡亚笑道："我来演示。"

她将卡莉丝塔领到另一个又长又宽的房间，里面几乎什么也没有。艾伊拉也跟她们一起。

真达卡亚道："这下可好玩啦。"

这个房间的墙壁，尤其是最远的那面，已经有些坑洼和黑块，碎石片散落在地，还标出了不同的间隔距离，设有多个靶子。

真达卡亚道："就在这里好了。"她说着快步走到一个位置，大约二十码外有个木架，上面挂着一件破破烂烂的铁甲。艾伊拉则靠在墙上，抱着两臂旁观。卡莉丝塔抱着那件奇怪的武器跟了过来。"握紧，对，就像这样，用另一只手在这里支撑。"真达卡亚指挥着卡莉丝塔摆好架势。"现在，伸直这只手臂，顺着圣石的方向看，瞄准目标。"

真达卡亚又跟她说了很多细节，让她调整姿态，放松两肩，微屈双腿。卡莉丝塔一一照做，却仍然一头雾水。"可这上面没有扳机。"

"不需要。"

"那要怎么用？"

真达卡亚坏笑道："用意念。"

卡莉丝塔皱眉道："我不明白。"

"瞄准目标，然后要求武器射击。"

卡莉丝塔一面保持手臂不动，瞄准铁质胸甲，一面扭头看向真达卡亚道："你在拿我开玩笑。"

"我没有！我保证！你试试就知道了！"

卡莉丝塔看向真达卡亚的助手，想弄明白这是不是什么狡猾的恶作剧。年轻的女助手向她点头道："需要花点时间，但确实是这么用的。"

卡莉丝塔觉得自己很傻，但还是沿着手中的武器看向目标，喊出一声："发射！"什么也没发生。

真达卡亚笑了起来,但并不是嘲笑,而是愉快的笑声。"不用叫出声来。再试试!"

卡莉丝塔又皱起眉。她用意念来驱动它……可还是什么也没发生。

真达卡亚道:"我来示范一下。"她拿起武器,对准了目标。突然,武器上爆出闪电般的强光,一道炙热的白色光束从石尖射出,在空中留下几何形状的痕迹。光箭刺入铁甲,将其与支架一起撞飞出去,摔在十几码开外,就像是被一匹愤怒的战马踢了一脚。卡莉丝塔惊得目瞪口呆,真达卡亚则冲她眨了眨眼。

卡莉丝塔走到正在冒烟的铁甲前,跪在旁边。铁甲上熔穿了一个拇指大小的洞,摸上去仍有余热。

"几百年前,人们觉得圣霭已经能够提供足够的防护,最早那批哨兵也就因此变得多余了,圣石也从此派上了别的用场。"真达卡亚一面说,一面走向卡莉丝塔,"我觉得这是鼠目寸光,而且自以为是。"

卡莉丝塔道:"一座城市就算有了世上最高的城墙,也仍然应该保有一些刀剑,还有懂得如何挥剑的人。随时待命,以防万一。"

真达卡亚赞同道:"以防万一。"

卡莉丝塔盯着真达卡亚手中的强大武器。圣石正在中心发光,光箭射出的那一端尤其明亮,过了一会儿才暗淡下去。

真达卡亚道:"很有意思,对吗?"

卡莉丝塔道:"再让我试试。"

瑞兹一言不发地跟着葛瑞尔穿过街道,走向藏书殿。他不停地瞟向葛瑞尔,担心他的怒火会随时爆发。两人在沉默中向地下仓库走去。

一路上，瑞兹感觉黑暗中有什么东西在跟踪他。他紧跟着监长还有他手中闪烁的灯笼，眼睛不放过每一条昏暗的走廊，还时不时回头检查身后。

他们终于到达了目的地。瑞兹猜这里是葛瑞尔的住处。这是一个令人悚然的房间。墙壁逼仄，天顶低矮，空气中弥漫着一股刺骨的寒意。只有你想要彻底忘记某人的存在，才会将那人关进这样一个满含恶意的地牢。泰鲁斯的豪华套房与这里的对比何其鲜明，实在令人触目惊心。难怪他心中有如此积怨。

瑞兹可不想在此久留。他准备东西一到手就马上离开，巴不得一辈子都不再见到厄洛克·葛瑞尔。

瑞兹环顾房里的每一处细节：坚硬的床板上放着一条破旧的毯子，墙上挂着锁链、钩子和钥匙，摇摇欲坠的书架上整整齐齐地堆放着各种书籍，门边还有一排灯笼。角落里摆着一张简单的木质书桌，书本、纸张、墨水瓶、羽毛笔和一个摆放小瓶子的架子整齐地排列在后面的壁架上。他盯着地上的红褐色污渍和墙上的黑色霉块，心里有些发毛。房里的一切都透着危险的气息。

葛瑞尔忽地关上房门，插好门闩，更弄得瑞兹心惊肉跳。

"你要给我看什么？"

葛瑞尔伸出一根瘦骨嶙峋的细长手指，朝他晃了晃。"非常有意思的东西。把手给我。"

"什么？"

"把手给我！"

瑞兹战战兢兢地伸出了手，葛瑞尔一把抓住，将他拉近，同时抽出一把刀划破了瑞兹的掌心，他根本来不及躲闪。

瑞兹大惊之下痛呼，拼命挣脱了手。伤口很深，血已经滴到地上。紫色的符文在他皮肤下燃烧，灸热而危险，但葛瑞尔只是咧嘴一笑。

瑞兹嘶吼道："你这个疯子。"

葛瑞尔放下刀道："别激动。过来，把受伤的手给我。现在才是重头戏。"

葛瑞尔转身开始摆弄书桌架子上的小瓶子。我现在就可以动手，他毫无还手之力。瑞兹很想这么做……但他没有。他走了过去，手还在滴血。

葛瑞尔回头瞟了他一眼道："你刚才想杀我，对吗？"瑞兹没有回答。监长哂笑一声，手里小心翼翼地拿着一个装有透明液体的玻璃滴管。

瑞兹吼道："这就是那个水吗？"他的手正在抽痛。

"没错。把手伸出来。"

瑞兹有些迟疑。葛瑞尔叹了口气，又转过身去。"不伸就不伸。我无所谓。"

瑞兹道："等等。"葛瑞尔回过头，一脸得意。瑞兹又道："来吧。"他犹疑地张开了手掌。监长捏住滴管，挤出里面的液体。瑞兹吃痛，反射性地缩回了手。

瑞兹烦躁地问："要等多久？"

"自己看吧。"说罢，葛瑞尔递来一块布。

瑞兹抓过那块布擦掉了手上的血，紧接着便一脸震惊地盯住手掌——伤口已然消失得无影无踪。他一面活动手掌，一面小声道："他们为什么要藏着这个秘密？"

葛瑞尔恨恨道："为了权力，还有控制。诸位大师一贯自私成性。"

"肯定不止这些原因。痛苦和疾病可以消除，再深的痛创也能治愈。"瑞兹皱着眉，低声道，"这就是公主在找的东西。"

"公主？你说谁？"

瑞兹道："一位卡玛维亚的公主，我师父的客人。她在为垂死的王后寻找解药。"

监长眨了眨眼，细细思忖。瑞兹忽然后悔自己不该多嘴。

沉吟片刻后，葛瑞尔道："这水的妙用，可不止疗伤。"

"什么意思？"

"是你提醒了我，因为你瞥见了那个黑影。"

瑞兹咽了口唾沫，不想继续这个话题，只道："我觉得这事你不该插手。"

葛瑞尔嗤之以鼻，又拉开另一个抽屉。他从里面掏出一只死老鼠，提着尾巴将它甩在桌上，发出一声闷响。"我一开始对你有误会，但我俩很相似。我们都被骗了，我们真正的价值也被无视了。"瑞兹的目光无法离开那只老鼠。它的爪子朝天蜷缩着，一条粉色的细舌耷拉在嘴角。葛瑞尔又道："我可以帮你。你那个自视甚高、难以忍受的师父不肯给你的东西，我全都可以给你。我们可以互相帮助。现在，你看好了。"

他把滴管里的水滴到了老鼠身上。瑞兹鬼迷心窍似的走近去看。一开始，毫无动静。片刻后却出现了轻微的颤动。不过并不是老鼠，具体来说，不是老鼠的身体在动。一个黑影在它的尸体周围颤动，接着闪过一丝青蓝色的光。瑞兹两眼直瞪，心下大骇。

葛瑞尔狞笑道："很神奇，不是吗？"

瑞兹并不会称之为"神奇"。那阴森森的老鼠魂灵像轻烟一样没有实体，笼罩在一圈尸焰当中。它从尸身中剥离，抬起了头，嘴里发出无声的尖叫，不断抽搐着，仿佛痛苦不堪。

瑞兹向后一跌。那鬼魅般的老鼠头颅不断痉挛着，发出最后一次无声的尖叫，然后回到尸体中消失了。

葛瑞尔道："似乎消散得很快。不过我也只是用了几滴而已。"

瑞兹一面摇头，一面退到门边，声音嘶哑："这事别扯上我。"

葛瑞尔咧出一个无比狰狞的笑容。那是猎食者的微笑。"太晚了，小学徒。"

瑞兹道："你要我做的，我已经做完了。"

"地下仓库为数众多，而每间库房我都能进。只要你继续帮我，你想要的，都能到手。"

"我只想要你答应给我的东西。"

"别傻了。连你自己都说过，生命之水不该是个秘密。我们可以永远摆脱病痛疾苦！就连死亡也能战胜！我们可以一起揭露大师们的谎言，让他们付出代价！"

瑞兹瞪着他。即便此刻，葛瑞尔的双眼依然像死水一般冰冷。他在撒谎。他根本不想管别人的死活，只不过是想将他认为自己本该得到的东西据为己有，想要折磨所有曾跟他过不去的人。这就是一生的苦涩和不断发酵的仇怨所酝酿的恶果。

瑞兹道："我们说好的。把你答应的东西给我。你要怎么做是你的事，我不想再参与。"

葛瑞尔狠狠瞪着他，然后怒冲冲地走到房间另一头，把书柜猛地拖到一边，不顾几十本书摔到地上。他拆下墙砖，露出隐藏的隔间，从里面拿出一本皮封书扔给瑞兹，说道："我跟其他人不一样。我说到做到。"

瑞兹盯着葛瑞尔，把那本书夹在胁下，转身将门闩一个个打开。

葛瑞尔舔了舔嘴唇道："你正在犯一个错误。"

"我犯的唯一错误是当初答应了你。"瑞兹扔掉最后一个门闩，把门打开。

葛瑞尔嘶声道："我可以毁了你。"

瑞兹抓起门旁的一个灯笼，回道："彼此彼此。所以我们最好都保持沉默。"

他走出房间，进入黑暗的走廊。他有把握记得回到地面的路。瑞兹回头看了一眼，只见葛瑞尔恶狠狠地盯着他。

临走时，瑞兹又道："还有，我跟你，一点都不像。怪不得他们把你扔到这下面自己发烂。你活该。"

第二十章

瑞兹在月光下气喘吁吁地奔过庭院。他庆幸自己离开了地下那令人窒息的黑暗,但他也知道自己被跟踪了。他感觉那身影一路尾随,越来越近,可他每次回头却又什么都看不见。然而,他能感觉到它越来越近。恐惧紧紧掐住了他。

他跑到地动术学派的大楼附近,在一处拐角停了下来,回头朝来路张望。庭心有一块修剪整齐的草坪,五条鹅卵石路相交其中。四周是通往各个院系大楼的拱道,里面一片阴森。瑞兹的目光扫过每一片阴影,不断搜寻。他见没有任何异样,便勉力稳住呼吸。肯定是他的幻觉。不管万载井里的幽灵是什么,它肯定还在那里。

他转身正要离开,却猛地一怔。

那个穷追不舍的身影就站在他面前,挡住了去路。还是老样子,缥缈的身形裹在长袍之中,面目空白。它抬起一只青光幽幽的手,问罪似的指着瑞兹,然后朝他走来。

瑞兹向后踉跄了一下,转身便逃。

卡莉丝塔和真达卡亚并肩走在黑暗的走廊里。方才，卡莉丝塔根本没注意到夜色已深，也一再强调自己无须护送，但真达卡亚坚持要送她回去。

真达卡亚道："反正我常常熬夜。回工坊前散散步，对我有好处。"

两人穿过寂静的大厅，走到楼外。卡莉丝塔朝门口的值班侍卫点了点头，从她手中接过长矛。整个海力亚一片寂静。无时无刻不在阿洛维德拉夜空中翻腾的嬉笑喧闹，在这里毫无踪影。

两人在昏暗的街道上走着，真达卡亚提出："如果明天议会还是要你继续等待，我还可以给你看些其他我一直在研究的圣石武器。"

卡莉丝塔道："乐意之至。可我仍旧很难相信只有你一个人在制作这些武器，我还以为大师们也会很感兴趣。"

真达卡亚道："那是因为你是卡玛维亚人，而且是军人。大师们认为我的研究毫无意义。他们只会问，既然都有圣霭了，还要武器做什么。"

卡莉丝塔承认："圣霭的确是一道绝佳的屏障。但如果有人真的穿过雾气闯了进来，该怎么办？"

"我就是这个意思。但雾墙立起后的几百年里都没发生过这种事，所以他们觉得根本不可能。"

"听起来很愚蠢。"

"没错。可他们觉得保护福光岛所需要的军队实在是天价。噢，光眷者倒是有钱，但是没人愿意花在这件事上。我们需要的舰船、城墙、堡垒和大批的士兵，根本不可能实现。不过，我的圣石武器也许可以解决这个问题。那样一来，我们无须耗费巨资筹建整支军队，便能保护福光岛。哨兵们曾经做到过。我们也可以。我甚至还设计了更大型的武器，可以安装在俯瞰全城的塔楼顶上，或是船上，再或者……"她叹息一声，又道，"问题是以我手上的资源，根本办不到这些事。大师们也不可能允许。他们不懂，而且……"拐角处倏地冲出一个身影，真达卡亚的声音戛然而止。

卡莉丝塔正要出手，却认出了来人。"瑞兹？"她垂下了长矛。瑞兹看起来吓坏了，平日的张狂和神气全都荡然无存。

"快跑！"他大叫着冲向卡莉丝塔二人，"它来了！"

卡莉丝塔问："什么来了？"

瑞兹边跑边向后急望："那东西！"

一个黑影从瑞兹身后的拐角处出现，卡莉丝塔再次举起长矛，随即惊呼："先灵在上。"因为她发现自己的视线竟能穿透那黑影。它的轮廓像是个身着长袍的人，面庞却空无一物。它步履决绝，不断紧逼，一举一动之间，身体透出森然闪烁的巫光。

卡莉丝塔毫不犹豫地将长矛掷向幽灵。矛尖穿喉而过，却只见微光闪动，长矛径直撞在了墙上。卡莉丝塔愣在原地，那个没有实体的身影正大步向她走来。

"走！"瑞兹拽着她大喊，"快走！"

一道灼热的光束忽然击中幽灵胸部，撕裂了它那模糊的形体。它脚下不稳，仰天摔倒，四肢狂乱挣扎。它的一半躯干如同轻烟般开始消散。当那道炽热的白光击中它时，它空白的面孔上忽然现出一张苍老的脸，在痛苦和惊讶之中扭曲，但只得一瞬，便消失无踪。

然而，这一击仍未摧毁那幽灵。尽管身上带着一个大洞，它却杀气更盛，来势更猛。真达卡亚举起武器又是一箭，正中它的头部。

一瞬间，卡莉丝塔又看见了那张苍老的脸，似乎还带着解脱的神情。随后，那阴暗的幽灵迸散开去，整个身形崩塌，变为烟雾，最后化作无形。

卡莉丝塔看向真达卡亚。她正低头盯着自己手中熠熠发光的圣石武器，跟其他两人一样惊讶。

"呵。"她叹了一声。

* * *

破晓时分的晨光将黑暗逐散，瑞兹和真达卡亚坐在卡莉丝塔的套房里，在桌旁回想方才究竟发生了什么。

卡莉丝塔问道："所以，你真的不知道它从何而来？或者它为什么跟踪你？"

瑞兹叹了口气，揉着眼睛说道："我不知道，小姐。"卡莉丝塔发现他变得十分恭敬。他抓着一本厚厚的皮封书，起身道："我只是庆幸自己遇到了二位。那件武器确实非常有效。"

三人看向放在桌上的武器，圣石的光辉早已退去。

"我得先睡一觉，一会儿泰鲁斯该叫我上早课了。"瑞兹说罢点头致意，离开时轻轻关上了套房的门。

卡莉丝塔揉了揉疲惫的眼睛，她也该睡了。"他没全说实话。"

真达卡亚道："噢，那是一定的。而且那本书是怎么回事？他一直死死抱着那本书，就像婴儿抓着襁褓似的，还遮遮掩掩的。"

"你从未听说过这样的事吗？"

"亡灵在海力亚的街道上游荡？要不是昨晚，这种话我听都懒得听。据我所知，这还真是头一遭。但搞不好还会再发生呢？谁也说不好。"

她们还未及深想，便听到有人敲门。两名监卫站在门外，一言不发地给卡莉丝塔递了张纸条。她迅速读完。

"终于来了！"

真达卡亚问道："好消息？"

"现在还不知道，但议会准备宣布他们的决定了。"

真达卡亚道："成败在此一举，祝你好运。"

* * * *

卡莉丝塔终于听明白了议会的意思，眼神不禁一晃。

她沉声喝道："你们准备见死不救？"

空旷的烁光塔会见厅内，十七位大师从阴影中俯视着她，个个面无表情。最后，一人开口说道："所谓的生命之水并不存在。你经人误导而相信了这一传言，我们深表遗憾。"

"你们拖了这么久，就是为了说这些？"

又不知哪位大师道："必须如此，方能决定我们究竟能否为卡玛维亚王后效力，而结论便是，我们无能为力。若是你将王后带到岛上，或许能有所为，但现在再说这些也无济于事了。"

卡莉丝塔怫然作色，咬牙切齿道："我怎么可能把王后带来这里？你们沉醉在特权的泡影之中，根本与世隔绝。"

另一个人道："你，不就设法上岛了吗？"

卡莉丝塔将目光转向说话人，那人却急忙别开了脸，让她心下冷笑。她怒视一众大师，凛然道："你们都该感到羞愧才是。"此话一出，激起一片呵责怒斥。

巴泰克长老举手示意，喧闹声这才平息下来。他用不容分说的口吻道："监卫将陪同你回到套房。整装之时但有所需，不妨直言。随后，你将由专人护送前往码头，乘船穿过圣霭。贵国船只已接到消息，即刻候你归船。你的海力亚之行到此为止，再会无期。随寄此念，愿贵国王后早日康复。"

卡莉丝塔甩给议会一个蔑视的眼神，转过身去，大步离开会见厅。

* * * *

卡莉丝塔昂首向等待她的船只走去。头盔上长长的翎羽在她身后飘扬。四名执械监卫一路同行,两人在前,两人在后。

整理行装没有花太多时间,她的长矛、短剑和其他物品早已整装就绪。

快要走到奇特的弧形码头时,她忽然听到身后有人大叫:"卡莉丝塔!"

她回头一看,只见真达卡亚正挥舞着手臂奔来。

卡莉丝塔停下脚步,四名监卫也不得不随之站定。她看着真达卡亚飞身绕过监卫,不禁露出微笑。真达卡亚双臂张开,一把抱住了她。卡莉丝塔不习惯这样,只好僵在真达卡亚怀里,不自然地拍拍她的背。

真达卡亚总算松开了她,说道:"我就知道。一群自以为是的混账东西。可惜让你失望了。"

其中一个监卫说了几句卡莉丝塔听不懂的话,真达卡亚立刻发作,对他大喝:"退开!她想说多久就说多久!"

卡莉丝塔笑道:"虽说认识不久,但我很荣幸能和你结交,要是我们还能再多相处一段时间就好了。"

"不管议会决定如何,我觉得我们还会再见的。"

"如果你厌倦了这里,就到阿洛维德拉来吧。你的才华在卡玛维亚将会受到重用。"

真达卡亚顽皮地笑着说:"说不定我会去的。"

"再见了,我的朋友。"

将为卡莉丝塔送行的正是带她来到海力亚的那艘船——"灿见者号"。不出所料,泰鲁斯本人也在甲板上等着她。

这位探索师看上去比平日疲惫许多,一脸沮丧。"我很抱歉,卡莉丝塔小姐。"说罢,他竟单膝跪地,垂首致歉。"我真心以为将你带到岛上是明智之举,你会得到你所需要的帮助。否则我也不会多此一举。"

卡莉丝塔将泰鲁斯扶起,一面说道:"你无须抱歉。议会的事,我不怪你。你出于善意带我来此,我已然十分感激。"

泰鲁斯道:"多谢海涵。"

"海力亚的大师们城府极深,生性多疑。他们不可能永远与世隔绝。"

泰鲁斯道:"我也希望他们能伸出援手,但他们对外人的警惕也不无道理。总之,先前种种努力全都化作泡影,我深感遗憾。"

卡莉丝塔道:"你是个好人,泰鲁斯。也许有天我们还会再见。"

他笑道:"求之不得。"

卡莉丝塔眼神扫过甲板,问道:"你的学徒不一道同行吗?"

"还是老样子,他迟到了。但他会来的。"泰鲁斯清了清嗓子,"在启航之前,有个人想与你私下谈谈。他正在甲板下等候。"

卡莉丝塔皱眉道:"什么人?"

泰鲁斯面露难色:"我很久以前的同窗。一名锤石监守吏。虽说是个怪人,但我对他心存歉疚。他请求与你一谈。我实在不忍心拒绝。但我保证,他不会耽误你很长时间。"

"他想和我谈什么?"

"他似乎对卡玛维亚有一些学术方面的兴趣。"泰鲁斯似乎有些窘迫,"如果你能稍作迁就,我将感激不尽,良心略安。"

"甲板下面?"

"是的,他就在下面等候。"

卡莉丝塔一脸困惑地走下甲板。过了一会儿,她的眼睛才适应阴暗的环境。只见一个身材瘦削的灰袍人站在那里,腰间和胸前挂着锁链,上面用许多大铁环挂着各种各样的钥匙。他面上带笑,却毫无温度。

卡莉丝塔小心翼翼地走近道:"你是谁?"

"我是锤石监监长,厄洛克·葛瑞尔。"

卡莉丝塔道:"也就是,他们说的垂尸人,对吗?"

"是，的确有人这样叫我们。"葛瑞尔的笑容一僵，"大师们的待客之道，我已经听说了。他们是群傻子，而且还骗了你。"

监长从袍子里掏出一小瓶晶莹剔透的液体。

他将瓶子递给卡莉丝塔道："生命之水并非虚言。我相信卡玛维亚的医师和法师们都能证实这一点。"

卡莉丝塔接过那瓶水，不可思议地看着它。

葛瑞尔道："我只能拿来这么多了。唉，可能不足以救回你亲爱的王后。不过，我很想让卡玛维亚的国王知道，他在海力亚有一个可靠的盟友，将帮他得到生命之水，想要多少都可以。"

卡莉丝塔目不转睛地盯着监长。他的表情让人很不舒服。"怎么做？"

葛瑞尔又从袍子里掏出了另一样东西，递到她眼前：一块刻着线条的圆形小石。这是一块路石，与泰鲁斯用来分开迷雾的那块一样。

葛瑞尔道："看样子，你认得这东西。"

卡莉丝塔顿时起疑，只道："是。而且据我所知，监长通常不会拥有此物。"

"福光岛真正的守护者是我们这些守吏。所有的秘密都在我们的掌握之中。"

"你为什么要给我这个？"

"因为我想帮忙。"

卡莉丝塔不相信他。"你为了什么好处？"

葛瑞尔笑意更深，说道："我对议会没有好感，但卡玛维亚国王的恩惠却令我为之诚服。"

"你计划如何？"

"将垂死的王后带来此地。用这块石头，穿过迷雾。等你们到了门口，议会就无法拒绝你的国王。而一旦救回王后，我想要一起离开福光岛。不错，我想要的就是卡玛维亚宫中的一个席位和头衔。"

卡莉丝塔伸手去拿路石，葛瑞尔却收回了手。她面露不悦。葛瑞尔冷冷一笑，将路石抛给了她，仿佛扔掉的是无关紧要的东西。

葛瑞尔离去之前，经过卡莉丝塔身边时又道："别让泰鲁斯和他的学徒知道了。这是我们之间的小秘密。我希望我们很快就能再会。"说罢他爬上了甲板，腰间的锁链杂然作响。过了一会儿，卡莉丝塔听到水手们的吆喝声。船缆松绑，他们启程了。

卡莉丝塔低头看着手中的水瓶和路石。这就是她一直在寻找的东西，可她心里仍有顾虑。一旦走上这条路，便意味着背叛一直对她关照有加的泰鲁斯。如此行事实在极不光彩，她连想都不愿想。可是，王后危在旦夕。这或许是伊苏尔德的最后一线希望，我又怎能错过？

就在这时，泰鲁斯下来探问。卡莉丝塔迅速将瓶子和路石装进了口袋，免得他看见。

"一切都还好吗，小姐？"

她应道："都很好。"

* * *

卡莉丝塔站在"剑鹰号"的甲板上，看着泰鲁斯的"灿见者号"返回迷雾之中。前一刻，船尚在眼前，随后仿佛有一层帷幕降下，整条船转瞬消失。

薇尼克斯船长道："找到你要的东西了吗，公主？"

卡莉丝塔没有立即回答。"灿见者号"消失之后，她依然注视着重重迷雾，良久不语。她想起那个令人不快的监长，还有他给的东西。

最后，她终于开口道："也许吧。"

"那我们接下来去哪里？"

"回家。我们该回卡玛维亚了。"

第 三 部 分

"愚者掌权,为祸最甚。而今之世也,愚人遍地,权欲熏天。"
——《海力亚光典总要》

王后伊苏尔德的日记节录

我机会不多，只有佛耶戈不在的时候才能写上几句。

死神千珏已经近在眼前。我能感觉到它们潜藏在附近，等着把我带走。本该一片死寂的地方有了动静。或许是高烧带来的幻觉，但我发誓，半梦半醒间我能听到狼灵围着床榻狂躁地踱步。还有一次，我很确定我见到一个发着白光的身影蹲在窗沿上——是羊灵，脸上戴着一张狼的面具。

虽然我不想死——我太想活下去了！——但我也并不感到害怕。有什么好怕的呢，彼端既没有痛苦，也没有恐惧。我会与家族里那些伟大的女性相会，她们的故事我早已熟知，却无缘见面。身为族母，她们心怀慈悲却又说一不二。等到我死后，就能与她们一起沐浴光辉。想到此节，我便感到安慰。

所以，前方的命运不会让我有丝毫惧怕……真正令我担忧的则是身后。

凡人的梦想与希望，多么脆弱啊！通往未来的道路纤如发丝，随时可能被偶然的厄运轻易捻断。我们却信心满满地认定，这些道路都能牢牢掌握在我们手中。何其自负！

仔细想来，我不过是个农家女——一个裁缝罢了，却立志要改变一个王国！唉，命运该如何嘲笑我的天真呢，我发自真心地相信，与佛耶戈结为夫妻将会开创卡玛维亚的新纪元，终结所有由贪婪所驱使的杀戮，扬弃立国以来的征战传统。我们离成功只差咫尺！可是，当我死后，佛耶戈仍会留在这条正路上继续走下去吗？恐怕不会。他很容易受谗言影响，进而任由他人摆布，也常常被自己一时性起的念头和冲动夺去理智——若是没有我的谏言。啊，我这自负的想法又出现了！实话实说，改变卡玛维亚的国策一直是我的梦想，而不是他的。

我可以肯定，在他心底存有一片温柔——正是我爱上他的原因——可我却看着那温柔正日渐淡去。宫廷中的残忍、冷漠与优越酿成的毒酒，从小便一直在侵蚀他。有时他的内心也会挣扎：一面是大权在握、狂妄自负的男孩，愤恨世间竟存在不能为他所掌控和拥有的事物；另一面，他又是个自卑、懦弱的年轻男子，迫切地寻觅着爱、尊重，渴望得到永远不会认可他的人的承认。我曾以为我们的爱可以带他走出那片黑暗，可命运似乎另有他想。

哪怕是在我身中毒刀之前，他看我的眼光已经有了变化。我越发感觉，与其说我是他的伴侣，不如说是他的一件奖品。似乎在他眼中，我是一种近乎神圣的存在，一种现实无论如何也不能比肩的理想。他对我的爱极尽铺张，从不吝惜礼物和表白，也宣称他不能离开我一人独活——在我油尽灯枯之际，他仍旧这么说——还会告诉我，我是完美的。可要是我说的话与他对我的期望不太一致，他的眼神就会蒙上阴影，笑容也变得僵硬。

他不愿接受我就要死了，我也见过事与愿违时他的反应是多么糟糕。想到在我死后可能发生的事情，我就一阵阵后怕。我担心他的愤怒与悲伤会将卡玛维亚引上一条血海滔天、倍加黑暗的歧路。我很难不屈服于绝望。我能怎么做？还有挽回的办法吗？我所有的希望现在都在卡莉丝塔身上了。她的智慧不输勇武，并且心地善良，雷厉果敢。虽然佛耶戈不会承认——尤其是对她本人——他其实极其渴望在她眼中证明自己。他时常和我讲起小时候的故事，要是他伤心了，或者做噩梦了，都是卡莉丝塔安抚他的。还能是谁呢？他的母亲因难产而过世，他的父亲则自始至终都不把他放在心上。卡莉丝塔是他唯一的亲人。是她在引导佛耶戈，在他无助时给出建议，在他忘形时予以棒喝。

可惜的是，在他正值年少时，卡莉丝塔就已经从军——我忍不住幻想，若是佛耶戈与她相处的年岁能再多一些，他会不会变得更加出色，但这终究只是幻想罢了。不过，有一件事我可以肯定，在我死后，卡莉丝塔是唯一能真正带领他的人。

我太累了，几乎拿不住手中的笔。我眼皮好重，心头也压着大石。我的颈后能感到狼灵呼出的热气。它更近了。我心里有一部分想要放弃，让它把我带走，从此摆脱痛苦和恐惧。可是不行，我要撑下去。一旦我撒手人寰，佛耶戈难免会屈服于疯狂，然后将怒火撒向那些无辜的人。为了他们，我必须活着。

我要睡了。

213

第二十一章

卡玛维亚,阿洛维德拉

薇尼克斯船长低声道:"没有黑色的悼旗,也没听见丧钟。好兆头。"

卡莉丝塔将伊苏尔德的日记收进口袋,点了点头——薇尼克斯说得没错。当"剑鹰号"驶向阿洛维德拉码头时,卡莉丝塔虽未完全放下焦虑,却也开始心怀期待。她离开阿洛维德拉时王后便已经奄奄一息,眼看就要魂归先灵,似乎只有奇迹才能让她撑到现在。但假如王后崩殂,黑色悼旗将会在宫殿上空飘扬一年零一日。

卡莉丝塔出发时正当盛夏。如今白昼已明显缩短,但从海上看去,阿洛维德拉在她离开的这段时间里似乎并无变化。不过,她一上岸便发觉情况不妙。

街道上的乞丐、酒鬼和穷人原本虽说不足为奇,但也从未如此泛滥。码头一带竟有大片人群风餐露宿。污浊的毯子、腐烂的船帆和数截残木拼拼凑凑,倚在屋舍一侧聊以遮风避雨。脏兮兮的孩子跑来跑去,缠住路人乞讨,男男女女从残破的棚屋里向外张望,一张张脸庞毫无生气。她经过的店铺大都门户紧闭,窗牖封死。整条街上只有藏污纳垢的酒馆欢窑仍未歇业。路上尽是横躺在地的宿醉之人，卡莉丝塔只能跨过他们，走向王宫。

城中处处兵甲，戒备森严。码头出口的道路已被封锁，是用推车和木桶搭成的一个临时关卡。把守的人是她麾下的庶军士卒，可他们似乎是听命于当地守卫。想要通关就得一一接受盘问，所以一大群气急败坏的人被堵在后面，还有一长队满载货物的马车。

忽然，人群一阵骚乱。几个平民铤而走险，打劫了一辆超载的马车，将装得满满的瓮罐和一袋袋谷物扔给等在周围的人群。有个货箱摔翻在地，散出一盒盒蚕豆果干，众人立时蜂拥而至，拼命争抢，随即在卫兵的追击下转身蹿入旁街曲巷。人群狂乱，可是见了卡莉丝塔的盔甲和长矛却不敢靠近，只是像绕过石块的激流一般，避开她奔涌而去。

卡莉丝塔看到一个卫兵——幸好不是庶军的人——将一个骨瘦如柴的人打倒在地，便叫道："够了！"她一把拽住那卫兵的后领，地上的人赶忙趁机逃开。

那卫兵怒喝："你好大的胆……"可他抬头一看，便面如死灰，急忙低头，弓身行礼："请恕罪，殿下。"

卫兵们立刻为她辟出一条通路。她一走近关卡，庶军士卒便立正行礼。其中有一人她认识。"维瓦斯中士，为何要封锁这里？"

中士答道："是国王陛下的命令，将军。现在全城戒严。"

卡莉丝塔眉头紧蹙。"可王后呢，她尚在人世？"

"我想是的，将军。我可否护送您回宫？街上很不太平，没人护送的话很难安全通行。"

卡莉丝塔接受了他的提议，很快就在十二名庶军成员的护送下走向王宫。一路上的景象触目惊心。

几乎所有的民宅店铺都封紧门窗，被火焚毁的屋舍比比皆是。街道上处处散落着砸碎的货箱木桶。人们成群结队，手里拿着棍棒、镰钩和刀具在废墟中游荡，一看到士兵靠近，便赶忙溜走。

卡莉丝塔问道："有人袭城？"

"没有，将军。骚乱是从城中爆发的，就在粮仓关闭后。"

一行人在可怕的静默之中继续前行。更令卡莉丝塔惊骇的是，宫门外竟搭起了一个行刑台。先灵之一——悲痛女士歇丝卡的雕像正俯视着刑台。

怎会有如此荒唐之事？

她还记得当初，佛耶戈高举王者之刃穆清傲然走出审判圣殿之时，这个广场充满了欢呼的百姓。而此时此刻，这里竟成了一片空寂的废墟，只有一个污秽不堪的行刑台。斩首的木桩周围血污遍布，看来已有不少人丧命于此。宫门之上，狰狞的首级一字排开，可见她所料不差。

一到宫中，卡莉丝塔便遣散随护士卒，径直入内。一路上，众人见她便低头行礼，待她走过则窃窃低语，她全都不予理会，只是大步冲上宽阔的台阶，进入殿中。觑见厅外没有侍卫，她便推门而入。

厅内空无一人。银光闪闪的王座像是兵器一般，矗立在高台之上。卡莉丝塔面色越发阴沉。左侧的阴暗处忽然出现一人身形，她便挺起长矛，转过身来。

只听咨议官努尼奥开口道："他不在这里。"他似乎并不忌惮卡莉丝塔的长矛，走了过来，卡莉丝塔也放下戒备。"自从你走后，他就没有离开过寝宫。"

在卡莉丝塔眼中，努尼奥一直都很苍老。但这次回来，他竟像是又老了十岁，一脸疲惫，无精打采，背也比以前更驼了。

"怎么回事，努尼奥？王都居然成了战场。"

"陛下他……无心治国。"

"可伊苏尔德还活着，对吗？"

咨议官长叹一声，揉了揉脸道："我想，你该自己去看看。"

* * * *

离寝宫还有好一段路时，卡莉丝塔便被拦住了。整个宫殿侧翼都被封锁，但最令她惊讶的是，拦住她的并非宫廷侍卫，而是铁之团的骑士。

他们体形魁梧，身披重甲，坎肩上文着铁拳团徽。他们站在她面前，套着护甲的手冷冷地搭在刀柄上。

卡莉丝塔直视级别最高的骑士吼道："让开。"

那人俯视她道："我奉命，禁止任何人通行。"

卡莉丝塔怒喝道："我是烁银王座的继承人，卡玛维亚雄狮之后，庶军之将。整座王宫都是我的家。让开。"

"我只听命于赫卡里姆宗师。"

卡莉丝塔握紧长矛，但努尼奥站了出来。

他将一只手放在那骑士的臂甲上道："如果你惹恼了他的未婚妻，你的主人会高兴吗？让她过去吧。国王陛下，还有赫卡里姆大人，都会允许的。"

骑士这才不情不愿地站过一边。卡莉丝塔怒气冲冲地走过，没再看他一眼。

她问努尼奥："骑士团什么时候开始掌管宫中的？没有律法加以禁制吗？"

"有，但佛耶戈公然蔑视律法，以致国中生乱。边境上已经出现公开叛乱和流血事件。想必你也已经目睹阿洛维德拉的状况，惨不忍睹。"

"叛乱？"

"塔斯卡洛斯地区已经脱离王国，宣布独立。波里米亚则是一片火海。白栏骑士团毁誓弃信，围住了德拉肯堡，欠下血债。说都说不完。"

"庶军呢？"

"他们在戍守王都城墙，防人进犯。还好你回来了。也许有你主事，便能恢复纲常。只希望为时未晚。或许，若是你从未离开就好了。"

卡莉丝塔道："我已经尽快返回。并且，我可能已经找到挽救王后的办法。"

咨议官毫无反应，沉默不语。两人继续向寝宫走去。沿途经过的房间无不一地狼藉。地毯揉成一团，满是泥污，椅子七零八落随地翻倒，桌面、窗台、地面上，处处是斑斑点点的蜡滴。其中一间房里，还有成群的苍蝇在享用腐烂的残羹剩饭。夜壶久未清理，阵阵膻臭弥漫在空气之中，卡莉丝塔只好捂住口鼻。

努尼奥道："佛耶戈担心再有刺客，所以不准任何侍从接近。"

"他遣散了宫里所有的侍从？"

"只有命大的被遣散了。"

卡莉丝塔想起宫外那排首级，惊道："先灵在上。他完全疯了吗？"

"我可不敢胡说。"努尼奥压低声音，"但你最好小心。他最近……常常出人意料。"

"卡莉丝塔！你回来了！"

寝室的门砰的一声打开，佛耶戈冲了出来。他赤着脚，只穿了黑色的贴身长裤，黑绒长袍大敞着，身后拖着长长的下摆。他长发凌乱，因太久不见日光而皮肤苍白，眼圈黝黑，眼中却闪露一种狂热。他之前就很瘦削，现在更是枯瘦如柴。然而，他脸上挂着无比灿烂的笑容，冲向卡莉丝塔，张开双臂抱住了她。

他紧紧抱着她，整个人热得发烫，一面低声道："感谢先灵，你总算回来了。我能信任的人太少了。"

卡莉丝塔看向佛耶戈身后，只见莱卓斯高大的身影正在寝室门外站岗。当她对上那双漆黑而又深情的眼眸时，她的心跳漏了一拍。卡莉丝塔紧张地笑了笑。莱卓斯勉强勾了勾嘴角，点头回应。

她拉开佛耶戈，一脸担忧地看着他问道："伊苏尔德呢？"

"正在休息。但她挺住了。她比看起来坚强许多，从未放弃。我俩都没有放弃。"佛耶戈满怀期待地看着卡莉丝塔，兴奋地问，"如何？你找到福光岛了吗？"

卡莉丝塔点了点头，柔声道："我找到了。"

佛耶戈高举双臂喊道："我就知道！我就知道你能救她！进来吧，我的爱人一定得听到这个好消息！"

他转过身去，像一只热情的小狗一样飞奔进门。然而，无论是莱卓斯还是努尼奥，都不肯与卡莉丝塔对视。

情况非常不妙。

扑面而来一阵恶臭。房内薰香缭绕，但即便这样也无法掩盖住那股臭味。那死亡的气息。

"进来，我们一起告诉她！"佛耶戈唤她过去。她心下惧意渐增，只能跟着他走到床边。

绡帐遮住了伊苏尔德，但卡莉丝塔能看到她的身影正静静躺在床上。

"亲爱的。"佛耶戈柔声唤她，一边将绡帐拉开，但卡莉丝塔仍然看不到里面，"亲爱的，醒醒！天大的好消息！"

佛耶戈俯身向前，在王后额上轻轻一吻。他瞥了一眼卡莉丝塔，一脸惊奇地摇了摇头。

"她睡熟了！"他回头看向妻子，轻抚她的脸颊，"我们还是让她休息吧。晚些时候再把你的收获告诉她。"

透过绡帐间的缝隙，卡莉丝塔发现伊苏尔德穿着卡玛维亚的传统服饰。这实在反常，因为王后一直以自己的文化传统为傲，向来偏好故乡那种流畅灵动的衣着风格。

卡莉丝塔缓缓走近，慢慢将绡帐拉开，最后看向伊苏尔德。

她已经死透了。

第二十二章

卡莉丝塔看着王后的尸体，不禁发出一声痛苦的呻吟。

王后面如死灰，皮肉枯陷，嘴唇透着乌青。她大概刚咽气没多久，说不定就在一周前。痛苦和内疚袭来，卡莉丝塔感到有如一箭穿心。她若能早到几天，伊苏尔德或许还有救。然而此刻的她显然已经撒手人寰。伊苏尔德的胸口没有丝毫起伏，即便在睡得最沉的时候，她也从未如此静止，一动不动。

尽管如此，卡莉丝塔仍想要确认。她伸出手，将一根手指轻轻放在伊苏尔德颈间。

佛耶戈小声道："别吵醒她。"

尸身冰冷，毫无反应，没有心跳。

卡莉丝塔轻叹道："唉，叔叔，她不在了。伊苏尔德已经安息，和先灵们同在。我们应该在她的前额画上血色三叉戟，送她前往彼岸。"

佛耶戈脸色骤变，先是受伤的表情，随后一脸困惑，又转而变为愤怒。他眉头一皱，将卡莉丝塔的手从伊苏尔德身上拍开，吼道："离她远点。你怎能说出如此恶毒的话？"

卡莉丝塔双手举高，向后退去，温言道："我知道你很伤心，佛耶戈。但你必须放手了。"

"你跟他们一样，妄图干涉我们，把她从我身边夺走。我不会让你得逞的。"

"佛耶戈。"卡莉丝塔不忍看到他如此痛苦不堪，身心俱创。她缓缓走近，向他伸出手。

寝宫内令人窒息的空气猛然一震，巨大的王者之刃穆清出现在佛耶戈手中。卡莉丝塔愣住了。

他恨声道："休想将她从我身边带走。"

努尼奥突然出现在卡莉丝塔身侧，将她拉往门边。她根本没注意到他是何时来的。只听努尼奥劝道："陛下，您今天太过劳累，请休息吧。"

佛耶戈一怔，甩了甩头，仿佛从幻梦中走了出来。他一脸困惑地看着手中的剑道："是了。"他终于松手，剑在落地之前便消失无踪。"是的，努尼奥，你说得对。我很疲惫。我需要休息。莱卓斯，在我睡下时，你可以守在我身边吗？"

莱卓斯从卡莉丝塔身后的阴影中走出来应道："遵命，陛下。"

佛耶戈道："有劳了。这样我才安心。"

卡莉丝塔一只手搭在莱卓斯的臂甲上，抬头看着他温柔而又哀伤的眼眸。"等你方便时，我们谈谈。"他点点头，将一只戴着铁手套的大手按在她的手背上。

卡莉丝塔回头看向佛耶戈，只见他在伊苏尔德身边跪坐下来，再躺到床上。她长叹一声，跟着努尼奥离开。房门再次关闭。

他们穿过一片狼藉，走到寝宫之外。卡莉丝塔低声问："她什么时候走的？"

"很难说，因为陛下不让任何人进入卧室，连医师也不行。不过，应该是你离开后的几个星期。我们没办法通知你。"

卡莉丝塔大惊道："已经那么久了？可她看起来……"

努尼奥解释道："因为米迦勒圣爵延缓了肉身消亡的速度。"

卡莉丝塔道："先灵在上，这是一场噩梦。"

努尼奥叹气道："不错。而且情况越来越糟。"

她脚下一顿，心知不妙。"还有什么事？"

* * *

努尼奥遣散侍卫，打开了沉重的国库铁门，然后站到一侧，为卡莉丝塔让路。

她举着一根火燎走了进去。库内十分空阔，只是穹顶较为低矮，跟王宫墓室一样。她已经多年没有踏入国库，过了好一会儿，她才发觉这里几乎已经被搬空了，所以才显得如此空阔。她上一次来时，看到一个个库间里满是宝箱。数百年的征战、贡品和税收让卡玛维亚的财富堆积如山，似乎无穷无尽。

"他把国库掏空了？"卡莉丝塔一脸震惊地环顾四周，"全部？"

努尼奥道："噢，不止。他还花掉了我们根本没有的钱。卡玛维亚已经欠下了需要数十年才能还清的巨额债务。"

"但这是怎么做到的？"说着，卡莉丝塔走遍空旷的库房。

"他不惜重金寻求灵方，找遍了医师、魔法师、祭司和炼金术士。消息一传出去，宫门前每天都络绎不绝，人人都想分一杯羹。"

卡莉丝塔指了指周围道："闹到这种地步，恐怕不止如此吧。"

"他还向数十个国家进献财物，乞求一切可能拯救王后的东西。几乎每天都有新的船只或马车堆满金银珠宝，离开卡玛维亚。很多根本就没能到达目的地，不是半路遭劫，便是押送者监守自盗，甚至干脆凭空消失。而东西一丢，他只会送出更多财宝。整个家族世代相传的无价之宝和魔法器物，都被他拿去换取江湖骗子的空话。短短几个月，王室家族的所有遗产就被挥霍一空。"

"你不能阻止他吗？"

努尼奥垂头道:"我已经尽我所能。可我若敢再强硬一分,只怕性命已然不保。"

卡莉丝塔揉了揉眼睛。"还有,粮仓为什么会关闭?街上的百姓正在挨饿。"

"那是给庶军、都城卫队和骑士团留的口粮,以防王都被困。对了,还有一场饥荒。经久不雨,田地一片荒芜。"

"人间惨剧。"

"是的,小姐。卡玛维亚王国已经摇摇欲坠。"

"赫卡里姆大人呢?铁之团已经控制了王宫,却不见他的人影。他在镇守王都吗?"

"您的未婚夫将部分骑士留在这里,其余的已经跟着乌号团和几个小骑士团一起向东进军。"

"向东进军?"

"他洗劫了塔坎港。我们最近收到消息,说他正在向内陆移动,进军独立城邦阿尔沙拉亚。"

"什么?"卡莉丝塔觉得难以置信,"他应该守在这里!怎么跑去发动毫无意义的战争!他在想什么?"

"啊,我也同意您的看法,但他是奉陛下之命去的。佛耶戈想要拿人问罪,所以塔坎港首当其冲。但这恐怕也难消他的恨意。"

卡莉丝塔跌坐在一个空箱子上,感到无比挫败。

过去她常想,一个伟大的文明即将陷落之际,人们是否会看到坍塌的征兆。他们是否充满恐惧,只能无助地看着整个文明在他们眼前崩溃?还是说他们根本毫无觉察,一心忙于每日的尘累俗务?是否有人只想要否认现实,拼命说服自己一切都会好转?是否还有人竭力企图回天,哪怕败局已定,一切努力终归枉然?

这个即将陷落的文明就是卡玛维亚吗?这个国家已经处在了破灭的边缘吗?

努尼奥道:"我得走了。宫里每天都会来一大群请愿求赈的人。

佛耶戈无法接见，可放任无视只会引来暴动。虽然我也无能为力，但日落之前，我会尽力听讼。我们之后再谈。"

努尼奥走后，卡莉丝塔埋首掌中，失声痛哭。

* * *

两天之后，卡莉丝塔才总算跟莱卓斯说上话。

这几天她忙得焦头烂额，整天都在阅读文书急件，向努尼奥问询事务，思考究竟该从何下手才能走出眼下困局。当务之急是赈济王都贫困区的饥饿人口，平息街头暴行……但这两件事都无法一蹴而就。

天色已晚，她独自站在王宫的垛墙上向外眺望。只听远处叱呵不断，兵刃相击，回荡在阴霾密布的王都上空，还有几个地区只能看到一片滔天的火光。阿洛维德拉逐渐崩溃的景象令她心碎。

忽听身后一人叫道："将军。"卡莉丝塔忍不住露出笑意。她很想念他的声音，深沉而又轻柔。他虽说体格魁梧，动作却轻得出奇。

卡莉丝塔转过身，抬头看向莱卓斯。他如今身为贵族，却依然视线低垂。卡莉丝塔见他不肯与自己相视，只觉心如刀割。离开卡玛维亚的每一天，她都会想念莱卓斯，想着要对他说些什么，可现在他就在眼前，她却一时语塞。

最后，她终于开口道："莱卓斯……见到你真好。"

他沉声道："很高兴你能安然回归，将军。"他的姿势十分僵硬，像是在接受检查。

"看着我。请你，看着我。"

他缓缓抬起目光，与她对视了一瞬，又再次低下头。然而，就这一瞬已经泄露出他的心烦意乱和痛苦挣扎。

卡莉丝塔问："近来可好？"

他脱口而出："很好。"可他听上去并不好。"将军呢？"

"我很好。"她再次转身注视着整个城市。两人沉默不语，呆立许久，最后卡莉丝塔叹了口气，回头看向他道："这太愚蠢了。"

莱卓斯皱眉道："将军？"

"此刻！我们两个！我们相处的方式！太可笑了。"

莱卓斯的眉头皱得更紧，不知所措地挪了挪脚。卡莉丝塔握住他戴着手套的大手。他僵在那里，她却又伸出一只手，紧紧握住。

"你是我的知心好友，也是军中同袍。如果我不是出身王室，且与另一个人缔结婚约，也许一切都会有所不同，只可惜事与愿违。我再不情愿，也敌不过现实。"

莱卓斯粗犷的脸庞丝毫不见一丝波澜，令人捉摸不透。

卡莉丝塔再次长叹，放开了莱卓斯的手。垛墙下的花园和庭院里，铁之团的骑士们正在谈笑，卡莉丝塔见状不悦，便问："铁之团控制王宫有多久了？"

莱卓斯道："你离开两天后。"

"佛耶戈的命令？"

他顿了一下，然后点点头。

卡莉丝塔道："你有事瞒着我。说吧，你瞒不过我的。"

莱卓斯的双肩陡然松垮了，说道："虽然是王命，但在我看来，是铁之团宗师趁陛下无心他顾，借机让他签署了这份法令。"

卡莉丝塔望向天际，一面道："而现在赫卡里姆大人正在洗劫我们盟友的城市。"她话中透着怨恨。"是否也是他撺掇佛耶戈所致？"

莱卓斯没有回答……但沉默本身的含义已经再明显不过。

卡莉丝塔喃喃道："真是厉害。"

莱卓斯又道："还有一件事。"他似乎觉得有些难以启齿。"我想你应该知道。"

"什么事？"

莱卓斯道："我听闻一些传言，关于赫卡里姆是如何成为铁之团宗师的。"

卡莉丝塔皱眉道："怎么说的？"

莱卓斯道："他原本可以拯救前任宗师。他本来有机会出手相救，但他选择了冷眼旁观。"

她眨了眨眼睛。"你是说，赫卡里姆眼睁睁地看他送死？"

莱卓斯看向海面，沉声道："传言如此。"

"你从哪里听说的？有证据吗？"

莱卓斯下巴紧绷，目光继续投向城外。"倒也不足为奇。他这种人为了得到他想要的权力，就会不择手段。他冷酷无情，毫无廉耻。"他转身看向卡莉丝塔，两人交谈以来第一次四目相对。"你不能嫁给他，卡莉。"

"你现在是要告诉我什么能做，什么不能做？"

"我不是那个意思。"

"赫卡里姆的确野心勃勃，刚愎自用。可……说他是个杀人犯？"卡莉丝塔的语气中充满犹疑。

"你太容易轻信别人了！"莱卓斯呵斥道。卡莉丝塔大为震惊，他从未这样对她说话。"你总是看到他人身上的优点，但有时却根本看不见他们最坏的一面！有些人就是混账，而他就是一个例子。"

莱卓斯面红耳赤，双手攥拳，胸口不断起伏。他似乎意识到刚刚的爆发实在不妥，便又低下头来。

卡莉丝塔冷冷道："你想让我取消婚约，是为了我，还是为你自己？"

莱卓斯闻言抬起了头。卡莉丝塔看出他有些受伤，眼中还有愤怒。他低吼道："别相信他。"

卡莉丝塔道："嫉妒并非美德，大帅。"

她没再说话，只是转身离开。

* * * *

卡莉丝塔猛然惊醒，发觉有人在她房中，战士的本能即刻燃起。转眼间她已跳下了床，手里握着短剑。她四下搜寻，心跳如雷，目光最终落在坐在角落的一个黑影上。"莱卓斯？"

她临睡前还在懊恼自己当时的反应。若真是莱卓斯来找她就好了，这样她便能弥补先前的失言。可当那个身影站起来时，她看到来人的体格远不如莱卓斯壮硕。

那人走上近前，冰冷的月光洒落，照亮了佛耶戈苍白瘦削的脸。"我好想她，卡莉。我好久没有听到她的笑声，也好久没有看到她的笑容。"

卡莉丝塔卸下防备，还剑入鞘，扔到桌上。她的心跳依旧汹涌，便长长地呼了一口气。"很抱歉我不在你身边。对不起，我没能及时回来。"

佛耶戈坐在床上，说道："一切都感觉好不真实。"他两眼茫然地盯着地板，看起来筋疲力尽，狼狈不堪。"我希望她能在我身边帮我。"

卡莉丝塔轻轻在他身边坐下。"我也希望如此。但我在这里，我会帮你渡过这个难关。我保证。"

"全都错了，卡莉。"佛耶戈转过身来看着卡莉丝塔，眼中闪着泪光，"我只希望一切都能像过去那样，我想回到当初。"

"我明白，佛耶戈。"说着，卡莉丝塔伸手去拉他，让他将头靠在她肩上，"我很抱歉。"

两人就这样在无声的悲痛之中紧紧相拥。良久，佛耶戈打破了沉默。

"但万事总有转机，对吗？"说罢，他抽回手，擦了擦眼睛，"你找到福光岛了！她会恢复的，一切都会像回到当初！你救了她！"

卡莉丝塔摇摇头，唤道："佛耶戈。"有那么一瞬间，他回来了。"没用了。她已经走了。没有办法能回到当初了。"

他仿佛缩回到了自己的壳中，面色铁青地嘶声道："你不过是假装关心我美丽的伊苏尔德，但其实你根本不在乎她，对吗？你跟他们都一个样，希望她离开。"

"先灵在上，这怎么可能！你在胡说些什么！"卡莉丝塔站起身来,"是我啊!你和我,我们是彼此唯一的家人了。我爱伊苏尔德,我们情同姐妹。我也爱你。我只是想带你走出这片黑暗。"

佛耶戈缓缓站了起来,脸色阴沉。"告诉我你找到了什么。告诉我,如何穿过迷雾。"

卡莉丝塔想到了监长给她的那块路石和那瓶水。两件东西都在梳妆台的一个抽屉里,但她克制住看往那个方向的冲动,紧紧盯着佛耶戈。

她凛然道:"我不会说的。这样不会有好结果。"

"那么,对我来说,你就没有用了。"说罢,佛耶戈转过身,背对着她,"来人!"

四名壮硕的铁之团骑士闯入房中围住卡莉丝塔,伸手握住了剑柄。几人都用头盔面罩遮住了脸。卡莉丝塔暗自希望,这是因为他们心里知道自己的所作所为令人不齿。

"佛耶戈,我请求你,停手吧。"

"把她带走。"佛耶戈依然背对着她,"关进牢房。"

几只铁手抓住了卡莉丝塔。她不由得身体一激,想要抵抗。然而她只身一人,根本无力阻止那四人将她拖出房间。走廊上还站着其他铁之团骑士。

佛耶戈跟着她走出房间,大声下令:"给我搜!"

卡莉丝塔疯狂挣扎想要挣脱,一边拼命寻找莱卓斯,可他却不知所终。即使他在这里,也是无能为力——而且莱卓斯根本不欠她什么,更何况她之前那般待他。

想到此处,她忽然斗志尽失,任人将她拖走。

第二十三章

臭气熏天的牢房里,卡莉丝塔在地上不知疲倦地做俯卧撑。她浑身是汗,黑发打结成团,垂在脸旁。

忽听走廊大门吱呀打开,脚步声传来,伴着铠甲的铿然作响。但卡莉丝塔并没有抬头。脚步声停在她的牢房外,她依然没有停止训练,只当来的是个狱卒。

她不理会来人,平稳地吸了口气,缓缓移近地板,再猛然呼出,同时撑直两臂。尖利的碎石扎进了手指关节,她也毫不在意,每当数到两百才稍停片刻,然后从头再来。最后,她向后坐倒在小腿上,再站起身来,从头到尾没有看门口一眼,将来人晾在外面。

卡莉丝塔穿着粗糙的麻布长袍,一身污秽,手脚满是泥垢,脏污不堪。饥肠辘辘,腹中打雷。她喘着粗气将打结的头发拂过一边,从缺口的瓷杯里抿了口脏水,味道臭败,令她几欲作呕。她放下杯子,这才将视线转向来人。

赫卡里姆站在铁栏外面,脸上杂着怜惜和痛苦的神情。他的盔甲上有些凹痕,深灰色的坎肩也已变形,沾满风尘。他看上去很疲惫,脸上添了道新伤，从额心开始穿过眉毛，一直到脸颊。一头深色鬓发比以前更长了，没有清洗，胡子也乱糟糟的。但即便如此，他仍与牢房的污浊格格不入。

他沉声道："你已经在这里好几个星期了吗？太荒唐了。小姐，你……你还好吗？"

卡莉丝塔不想尊严完全扫地，便挺直身子道："如你所见，大人。"

赫卡里姆道："他怎么能一直把你关在这里，简直疯了。"

卡莉丝塔却道："整个王国都已经疯了。"她侧了侧头，盯着赫卡里姆道："你对盟友的袭击得手了吗？好像有人差点弄瞎你一只眼睛。"

赫卡里姆垂头叹了口气。"在你看来，我引兵东进有违道义。我能理解。"

"我错了吗？"

赫卡里姆没有回答，而是将一把椅子拖到牢房栏杆前，颓然坐下，疲惫地发出一声闷哼。卡莉丝塔却仍然站着，脊背笔直。

赫卡里姆道："我当初真该留下。我离开之前，事情还未恶化到如此地步，也没有人公然在大街上行乱。"

"那你当初为什么要离开？"

"佛耶戈坚持出兵。不过他的理由并非全无道理。暗杀的消息传得很快，而若是不对任何人做出反击，只会让我们的敌人以及盟友都觉得我们太过软弱。南方的边乱越来越严重，我们好几片属地都已经濒临崩溃，藩臣纷纷叛离。我们必须出兵，扬威立武。"

卡莉丝塔怒斥道："可塔坎港的领主们是我们的盟友。刺杀佛耶戈对他们来说没有任何好处！"她在牢房里愤怒地走来走去，赫卡里姆则抬起手想要申辩。

"他们是不是幕后黑手并不重要。只要陛下认为是他们干的，我们就必须采取行动。西奥多纳一经提出，佛耶戈便再也不听旁人劝阻。我也是被迫的。"

卡莉丝塔停下脚步，一脸厌恶地俯视赫卡里姆。"你本来就一直想拿下塔坎港。"

"是。"他直言不讳,"但不是以这样的手段。几十年来,他们一直怀有二心,在卡玛维亚和我们的敌人之间盘桓,享尽渔人之利。我一直认为应该将他们纳入卡玛维亚,这样一来也会巩固我们的实力。"

"还能塞满铁之团的腰包。"卡莉丝塔指出他的私心,"可你并不只是攻下了塔坎港。据我所知,你将港口付之一炬,继续东进。只有先灵才知道你在这期间还向哪些盟国发动了战争。"

"只有那些已经背弃我们的人,还有与塔坎港关系最深的人。我决定眼下就是将他们一举击垮的时机,而不是等到他们东山再起,到时来进犯我们的边界。"

这很残酷,也很无情,但卡莉丝塔不得不承认确实符合逻辑。塔坎港以东,所有城池都在领主们的掌握之中。港口既毁,他们很有可能与卡玛维亚从此断绝邦交。

"我相信你也清楚国库的状况。"赫卡里姆压低声音,"佛耶戈已经耗尽了国库里的金银财宝。他的愚蠢行径让我们的敌人一夜暴富。而我们没钱支付军俸,也没钱给饥民赈灾。拿下塔坎港和东部地区,起码可以稍微缓解目前的窘境。"

"那这笔财富在哪儿?是不是好好地收在铁堡里?"

"放在铁堡保管,总比交给佛耶戈扔掉强。"赫卡里姆沉着脸,从椅子上站了起来,"我根本无意从如此惨境中获利。我已经派人送来粮饷,你的庶军将士也都收到了拖欠的俸金。他们要是弃甲而去,我们担不起这个风险,尤其是现在这样的用人之时。"

卡莉丝塔沉声怒吼:"庶军忠诚不渝,从无逃兵。"

赫卡里姆却不以为然道:"末路之兵必将铤而走险。不过,我来这里不是为了与你争论。"

"那是为什么?"

"因为你是我的未婚妻。"说着,赫卡里姆走近将两人分隔开来的铁栏,神情十分恳切,"我想看看你,想保护你不受委屈。我一接到你归国的消息，就立即骑马赶回来了。当我听说佛耶戈囚禁了你，我还以为他是把你关在自己的房间里。没想到他居然疯狂到把你扔进了地牢，丝毫不顾及你为他所做的种种。简直忍无可忍。"

"我所做的？"卡莉丝塔在低矮的石床上坐了下来。被囚的几周里，她一直竭力抑制内心的绝望，可眼下她已经濒临崩溃。她太累了。"我在危难时刻，为了追求一些泡影抛下了王国。我当初就该留下。"

"可你找到了对吗？"赫卡里姆凑近前来，"福光岛，真的存在？"

"福光岛的确存在，但现在已经不重要了。一切都已太迟。在我还未抵达海力亚之前，伊苏尔德就该葬入墓室了。"

"福光岛真如传说所言吗？"

卡莉丝塔猛地抬起头，眯起双眼。赫卡里姆的语气透出一丝她以前没有注意到的饥渴，让她莫名地警觉。她冷冷地说："这不重要。我是为救王后而去的，而我失败了。"

赫卡里姆向后靠去，表情既惋惜又悲苦。卡莉丝塔忽然怀疑刚刚在他身上感觉到的饥渴不过是她的错觉。她已经饿得浑身无力，最近又睡得很不安稳，只觉头脑发昏。

赫卡里姆道："你已经尽力了。陛下应当感谢你。若不是因为你，他早就死了。"

卡莉丝塔道："别把他想得太坏。遇见伊苏尔德是他人生一大幸事，她的离去必然让他难保理智。但他会恢复的。他本性善良，只是需要设法走出黑暗。"

赫卡里姆苦笑道："他把你丢在这里腐烂，你却还在维护他。"

"他是我的家人，我的全部。"

"你真是心思悲悯，与你的凶悍不相上下。我总算明白庶军为什么对你如此忠诚了。"他转身离开，"我会谒见陛下。我以名誉担保，会劝他放你出来。"

赫卡里姆离开之后良久，卡莉丝塔仍然眉头紧锁，沉浸在纷乱的思绪之中。

福光岛，海力亚郊外

  瑞兹盘腿坐在林间，全神贯注地钻研手中的典籍。微风拂过，头顶的枝叶随之轻轻摇曳，在泛黄的书页上洒下斑驳的光影。

  他来到海力亚城外是为了避开师父的视线，不过他并非孤身一人。不远处，哨兵技师真达卡亚正闭着眼躺在草地上。瑞兹喜欢跟她待在一起。卡玛维亚的公主一走，就没有别人可以和他讨论那天的幽灵了。虽说真达卡亚跟他一样一头雾水，但哪怕只是跟共同经历此事的人说上几句话，也会让瑞兹感到慰藉。而且，真达卡亚身上的圣石武器能让他稍稍宽心。毕竟，在万载井中徘徊的亡魂不止一个。

  一只蝴蝶落在瑞兹正在阅读的书页上。五彩斑斓的翅膀缓缓扑扇，触角也微微颤动。瑞兹伸出一只手指，那蝴蝶便附了过去。他举起手指，轻轻向蝴蝶吹了口气，它晃晃悠悠地飞向空中。瑞兹继续阅读，用食指划过书页上古老的楔形文字。地上还放着另外两本书，可以帮他破译一些棘手的词句。泰鲁斯听他突然说要学习已经灭亡的艾卡西亚语，倒也十分支持，还给了他几本罕见的典籍，助其进益。

  最近几周，瑞兹一直默默地埋头苦读。他完成了泰鲁斯给他布置的课程和练习，私下里则尽可能从这本皮封书里学习深奥的符文魔法。亡灵缠身的恐怖记忆仍然挥之不去，而他发现转移注意的最好方式就是埋头苦读。

  泰鲁斯不知他为何突然性情大变，但并未深究，也没有过问他为何总跟技师待在一起。

对于瑞兹的转变，泰鲁斯只有一句评价："接触其他形式的学术并非坏事，而且我相信她是位好导师。"

瑞兹瞥了一眼正在草地上打盹儿的真达卡亚，笑了笑。师父恐怕不会认同她的教学方式。

无论如何，泰鲁斯似乎乐于见到瑞兹终于开始认真对待学业。事实上，瑞兹现在已经开始享受学习的过程，这在从前根本无法想象。

此外，有了葛瑞尔给的那本书，瑞兹终于能够逐渐掌控自己的力量。那本珍贵的典籍并非出自一人之手，书中汇集的经验之谈出自时代相隔数百年的十多位符文法师。掌握符文形式后的能力远远超出他的想象。原先他的那些小伎俩根本不值一提。虽然他能将力量引向自己，但由于对符文魔法的了解不足，他还无法自如地运用那股力量。说来旁人或许不信，他其实并未自负到认为自己早已登峰造极。不过，他现在确实对自己已经掌握的知识有了更深的理解，但更重要的或许是，他也更加明白自己还没有掌握的知识。

瑞兹重读了一个段落，口中默念古语，细细思索其中的含义。然后他把书放在一边，站起身，将意识集中在自己身上，闭上眼睛，深吸一口气。他又做了一遍泰鲁斯教他的练习，集中起精神。随后，他又吸了一口气，只是这次他吸入的除了空气之外，还有魔法的原质。他没有吸入太多，控制好闸门并非易事。但哪怕就是这一点点魔法，也像熔炉里的烈焰一般在他的血脉之中沸腾。

瑞兹睁开眼，看见魔法能量在自己体内发光，在皮肤上形成一串符文。他喜不自禁。这股力量并没有压倒他，而是化作他的能力，任他驱使。

他看向一块巨石，眼里有奥术之气流溢。体内的能量开始翻滚，直欲喷涌而出，可他没有屈服于这股冲动。他稳定呼吸，肌肉紧绷，在空中摸索出一个符文的样式。为了将其完成，他向前迈步，伸出双手，握紧了拳头。

他指节附近的空气开始波动，紧接着射出一束淡蓝色的能量，留下一道繁杂的符文亮痕。能量伴随一声巨响打在巨石上，随后有灵光在巨石表面游走，有如闪电。

瑞兹放松两臂，血肉中沸腾的符文也随之暗淡。他走过去查看巨石，只见它被整齐地从中间劈成两半，便不禁得意地哼了一声。岩石的断面处升起一缕缕刺鼻的烟雾，但摸起来却是凉的。灰白色的石面十分光滑，指尖抚过时仍能感觉到符文的力量残留其上。

"我正要睡着。"

瑞兹瞥了一眼真达卡亚，她仍然闭眼躺着。"你不是说，你在最近的发明中遇到问题了吗？"

真达卡亚道："我就是准备靠睡眠来解决啊。"她叹了口气，不情不愿地睁开眼睛坐起身来。她斜眼看着那块被劈开的巨石。"是你干的？"

瑞兹昂首挺胸道："没错。而且没有用上你那些花哨的圣石武器。"

真达卡亚吸了吸鼻子。"这算是开了个头。好，让我看看你还会干什么。"

卡玛维亚，阿洛维德拉

两天后，当赫卡里姆再次出现在牢房门外时，卡莉丝塔已经梳洗完毕，换上了干净的长袍。

早些时候，狱卒一言不发地给她送来了一大盆热水、一块肥皂、香油和梳子，还有干净的毛巾、新衣服和一双简单的凉鞋，连她那条破旧的毯子也换成两条新的羊毛毯，厚实得很。

同时送来的还有一大堆美食佳肴。尽管她饥饿难耐，但还是尽量避免狼吞虎咽，不然只会适得其反。所以她吃得很少，还着意避开了那些诱人的大鱼大肉。

赫卡里姆道："现在感觉好些了吗，小姐？"

"是的。所以，我是不是应该感谢你？"

"先别谢我。我还没能救你出来，但至少可以让你舒适一些。"

"劳您费心了。"

赫卡里姆紧靠铁栏，目光如炬。"有一个办法，我保证你一小时内就能出去。你只需要答应他。"

卡莉丝塔别过脸去。"没用的。伊苏尔德不会回来了。"

赫卡里姆道："他在你房里找到了那个水瓶，命人研究过后，证实了它的功效。但他觉得他还需要更多，要救伊苏尔德，这些远远不够。"

卡莉丝塔吼道："她已经死了！就算把她直接泡在里面，也无济于事。"

赫卡里姆道："可他仍然拒绝接受这一现实。或许他还能被唤醒，摆脱因悲伤而引发的疯狂。"

"怎么做？"

赫卡里姆道："我们把他带到福光岛。"不等卡莉丝塔开口争辩，他便举手制止道："先听我说完。我们把他带到那里，看看大师们怎么说。我已经跟祭司和御医们谈过了，还有老努尼奥。所有的人都同意去到岛上，让他亲眼看看已经无力回天，就能结束这一切，驱散纠缠着他的这种疯狂。"

卡莉丝塔一言不发，只是皱着眉头，咬紧嘴唇。

赫卡里姆又道："如果我们继续放任不管，佛耶戈必将把整个王国拖进深渊，让所有人陪葬。秃鹰已经在我们头顶盘旋，等着啃食卡玛维亚的尸骨。这可能是我们唯一的机会，也是他唯一的机会。"

卡莉丝塔转过身去，闭上眼睛，捏了捏眉心。她又回想起祖父临死的画面，言犹在耳，一切恍如昨日。

答应我，指引他，为他谏言。如有必要，就控制他。保护卡玛维亚。

她虽然怀疑赫卡里姆真正的动机，可他的话不无道理。如果不采取任何行动，佛耶戈很可能会带着卡玛维亚走向毁灭。先灵在上，卡玛维亚已经踏上了不归路。她又回想起她曾答应伊苏尔德，会帮助佛耶戈接受她的离去。

赫卡里姆是对的吗？要让佛耶戈摆脱王后还活着的错觉，除此之外，真的别无他法？

她在愧疚之中挣扎，迟疑不决。

"我只希望，你可以考虑一下。无论你最后做何决定，我都会支持。"赫卡里姆一边说着，一边转身离去。

* * *

卡莉丝塔跪在烁银王座前，像一名前来乞求国王宽恕的罪人。

她足足花了两天时间才做出决定。现下她依然不能执械披甲，只能穿着简单干净的长袍。佛耶戈高高在上，靠坐在明光晃晃的宝座里，苍白憔悴，神情冷峻。穆清横在膝头，修长的双手戴满戒指，放在剑刃上，像是一种威胁。

莱卓斯站在他身边，像雕塑一般一动不动，眼中却满是痛惜之情，他显然不愿看见卡莉丝塔受到此等屈辱。

王座一侧还站着国王仅剩的亲信努尼奥和赫卡里姆，两人都神色紧张。铁之团的骑士们围站在觐见厅周围。

佛耶戈用拇指摩挲着穆清的剑刃，问道："你有话对我说？"

卡莉丝塔只想破口大骂，直接夺门而出，却强忍了下来。她瞥了一眼赫卡里姆，见他几乎是不可察觉地点了点头。

终于，卡莉丝塔道："我愿意带路，陛下。我将带路前往福光岛。"

佛耶戈猛然站起，送走了穆清，满脸笑容地欢呼："我果然没有猜错！你一直是我最可靠、最亲近的盟友。我们虽然名为叔侄，然而你一直更像一位姐姐，是我心爱的姐姐。你逼得我那样对你，却不知道我有多心痛。但我深知你不会背弃我，也不会背弃我挚爱的伊苏尔德。快起来，请起。"

卡莉丝塔缓缓平身，佛耶戈则朝努尼奥打了个响指。

佛耶戈叫道："事不宜迟！立刻备好船只，以及承载吾爱的棺架。分秒必争，我们傍晚一涨潮就出发。"

卡莉丝塔道："不过，我有一个请求。"

"尽管说，我都答应！"

"海力亚人恐怕不会乐于见到一整支卡玛维亚舰队到访。若是引起他们恐慌，大师们可能不会愿意救助伊苏尔德。"

佛耶戈点了点头，在心中斟酌起来。赫卡里姆已经警惕地挑起眉毛，用口型从佛耶戈身后向卡莉丝塔说着什么，可她没有理会，继续道：

"我建议，只用一艘船，并从庶军内最优秀的士兵中选出一支仪仗队随行。由我亲自挑选。"

赫卡里姆插话道："陛下对铁之团的信任高于一切。举目卡玛维亚，我们是最优秀的战力。没人比我们更能胜任护驾。"

卡莉丝塔道："这就是我的条件，佛耶戈。铁之团不跟我们走。"

赫卡里姆沉声怒道："荒唐。陛下，请三思！想想王后，该由谁来保护？是您最好的骑士，还是那群低等的乌合之众？"

然而佛耶戈并不理会赫卡里姆的恳求，只道："就按你说的办，卡莉。一艘船，由庶军组成我的仪仗队。"

"陛下……"赫卡里姆怒吼一声，气得面红耳赤。

佛耶戈断喝道："我意已决。"

赫卡里姆瞪着卡莉丝塔，然后转身大步离开觐见厅。

"快，着手整备！"佛耶戈拍了拍手，"我们这就去福光岛！"

第二十四章

卡莉丝塔肃立于码头，静候国王。

薇尼克斯船长小声道："听说，你在王宫地底的私人单间里休养了一阵子。原来国王是这么表达感激之情的。"

卡莉丝塔答道："他刚刚失去妻子，不能以常理推断。"

"我看，他失去的可不只是他的王后。"

卡莉丝塔狠狠瞪了她一眼。

"我们仁慈的君主来了。"薇尼克斯朝码头对面点头示意。国王御驾而行，身侧有一队奴仆抬着王后的金色御辇。薇尼克斯又道："现在，我们都要假装她还活着，对吧。哎，那能有什么问题呢？"

"嘘！"卡莉丝塔低喝一声，迅速扫视周围，看有没有别人听到了，"你是嫌自己命长吗？"

行进队伍缓缓走向等在码头的船只，卡莉丝塔努力做出自然的表情。赫卡里姆骑着他那匹巨大的装甲战马走在最前，随行的五十名骑士都穿着华丽的深色盔甲和石灰色坎肩，分列在佛耶戈和金色御辇周围。好在御辇的帷幕拉上了，众人看不见王后的尸体。

佛耶戈本人骑着一匹高大的白色骏马，一身蓝紫相间的王室华服，额间戴着金色三戟王冠。围观的饥民们一言不发，无不带着绝望和愤怒的神情。佛耶戈似乎完全没有觉察气氛的凝重，反而绽出开朗的笑容，向人群挥手致意。卡莉丝塔心下隐痛，不忍直视，只能暗暗祈祷阿洛维德拉能够撑到这场闹剧结束。

在佛耶戈身侧，莱卓斯身姿僵硬地骑着一匹高大而温驯的驮马。除此之外，可能再没有哪匹神骏能承受他的重量。卡莉丝塔从未见过他骑马，此时只见他面色苍白，紧紧地抓住马鞍一角。努尼奥也缓步跟在队伍后面。

赫卡里姆冷冷地盯着卡莉丝塔，缰绳一勒，坐骑便打着响鼻跺了几步，停在她面前。但她并没有被这庞然大物吓倒，依然昂首挺胸地与赫卡里姆对视。

"大人。"

赫卡里姆微微点头，应道："卡莉丝塔小姐。"

队伍停了下来，莱卓斯几乎是从马鞍上滑落在地。卡莉丝塔忍不住暗地轻笑，不过她见赫卡里姆眉头一皱，便立即敛容正色。

铁之团的宗师翻身下马，风度翩翩地迈向码头。他招呼一个年轻扈从上前，命道："把我的箱子搬到船上放好。"他的目光仍然紧盯卡莉丝塔。

她僵住了。"陛下已经应允，铁之团不会随行。"

"我现在并不是铁之团的骑士，而是国王的亲信和挚友。除此之外，也是出于陪伴和保护我的未婚妻。"

卡莉丝塔没有做出任何反应，只是握紧了手中长矛。他在耍什么把戏？他似乎在下一盘大棋，可她丝毫没有头绪，只能暗自不安。

赫卡里姆道："难道你出于某种原因，不希望你的未婚夫同行？"

她谨慎地吸了口气，平息内心的怒火，冷冷道："当然不会。"

薇尼克斯船长瞥了瞥两人，转身登上"剑鹰号"，一面喃喃道："是啊，能有什么问题呢？"

* * * *

永恒之海

他们在冥冥暮色之中启航。卡莉丝塔独自看着故土渐渐消失于天际,只觉愁云惨淡。她上一次前往海力亚时,心中充满不安和怀疑,却也有种孤注一掷的希望。可现在,她连那一丝希望都感觉不到,只有深深的焦虑和恐惧令她心绪难宁。

直到卡玛维亚完全从视线中消失,她才转身离开。

王后的御辇放在后甲板,周围挂着备用的船帆,作为额外的屏障和保护,使之免受风雨之扰和海水喷溅。

佛耶戈交代过:"王后病得太重了,不能离床。"

卡莉丝塔来到了"剑鹰号"船尾,听见奢华的御辇中传出佛耶戈的声音,只是听不清他在说什么。

她向站在御辇周围的庶军士兵点头示意,扩大驻辇区域。莱卓斯守在辇前,左臂拿着巨大的塔形盾牌,右手放在剑柄上。卡莉丝塔改变了路线,走到他身边。

她轻声问道:"他在和谁说话?"

莱卓斯答道:"没人进去,将军。"虽然这话没有正面回答她的问题,却证实了她的猜测。

卡莉丝塔道:"他在跟她说话,就好像她还活着一样。他还是经常这样吗?"

莱卓斯道:"有时会,将军。"

她叹了口气,既是因为这个回答,也是因为莱卓斯的拘谨。二人之间已经立起了一堵高墙……而且是她的错。

她轻声道:"我很抱歉,我不该那样待你。这样很不公平。"

"不必抱歉。"莱卓斯似乎有些不安,"是我出言轻率,多有僭越。

以后不会再犯，将军。"

两人之间出现一阵尴尬的沉默，感觉简直比之前更糟。卡莉丝塔见莱卓斯咬紧下唇，身形僵硬，便知道他也有一样的感觉。他敬了个礼，像是下了逐客令。卡莉丝塔只觉脸在发烧，只好回敬一礼，转身离开。

* * * *

"剑鹰号"前方，雾气高耸入云，犹如千丈绝壁。

"太神奇了。"佛耶戈低声为之惊叹。

他与卡莉丝塔并排站在船头。长达数周的航行中，他极少在甲板上露面，但方才水手与士兵的喧杂声将他从王后的御辇中引了出来。

这阵子的时间过得极慢，卡莉丝塔一直紧绷着精神。她和莱卓斯之间依然存在一种生硬的感觉，两人在旅途之中也再未交谈。她与赫卡里姆间的气氛也没有半点缓和。大部分时间她都孤身一人。就连薇尼克斯也显得很紧张。

船靠近了迷雾，佛耶戈脸上露出孩子般的惊奇，一扫卡莉丝塔回国后看到的那种狂热和忧虑。他似乎就快要恢复清醒了。

佛耶戈道："如你所说，如果没有那块石头，迷雾就会让我们掉头，把我们赶出来？"

卡莉丝塔点了点头。"我们当时试了好几天。船长甚至用绳子捆住舵轮，保持航向不变。可即便如此，我们还是被迷雾完全掉了个头。"

佛耶戈摇头道："此等防御手段，令人叫绝。当然，有钥匙就不一样了。可否让我看看？"

卡莉丝塔掏出那块灰白色的球形路石，犹豫片刻，递了过去。

"看起来实在平平无奇。"佛耶戈一面用修长的手指摆弄它，一面嘀咕，"你说你是怎么得到它的？"

"有人送来的，想要讨好你。"

佛耶戈道："如果成功，此人想要什么都行。"

"他似乎不是善类，令人不快。"

佛耶戈大笑道："不招人喜欢，而且还会讨好。那他很适合在卡玛维亚的宫廷生活。"

卡莉丝塔也笑了。"看到你的笑容真好。你今天看起来好多了。"

"那是自然！我们快要到了！来，让我看看这块石头怎么用。努尼奥，快来看！"

卡莉丝塔拿回了圣石，心乱如麻。她也不确定能否成功。

雾墙就矗立在他们眼前，现在已经不到一箭之遥。薇尼克斯船长大声下令，将"剑鹰号"的最后一面帆收起，但船身仍在向前滑行。她又是一声令下，船桨伸了出来。船员们静静待命，其他人也都满怀期待，屏息凝视。

薇尼克斯叫道："公主？准备好了吗？"

卡莉丝塔回头与薇尼克斯对视一眼，并举手示意。她朝船长点了点头，薇尼克斯便向船员吼道："预备！"

所有桨叶一齐插入水中。

"走！"

随着一下又一下有力的划动，"剑鹰号"平稳地驶向白雾。卡莉丝塔盯着越来越近的雾墙，深吸一口气，保持镇定。

她低声道："卡玛，请指引我。千万，要成功啊。"她照着之前泰鲁斯的样子，高高举起路石。但当"剑鹰号"的船头触到雾墙时，它并没有如期分开。船身滑入雾中，直到完全被雾气吞没。所有声音都像是被蒙住了，海面瞬间静如湖泊。

佛耶戈问道："雾墙开了吗？"

努尼奥嘀咕道："似乎……没有，陛下。"

卡莉丝塔不予理会，只是把石头举得更高，一面低声道："快开啊！"

"这下就有点扫兴了。我得去看看伊苏尔德，别让她被这雾吓着了。我相信你不会让我们失望的，卡莉。"说罢，佛耶戈大步离开，只留下努尼奥一人旁观。

"剑鹰号"继续前进，四下里依然毫无动静。卡莉丝塔听见身后的甲板上传来躁动的脚步声。

"公主？"薇尼克斯靠近她身边，"是不是搞砸了？"

卡莉丝塔承认道："好像是。"

"如果真的搞砸了，国王会怎么样？"

"大发雷霆。"

船长点点头，胡须也颤了颤。"好极了，真是好极了。你有没有想过，要是我们根本没回卡玛维亚就好了？搞不好我们现在还能在芭茹那家蛤蜊酒馆看着夕阳来上几杯。敢说你没想过？就我一个人这么想？"

"只有你这么想。"说罢，卡莉丝塔愤怒地将圣石举向空中，可四下里依然毫无动静。

薇尼克斯道："行，那就祝你好运。我去跟手下打声招呼……不管接下来发生什么。"

船头又只剩卡莉丝塔和努尼奥两人。她回头看了一眼甲板，遇上水手和士兵们期待的目光。她再次转向前方那片白茫。

她忽然想起，真达卡亚曾教她用圣石武器发射光箭。

瞄准目标，然后要求武器射击。

那件武器的中心便是一块圣石，所以想要哄得这块路石为她办事，大概也需要类似的专注力。

"好吧，你能做到的。"她低声道，"把注意力集中在白雾上，让石头把它分开。"

当然，她之前还没能用那件武器射出过一丝……但她摇了摇头，不再去想。

"老臣是否能够效力？"一旁的努尼奥开口了，"此类器物，老臣比较容易上手。"

卡莉丝塔瞥了他一眼，见他饶有兴趣地盯着那块石头。卡莉丝塔道："让我再试一次。"

"当然！"说罢，努尼奥躬身后退。

卡莉丝塔再次转身走向雾气，喃喃道："把注意力集中在白雾上。"

她专注于眼前的一片虚空，再次将石头高高举起。那石头的手感十分光滑。她的皮肤好像感到一点点刺痛？还是说那只是幻觉？

"给我开啊，你这破烂东西！"她不禁怒骂道。

一股能量从路石中注入她的手臂，"剑鹰号"前的白雾随即开出一条隧道。船员们发出一阵欢呼，船也进入隧道之中。卡莉丝塔放低石头，一脸讶异地注视眼前的景象。

薇尼克斯又走了过来，在卡莉丝塔背上重重一拍，让她整个人都向前跌了一步。船长看起来已经够强壮的了……没想到她实际上更加强壮。

薇尼克斯道："你怎么做到的？"

"我骂了它。"

薇尼克斯耸了耸肩道："管用就行。"

第二十五章

福光岛

"剑鹰号"离开迷雾时,离破晓还有几个小时。笼罩着整艘船的雾气骤然消失,仿佛一片帘幕掀开,帘外的群岛赫然眼前。船长薇尼克斯问过卡莉丝塔,判明了方位,知道他们已穿过异常静止的水域,便命船员收回船桨,再次扬帆。

若是夜色漆黑,他们可能会神不知鬼不觉地驶近福光岛,但眼下夜空万里无云,明月低悬,映在波光粼粼的海面上。"剑鹰号"穿过几个小岛,岩石嶙嶙的半岛上亮起一座灯塔,随后是一连串灯塔,既像警告,又像导航。"剑鹰号"在灯光的指引下前往海力亚。

当他们绕过最后一个岬角时,海面上荡起钟声,微光闪耀的城市出现在眼前。港口巨塔的光束扫过"剑鹰号",众人皆沐浴在一片白辉之中,最后,灯光在黑暗的海面上锁定了"剑鹰号"。

他们驶近海港时,一阵呼喊声传来,只见几个身穿长袍的身影从洒满月光的街道上奔来。

佛耶戈站在王后的御辇旁望向海力亚,一面叹道:"太美了。"

赫卡里姆接道:"而且毫无防备。"他背对着卡莉丝塔,一边对海力亚人的愚蠢行径大摇其头。卡莉丝塔不禁怒目，心下再次庆幸铁之团没有同行。

"他们会救王后的，对吗？"佛耶戈神情恳切，"我不能失去她，卡莉。"

卡莉丝塔发现身边静得出奇。没有人看向佛耶戈和她，但每个人都在侧耳聆听他们的对话。

卡莉丝塔道："如果他们能救她，我想他们会的。但无论结果如何，你永远都不会失去她。我们一旦去世，就会前往已逝先灵的所在。而当我们在世时，只要我们仍然思念所爱之人，他们便永远不会真正消失。"

佛耶戈用空洞的声音说道："如果她离开，我也将随她而去。"

卡莉丝塔不免惊恐，嘶声喝道："别说这种傻话！伊苏尔德不会希望你这样！"

佛耶戈神色凄然，喃喃道："没有她，我便是行尸一具。一人独活，我连想都不愿想。"

卡莉丝塔握住佛耶戈的手，靠在他身旁说道："你永远不会孤单。"

佛耶戈笑了笑，略微驱走了脸上的一丝阴霾。"忠诚的卡莉，我们在血缘上是叔侄，但在我心里，你既是导师，也是守护我的姐姐。"他的笑容消失，目光黯淡，仿佛浑浊的泥水。"她爱你，你知道的。"

卡莉丝塔轻声道："我也爱她。"她感觉心如刀割，但痛楚中也怀着希望，只愿佛耶戈最终能接受伊苏尔德的离开。

他垂下头，肩膀也耷拉下来，低声道："我很失败，对吗？我辜负了所有人。你、父亲、卡玛维亚。我也辜负了她。"

卡莉丝塔正色道："你身上流着王者的血脉，佛耶戈。你的灵魂已与王者之刃结契！穆清选择了你。这把剑在你身上看到的，是连你自己都没有察觉的力量。痛苦与悲伤在所难免，但你不会屈服，将屹立于灰烬与狼藉之上。卡玛维亚也将重获新生。"

佛耶戈看着她的眼睛，缓缓点了点头。

卡莉丝塔道:"坚强点,为了伊苏尔德。"

"我尽力。"

* * * *

"剑鹰号"划破黑暗,驶向海力亚的弧形码头。全城灯火通明,迎接他们的是回荡在水面的钟声和惊呼。身穿长袍的能者和学生们拥上街头。有些人抱着一大堆书籍和珍贵卷轴,惊恐地狂奔,而有些人只是呆呆地看着"剑鹰号"驶近。

"剑鹰号"入港时便已收起船帆,伸出船桨,缓缓接近一个较大的外环港区。伴着阵阵铠甲声,监卫们跑上码头。他们手上也戴了护甲,紧握带刺的长戟,白色坎肩上映着码头边上的无焰灯笼发出的冷光。

卡莉丝塔不知这群监卫是否面对过真正的军队。她觉得不大可能。他们见过的最大场面大概只是酩酊大醉的学生或是争吵闹事的学院。尽管如此,他们手持长戟,形成一堵坚固的墙,刃尖直指正在驶近的"剑鹰号"。

卡莉丝塔感觉到自己亲选的庶军将士也紧张起来,便沉声道:"不可妄动。我们不是来动武的。即便情况有异,我们也是为了保卫陛下。冷静,不可示威。"

"落桨!"薇尼克斯一声令下,船员们立即发力,推动"剑鹰号"向前滑行。

赫卡里姆道:"你说他们没有士兵。"

卡莉丝塔根本不屑于看他,只道:"这些人不是士兵。而且我说的是,他们没有军队。"

赫卡里姆遭她抢白,只得默不作声。卡莉丝塔紧张地瞥向佛耶戈。他傲然站在御辇前的台阶上,俯视着聚集在眼前的监卫。莱卓斯就站在他的下一级台阶上,手扶剑柄。卡莉丝塔祈祷佛耶戈的阴晴不定不会火上添油。

薇尼克斯的几个船员拿着绳索站在船边,警惕地盯着监卫的戟尖。监卫迟疑片刻,却仍然迅速退后三步,让出空间。

薇尼克斯喝道:"你们在等什么,等他们飞吻吗?去把缆绳捆好!"

船员们慑于船长的怒吼,有几人急忙跳上码头,接住船上水手甩出的绳索,麻利地系在沉重的铁桩上。"剑鹰号"放慢势头,最后停稳在码头边。

一个满脸通红的人爬上了监卫队后面的一个货箱,好看到"剑鹰号"上的众人。卡莉丝塔认出那是巴泰克长老。他还是老样子,好似一只穿着金边长袍的蟾蜍。他一脸鄙夷地瞪视来人。卡莉丝塔又看到其他几位大师也在人群之中。

巴泰克长老吼道:"卡玛维亚人,报上来意!再者,你们是如何穿过圣霭的?"

赫卡里姆吼道:"读书人,不可颐指气使!""读书人"这个词从他嘴里说出来,无异于辱骂。他的手也紧握了刀柄,像是在恐吓对方。卡莉丝塔翻了个白眼,心中暗骂。

努尼奥伸手去拍赫卡里姆的手臂,轻轻把他推到一边,朗声道:"海力亚的诸位大师!卡玛维亚国君卡拉·黑伽亚里之佛耶戈·桑提阿如尔·莫拉赫在此!吾王乃王者之刃穆清的持有者、雄狮之后、东方之主,以及冲荡平原之役的胜者!"

这番气势恢宏的致辞完毕,对面毫无动静。卡莉丝塔扫视一眼,只见监卫神色凛冽,巴泰克无动于衷,其他人不是一脸担忧,便是惊恐不定。

佛耶戈站了出来,吸引了所有人的目光。卡莉丝塔顿时紧张起来,敌意是否会迅速蹿升,全在佛耶戈一念之间。

只见他张开双臂,大大方方地向码头上的人群示以微笑,一面朗声道:"尊敬的大师!我今日来此,全因贵岛贤能举世闻名,只求诸位大师慷慨赐教!"

卡莉丝塔稍稍松了口气。佛耶戈之前的疑虑和阴暗似乎消失了,俨然一位谦谦君子。她祈祷他能继续维持。

"我恳求诸位！我的王后身中剧毒！救救她吧，求求你们了！我向先灵起誓，各位若能救她，我们便立即离开，永不再返。卡玛维亚将永感大恩。苍天在上，敬请各位垂怜我心爱的王后，她是无辜之人！"

大师们交头接耳，而巴泰克长老一见卡莉丝塔便一脸怒容。他直指着她兴师问罪，怒吼道："卡玛维亚公主卡莉丝塔，我们礼数周到，尽心款待。你倒好，挟兵执武地出现在我们的海岸上，你就是如此回报我们的？我们已经考虑过你的请求，并且给出了答复，可你却违反议会命令，重返此地！简直毫无廉耻！我们不与失信之人往来。"

卡莉丝塔心下刺痛。巴泰克的一席话让她羞愧难当。但她深吸了一口气，说道："议会告诉我，如果我将王后带到岛上，或许便能施救。现在我已将王后带到。你们是否仍要拒绝我们？你们真的就没有半点怜悯之心吗？"

巴泰克怒道："议会已经做出决议！我再问一遍，你们是如何穿过圣霭的？你们用了什么卡玛维亚的诡计巫术？"

卡莉丝塔道："绝无巫术，也并非诡计。我用了这个。"她高举路石，立即激起一片窃窃私语。"这是岛上之人交给我的。"

巴泰克怒得下颌直抖，吼道："泰鲁斯。他竟敢做出这等丑行，必将遭到驱逐！"

卡莉丝塔急忙声明："这块路石并非探索师泰鲁斯所赠，他是无辜的，我这次返回与他毫无瓜葛。"

巴泰克道："我以海力亚议会的名义，要求你立即交出路石。"

卡莉丝塔道："这块路石已经助我们穿越圣霭，我即刻奉还。"

"不行。"佛耶戈出声制止。

卡莉丝塔转过身来。佛耶戈正盯着那块石头。她沉声道："佛耶戈，我们已经不需要它了。"

佛耶戈却道："不行，我想暂时留着。把它交给努尼奥，卡莉。"

巴泰克长老怒喝道："你们在考验我们的耐心，卡玛维亚人。"

老咨议官缓缓走到卡莉丝塔身边。

卡莉丝塔嘶声道："他在做什么？"

努尼奥只能耸肩道："他在……做他自己。"

佛耶戈命道："交给他，卡莉。"

所有的目光都集中在卡莉丝塔身上，但她并没有立即将路石交给努尼奥。

"我可以保证，尊敬的大师。"佛耶戈言辞恳切，声音洪亮，所有人都听得一清二楚，"只要诸位能看一看病重的王后，我们就会原物奉归。先灵在上，我向诸位保证，请你们开恩。"他回头瞥了一眼卡莉丝塔。"卡莉，请你，把石头交给努尼奥。"

卡莉丝塔很不自在，但又不想公开忤逆佛耶戈，便极不情愿地将石头递给努尼奥。努尼奥接过，走去呈给佛耶戈。

佛耶戈将路石放入口袋，说道："安全起见。"

巴泰克长老冷笑道："你现在是想勒索光眷者？"

佛耶戈道："不！我是想请求你们大发慈悲！请看看王后，看看你们是否能救她。"他低下身子，跪在了地上，举起双手祈求。

卡莉丝塔见状大惊，赫卡里姆也骇然震怒，甚至连一向刚毅的庶军将士也面面相觑，震惊不已。

佛耶戈道："卡玛维亚泱泱大国，绵延千载，历代君王从未屈膝。如今我跪地乞求，不是作为一个国君，而是作为一个男人——求你们救救我的妻子，救救我美丽的伊苏尔德。"

监卫们一阵躁动，大师、能者和学生们也相互喁喁私语。这时，又有人陆续前来，码头上一下聚集了数百人。

只听一个女人高呼："发发慈悲，帮帮他们吧！"

卡莉丝塔认出了这个声音，急忙在人群中搜寻，视线最后落在技师真达卡亚身上。她仍是一头显眼的白发。两人目光相接，她便冲卡莉丝塔眨了眨眼。

在真达卡亚的带动之下，众人陆续加入声援，四面八方都是催促大师们伸出援手的声音。巴泰克皱起眉头，从货箱上走了下来，也可能是被人拽了下来，卡莉丝塔不太确定。另一个大师站了上去，眼睛周围虹光流彩，精致华丽的高帽上挂满几何形状的徽记。她人已暮年，满脸皱纹，头发也早已灰白，两眼周围的纹路尤其清晰，像是一位爱笑之人。她抬起一只枯瘦的手，上面戴满戒指，人群顿时肃静。

"您好，佛耶戈国王陛下。我是玛尔古萨大主教，您的谦逊和诚恳令人感佩。请起。任何人都不必在海力亚下跪，更何况是一国之君。"

佛耶戈站起身来，昂首挺胸。

玛尔古萨道："我们的国度并非一人做主。我们必须暂时转至他处，召集议会。但我可以保证，我们会在午时之前返回此处。不知国王陛下意下如何？"

佛耶戈毫不客气地点头道："可以。"

玛尔古萨又道："另外，请各位在船上静候，以显诚意。我们会派人送上茶点，令各位在等候期间舒适无忧。"

佛耶戈道："感激不尽，仁慈的女士，我们依言照办。"

大师们转身离开，白甲监卫则原地肃立，收起手中的武器，不再用刃尖对准卡玛维亚人。随后，半数监卫转身回城，另一半则稍稍向后撤离。他们依然保持警惕，但方才的紧张气氛已经有所缓解。

旁观众人之中，有人还留在码头，聚在几处窃窃私语，但大多数人逐渐散去，回家继续休息，或是去找邻居闲聊。真达卡亚热情地向卡莉丝塔挥了挥手，消失在黎明前的黑暗中。

薇尼克斯溜到卡莉丝塔旁边问道："那个了不起的模范女性是谁？"

"一个朋友。"

"你竟然瞒着我，公主？这样的朋友怎么能不介绍给我，嗯？"

卡莉丝塔笑道："有机会的话，我一定会的。"

天际刚刚开始破晓。卡莉丝塔知道自己可能仍然无法平复内心的焦虑，但她忙了大半夜，需要休息。

"我去睡几个小时,有事叫我。"

* * * *

卡莉丝塔走向船舱时才发觉自己已经疲惫不堪。她本想直接回到自己的床上,可想了想还是在转道前去问候麾下将士,安抚他们的情绪,并确保他们已经安顿饱食。她的吊床召唤着她,可当她打开舱门时,却见赫卡里姆和努尼奥佝偻的身影。两人正在里面促膝长谈。卡莉丝塔一进来,将背后的门关上,两人便陷入沉默。

卡莉丝塔警惕地问道:"怎么回事?"

赫卡里姆答道:"必要的商谈。"努尼奥则显得十分为难。

卡莉丝塔抱起两臂道:"解释一下。"

努尼奥道:"老臣也很难过,但我们现在恐怕该考虑如何应对不测了。"

"不测?"

"万一佛耶戈对接下来的事暴跳如雷。万一他已经完全丧失了治国能力。万一这次努力不能如意,他仍然无法接受王后的离去。"

卡莉丝塔道:"他会接受的。"

赫卡里姆低吼道:"但我们需要早做准备,以防万一。"

卡莉丝塔怒道:"这一开始就是你的主意。现在你这么快就要抛弃你的国君?"

努尼奥道:"在老臣看来,没人能够预测他的反应。小姐,你已经看到卡玛维亚的状况。国家需要有人领导,这样下去,我们撑不过一年。到时整个王国都将衰落,被历史彻底掩埋。你的祖先们创下的基业将全部化作尘土。"

卡莉丝塔知道这并非虚言,只好强压心头怒火。按道理,他们的确应该为最坏的情况做好打算。她有些泄气地问道:"你有什么建议?"

努尼奥道:"理想的情况是,他放弃妄想。我们启程回国,他将履行他的职责，继续统治。不过，在他再次振作起来处理国务之前，许多重任大概都会落到你肩上。可如果他拒绝接受事实，我们可能需要……安抚他。"

赫卡里姆道："也许该在回国路上把他关进船舱，以免他伤害自己，或是别人。"

"如果我们回到阿洛维德拉后，他仍然无法治国呢？"

赫卡里姆直言道："那么你来统治。"

努尼奥接道："你本是王位继承人，庶军对你忠贞不渝，百姓对你也极为爱戴。"

赫卡里姆又道："你还有铁之团的支持。"

努尼奥道："你是贤明之人，天生的统治者。如有必行之事，我相信你不会推卸。"

卡莉丝塔冷道："你们的这番提议只有一个词可以概括，就是'叛国'。"

赫卡里姆问道："你真的想袖手旁观，眼睁睁地看着他毁掉一切？看着一个变化无常的君主放任数百年的基业一朝溃灭？"

努尼奥道："小姐，老臣想到此节，也是心如刀绞。可我们必须早做打算。我对王国的忠心高于对任何个体的追随。我忠于国民，忠于你的祖先，更是忠于你祖父往昔的荣耀。"

"你的忠心却不包括你的国王？"

"如果他放任这一切毁灭，那便不会。"

卡莉丝塔凛然道："君与国，一体同心。"这是她祖父执政时常常挂在嘴边的座右铭，但现在听来空洞无比。

努尼奥垂首道："那么我们已然与亡国无异。"

赫卡里姆神情低落，不安地踱步。"我也希望另有出路，可我看不到在哪儿。"

卡莉丝塔道："史上鲜有国君被强行拉下烁银王座。我会变成一个篡位者。况且我根本就无意为君。"

努尼奥柔声道:"也许恰恰是这一点,会让你成为一位明君。你可以拯救卡玛维亚。"

卡莉丝塔转过身去,掌心用力按住双眼。

努尼奥又道:"只愿先灵庇佑,这一切都不会发生。小姐,你是最了解他的人。也许我们的担心是多余的。也许他终将走出眼下的疯狂。"

卡莉丝塔仍然背对着他们,只道:"他会的。他必须走出来。"

"先灵保佑,但愿如此。"

赫卡里姆伸出手想要握住卡莉丝塔的手,一面道:"如果他不行,我会陪在你身边,作为丈夫全力支持你,助你治国。"

卡莉丝塔向后一缩,躲开了赫卡里姆的手。他的语气有些不对劲,像是虚情假意。也许恰恰是他过于诚恳,让她觉得这不过是伪装而已。她直直地盯着他,像在看一个陌生人。

不错,他的眼神里有某种东西,他想尽力掩藏却藏不住的热切,一种对于权力的饥渴。她以前曾经瞥见,却没有留心,以为那不过是野心而已。可她现在明白,他的野心远远超出了她的预想。

卡莉丝塔喃喃道:"你想成为国王。我之前怎么会没想到?"

赫卡里姆摇头道:"我只不过是为卡玛维亚着想。"

卡莉丝塔轻声道:"我真是个傻瓜。"

努尼奥提醒道:"小姐……"

卡莉丝塔道:"佛耶戈会恢复的。日后他会再结良缘,还将有许多继承人,而你,赫卡里姆大人,你永远不可能染指烁银王座。"

赫卡里姆沉下脸。"此话未免太过伤人,小姐。"

努尼奥举起手劝道:"两位暂且稍作冷静,以免出言不慎,追悔莫及。"但卡莉丝塔根本不肯作罢。

她嘶声道:"卡玛维亚根本就还没有毁灭,你便如同对待尸体一般开始盘算如何瓜分洗劫,这才叫伤人。"

努尼奥退到了一旁,他知道事情已经一发不可收拾。赫卡里姆先是被卡莉丝塔的一番话惊得目瞪口呆,随后便暴跳如雷。

他吼道:"要不是铁之团,卡玛维亚早就已经是一具尸体了。"

卡莉丝塔道:"大难当前,你却一心乘人之危,不可饶恕。"

"等我们成婚——"

卡莉丝塔大笑出声,随后怒斥道:"我们不可能成婚!我不会与你这种人结为伴侣,现在不会,将来也不会。我当初居然会同意,简直愚不可及。"

赫卡里姆大声咆哮:"就为了那个充任御前侍卫的下等人?你的情人?噢,对了,我知道你俩的事。"

卡莉丝塔挑了挑眉,冷笑道:"我的情人?大人,如果这就是你得到的情报,那还是趁早换个细作吧。虽然莱卓斯胜你万倍,但他从未做过我的情人。"

"我真该留你烂在地牢里。"

"呵,可你要是没有我,就没有资格称王。我现在明白你为什么要将婚事提前了,因为你要的是名正言顺。可现在,你永远都不会有机会了。"卡莉丝塔正视怒不可遏的赫卡里姆,将身后的舱门打开。

"你跟那疯王一个样!"赫卡里姆攥紧拳头,怒喝一声。

卡莉丝塔道:"赫卡里姆,你终于露出了真面目。庶军听令!"

一瞬间,庶军士兵便围在卡莉丝塔身边,矛尖全部对准赫卡里姆。他瞪着他们,毫不掩饰脸上的厌恶之情。

"你们这帮蠢货竟敢如此放肆,拿武器对着我?"他一面咆哮,一面伸手握剑,"我要你们全都被绞死!"

"不,你没机会了。"说罢,她对士兵们下令,"拿下。"

士兵们向前逼近。赫卡里姆舔了舔嘴唇。他剑术高超,能够判断自己是否有胜算。

他身后的努尼奥说道:"别做傻事,赫卡里姆大人。"

赫卡里姆面目狰狞,像是吃了什么秽物。但他最终还是放开剑柄,举起手来,表示不予反抗。四名士兵立即上前将他擒住。他高大健硕,身披重甲,虽然有意挣扎,庶军士兵却并不手软。

卡莉丝塔道："我本想看到你好的一面。不错，我知道你有野心，且盛气凌人，但我想要相信你的内心是一个正人君子。但我现在看透了你的真心。你背叛了你的国君，背叛了我，也背叛了卡玛维亚。"

努尼奥向门边走去，绕过士兵，走到卡莉丝塔面前，似乎觉得羞愧难当。卡莉丝塔将他推过一边，让士兵将赫卡里姆带到走廊。

努尼奥道："请恕罪，殿下。老臣原以为商量对策以防不测乃是明智之举，但说实话，老臣并未发现赫卡里姆大人的野心之大。恐怕老臣也已遭他算计，直到此刻才将他认清，实在有负烁银王座。"

卡莉丝塔道："被他愚弄的人不止你一个。"

"殿下将如何处置他？"

卡莉丝塔还未来得及回答，只听甲板上传来一声呐喊，一名庶军士兵伸头探入楼梯间叫道："大师们回来了，将军！"

卡莉丝塔看了一眼擒住赫卡里姆的士兵，朝自己的船舱点头示意，命道："把他关进里面，门口派人把守，我稍后再来处置。"

第二十六章

卡莉丝塔和努尼奥爬上甲板时,光眷者正在白甲监卫的护送下向码头走来,其中有两名大师,从他们繁复的服饰、滑稽的帽子和挂在胸前的复杂金色符号可以看出他们位高权重。待到他们走近,卡莉丝塔认出那是玛尔古萨大主教和巴泰克长老,同行的似乎还有一众医师、能者、高级官员和祭司,其中一人身穿带有兜帽的黑色长袍,手拄一根高大的法杖,看上去有种不祥之气。

卡莉丝塔在来人之中发现了泰鲁斯的高大身影。他神情严峻,让她心生愧疚。

卡莉丝塔向佛耶戈走去,薇尼克斯凑过来悄声道:"公主,是跟未婚夫闹矛盾了吗?"

卡莉丝塔低声道:"我发现他是一个背信弃义的小人,所以我已经取消婚约,把他关在了船舱里。"

"不错。"薇尼克斯点头赞道。

佛耶戈站在王后的御辇旁迎接海力亚人。卡莉丝塔走过去站在他身边。莱卓斯站在国王跟前,庶军将士们则沿着船舷列成一排,面向来人。

她将一只手放在莱卓斯的肩甲上，俯身在他耳旁低语："结束之后，我们俩得谈谈。我一直是个傻瓜。"

她温暖的气息弄得莱卓斯浑身一绷，但他仍然目不斜视，只是迅速点点头。她理了理他的长披风，将褶皱抚平，甚至也顾不得礼数，放任指尖在他身上流连了片刻。努尼奥清了清嗓子，莱卓斯涨红了脸。看到这个彪形大汉像个刚刚得到初吻的小男孩一样面红耳赤，卡莉丝塔不禁心中莞尔。

佛耶戈依然目不转睛地看向正在接近的大师们，一面问道："你们在说什么悄悄话？"

卡莉丝塔答道："一些我早就应该直面的事。"佛耶戈哼了一声，并未深究。

队伍在码头上停了下来，玛尔古萨大主教走上前去，向卡玛维亚人深鞠一躬，隔着庶军士兵说道："国王陛下，议会已做出决定。"

幸好这一次负责沟通的是玛尔古萨，巴泰克则站在一旁，双臂环胸，闷不吭声。

玛尔古萨继续说道："光眷者已经讨论过您的请求，并决定在力所能及的范围之内救助王后。"

"幸甚！"佛耶戈拍手欢呼，一面走下御辇。他赶到船缘，挤过庶军士兵。"放下坡道！快！"

水手们看向船长，船长又看向卡莉丝塔。她迅速点了点头，庶军士兵立时让开，水手们向前滑出一条登船坡道，架在船身和码头之间。

佛耶戈走上登船板，向玛尔古萨伸出一只手。"请让我扶您过来！来，快请！"

这位和蔼的女士借着国王伸出的手，轻轻踏上"剑鹰号"的甲板，一面说道："我已经带来最好的医师，有精通外治术和奥术医药的各派能者，还有或许可以效力的能人贤士，包括一位蛊蠹方面的专家。"

佛耶戈道："什么方面？"

卡莉丝塔道:"毒物。"

"正是。"大主教向卡莉丝塔点头示意。

"那么这位影中之人?"佛耶戈指了指与大师们同行的黑袍人问道,"行头似是位掘墓人。"

佛耶戈向来口无遮拦,但卡莉丝塔不得不承认他的形容十分贴切。她将那人上下打量一番,发现他的手杖形状正像一把铲子。他身材矮小而健硕,脖子上挂着一瓶透明的液体。他似乎感觉到卡莉丝塔的目光,便将那瓶子塞入长袍。

大主教道:"那位是暮光兄弟会的人。他们对生前身后之间的微妙界限颇有精研,世上罕有匹敌。他只是外表有些惊悚,请别见怪。暮光兄弟会的人其实心地亲和,所酿的辛香烈酒独步天下。"

佛耶戈笑了笑,迎玛尔古萨大主教一行人上船。他匆匆走在最前面,引他们前往那辆金色御辇。"我亲爱的王后正在休息,请你们注意不要打扰她。她的身体非常虚弱。"

卡莉丝塔和努尼奥对视一眼,关键时刻到了。

玛尔古萨道:"我保证,他们会恭谨轻柔地仔细检查。"

佛耶戈道:"能不能一次进去一个人?别让她太受惊扰。"

玛尔古萨领首道:"当然。"

"谁先来?是这位吗?"佛耶戈向一个身穿长袍的医师问道,那人戴着两对无框水晶镜片,"那么来吧!"

那人点点头,跟着佛耶戈登上御辇台阶。卡莉丝塔也登上台阶,守在近旁,以备不时之需——她不知道佛耶戈对接下来发生的事会做何反应。努尼奥也凑近过来,紧张地攥紧双手。

佛耶戈拉开帷幕,医师躬身从他臂下走了进去。随即帷帐落下,只留下他们两人与王后一起。应该说是王后的尸身——卡莉丝塔提醒自己。

船上一时鸦雀无声。随后便听有人低声说话,并且音调迅速升高。帷帐被甩过一边,医师气急败坏地走了出来。

"这是卡玛维亚的变态玩笑吗？"他朝身后大吼，手指一捏，把两对镜片取了下来，"她已经死了，天哪！而且已经好长一段时间了！"

"死了？"巴泰克长老惊呼一声，一脸惊恐，"什么意思？"

玛尔古萨大主教面色苍白，低声问道："你可确定？"

卡莉丝塔理解他们的愤怒，但玛尔古萨的表情看起来几乎是恐惧。她是怕他们救不了王后，佛耶戈可能会出手报复吗？还是说另有隐情？

"啊，我确定得很。自己看吧。"说罢，那医师将窗帘拉过一边，将帐中情形昭示众人。

佛耶戈仍跪在床边，握着王后尸身的手。即便是从远处，每个人也都看得出她已经是一具尸体。尽管有米迦勒圣爵的力量加持，可她的皮肤已经变成了土灰色，皮肉也已萎缩，裹在她的骨架上。卡莉丝塔看见她的枕边靠着一个两眼空洞的娃娃。伊苏尔德叫它什么？格温？佛耶戈抚摸着它的手，对着它悄声细语，仿佛它就是伊苏尔德。

卡莉丝塔喃喃道："先灵在上。"

海力亚众人重重地倒吸一口气，惊愕万分。卡莉丝塔将那医师挤过一边，把帷帐拉上，但也已经于事无补。国王的痴态已经暴露在了众人面前。唯一值得庆幸的是，他尚且镇定。

一旁的泰鲁斯困惑地看着卡莉丝塔问道："你为什么要回来？你们究竟想得到什么？"

卡莉丝塔道："我们希望，此行能让他最终接受真相。"

玛尔古萨大主教道："好吧，我们显然无能为力。"虽然她在努力掩饰，但她显然吓得不轻。"抱歉。现在唯一能做的就是将她安葬，为她哀悼。希望假以时日，国王能接受事实。"

卡莉丝塔道："我也是。谢谢。"

玛尔古萨俯身向前，压低声音道："假如你真的对福光岛的人没有恶意，那就请你让你的国王离开，越快越好。逗留在此绝无益处。而且我必须要求你立即交还来时所用的路石。"

卡莉丝塔瞥了一眼御辇，佛耶戈仍在爱抚伊苏尔德的尸身。

"我保证奉还，但现在或许不是最佳时机。他需要哀悼。过些时候，他更容易听人劝谏。但我向你保证，我说到做到。"

大主教犹豫片刻，显然十分不安，但也只得不情不愿地叹了口气道："好吧。但你万万不能带着路石离开。启航之前，务必归还。"

说罢，大主教垂首致意，转身与随行人员离开。

泰鲁斯最后失望地看了卡莉丝塔一眼，而她低下眼帘，不敢与他对视。泰鲁斯耷着两肩，与众人一起离开。

然而，其中一人仍留在船上。正是那个面目森冷、兜帽遮脸的行者。"卡玛维亚语我不……流利？"他说话带有浓重的口音，"死亡……在我的……在我的……无须畏惧。"

卡莉丝塔问道："在你们的圣会？教派？"

"教派。"那人重复这个词，似乎在描摹它的形状，"是，是这个词。死亡，生命的一部分，就像出生，不需要害怕。但有时，送别心爱离开，很难。也许我可以，帮助你的国王？"

卡莉丝塔耸了耸肩，低头进到帷帐中。佛耶戈睁着空洞的双眼，靠在伊苏尔德毫无生气的肩上。

卡莉丝塔道："佛耶戈？还有一个人想看看她。或者，你希望他离开？"

佛耶戈用毫无情感的声音说道："来。"

卡莉丝塔将那个黑袍人领入帐中。他走近佛耶戈和伊苏尔德，行止有节，从容不迫。卡莉丝塔留在近旁，看着那人触碰王后的额头，然后是脸颊。他的手在她的身体上方移动，然后拉下兜帽。兜帽之下竟是一张稚气未脱的脸，还带着亲切的微笑，与他阴沉的外表格格不入。

"她……很平静。"他让佛耶戈放心，并用磕磕巴巴的卡玛维亚语轻声说道，"超越痛苦。超越挣扎。她在光里。她就是光。"他把头侧向一边，仿佛在听什么旁人听不到的话语，随后便笑了。"她说她……

想念某人。格温？是不是，她的好友，还是姐妹？"

卡莉丝塔闻言瞠目，只觉脖子上汗毛倒立。这番话也吸引了佛耶戈。他将目光从伊苏尔德身上移开，抬头盯着那个黑袍人，脸上混杂着悲痛、惊奇和恐慌。

"所以她真的走了？"那一刻，他的声音就像是卡莉丝塔记忆里那个悲伤的小男孩。

那人缓缓点了点头，脸上露出怜悯的笑容。"安息了。"

佛耶戈把脸埋在手心里，开始抽泣。那人将手放在国王的肩上，稍作安抚，然后转身离开。经过卡莉丝塔身边时，他点头致意，再次拉起了兜帽。

卡莉丝塔道："谢谢你。"

他离去后，卡莉丝塔坐到佛耶戈身旁，将他搂在怀里。两人一言不发。本就无须言语。

终于，他开始哀悼逝去的妻子。

* * *

当卡莉丝塔从金色御辇中走出来时，日影已经拉得很长。

码头上的围观者已经散去，只剩一队监卫还在附近驻守，确保卡玛维亚人没有上岸的企图。

薇尼克斯在大声下令，船员们四处奔忙，准备再次启航。

努尼奥来到卡莉丝塔身侧，问道："他怎么样了？"

卡莉丝塔道："他终于开始哀悼。事到如今，他似乎已经接受了她的离去。"

"感谢先灵神佑。"

在幽暗的地底，厄洛克·葛瑞尔听到了钟声。声音传入地下仓库，在迷宫、空旷的走廊、锁着宝物和秘密的密室中不断回荡。

葛瑞尔从房里的一大堆书籍和天文图表中抬起头来。接连数周，他一直在盘算着如何在没有瑞兹和符文魔法的帮助下进入万载井，但钟声打断了他的研究。他循声爬到地面，被亮光晃了晃眼，随后悄悄溜进破晓前的月色之中。

能者和学生们成群结队，交头接耳。葛瑞尔挤过人群，经过阶梯式的典算庭院，踩着碎石走向一道低矮的石墙。这里可以看到下面的港口。他看见海力亚最大灯塔的强光照亮了驶入船港的多桅帆船。看清那艘船的样式后，葛瑞尔露出得意的笑容：只有一个国家的船是这样的。

可当他的目光扫过海面时，脸上的笑意渐渐消失。只有一艘船。其他的呢？卡玛维亚四处吹嘘的战舰呢？军队呢？不过，即使只有一船嗜血的卡玛维亚杀手也足够了。大师们必然会拒绝他们的要求，随之而来的便是腥风血雨。海力亚毫无防备，不堪一击。

他兴奋得热血沸腾，匆匆穿过街道。他们来了。他们已经如他所愿，穿越了迷雾。一切都开始按照他的计划进行。

他用兜帽遮住脸，在码头附近徘徊，伺机而动。他看着监卫阻挡卡玛维亚人继续前进，然后巴泰克那只蠢猪——很久以前将他扔到锤石监的浑人——大声质问来人。当葛瑞尔发现卡玛维亚国王本人就在船上时，不由得呼吸加促。

眼见巴泰克不断激怒卡玛维亚人，葛瑞尔暗暗催道："动手啊。"

人人都知道卡玛维亚人尚武好战，脾气暴躁，凶残成性。葛瑞尔迫不及待地想要看到大师们血溅当场。

然而他大失所望，没想到卡玛维亚人并不上钩。巴泰克被人从货箱上拽下来，秘传几何学的大主教站了上去，那个奸诈的老巫婆玛尔古萨。

他看着他们交涉，看着大师们离去，然后继续观察，静静等待。太阳升起了，亮得叫人难受，但他忍住内心的冲动，没有溜回地底享受舒适的黑暗。监卫人数太多，他根本无法接近那艘船，于是他继续等待。

大师们再次离开后，过了几个小时，卡玛维亚人似乎正在准备离开。他的机会来了。

船员们像蚂蚁一样四处奔忙，葛瑞尔的满心欢喜也随之破灭。这跟他想象的场面大相径庭。事情不该如此。

船附近还有几十个监卫，可他不能再等下去了。

他一踏上码头就碰到了麻烦。两个戴着头盔的监卫挡住了他的去路。

葛瑞尔吼道："让开。我跟卡玛维亚人有事要谈。"

"什么事？是谁的授意？"

他举起了他的魔符。"我是锤石监监长，奉监守长之命而来。"

其中一个监卫道："我怎么不知道这事。想过去的话，回去拿个令状。"

葛瑞尔喝道："没时间了，蠢货。不等我再回来，他们早走了。监守长会大发雷霆。如果你执意挡路，我就把你的名字告诉她，让她知道是谁违背了她的命令。"

另一个监卫咕哝道："哎，让他去吧。监守长可不好惹。扣我们一个月粮饷都算好的，搞不好还要被放到库里做事。就因为一个垂尸人，犯不着。"

这种漫不经心的羞辱让葛瑞尔怒不可遏，但他没有立时出声反驳。监卫们会付出代价，他们都会付出代价。假如一切都能如他所愿，就在今天。

"好吧，过去吧，垂尸人。"说罢，监卫让过一边，"不过你可别惹麻烦。你必须在卡玛维亚人启航之前离开。"

葛瑞尔从他们身边掠过，径直来到外来船只停泊的地方。其他监卫都没有阻止他。他们对他不屑一顾。

最后，他终于来到卡玛维亚人的船前，站在码头边缘。

他用洪亮的声音说道："我要与国王陛下面谈。"

第二十七章

卡莉丝塔看见那个苍白瘦削的监长站在码头上，心道不妙。她暗咒一声，悄声跃到岸上，匆匆向他走去，一面低声喝道："我们要走了。虽然我们回来了，但诸位大师也救不了王后。感谢你的帮助。不过你将路石给了我们，大师们可不大高兴。"

葛瑞尔坦然道："在我眼里，他们根本不是什么大师。我想跟国王谈谈。"

"你可以这么想。但是见国王是不可能的。"

葛瑞尔怒道："我既然帮了你，就不能再待在海力亚！我说过，我要在卡玛维亚的宫廷中拥有一席之地。"

卡莉丝塔并不否认："你是说过。可我也并没有答应。我们的事已经办完，目的也达到了。"

葛瑞尔抓住卡莉丝塔的胳膊，将她拉近，咬牙喝道："我给了你想要的东西，却没有任何回报。我要跟国王面谈！"

"放开她，否则你不会有好下场。"一个低沉的嗓音从卡莉丝塔身后传来。莱卓斯不知何时已来到他们跟前。

葛瑞尔抬头，嗤之以鼻道："你想怎样？当场翻脸，然后砍死我？"

莱卓斯低吼："不需要。在我拔剑之前，你就已经死了。"

面色蜡黄的监长这才发现卡莉丝塔的短剑正抵在他的肋骨上。他苦笑一声，放开卡莉丝塔，退后几步。他的眼光在卡莉丝塔和莱卓斯之间来回，随后又看向"剑鹰号"。

他高声呼告："我要跟国王陛下面谈！"

卡莉丝塔怒道："闭嘴，你这蠢货！"

"我有要事与国王陛下面谈！事关生死！"

只见御辇的帷帐掀开，佛耶戈现出身影。卡莉丝塔心中咒骂。

佛耶戈问道："怎么回事？"

"尊敬的国王陛下！"说着，葛瑞尔欠身致意，"我有要事相告，是陛下关心之事！"

方才还怒气冲冲的葛瑞尔瞬间换成了谄媚的口吻，让卡莉丝塔不禁想到赫卡里姆。她嘴角一撇，满脸厌恶之色。

佛耶戈道："来者何人？"

"奸佞小人。"卡莉丝塔依然紧盯监长，侧头对莱卓斯道，"把他赶走。"

莱卓斯朝葛瑞尔走去，葛瑞尔却一边退后一边大喊："国王陛下！您是因为我才得以穿越迷雾的！请听我一言！"

"慢着。"听到佛耶戈的命令，莱卓斯僵住了，"带他过来。我想听听他有什么话要说。"

监长冲卡莉丝塔咧嘴一笑。卡莉丝塔则皱着眉，跟在他身后穿过斜坡登上"剑鹰号"。他走到国王跟前，忙不迭地躬身问候，更让卡莉丝塔感到鄙夷。

佛耶戈双臂环胸，站在金色御辇前的最高一级台阶上命道："有什么话，说吧。"

"尊贵的国王陛下，呈送路石的人正是在下！还有那瓶具有疗愈功效的万载井水！"

佛耶戈瞥了一眼卡莉丝塔。"是否属实?"

卡莉丝塔极不情愿地应道:"不错,水和石头都是他给的。可——"

不等她说完,葛瑞尔便大声插话道:"大师们撒了谎,国王陛下!就连现在,他们还是把秘密攥在手里,不顾一切地加以掩藏。但我知道真相。"

佛耶戈道:"什么真相?"

葛瑞尔道:"有一种办法可以救回王后。哪怕是她已然往生。"

卡莉丝塔喊道:"别听他的!他在胡说!我们现在就走吧,佛耶戈!我们该做的事是回国,为伊苏尔德哀悼!"

此时,努尼奥却劝道:"让他接着说。"卡莉丝塔一脸震惊地看向他,可努尼奥却避开了她的目光。

佛耶戈低声道:"此话当真?她真能回到我身边?"

监长道:"无论公主殿下如何评价,我都没必要撒谎。事实就是如此确凿。您能来到这里,不正是因为我给的路石吗?陛下,我是您的朋友,我只想为您效力,让您与您的爱人团聚。"

佛耶戈死死盯着他,痴心妄想又在黑暗中重燃。卡莉丝塔顿感绝望。

佛耶戈问道:"要怎么做?"

葛瑞尔又露出狞笑,指向海力亚最为宏伟高大的建筑。卡莉丝塔曾在那里面见议会。葛瑞尔道:"那座塔底便是万载井。我向您保证,只要将王后带到井中,她便会回到您身边。我可以为您带路。"

* * *

"别傻了,佛耶戈!"卡莉丝塔极力恳求。

御辇之中,佛耶戈正抱起伊苏尔德的尸体。

卡莉丝塔叫道:"她应该得到安葬!别这样羞辱她,求你了!"

佛耶戈道:"哪怕只是一线希望,我也不会放过。"

"根本没有希望！相信我，监长不过是为了自己的利益在操纵你。他是个骗子！"

佛耶戈顿了一下，只道："如果我连试都不试，便永远无法放过自己。"

卡莉丝塔抓住他的手臂道："求你了，佛耶戈。别这样。"

他低头看了看她的手，然后看着她的眼睛："我必须去。"

他甩开卡莉丝塔，抱着妻子的尸体走进午后的阳光。他小心地走下金色御辇。监长则露出阴恻恻的笑容。

甲板上的士兵和水手们人人震怖，佛耶戈却无视他们，环顾四周道："赫卡里姆宗师何在？"

努尼奥道："他，啊，他身体不适，陛下。"

佛耶戈闻言皱眉，随后又耸了耸肩，转头向满脸堆笑的监长道："带路。"葛瑞尔鞠了一躬，走下"剑鹰号"，佛耶戈紧随其后。

莱卓斯问："我们怎么做？"

努尼奥道："你是御前侍卫，职责便是不离陛下左右。"

码头上传来一阵喧闹，监卫们纷纷站直。莱卓斯依然犹豫不决，跟其他庶军士卒一样看向卡莉丝塔。她心中百转千回，惊怒交加。他们原本眼看着就要离开福光岛，将一切抛诸脑后。

保护佛耶戈。保护卡玛维亚。

她叹了口气，无奈地说道："我们不能让他一个人去。他仍是我们的国王。"

她大声下令，又向码头搭出更多坡道。五十名庶军士卒随后登岸。

卡莉丝塔命道："在国王周围列队，快步行进！"卡莉丝塔身在最前列，带领庶军围住国王和监长。莱卓斯在佛耶戈御前就位，努尼奥紧跟其后。

码头上的监卫寡不敌众。卡玛维亚人迈着整齐划一的步伐，势不可当。庶军手持黑盾长矛，以青铜头盔护住头面。任谁看来，这都是行军作战的阵势。

卡莉丝塔喊道："不可伤人！"这既是对她麾下士兵的命令，也是对监卫和旁观众人的声明。"我们随行护驾，不可生事！"

几名监卫挡住前路，戟尖对准他们。

佛耶戈命道："不管他们让不让路，我们都要过去。"卡莉丝塔心下暗咒，葛瑞尔则低声奸笑。

卡莉丝塔小声道："简直是疯了。"佛耶戈再怎么失去理智，她也一直相信他终会恢复。难道她从头到尾都错了吗？

她唯一能做的就是确保一切不会继续恶化，并祈祷佛耶戈恢复理智。

"让开，海力亚人。"她高声示警，"我们决意进城，但无意威胁。你们可以同行，但不要试图阻止我们。"

监长嘲道："好一只看门狗。"

卡莉丝塔转身离开队伍，抬手一拳，狠狠揍向监长那张冷笑的脸。他紧紧捂住被捶破的鼻子，踉跄后退。

佛耶戈责备道："卡莉。"

葛瑞尔吼道："你会后悔的。"

卡莉丝塔道："也许吧，葛瑞尔监长，但那也值得。"

她很快回到阵队前列，见监卫们已经让路，便松了一口气。卡玛维亚一行人离开码头，来到岛上，当地人一路闪避，他们长驱直入，直奔高耸的烁光塔，前往葛瑞尔说的万载井。跟随而来的监卫在他们周围排开，确保道路畅通。

卡玛维亚人身后聚集了一大群人，只是小心保持着一定的距离。卡莉丝塔不安地注视着他们，暗自祈祷一路平静，无须动武。好在尾随人群似乎并无敌意。

一行人在葛瑞尔的带领下稳步前行。卡莉丝塔记得这条大道名为"学者道"，贯穿海力亚中心，一路缓缓上行，直至烁光塔所在的全城最高点。

行至半路，他们来到一段通向高处的浅色大理石阶前。一排监卫站在最低的台阶上，上方则是一群穿着长袍的大师，玛尔古萨就在中间，之前的和善已经荡然无存。

卡莉丝塔看到探索师泰鲁斯也在其中，心下又是一阵愧疚。他面无表情，但她能感觉到他因为受到背叛而散发的怒气。当泰鲁斯发现葛瑞尔竟与佛耶戈并肩同行时，顿时震惊不已。

与卡玛维亚人同行的监卫迅速会入阶前的队伍，又站成一排，监卫总数这才与庶军士兵相当。尽管如此，卡莉丝塔并不认为这些监卫真能抵挡她的士兵，只不过她也不想验证自己的猜想。

玛尔古萨道："到此为止。我们已经说过，王后已经不可挽救。此地于你们已毫无意义！立即回船，离开福光岛，永远别再回来！"

监长嘶声吼道："她在撒谎。她只是不想与人分享生命之水，只想偷偷把它留给自己！"

佛耶戈道："让我过去。我要带我的妻子去万载井。"

玛尔古萨问道："你对万载井有多少了解？"她将目光投向卡莉丝塔，眼睛眯了起来。"原来如此，你确实是个间谍，是被派来探路的。早知今日，我们当初就不该让你踏上福光岛！"

卡莉丝塔羞愧难当，脸上发烫，只道："并非如此。"可就连她自己都觉得这番否认何其无力。佛耶戈会来到这里，的确是她的错。

"我们已经发现，你在岛上盘桓期间曾有人设法闯入万载井。议会中有人怀疑你与此事有关，我们之所以拒绝你的请求，部分原因也在于此。我本人曾对此提出异议，认为你是无辜的。现在看来，你是把我也骗了。"

卡莉丝塔摇头道："我不明白你在说什么。我与此事毫无关系。"然而，玛尔古萨已经听不进她的任何辩解。

"和你一起的人是谁？"玛尔古萨眯起眼睛看向卡莉丝塔身后的监长，"垂尸人？看来你还勾结了岛上的人。怪不得。你和锤石监守吏联手绕开了万载井的防备，实在高明。卡玛维亚人果然名不虚传！"

监长挺直身子道："自以为是的毒妇，你嘲笑我为垂尸人，可多年以前，正是你让我沦落至此。"

泰鲁斯道："厄洛克·葛瑞尔，你这自欺欺人的傻子。而我居然会可怜你，也实在傻得无可救药。"

监长坦然道："我今天的样子就是你们的错。现在发生的一切，都得算在你们自己头上。"

玛尔古萨道："我们早就该将你驱逐出岛。只是出于怜悯，才网开一面。但我现在明白了，这真是大错特错。"

"让、我、过、去。"佛耶戈咬牙切齿地吼道。他的语气让卡莉丝塔心里一紧，知道他即将失控。

她低声道："佛耶戈，不要，求你了。"

玛尔古萨道："你根本不明白你所欲之事有何后果。万载井的力量不可轻视。我们不能让你过去。"

葛瑞尔又道："她在撒谎。"

玛尔古萨道："我说的话句句属实。我甘愿舍身于此，以免全城人都因你们而面临性命之虞。"

"好吧。"佛耶戈转向卡莉丝塔道，"杀了他们。"

* * * *

王命一出，众人顿时震愕，一动不动。

卡莉丝塔一脸惊恐地看着佛耶戈道："佛耶戈，够了！你不是这种人！我们回去吧，别再闹了。"

国王脸色一沉道："他们自作自受。换作父亲，必会毫不犹豫将他们就地斩杀，而他的士兵也必会服从他的命令。"

卡莉丝塔恨道："卡玛维亚的雄狮根本不可能荒唐至此。即便他性情残暴，却并不愚鲁。"

佛耶戈怒瞪着她，眼神如铁，命令道："卡玛维亚的士兵，动手。"

卡莉丝塔大声喝止："停。"

她在沙地上画了一条线，一条她早就该画的界线。她现在终于看清佛耶戈已经变成了什么样子。

监卫们紧张地挪动步伐，卡莉丝塔能感觉到庶军士兵也在犹疑。

佛耶戈扫视一众士卒，吼道："我是你们的国王，刚才已经下令！前进，杀了他们！"

卡莉丝塔道："他们听命于我，而不是你，佛耶戈。"

佛耶戈强压怒火。"莱卓斯……"

莱卓斯沉声道："陛下，我负责护卫。我有责任杀死任何危及陛下性命的人，可眼下我没有看到这样的威胁。"

佛耶戈叫道："原来我身边一个个全是叛徒！好啊！那我就自己动手。"

他转身朝两个庶军士兵走去。"你们两个！护好王后。她要是受到半点惊扰，我要你们的脑袋。"

两名士兵听命捧住了伊苏尔德的尸身。佛耶戈唤出穆清，径直走向大师和监卫。其他庶军士卒赶忙垂首侧身，让开道路。岛上的监卫们则举起手中长戟，严阵以待。

卡莉丝塔拦在他面前道："别去。"

"别挡路，卡莉。"

"不。"她坚持道，"我不会让你这么做的。"

"我不想伤害你。但如果情非得已，我也不会手软。"

卡莉丝塔恳求道："别这样，佛耶戈！趁现在还来得及，快点摆脱这种疯狂吧！我求你了！"

佛耶戈的内心似乎正在进行一场激战，他的表情在愤怒、痛苦、恐惧和懊悔之间不断变换。他已经停下脚步，但手里依然紧握着穆清。

他静静说道："求你了，卡莉。帮帮我。我必须过去。别逼我杀了你。"

卡莉丝塔答道："我没有逼你做任何事。但我不会让开，任你屠杀无辜之人。"

佛耶戈叹气道："我本来希望我们不会走到这一步，但现在是你自找的。"

卡莉丝塔一听便举起长矛，可佛耶戈并没有朝她走来，而是从口袋里掏出一样东西，递给一直在他身侧的努尼奥。

他向老咨议官点了点头道："动手。"

努尼奥道："时机刚好，陛下。"卡莉丝塔终于看到佛耶戈递过去的东西：那块路石。她两眼一怔，恐惧将她一把攥住。

"努尼奥？你在做什么？"

老咨议官瞥了她一眼。"我做的是对卡玛维亚来说最好的选择。"说罢，他转过身去，面向海港和远处的雾墙。

卡莉丝塔这才明白他要做什么，背叛的感觉有如利剑穿心。

"先灵在上，住手！"她大喊一声。可她还未来得及出手阻止，佛耶戈便用穆清的剑尖指住了她。

她无力地看着努尼奥两唇翕张，念念有词，两眼渐渐发亮。随后他走向大海，就像她在"剑鹰号"上做的那样，将路石举向空中。

远处，高耸入云的雾墙左右分开。

雾墙上打开的并不是只容许一艘船通过的裂缝，而是撕开了一道巨大的缺口，连天到海。几十艘战舰从裂隙中涌出，显然他们已在迷雾之外等候多时。

卡玛维亚的战舰。

卡莉丝塔呜咽着问："你做了什么？"

佛耶戈道："是你逼我的，卡莉。既然你不肯听令，我便只好放出铁之团了。"

第二十八章

驶出迷雾的是整个铁之团的近千名骑士。他们全是为烧杀抢掠而来,一旦脱缰,便将毫不留情。

城中一片惊呼,警钟长鸣,围观的人群四散而逃。

卡莉丝塔高声命道:"庶军听令!举盾列阵!"

士兵们迅速响应,密密排在卡莉丝塔周围。

佛耶戈吼道:"我根本就不该指望这些贱民的忠诚。"

他瞥了一眼身边仅剩的两名庶军士兵。他们捧着伊苏尔德,显然很想加入同袍,但也不想直接将王后放在地上。

佛耶戈撤走穆清,嘶声道:"叛徒,把你们的脏手拿开。"

他将伊苏尔德的尸身夺了过来,两名士兵急忙加入列阵。佛耶戈又将目光投向莱卓斯。

"你呢,莱卓斯大帅?是我将一无所有的你亲手提拔,给了你头衔、土地和未来。你也要唾弃誓言,背弃我吗?"

莱卓斯低头凝视佛耶戈,脸上的表情叫人难以捉摸。他一言不发,甚至也未行礼,只是漠然地转身背对着佛耶戈,走进了卡莉丝塔的行列。现在，只有努尼奥和那个一脸狞笑的监长还在佛耶戈身边，面对着卡莉丝塔的长矛。

"你们这些叛徒，所有人！"佛耶戈愤然怒吼，"今天就是你们的死期。"

卡莉丝塔道："你今日的所作所为，注定了你的末路，佛耶戈。你已经背叛了你的誓言，背叛了烁银王座，背叛了卡玛维亚的百姓。你背叛了父亲，还有你自己。先灵圣殿不会接纳你。无论今生还是来世，你都无法安宁。最可怕的是，你还背叛了伊苏尔德的回忆。"

"我所做的一切是出于对她的爱。"

卡莉丝塔一脸嫌恶地摇头道："假如她看到此时的你，只会鄙视你。"

佛耶戈低声道："不。"他低头看了看伊苏尔德毫无生气的尸身，又看了看卡莉丝塔。他的眼神表明，他心知卡莉丝塔说的是实话，可事到如今，他已经骑虎难下了。"不，你错了。"他退步远离士兵队阵，眼中满是戾气。"你错了！"

他陷入狂乱，最后扫视一眼四周，转身沿着学者道走向码头。努尼奥紧紧跟随，监长假意向卡莉丝塔鞠了一躬，也跟了上去。

莱卓斯问："要跟上吗？"

卡莉丝塔道："不，让他走。"

她转过身，只见玛尔古萨惊恐地僵在原地，盯着越来越近的船只。卡莉丝塔隔着嘈杂的士卒叫道："你们必须撤离海力亚！他们会杀光所有人，这座城市根本无力抵挡！"

玛尔古萨摇头道："事关重大，我们不能袖手旁观。"

卡莉丝塔急道："那你们都得死！"

玛尔古萨虽然眼神中难掩惶惧，仍道："即便要用我们的性命来保护万载井，那也无妨。"

卡莉丝塔暗骂她的愚昧。"你们就算死，也保护不了任何东西！死也没用！现在该逃才是。"

"如果你的国王一意孤行，我们逃与不逃又有何区别！万载井中心的力量很不稳定，极其危险。必须阻止他。我们别无选择，只能全力对抗。"

卡莉丝塔皱着眉走近玛尔古萨，压低声音道："什么意思，极其危险？"

"烁光塔底的古物威力极大，库房里的其他法器与之相比，不过是幼童杂玩。生命之水的力量正是源于此物。"

"我还以为生命之水根本不存在。"

玛尔古萨看了她一眼。"那是迫不得已的谎言。因为数百年前，人们发现这件古物有一个缺陷，它极不稳定。因此，我们才将它妥善隐藏，让天下之人相信那不过是神话而已。但显然，我们失算了。它极其危险，必须严加看管。"

"那么，如果佛耶戈得到了它，就会怎样？"

"也许什么都不会发生，也可能会引发灾难。"

卡莉丝塔心下一惊，问道："什么样的灾难？"她的声音几乎如同呓语。

"若是一片森林多年无雨，将会何等干燥？假如这片森林猛遭雷击，又将有何后果？或许相安无事，但也可能整片森林就此烧为灰烬。海力亚就是那片森林。"

卡莉丝塔低声咒骂，转过身去。只见卡玛维亚战舰正在迅速接近，她又骂了一声。

她思绪飞转，但最终将注意力转向城市布局，开始估量铁之团登陆后可能的行进路线。大多数船只正驶向主港区，但也有一些船朝着周边岛屿驶去。还有几艘船在向海力亚以外的海湾进发，显然打算从不同角度进攻，洗劫村落，并截击那些从城中逃离的人。

终于，卡莉丝塔道："如果你们不愿意逃，那就撤回塔中。那是全城之中最容易防守的地方。加紧防备，在塔里躲好。"

玛尔古萨道："那你打算怎么做，卡玛维亚人？加入掠夺？"

卡莉丝塔面色凝重。"我会对抗铁之团，尽可能拖住他们。"

毫无疑问，这一选择意味着死亡。但即便要死，她至少要牺牲得有价值。

卡莉丝塔引颈望向惊恐的人群，找到探索者泰鲁斯，尽力大呼，压过喧闹的声音："泰鲁斯！泰鲁斯！"

他闻声转过来，瞬间沉下了脸。事已至此，他自然怪她。而他也确实有理由怪她。然而，她必须确保有人逃过铁之团的劫掠，逃过佛耶戈的疯狂举动可能带来的任何后果。

她喊道："海力亚即将不保！保护好孩子们！带他们出城！"

泰鲁斯怒视着她，随后点了点头，回身跑向住所。

卡莉丝塔的心怦怦直跳，命庶军转身登阶，前往烁光塔。

* * * *

午后的阳光渐渐转暗，铁之团已经在海力亚街道上横冲直撞，烧杀抢掠。一支军队要完成登岸、集结整队再开始大规模的进攻通常需要好几个小时。但这一次，铁之团内部意见空前一致，以小队形式登陆之后迅速分头出击。城中尖叫不断，硝烟四起，卡莉丝塔则来到烁光塔，将大师们安置在塔中。

塔前的广场宽阔宏伟，本是为了突显议会的崇高、富足和权力。一大片大理石地面四周尽是柱子和灰白石块砌成的建筑。主干道旁是修剪得分毫不差的树木，长形水池分列两侧，小型瀑布由隐藏起来的奥术装置驱动，将水注入池中。所有的设计都是为了将人的目光引向远处的闪烁塔。

这个广场位于全城最高层，仅有一个主入口。任何人想接近烁光塔，都一定要通过学者道会集到一条拱道上，这里也是最容易设卡的地方。敌人只能从一个方向进攻，而且拱道狭窄，不易被敌人包围。于是，卡莉丝塔决定与莱卓斯和五十名庶军将士守在此处。

好在资历最高的白甲监卫会说卡玛维亚语。卡莉丝塔问他："没有其他路进入广场吗？"

监卫道："若是军队来袭，就没有别的路可走。"

卡莉丝塔眯起眼睛。"意思是，还有别的路？"

"就一条。"监卫指向广场北端，"那边有一个通往仓库的入口，很少使用。那条路已经封锁，而且非常狭窄，只够一人通行。"

"带我去。"

卡莉丝塔将庶军交代给莱卓斯，自己则与监卫快步穿过广场。正如监卫所言，这条通道入口是一扇上锁的精美铁门，门后则是狭窄的阶梯，向地下延伸至大约十五英尺处，再往下就只能看见一堵坚固的石墙。

"那堵墙是一扇门？"

"是的，将军。只有大师的钥石才能打开。"

卡莉丝塔皱起眉。铁之团的作风并不细致，平素喜欢大规模冲锋，扫荡眼前的敌人，不过她也不能对一个可能的后门置之不理，全不设防……况且，佛耶戈身边还有那个监长葛瑞尔。如果对方选择这条路，便可以肆意进攻烁光塔，或是从后方袭击庶军。

卡莉丝塔道："我跟我的士兵会守住拱道，但已经没有多余人手把守这里。我无权指挥你们，但如果敌人攻破我们的阵线，烁光塔也将不保。"

监卫毫不迟疑道："我们愿意死守在此，将军。即便付出生命，我们也决不会让人通过。"

卡莉丝塔向他点点头。"光眷者以你为傲。"

监卫闻言，昂首挺胸，握拳在胸口一击，向她致敬。她回了一礼，随后穿过广场回到庶军之中。

莱卓斯朝监卫瞥了一眼，轻声问道："他们能守住吗？"

卡莉丝塔道："铁之团的主力会集中到这里，而不是那边。就算真的来了，监卫应该对付得了。"

"如果不行呢？"

"那我们就会腹背受敌。"

低层市区里，垂死之人的尖叫和杀手们的怒喝不断回荡，越发清晰。卡莉丝塔即刻下令，庶军各就其位，每排十人，列成五排，紧紧堵住狭窄的拱道。

他们没有等待太久。

一大批海力亚人朝着拱道拥来。他们看到卡玛维亚人挡住了通往烁光塔的路，一时惊慌失措，但卡莉丝塔一声令下，庶军立即分开让出一条通道。

"快！"她大声招呼，指示他们从庶军阵列中穿过。但许多人依然十分戒惧，不敢接近武装士兵。最后终于有人站了出来。

是真达卡亚。她一面大喊，一面奔跑。惊恐的市民们受到带动，开始从缺口处拥入。真达卡亚自己则来到卡莉丝塔身边。

莱卓斯平静地说道："他们来了。"

第一批铁之团骑士就在眼前。人数不多，杀气腾腾，是冲在最前面的先遣部队。他们全力冲锋，一路举剑砍倒落单的海力亚人。重甲战马嘶鸣不已，口沫四溅。

"快！"卡莉丝塔高声催促海力亚人通过。

莱卓斯道："我们得列阵了。"

卡莉丝塔吼道："再放几个人。还有你，技师，去找个安全的地方。"

"我跟你一起。"说罢，真达卡亚从袍子里掏出她的圣石武器，接着竟然又掏出一把，和第一把刚好成对，只不过第二把纤细而优雅，而先前那把似乎威力更甚。

卡莉丝塔道："看来你很充实。"

真达卡亚道："你该看看我还做了什么，回头去我的工坊。"

莱卓斯提醒道："将军。"

卡莉丝塔抬起头，只见铁之团越来越近。但拱道前少说还有上百个无辜的海力亚人。她没办法昧着良心合拢阵线，看着他们送死。

卡莉丝塔眯起眼，估测了一下她跟领头骑士之间的距离，然后向前小跑几步，全力掷出长矛。

这完美的一掷高高地划出一道弧线，划破长空，再疾速下降，眨眼间没入了骑士的胸甲和头盔之间。他胯下的战马仰天长啸，狂乱地挥舞马蹄，而那骑士还未落地便已咽气。

"取矛。"卡莉丝塔伸手下令。一名士兵递上一根长矛，她脱手一掷，长矛笔直蹿出，又击中一个骑士。矛尖穿胸而过，将他整个人撞下马鞍。

还有三个骑士在继续前进。其中一人用剑指向卡莉丝塔，大喝一声，三人同时策马冲上前来。

"取矛！"卡莉丝塔再次下令。

这一次，铁之团的骑士及时举起盾牌，勉强保住性命。尽管如此，长矛还是刺穿了他的盾牌和手臂，他痛苦号叫，被迫停止冲锋。

另外两人继续朝卡莉丝塔奔来。

真达卡亚的武器发出两道灼热的光箭，击中一人。光箭穿胸而过，那骑士的坐骑也在惊惧之中直立起来，胡踢乱蹬。

莱卓斯的巨大身影挡在卡莉丝塔面前，迎上最后一个骑士。他用巨型鸢盾猛地一挥，将战马扇到一边。它重重地摔在大理石地面上。那骑士还没来得及离开疯狂乱踢的坐骑，莱卓斯便已欺身上前，一记重击，他便再也动弹不得。战马重新站起，驮着骑士的尸身跑开。

卡莉丝塔喊道："全都过去！"剩下的海力亚人急忙跑到拱道之中。待他们全部通过，卡莉丝塔便命士兵重整队列，用长矛和盾牌组成一堵坚壁。

受伤的骑士从手臂上拔下长矛，扔到一边。

莱卓斯问："还要矛吗？"卡莉丝塔摇了摇头。

她冲那骑士吼道："告诉你那不知廉耻的首领，我们就守在这里！告诉他，如果他想和真正的士兵较量，而不是像个懦夫一样屠杀手无寸铁的平民，我们在此奉陪到底！"

那受伤的骑士瞪了她一眼，掉转马头，朝来时的方向飞奔而去。

卡莉丝塔看着他离开，说道："海力亚已经在劫难逃，但愿这样能为平民争取一点逃亡的时间。"

莱卓斯道："那就来吧。我们会将他们杀得一个不剩。"

真达卡亚仍未离开，手里拿着圣石武器，警惕地看着通往拱道的路。

卡莉丝塔对她说道："现在你该走了。"

真达卡亚不肯。"我可以帮你拦住他们。"

卡莉丝塔压低声音道："拦不住的，只是暂时拖延而已。我们寡不敌众。海力亚必将沦陷。"

"那我就和你并肩作战，直到最后一刻。"

卡莉丝塔瞥了一眼通过庶军防线的海力亚人，他们无处可去，在她身后的庭院里徘徊。她摇了摇头。

"不行，真达卡亚。你的武器太过强大，不能落入卡玛维亚人手中。"

真达卡亚面露痛苦。"我是一名哨兵，这是我的家。我有责任在这里战斗。"

卡莉丝塔柔声道："与我们一起死在这里并不能守护你的家园。知道何时不敌，懂得及时撤退，才是良将。这很痛苦，但能保命。只要性命还在，你便可以集结力量，找到值得信任的人来使用你的武器。等到时机成熟，再来夺回海力亚。只要仍有一丝火星在燃烧，便能驱散所有黑暗。活下去，不要熄灭承载着希望的火星。"

真达卡亚更是悲痛。"我连我们该去哪里都不知道。"

卡莉丝塔道："去码头。去找我来时乘坐的那艘船——'剑鹰号'。船长薇尼克斯是个好人，值得信任。她会帮你的。"

"我怎么能把你留在这里等死！"

卡莉丝塔道："你别无选择。我会尽我所能拖住他们，阻止他们进入烁光塔，应该能争取一些时间。现在快走！"

真达卡亚似乎仍要再辩。

"走！"卡莉丝塔大喊，"我若要死在这里，至少也别让我白死！"

真达卡亚凝视着她。这一次，她一贯的笑容已经消失不见。随后，她点了点头。"再见，卡莉丝塔小姐。愿卡玛维亚先灵有知，以英雄之礼迎接你。谢谢。"

卡莉丝塔与莱卓斯一起站到阵前，真达卡亚则去召集海力亚人，把他们迅速组织起来。片刻之间，众人便准备动身。真达卡亚最后向卡莉丝塔挥了挥手，便带着平民离开了。

莱卓斯问："你觉得我们能撑多久？"

卡莉丝塔答道："不会太久。"

第二十九章

莱卓斯沉声道:"来了。"

一队骑士出现,人人披着铁之团的石灰色坎肩,挤满了宽阔的学者道。卡莉丝塔和她的士兵们则守在高耸的开示之门下。

赫卡里姆骑着一匹黑色战马走在最前,在离庶军还有大约五十步时勒马而立,铁之团全体也一起停了下来。即使从这个距离看去,他的轻蔑依旧显而易见。

铁之团身披重甲,坐骑也是铁衣锁甲,全副武装,与轻装上阵的庶军相比,无疑是一群庞然大物。卡莉丝塔的士兵则身穿硬皮胸甲,头戴铜盔,小腿上裹有胫甲,但手臂和大腿却毫无保护。每个人都一只手持矛,一只手举着椭圆形大盾,腰间别着一把短剑。这些装备在铁之团的重甲骑兵面前显得简陋无比。虽然在卡莉丝塔的带领下,庶军已被磨炼成一支纪律严明的队伍,但铁之团是贵族骑士团中的精英,装备的是价值不菲的顶级武器和盔甲。

庶军从未与任何骑士团交手,甚至在训练场上也从未有过,因为出身高贵的骑士即使在战场上都死守着贵族和下等人之间的界限,从来不愿屈尊与庶军交锋。

直至今日。

不过，庶军也有自己的王牌。莱卓斯因为提拔而穿上了沉重的板甲和锁子甲，他的个头甚至比铁之团最高大的骑士还高出一截。他的存在让庶军同伴们充满力量。

尽管如此，队伍中仍有一丝不安。卡莉丝塔走了出来，背对着铁之团，向她的士兵们发话。在骑士们准备好冲锋之前，她还有一点时间。

她沿队列前排走过，朗声道："他们也不过是肉身凡胎！他们将与我们交手，并死在我们的长矛之下，就像我们过去交战并且击败的每一个敌人一样！他们现在还不知道害怕，但他们很快就会了，他们将为自己的傲慢付出代价！"

每一名庶军士兵都目不转睛地看着她。这五十人是庶军中的精英，是她麾下最为忠勇善战之人，也都是跟随她多年的老兵。他们绝不会让她失望。

卡莉丝塔又道："就算他们家财万贯，浑身精甲，可你们每一个人都更胜一筹。他们是弱者，因为他们从来不是通过奋战赢得了自己的地位，所有荣耀与特权都是拜他们的出身所赐。而你们，却是每一天都在竭尽全力地奋斗。正因如此，你们才是真正的强者，他们永远无法企及。"

卡莉丝塔与庶军将士一一对视。

"我出身尊贵，如果我假意否认，必然显得虚伪。我所拥有的一切都是与生俱来的。我从来不必为之奋斗，也从来不必担心温饱。但我跟他们之间的区别，是我看得到你们。我了解你们。我曾与你们并肩作战，挥洒热血。我知道你们的价值，作为士兵，作为男人和女人。现在，听好了。"她声势渐强，"先灵在上，我对你们的认可绝非虚言！他们为贪欲而战，而我们为荣誉而战！今天，你们要叫他们知道胆寒的滋味！今天，我们会杀掉每一个想要通过这里的贵族杂种，让那些该死的浑蛋，为自己踏出的每一步都付出血的代价！"

庶军士气大涨，呼声震天，人人高举长矛向卡莉丝塔敬礼。莱卓斯站在战阵中央，高举手中重剑，吼声最为响亮。

卡莉丝塔转过身，重新加入庶军队伍。

另一边的铁之团也终于做好了进攻的准备。赫卡里姆随意摆了摆手，一百名骑士随即上前。

莱卓斯闷哼道："他甚至不肯亲自上阵。"

卡莉丝塔答道："他会的。等我们杀光了他派来的所有人，他便会恼羞成怒，亲自上阵。然后我们就会杀了他。他死后也会被尊敬的先灵们追索，还有铁之团那些背信弃义的人。他将永远不得安宁。"

军号响起，铁之团的骑士们策马前冲。

莱卓斯吼道："为了将军！"五十名庶军将士齐声响应。

一整排铁甲骑兵以排山倒海之势呼啸而来，但庶军正面迎敌，毫不退缩。然而，这并不代表他们的内心没有丝毫惧意。就连卡莉丝塔自己也呼吸急促，心跳如雷，只觉得口干舌燥，掌心冒汗。她知道，勇敢并不等于毫无畏惧，而是即便心存畏惧，依然挺身而出，慷慨就义。

拱道开口狭小，迫使骑士们收缩队形，既无法围攻庶军，也无法侧面突袭。当铁之团的人距离不到二十步时，卡莉丝塔下达了指令。

"就现在！"她大吼一声，同时蹲下身子，斜置长矛，后脚踩住握柄根部。整个前排人人如此，第二、第三排士兵也都跟上，形成三层矛墙。

第四排士兵从前三排上方挥矛刺向迎面冲来的骑兵。马匹嘶声尖啸，骑士们纷纷坠马。后面的骑士踏在倒下的人马身上，坐骑也被绊倒在地。

于是，铁之团一触到庶军防线便阵脚大乱，溃不成军。战马们逡巡不前，转头躲避矛锋。骑士惊恐不已，加上身后众多骑兵持续前压，只好继续向前冲撞。

卡莉丝塔将矛尖刺入一个骑士的下颌，莱卓斯则挥剑猛击，将另一个骑士砍下马来。

受惊的战马将骑士甩到地上，庶军便趁机击杀。好几个将士倒在铁蹄的踢踏和马匹的重压之下，有的则是被刀剑砍杀。局促的空间内，每个骑士都会遭到三四个庶军步兵的围攻，最终被逐一击倒。

骑兵的长处本来在于冲锋的速度和力量，但在狭窄的开示之门下，二者都无处发挥。庶军抵挡住了铁之团的冲杀，形势一时大好。

尽管卡莉丝塔久经沙场，那些震耳欲聋的喊声、令人窒息的拥挤与恶臭以及杀戮本身的恐怖依然让她心惊胆战，甚至难以承受。无论怎么努力，她也无法淡然处之。实际上，若她真的对此麻木，反倒更让她不安。

铁之团已经冲力尽失，畏缩不前。卡莉丝塔高声下令队伍推进。庶军齐步向前，奋力挺矛刺出。交战线上的骑兵们被迫后退，却撞上从后面赶来的骑兵，马群乱作一团。

莱卓斯猛力劈杀，无论是盔甲、血肉和骨头，但凡接近他的东西，全都被砍倒在地。敌人拼命反击，所有招式全被他巨大的盾牌拍到一旁。卡莉丝塔的矛柄上已经裹满鲜血，但她杀敌如麻，毫不手软。

卡莉丝塔从一个倒下的骑士身上拔出长矛，瞅准空当，怒喝一声掷出，再放倒一个敌人，紧接着又从已经战死的同袍一动不动的手中抓起一支。莱卓斯又砍倒一人，铁之团的士气渐渐崩溃。

战斗变成了肉搏，随后是屠杀。幸存的骑士想要掉转马头，却被困在整饬有序、手下无情的庶军和其他铁之团骑士之间，最终被毫不留情地击倒。

顷刻之间，铁之团溃不成军。庶军群情激愤，不断前推，又击杀了数十名骑士。卡莉丝塔再度喝令，庶军便停在开示之门下，不再前行。他们若是冒险离开拱道，一到空阔之地，赫卡里姆便可轻易将他们团团围住，恣意剿杀。卡莉丝塔能料到的，赫卡里姆不会想不到。许多贵族认为出身低微的庶军士兵必定是无法驾驭的一盘散沙，而卡莉丝塔很高兴自己已经证明他们大错特错。

莱卓斯擦了擦额上的汗水，意气风发，用低沉而有力的声音说道："空前的大胜！我们也许会在今日战死，但知晓此役的人绝不会再小瞧庶军。"

庶军将士们笑声不断，为此刻的胜利所鼓舞。卡莉丝塔虽然不是全心欢喜，却也深感自豪。她知道这场胜利转瞬即逝，但她仍然决定忘掉自己的疲惫，勉力笑了出来。让他们尽情享受此刻的荣耀吧。

她用只有莱卓斯能听到的声音说道："他们太过自负，低估了我们，但不会再犯。"

莱卓斯咧嘴一笑。"我知道。即便这样，此刻仍然值得纵情享受。"

她没有放松警惕，目光越过方才的战场，看向赫卡里姆。他坐在马鞍上一动不动。他戴着头盔，看不到表情，但他僵硬的身姿说明了一切。他正怒火中烧，羞愤难当。很好。愤怒的指挥官更容易以身犯险，莽撞行事。她和庶军多坚持一刻，便为海力亚人争取到更多的逃亡时间。

开示之门下，铁之团骑士、庶军将士和马匹的尸体散落在阴影之中。光洁的大理石地面上鲜血泥泞，十分容易打滑。这是个麻烦。可是眼下也无法解决，而且对敌我双方同样不利。

卡莉丝塔一边紧盯铁之团，一边指挥手下将拱道上的尸体清理干净。庶军的遗体被迅速抬入广场，整齐地摆成一排，并在额间画上三道血痕，助他们前往彼岸，好让先灵辨认，前来迎接。除了身负重伤的将士，其他人全部归队，准备与铁之团死战。

倒下的铁之团骑士和马尸则被推到阵前，组成临时屏障，阻挡铁之团的下一轮攻击。

莱卓斯低声道："国王来了。"

卡莉丝塔看向对面。佛耶戈就站在那里，怀里还抱着伊苏尔德。监长也在一旁，附在佛耶戈耳边大献谗言。佛耶戈怒不可遏，大声呵斥赫卡里姆。庶军这边听不清他说的话，但他的意思再明显不过。

他要所有挡路之人全部去死。立刻。

"等等！"瑞兹低声一喝，在大楼拐角处四处窥视。

在他身后，泰鲁斯带着他照顾的三个孤儿蹲在小巷的阴影中。两名骑兵迅速经过，瑞兹缩身躲避。一直等到那两人消失在下一个拐角，他才回头看向泰鲁斯。泰鲁斯将小男孩托卢抱在怀里，双胞胎女孩艾比和卡丽紧跟在他身后。三个孩子的眼睛都睁得大大的，脸色苍白，不敢出声。

瑞兹道："我们现在得走了。"

泰鲁斯点了点头。"准备好了吗，孩子们？我们现在就走！快！"

瑞兹跑在前面，警惕地观望四周。城中一片混乱。雕像倒得七零八落，头也被人砍了下来，而且随处可见掀翻在地的马车。一家书籍装订坊里火光冲天，灰烬和烟雾在空中翻腾。大街小巷里回荡着尖叫和呼喊声，还有暴虐的狂笑。

地上尽是横遭砍杀的人。瑞兹尽力无视那些尸身，回头看了一眼，见泰鲁斯正竭力不让孩子们看到这些景象，却怎么也挡不住他们的视线。

双胞胎中的一人直愣愣地盯着一具女人的尸体。瑞兹只觉心脏猛地一跳，忽然听到烟雾中传来一阵马蹄声，便朝泰鲁斯吼道："又有人来了！快！"

泰鲁斯跪在小女孩身边，轻轻合上已死之人的眼睛。瑞兹听不清师父又对女孩说了什么，但她点了点头，擦掉眼泪，然后握住泰鲁斯的手。

瑞兹又催道："这边！"说着，他挥手示意，走向街道之间的另一条小巷。

他站在小巷入口处，确认没人掉队。远处又出现两个骑士，在街道上奔驰笑骂。瑞兹看见他们坎肩上溅满血迹，马鞍袋鼓鼓地装满了金器。他不由得攥紧拳头。

泰鲁斯在他耳边说道："现在不是时候，瑞兹。"

瑞兹强忍怒火，点了点头，跟其他人一起躲进小巷。"我们要不要去地底的库房？我们可以在下面躲好几个月，不被发现。"

泰鲁斯摇了摇头，用只有瑞兹能听到的声音说道："就算他们不把我们赶尽杀绝，我们自己也会因饥渴而死。不，我们必须离开海力亚。我们向北走，到书吏区去。那里的街道比较狭窄，容易藏身。之后我们再继续向北，进入古木林。"

瑞兹道："进入古木林之前，还得经过好些空地。"

泰鲁斯点了点头。"我们得等到天黑。"

瑞兹抬头看了看天色，至少还要两个小时才会入夜。"我们必须先找个地方躲起来。"

泰鲁斯道："这里不安全。我们离主干道太近了。"

他们刚刚离开的那条街传来了一声惨叫，恰好印证了这句话。

只听有人用卡玛维亚语喝道："挨户搜索！格杀勿论！"

泰鲁斯道："我们快走。"

瑞兹再次带头，穿过海力亚的一片废墟。

他自责不已，始终无法摆脱罪恶感。如果他没有帮那个锤石监的疯子进入万载井，卡玛维亚人还会回来吗？绝对不会，他敢肯定。

艰难的半小时过后，他们终于来到书吏区，似乎已经到了敌方主力的后方。街道上处处都是暴行的痕迹，大门塌落，烈火焚烧，但他们没有看到卡玛维亚人。瑞兹踩过一地的玻璃碴，去查看一间废弃的店铺。店里已被洗劫一空，箱子和桌子全都被翻倒砸坏。

泰鲁斯道："看起来跟其他地方差不了多少。"

瑞兹道："这里已经被洗劫一空，应该安全了，我们只要安静躲好,不被发现就行。"

泰鲁斯点了点头,让孩子们进屋,一面说道:"天黑之前,我们先在这里避难。天黑后再走更安全。"

瑞兹将门堵死,负责看守,躲在一个能从窗缝窥视街道的地方。泰鲁斯在后面的厨房里找到一些食物,等孩子们吃饱之后,稍稍安顿下来,便到瑞兹身边坐下,递给他一大块面包,两人用小刀分了一块奶酪。

瑞兹一边咬着硬邦邦的面包,一边道:"你真的觉得卡莉丝塔背叛了我们吗?"

泰鲁斯叹了口气,最后说道:"不。我担心她是被人操纵了,但我相信她只是在做自己觉得该做的事情。"

"他们是怎么打开圣霭的?"

泰鲁斯道:"我看到他们当中有人用路石打开圣霭,就像拉开帘幕一样,让整个舰队通过。我以前甚至不知道路石还能这样使用。"

"路石?他们怎么会有路石?"

泰鲁斯垂头丧气,深深叹了口气道:"就在卡莉丝塔离开之前,我让那个锤石监守吏葛瑞尔去见她了。你还记得吗?上次那个不小心敲错我房门的怪人?我现在怀疑,我可能犯下了大错。"

瑞兹一听葛瑞尔的名字便紧张起来,但他没有吭声。

泰鲁斯又道:"我猜,他可能是设法在某个库房找到了路石,并把它交给了卡莉丝塔小姐。我居然答应让他去见她,我太蠢了!我从来都知道他是个怪人,可我没想到他会图谋破坏我们在海力亚建立的一切。这一切可能全是我的错。"

泰鲁斯绝望地垂下头。瑞兹从未见过他如此沮丧,也不知该如何回应。羞愧和内疚重重压在他心头,有那么一瞬间,他差点向泰鲁斯坦白……可他还是没有勇气。两人静坐良久,一言不发,各自回想曾经的过错。

瑞兹率先打破沉默道:"如果你的推测没错,责任就在那个守吏,和你无关。"这话在他自己听来也很空洞。他是否只是想减轻自己的罪恶感?

泰鲁斯道:"也许吧。而我们竟从未想过圣霭可能无法保护我们,只能怪自己太过狂妄。哨兵们早就发出过警告,敦促我们早做准备。我们却不肯听从。"

"他们……"门外忽然有脚步声,瑞兹蓦然噤声。玻璃碴在沉重的靴子下嘎吱作响,声音越来越近。

只听一个沙哑的声音说道:"你听错了吧。"一听便是卡玛维亚语。瑞兹在窗边缩了下去。

另一个声音道:"我跟你说了我听到有人说话。这里的每个人都很富裕。如果有活人,肯定就有黄金。"

"你这是在浪费时间。快点,你刚才没听到铁前锋的号声吗?宗师在召人集合!"

脚步声走过窗户,瑞兹和泰鲁斯敛声屏气,一动不动。

一片寂静……

然后门被踢开了。

眼见又一拨骑士冲向聚在开示之门下的卡玛维亚步兵,葛瑞尔咧嘴一笑。十几名骑士被长矛击中,让他的笑容越发灿烂。

他并不在乎卡莉丝塔和她的士兵们正拼尽全力保护大师们,甚至也不关心他们在跟铁之团的对战中又一次占了上风。他只是沉醉于眼下的一片混乱,满城惊惶。死者的尖叫在他听来宛如动人的乐曲,更令他发笑的是,大师们正在烁光塔听着那些惨叫,瑟瑟发抖,心里知道自己的末日也即将来临。

庶军的防线虽然不可能一直支撑下去，但眼下依然坚挺。他们正一如既往地击退新一轮进攻。而这一次铁之团更是狼狈，因为庶军用尸首筑成的人墙不但阻碍了铁之团的前进，也为庶军自己带来了一定的防御效果。

葛瑞尔看着那个在码头上护着卡莉丝塔的大块头左右开弓，像个屠夫一样宰杀对手，也看着身姿轻盈的卡莉丝塔像舞者一样穿梭在战场之中，每击必中。

铁之团再次退缩，马匹蹄下打滑，惊慌失措，骑士被拖下马背，在地上被刺死，他们的坐骑四处奔逃。卡玛维亚国王连声怒吼，唾沫飞溅。

他冲骑士团首领赫卡里姆吼道："我不在乎你的铁之团会不会全军覆没，总之给我开路！让他们一起上！"

这位疯王的行为逗得葛瑞尔嗤嗤窃笑。佛耶戈越是气急败坏，葛瑞尔越是心花怒放。

骑士团宗师同样怒气冲天，头盔下的脸涨得通红。拱道入口遍地都是尸体，再让骑兵冲锋也无济于事。他翻身下马，愤怒地把缰绳甩给侍从，大声喝令。其他骑士也纷纷下马，让人将马牵走。赫卡里姆双手紧握剑戟，寒光闪烁。他下令前进，想要一口气结束一切。

国王似乎也决心参战，命令身旁两名骑士捧好他的女王。葛瑞尔的笑容渐渐消失。佛耶戈手中出现一把闪闪发光的巨剑，而且是凭空出现的。葛瑞尔的笑脸皱了起来。这可不符合他的计划。如果国王参战，他就可能战死。不，他必须活着……至少在他的士兵打通走向万载井的道路之前，他不能死。

葛瑞尔嘶声道："还有一条进入广场的路，国王陛下。那条路没什么防备。"

"什么？"佛耶戈猛地转头，"你怎么不早说？"

葛瑞尔耸了耸肩。"我也没想到您的骑士会被那群乌合之众挡下。"

佛耶戈道："那条路怎么走？"葛瑞尔再次咧开嘴，露出笑容。

第三十章

莱卓斯道:"他们又来了,应该是最后一轮。"

他的盔甲上满是凹痕,还有几处破洞,内衬的链甲环扣也断了。鲜血溅了他一身,大部分是敌人的血,但也不全是。他的胸口在不断起伏。

卡莉丝塔知道自己看上去也好不了多少。她也已伤痕累累,只是战斗激烈,加上随时可能丢了性命,伤痛便成了小事。

铁之团的骑士们已经下马,正朝着庶军防线迈进。赫卡里姆似乎终于等得不耐烦了,直接命铁之团全员出动,想要一次性击溃庶军防线。庶军固然骁勇,但防线的崩溃不过是迟早的问题。

数百年来,骑士团一直蔑视步兵,认为贵族出征必须在马背上作战。可眼下铁之团被迫下马,与出身低微的步卒平等对战,卡莉丝塔只觉舒畅无比。

不过,莱卓斯说得对。决战就在眼前。

但愿她争取的时间已经足够让真达卡亚、泰鲁斯和他的孩子们逃出城外。

"你看！我就说我听到动静了！"

两个骑士手持兵刃，迈入坏掉的门框。他们身材魁梧，比瑞兹高出不止一头，搞不好有他两倍重，而且还身披重甲。两人都没戴头盔，满脸络腮胡。他们一边向前逼近，一边咧嘴狞笑。

泰鲁斯道："站到我身后，瑞兹。保护好孩子们。"

然而瑞兹并未听命。一个骑士举剑扑了过来，瑞兹大喝一声，伸出手迅速结成一道符文。

"不！"

紫色符文在瑞兹的血肉中搏动。骑士四周忽然出现一圈光束，将他困在里面。一道耀眼的紫蓝色光芒迸发，弹开了他手里的剑。碰撞之处有细小的符文闪烁，转瞬即逝。

这是瑞兹第一次成功施放符文禁锢，他自己也跟泰鲁斯一样惊讶。泰鲁斯一脸惊奇。瑞兹咧嘴一笑，耸了耸肩。

那骑士叫道："巫术！"他想侧身穿过符文屏障，能量却再次迸发，将他逼退，还烫得他身上的盔甲直冒黑烟。

另一个骑士狂吼一声，重剑劈下。瑞兹躲过这一击，对方又回手砍向他颈间，他再次晃身闪过。

泰鲁斯喊道："孩子们，闭眼！"

瑞兹会意，也闭上了双眼。两个卡玛维亚人却不明白泰鲁斯的意思，毫无反应。一道刺眼的白光闪过，攻击瑞兹的骑士顿时目不能视，踉跄后跌。

"快走！"泰鲁斯大喊一声，带大家逃往后门，他自己抱起小托卢逃到街上。

瑞兹是最后一个离开的。他正想着不知符文笼能撑多久，便见它闪了闪，消失了。脱困的骑士嘶声大吼，冲上前来，但瑞兹把一张小桌子掀到他身上，借机脱身。

夕阳西下，霞光绚烂，街道被染成一片鲜红。这本该是幅美景，在今晚却成了不祥之兆。

瑞兹喊道："跑啊！"

葛瑞尔手举灯笼，大步向前，领着卡玛维亚国王和几个骑士从黑暗的地底穿过学者广场。这条路蜿蜒狭窄，他们一路上没有遇到任何阻拦，简直令葛瑞尔大失所望。

那两名骑士抬着死去的王后。葛瑞尔知道她不可能像佛耶戈希望的那样死而复生，不过这傻国王非要这么想，倒也正合他的心意。有这些士兵跟着，没人能阻止他们前往万载井。当然，大师们必定意图阻拦。一想到他们到时候都会血溅当场，葛瑞尔便更加迫不及待。

"还有多远？"卡玛维亚国王跟在他身后问话。

葛瑞尔头也懒得回，只道："快了。"

"我不喜欢在这下面，像老鼠一样乱窜。"

葛瑞尔强忍着没回嘴。不能跟这个傲慢的国王作对。他需要他，至少现在是这样。

"陛下，此路隐秘，不适在所难免。"

他们拐了个弯，来到一处像是死胡同的地方。面前的石墙上刻着几何符号，但看上去就是死路一条。

佛耶戈吼道："怎么回事？你真的走过这条路吗？"

葛瑞尔坦然道："没有，这条路只有大师能走。"

"你这蠢货，那为什么要带我们来这里？"

这一次，葛瑞尔转过身来看向佛耶戈。他的目光冷漠空洞，心下却怒火冲天。他多想把这个国王锁在地底，让他一点一点慢慢崩溃。他的尖叫声该有多么悦耳啊！

葛瑞尔挤出一个笑容。"海力亚地底所有的秘密通道我都一清二楚，哪怕我从未亲自走过。而且我想来这里，根本不需要成为大师。不用怕，陛下。这就是我们要找的门。"

他转了回去，用手指摸索刻在墙上的一条线，细细研究那些几何图案。他先是摸到了一处交点，接着又是几处，最终找到了他要的东西。他在四条线相交的地方敲了敲石头，墙上便露出一个小孔。

他回头道："做好准备，可能会有人把守。"

他将大师的钥石插入，墙壁无声地开启。新鲜的空气和远处的交战声同时扑面而来。眼前出现一段狭长的石阶，一直升至地面。暗藏的机关启动，将楼梯顶上沉重的铁门打开，激起几声惊呼。葛瑞尔咧嘴笑了。

手持长矛的白甲监卫出现在楼梯顶端。葛瑞尔笑意更深。这么多年，这些监卫让他觉得自己软弱无力。而现在，他们只能引颈就戮。

葛瑞尔低声煽动佛耶戈："他们想拦住您，想守住生命之水的秘密。他们可以救王后，却满心猜忌，恶毒地拒绝伸出援手。他们嘲笑您的不幸。"

佛耶戈唤出王者之刃，恨道："他们将付出代价。"

葛瑞尔向后退了一步，将手臂向前一挥。"您请。"

佛耶戈痛恨交加，抬头盯着楼梯，目眦欲裂。他回头瞥了一眼身后隧道里的骑士，命道："开路。"

骑士们从他身边走过，依次登梯。他们高举着盾牌防范对方的长戟。等到骑士逼近，监卫挥戟猛刺，但大部分攻击都被盾牌挡下了。有几杆长戟穿过了盾间的空当，趁势用钩子拽掉盾牌，弄得骑士脚下不稳。前面几个骑士很快便被刺死，但铁之团猛力推进，监卫开始减员。

骑士们爬过一具具死尸，艰难地登上楼梯顶端。佛耶戈、葛瑞尔和抬着伊苏尔德的骑士们紧随其后。地上一个监卫嘴里淌着血，在葛瑞尔经过时抓住他的腿。

"救救我，兄弟。"他咯着血求助。

葛瑞尔举起镰刀，细细品味这个垂死之人的困惑和恐惧，细语道："你活该，你们全都活该。"

那监卫还想抵抗，却已无能为力，只能任葛瑞尔慢慢将他处决。

完事之后，葛瑞尔抬头看到骑士们已经将监卫逼退，足以让人通过。佛耶戈冲上楼梯，进入广场。葛瑞尔也快步跟上。

佛耶戈大步向前，推开好几个骑士，加入战斗。几个幸存的监卫转向他挥戟猛刺。葛瑞尔喷了一声，以为这位傲慢的年轻君主会被乱刃穿身，却见佛耶戈只是大喝一声，也不知说的什么话，一只手做了一个劈砍的动作。一股无形的力量涌向监卫，格开了长戟。葛瑞尔惊讶不已，没想到这个疯王还有这等能耐，看来他应当小心行事。

离开了狭窄的楼道，佛耶戈便有了挥舞巨剑的空间。他单膝跪地，刺穿一个监卫，紧接着身体轻巧一旋，拔出剑来又砍死一人。

葛瑞尔惊奇地看着那两个监卫从内到外地衰败凋亡，仿佛是生命力被强行抽取。瞬息之间，便只剩干瘪的躯壳。

最后几个监卫带着不可思议的表情向后退去。铁之团冲上前一顿砍杀，监卫们很快便被包围，惨死刀下。佛耶戈在一片混乱之中大步走过广场。庶军仍然守在开示之门与铁之团激战，但他不屑一顾，目光锁定在烁光塔的金色大门。

葛瑞尔跟在佛耶戈身侧道："门应该被堵上了，我们可能要——"

佛耶戈怒喝一声，伸手推向大门。大门立时内陷，像是被攻城锤击中一般，连带着扯倒大片墙砖。沉重的门闩仿佛树枝一般轻松被折断。大门轰然倒向塔内，只见几个惊魂未定的大师和监卫呆若木鸡，一脸茫然。

佛耶戈冲进坍塌的大门，可怕的巨剑划破空气，声如哀鸣。三个监卫和一名大师瞬间倒下，身体还未落地，血肉便已枯萎。其他人四散而逃。

佛耶戈回身朝他的骑士们走去，目露凶光，命道："你们两个带着王后。其他人，去杀了那些叛徒。"

骑士们似是很兴奋能离开这里。他们猛地敬了一礼，随即跑向拱门，从后方袭击庶军阵列。抬着王后的两人面面相觑，却也不敢抗命，只好跟着佛耶戈进塔。

佛耶戈道："带路吧，监长。"

卡莉丝塔知道自己命不久矣，但她已决意抵死阻挡铁之团。

莱卓斯就在她身边咆哮，仿佛一头受伤的熊，杀死接近他的每一个骑士。他挥剑斩开锁甲和血肉，剑柄重击，反手挥盾，将胸甲和人骨悉数震碎。他已经连遭剑刺斧劈，浑身是血，胸甲和锁子甲都破烂不堪，却丝毫没有退却。他自己的性命也已经危在旦夕，可他杀了又杀，片刻不停，仿佛无人能挡的猛兽。

忽然，一把剑刺入他盔甲上裂缝，插进肋骨之间。莱卓斯怒吼一声，转身肘击敌人正脸，反手刺穿，转身一脚踢在对方胸甲上，顺势拔出大剑又砍倒身后的两个骑士。

卡莉丝塔欺身上前，挥矛疾刺了结两人。一人向她挥刀，她矛柄一格，单膝跪地，横扫那人下盘。对方叫骂着倒在地上，被莱卓斯几乎砍成两截，瞬时咽气。

莱卓斯勇猛骇人，卡莉丝塔则以速度和精准取胜，并且不失优雅。她没有其他庶军将士的铜盾护体，防御却是滴水不漏，用出神入化的矛术格挡所有攻击。

她接住挥往头顶的一剑，然后用矛柄的钢托猛击对方侧脸。那人脚下踉跄，她轻盈地向前跃步，一矛刺穿咽喉，截断气管。又是一根狼牙棒砸来，被她巧妙地举矛架偏。对方一击不中，反倒失去平衡。趁他即将摔倒，她用矛刃划过那人膝盖内侧，然后精准地刺入面罩上的眼缝，了结那人性命。

尽管对手装甲齐备、血统高贵，庶军将士仍旧毫无畏惧，奋勇杀敌，让卡莉丝塔引以为傲。他们的长矛攻击范围更大，并且在卡莉丝塔的训练之下战斗素质极高。

骑士们接连倒在庶军无情的长矛之下……然而铁之团人数甚众，庶军却只剩下十余名士卒。每倒下一人，队阵中便多出一个缺口，对面却总有杀气腾腾的骑士不断扑来。

庶军逐渐失去阵地，在血海中被一步步逼退，一直进入拱门后面的广场。骑士们最终利用人数上的优势包围了他们。

卡莉丝塔忽听后方传来一声呐喊，只见一群骑士冲过广场，向庶军后方袭来。她不禁痛骂。

"后方来敌！回身！"她大喊的同时又杀死了一名敌人。那人身后的骑士们再次奋力前冲，想要彻底终结庶军的抵抗，差点撞飞她手中的长矛。

她不顾危险，再次看向身后，只见佛耶戈正大步流星地走向烁光塔。先灵在上！

卡莉丝塔嘶声叫道："我们必须阻止他！"

"你去。"莱卓斯沉声一吼，手上又是一记重击，砍倒一个铁之团骑士。"我们会拦住正面。"

卡莉丝塔还未及细想，一个身影忽然出现在眼前。

赫卡里姆。

第三十一章

瑞兹、泰鲁斯和惊魂未定的孩子们蹲在一堵矮墙下。他们来到海力亚城外,望向远处的古木林。看上去他们离容易藏身的树林之间并不远,但山坡上还有十几个骑士。他们的身影映在夕阳的余晖之中,显得极其狰狞。

瑞兹问道:"你觉得我们过得去吗?"

泰鲁斯还没来得及回答,便看见东面有几个海力亚人冲了出来,拼命跑向树林。

三个骑士就像发现猎物的猎犬一样,策马前去堵截。他们弓着身子,驰马踏泥,以惊人的速度掠过田野,毫不迟疑地跃过田间矮墙,同时放低矛枪冲刺。

瑞兹看得心惊肉跳,低声道:"他们根本跑不了几步。"

泰鲁斯将孩子们揽到怀里,一面道:"孩子们,别看。"

骑士们从远处的人群中驰过,田间陆续传来惨叫声。几个幸存者四散而逃,但卡玛维亚骑士不肯罢休,掉头追杀,一个都不放过。他们驾轻就熟,毫不留情,完事之后便纵声大笑,悠悠骑回去与其他人会合，继续监守。

泰鲁斯道："你刚才的问题有答案了。"

瑞兹点了点头。"我们大概可以等到晚上？"

泰鲁斯摇头道："这里太容易暴露，我看得另找一条路。海力亚已经沦陷。"

"南城门？"

泰鲁斯道："太远，而且孩子们也都累坏了。"

瑞兹皱着眉，思考他们还能有什么办法。

泰鲁斯忽道："对不起，瑞兹。"

瑞兹看着他，不明白他怎么突然道歉。"怎么了？"

泰鲁斯道："我对你太过严苛，一直不肯教你。我知道我没有教你如何驾驭自己的天赋，一直让你很懊恼。"

瑞兹想到绑在腰间的那本皮封书，只觉沉甸甸的，心下更是羞愧，便道："没事。"直到现在，泰鲁斯也没有过问那本书的事。"你是在为我着想。我现在明白了。"

泰鲁斯道："怎么会没事？我是想保护你，但我的做法大错特错，为此我很抱歉。我现在已经明白，你的能力远远超出我的想象。我向你保证，等我们渡过这个难关，一切都会有所不同。"

瑞兹别开了脸："我知道我算不上一个好学生。等我们过了这一关，也许我们都会有些长进。到时重新开始就是。"

泰鲁斯点头道："不过，我们首先要离开这个城市。"

瑞兹侧头示意："码头怎么样？"

"仔细说说。"

"我想，大部分敌人都已深入城中，或者在这里等着漏网之鱼。我们已经在他们的主力部队后方。他们身后根本没有威胁，应该不会有人殿后。我们已经离港口不远。所以我觉得我们可以悄悄去那里，找一条船逃走。"

泰鲁斯摸了摸短须道："想法不错。"

瑞兹道："真的？"

泰鲁斯点了点头。"就这么办。"

烁光塔中，葛瑞尔跟在佛耶戈身侧大步前行，两个抬着王后尸身的骑士紧跟在后。大师们慌忙逃命的样子让葛瑞尔发笑。他感觉自己便是王。他想要什么，谁都拦不住。大师们所有的尊荣、权力、财富和关系，全都如同粪土。大师们为了阻止他这样的人加入他们那个小团体，制定了一堆狗屁规矩，可现在全都已经毫无意义。他才是手握大权的人。如今，是大师们要对他俯首称臣。

他们来到一扇巨大的门前，两个身着华丽盔甲的监卫正拿着仪仗用的武器对准他们。

其中一个监卫凛然道："古来有令，唯有光眷者大师方可入内。"

葛瑞尔怒喝："现在我们就是大师。"

另一个监卫道："我们誓死捍卫此门。"

佛耶戈听不懂他们的话，便吼道："他们在说什么？"

"他们宁死不肯让路。"

"既然如此，就满足他们。"

两人被佛耶戈的法力甩到门上，瞬间毙命，身上的白甲也全都如同白纸一般皱成一团。

葛瑞尔撞开大门，大摇大摆地走进烁光塔内最为神圣的中殿。

这里的一切皆以大理石和黄金筑成。上方高不见顶，只能看到一片阴影。大殿边缘的每一道拱门上都饰有金色符号，闪闪发光。墙壁和柱子的灯座上闪着青色的奥术之光，照亮了蜷缩在里面的一小群大

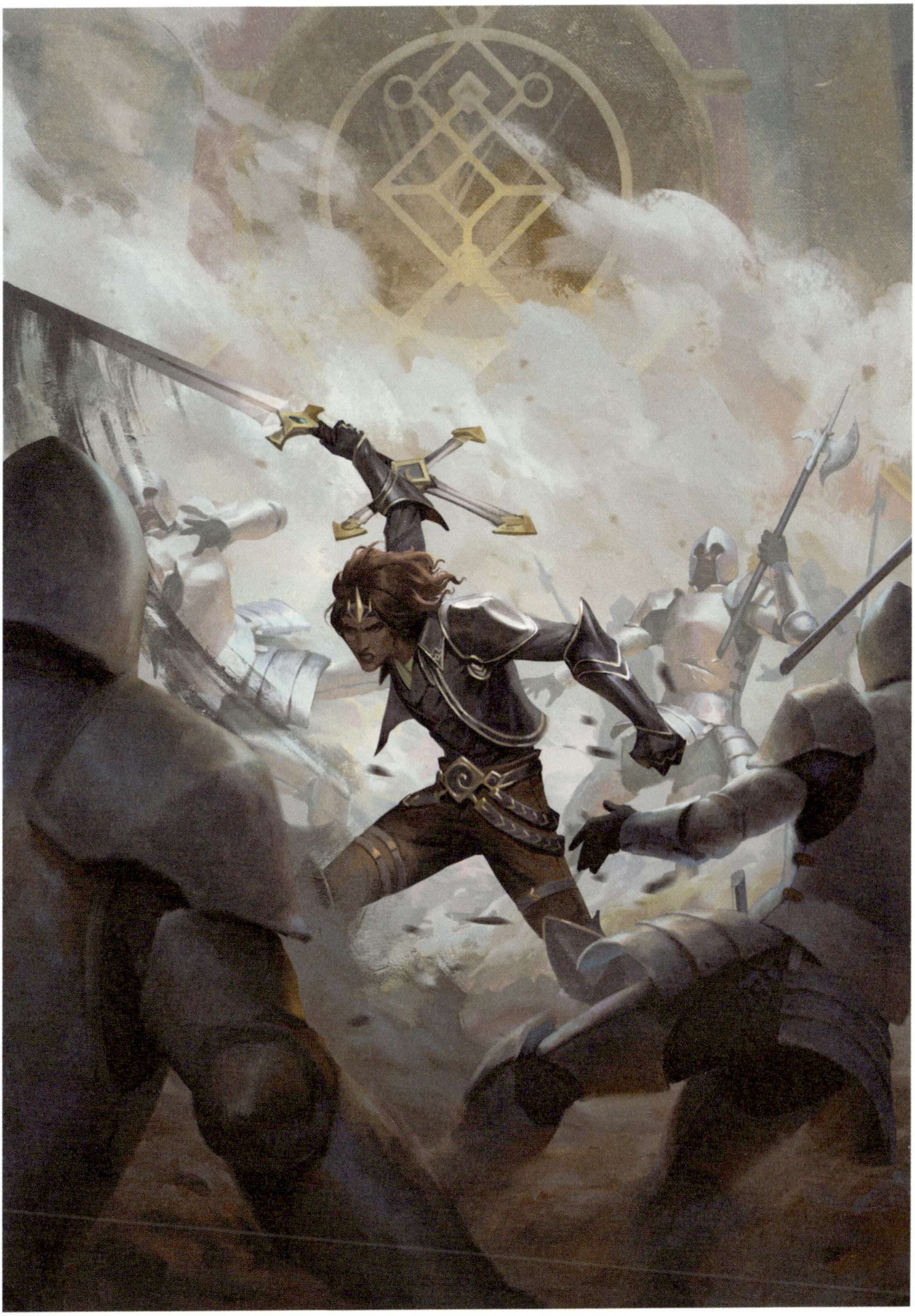

师。他们可怜兮兮地缩作一团，瑟瑟发抖，像一群受惊的羔羊。大师面前还站着两个监卫，但是牧羊人在狼群面前根本不堪一击。

一位大师振声道："你们这是恶意侮辱，可恨至极！"听这声音他显然已经吓坏了，却还敢反抗。"请住手！国王陛下，不可胡来！无论你身边那个卑鄙小人编了什么鬼话，都不能当真！"

葛瑞尔认出说话之人，笑了出来。

他笑脸狰狞，说道："玛尔古萨大主教，我就知道你在这里。"

玛尔古萨呵斥道："厄洛克·葛瑞尔，你这败类，十五年前你就不配踏入这座圣殿，现在更不配。一介小人，可耻可恨，从不坦承自己的失败。"

"然而，等到太阳落山，我还会在这里享受我的胜利，而你却只能躺在地上死去。没人会记得你。"

"不必多言。"佛耶戈怒斥一声，手持穆清走上前去，显然是要把玛尔古萨等人全部杀光。

"慢着。"葛瑞尔的声音竟然全无之前的阿谀谄媚。

佛耶戈猛地甩头，转身朝向葛瑞尔。他的眼中迸出怒火，直欲发狂。"你敢——"

葛瑞尔一脸不屑地回道："你需要我。没有我，你到不了万载井。"葛瑞尔见佛耶戈像是要不顾一切将他斩杀，便又放软了语气。"耐心点，伟大的国王陛下。王后会回到您身边的。不过，我们得按部就班地来。"

佛耶戈瞥了一眼身后，两名骑士手里还抬着他毫无生气的妻子。他草草点了点头，居高临下地说道："尽快。无论你要从这些浑蛋手里得到什么，尽快了结。"

葛瑞尔不无讥讽地朝他鞠了一躬，然后回头看向玛尔古萨道："我看到你脖子上挂着的钥石了，我现在就要。"

玛尔古萨不禁抬起手，摸了摸镶在魔符上的三角形石头。

葛瑞尔笑道："没错，我知道那是什么，也知道它能干什么。没想到万载井的最后一块钥石最终还是由你交给我，感觉一定不好受吧。"

"没用的。"

"因为我需要两块钥石？不错，这我也知道。"

玛尔古萨不由得吃了一惊，但很快又神色如常。"你可以拿走我的钥石，但你永远找不到第二块。"

"那一块已经在我手上了。"

她眯起眼睛道："你撒谎。"

"一百多年前，有位大师消失了，他跟你戴着一样的魔符。你们这些傻瓜认为他已经离开福光岛，销声匿迹，搞不好还死在了海底，但其实他从未离开这片海岛。"

玛尔古萨低声道："霍尔顿长老。"

"霍尔顿长老。"葛瑞尔点了点头，实在忍不住要幸灾乐祸一番，便掏出他的钥石给玛尔古萨看，"这东西能打开的门真是了不得，连探索者宝库都能进，你知道吗？"

"你就是在那里找到的路石，交给了卡玛维亚人。"

葛瑞尔道："不错。你们这些大师拥有的权力实在有点太多了，不觉得吗？现在……把你的钥石给我。"

"不行。"

葛瑞尔笑道："我正盼着你这么说。"

他挥出镰钩，刀尖闷声一滞，深深插入玛尔古萨的胸口。她难以置信地瞪大双眼，然后倒在地上。

葛瑞尔转身看向剩下的大师们，眼神冷漠无情。"国王陛下，现在您可以将他们全都杀了。"

赫卡里姆大声怒吼着挥动起曲刃剑戟。

卡莉丝塔缩身躲过这致命一击，赫卡里姆的刀刃深深劈入她身侧一个骑士的颈间。她挺矛反刺，赫卡里姆却用戟柄格开，随手还了一击，差点刺中卡莉丝塔。

卡莉丝塔趁他再次出手之前，大吼道："听我说！必须阻止佛耶戈！"

赫卡里姆嗤之以鼻，再进一招。卡莉丝塔虽然架开了长戟，却也被这一下震得手臂发麻。尽管如此，她仍然勉力还击了两下，分别打中他的胸甲和颈间。虽未重创赫卡里姆，却也将他逼退一步，让她得以喘息片刻。

她又嘶声道："赫卡里姆，听我说！佛耶戈要是到了万载井，可能会酿成大祸！他不能再继续下去！"

"他要做什么，我根本就无所谓。你说大祸？"赫卡里姆大笑起来，"看看你周围！这里早就大祸临头了。全城都已沦陷！"

说罢，他又挥戟攻来，卡莉丝塔晃身避开，还以一击，直刺脸面。赫卡里姆勉强转头避开，这一下击中头盔，让他被迫后仰。

"别傻了！佛耶戈要是再惹出什么祸事，你也无法幸免！"

赫卡里姆摇头笑道："是岛上的大师们这么说的吗？你居然还信了？"

他怒吼一声，向前冲去，想把她摁倒在地。

可莱卓斯此时就在她身边。他用巨盾一砸，赫卡里姆失去了平衡。莱卓斯的剑已到眼前，赫卡里姆险些没躲开，狼狈不堪。

"来啊，懦夫！"莱卓斯吼道，瞄准赫卡里姆的头重重一劈。

赫卡里姆长戟一闪，将剑格开，反攻莱卓斯面部。莱卓斯侧头避开，脖子却被戟刃划破。

"贱种！"赫卡里姆怒吼，"就凭你也想挑战我？"

莱卓斯大声咆哮，用盾牌砸向赫卡里姆，逼他远离卡莉丝塔。可如此一来，他便离开了队列，暴露在外。卡莉丝塔拼命阻止其他骑士攻他身侧。眼见一人直击莱卓斯侧面空当，她将其架开，踩着地上的尸体一跃而起，将矛头送入那人颈间。

赫卡里姆疯狂地挥动长戟，划出腾转的空间。莱卓斯用盾扛下一戟，盾牌立时变形，莱卓斯怒火冲天，暴起反击，赫卡里姆拼力抵挡。

又有一人从侧面向莱卓斯扑来，卡莉丝塔一见，抢先出手，一击毙敌。她拔出长矛，随即惊呼一声，只见赫卡里姆已经一戟捅进莱卓斯的身躯。

莱卓斯甩掉被砍歪的盾牌，死死抓住赫卡里姆的戟柄。赫卡里姆只觉戟刃仿佛卡在岩石之中，挣脱不开。莱卓斯接着便是一记重劈，砍向赫卡里姆肩头。赫卡里姆扭转上身，避免正面受力，但这一击却也将他的盔甲砍破，伤及了血肉。

赫卡里姆痛苦号叫着跪倒在地。莱卓斯则面无表情地从自己身上拔出长戟，扔到一边。

"去死吧，别忘了，打败你的是个贱种。"说罢，他将长剑举过头顶。

"快趴下！"瑞兹躲在一辆翻倒的马车后面，低喝一声。泰鲁斯和孩子们也跟着蹲了下来。

泰鲁斯小声问："怎么了？有敌人？"

瑞兹将一根手指按在唇上，示意噤声。片刻之后，便传来靴子踏地的声音，好几个人正在接近。他吸了口气，握紧拳头开始聚集力量，前臂上闪现符文。

他原以为师父会阻止他，却见泰鲁斯只是点了点头，用口型说道："多加小心。"

脚步声越来越近，瑞兹从马车后面跳了出来，正待发力，却见一个身材矮小的白发女人恶狠狠地用圣石武器对着他，他急忙停手。

"今天没有碰到鬼在跟踪你吧，小学徒？"真达卡亚放下武器，笑着问道。

"鬼？"泰鲁斯从马车后面走了出来。

"没什么。"说罢，瑞兹不动声色地冲真达卡亚摇了摇头。

真达卡亚向泰鲁斯点头致意，随后便看到他身边的孩子们。她脸上的戏谑之色霎时消失。她蹲了下来，一脸认真地对孩子们说道："我猜我得感谢你们三个，是你们救了泰鲁斯和瑞兹。"小男孩托卢认真地点了点头。"干得漂亮，小哨兵们。继续加油。"

真达卡亚还带着两个助手。穿着皮围裙的大个子皮奥特，肩上扛着长柄石锤。另外还有一个剃着光头的苗条女人艾伊拉，好像是背了把弓。他们带着一个镶有银边的黑木箱子，很沉的样子，三个人一起拖着它走。看上去真达卡亚也是为远行做了准备，挎包装得鼓鼓的，背上还绑着一个长长的皮箱。

瑞兹道："我们最好一起行动。我们准备去码头。"

真达卡亚道："我们也是。卡莉丝塔说她那艘船的船长非常可靠。我想，要是能乘卡玛维亚的船离开，估计不会被击沉。"

瑞兹点了点头。"我们倒是没想到要坐卡玛维亚的船。好主意。"

"那她跟你一起来了吗？"泰鲁斯问道，一面望向真达卡亚和她的助手身后。

真达卡亚叹了口气道："没有。"她声音很轻，尽是痛惜之情。"她在开示之门抵挡其他卡玛维亚人，把他们都拖住了。多亏了她，我们才能逃到这里。"

瑞兹看着她,一时还没反应过来她话里的意思。

泰鲁斯沉痛地说道:"她要牺牲自己来救我们。"瑞兹忍不住心里暗骂,他这才明白过来。他转身握紧拳头,却只觉无助。他本来就对卡莉丝塔十分钦佩,此刻更是肃然起敬。他痛悔自己当初对她多有冒犯,只可惜再多遗憾也为时已晚。

真达卡亚道:"她是个傻子,但我从没见过有谁比她更高尚。好了,路上安全了。我们得抓紧时间。"

万载井深藏于烁光塔地底。把守这条通道的全是资历最高、深受信赖的监卫,可没人能够抵挡卡玛维亚国王。佛耶戈不费吹灰之力,就用那把强横可怖的巨剑将他们一一屠杀,抽空了他们身体里的每一丝生气。

"我在书上读到过这把剑,还以为是传说夸大其词。"葛瑞尔踏着刚刚因为穆清而变成空壳的躯体,带头走下烁光塔底层,一面小声嘀咕。"听闻名叫噬魂之刃。"

"那是诬名。"佛耶戈的回应没有丝毫感情,"只有烁银王座的敌人才会那么说。这是王者之刃穆清,是国中最珍贵的圣物。自卡玛维亚开国以来,每一位君主都用灵魂与它结契。"

"灵魂结契,是什么意思?"

"穆清并非出自人类之手,甚至也不是在凡间铸就的。它只存在于先灵圣殿,也就是卡玛维亚人死后的往生之地,除非被结契之人召唤才会现身。"

"那么陛下死后，灵魂会被困住吗？"

"不，结契者死亡的那一刻，契约便结束了。"佛耶戈皱眉瞥了葛瑞尔一眼，"你为什么这么感兴趣？"

葛瑞尔道："好奇而已，伟大的国王陛下。"

"还有多远？"

"不远了。但保护万载井的不仅仅是血肉之躯。我们还要打开三把锁才能进去。"

"你有钥匙，对吗？"

"有，在这里。"葛瑞尔先是拍了拍长袍的口袋，然后又指了指自己的头，"还有这里。"

他们走到一个空旷的大厅，四周围满长柱，处处皆是大理石和黄金，上面精心雕刻着繁复难解的几何符号。

葛瑞尔道："看，此处就是星合厅。"

即便在处处富丽堂皇的海力亚，这个大厅也可谓超群绝伦。每个角度、每根柱子和每条金线都在将视线引向穹顶高处。数以万计的光点在广袤的黑暗之中闪烁，绘制出一片完美的星空，呈现此时此刻福光岛上空的天体星图。光点微闪，随着每一颗星星的运动，以肉眼难以察觉的速度缓缓飘移。他们抬头仰望时，恰好看见一颗流星划过苍穹。

葛瑞尔轻声道："在这世上，唯有福光岛有此奇观。以前从未有外人有幸得见。国王陛下，您是第一个。"

其实葛瑞尔自己也从未见过，但他对此只字不提。对于这里的所有了解，全部来自他在藏书殿地底密室里发现的笔记、草稿和图纸。

从这里开始不再有阶梯，至少没有一眼就能看出的类似构造。厅内有一个巨大的圆台，略微高于周围石块上的几何刻纹。若不知情，便会以为这就是烁光塔底层。

佛耶戈道："水呢？"

葛瑞尔道："还要往下。"

"还要往下？"佛耶戈一脸疑惑地环顾四周,"可我们怎么下去？"

"群星的交会将指引我们。"葛瑞尔指着上方,并享受着不传之秘给他带来的掌控感。

佛耶戈顺着他的目光看去,抬头盯着星空。"我看不到什么交会。"

"的确没有。"葛瑞尔同意,"就算有也没用！不,关键在于这个大厅建成前夕福光岛正上方那一刻的星合之象。这样的星象万年一遇。这座大厅的建造时间计算得精确至极。"

佛耶戈已经不耐烦的眼神里闪现出懊恼,他咆哮道:"我没有一万年可等。你要是知道路,就赶快动手。现在,立刻。"

葛瑞尔瞥了一眼穆清,只见寒光微闪,便恭恭敬敬地点头道:"遵命,国王陛下。"

他走到一根柱子的壁龛前,里面水平放着一些相互平行的铜棒,每根铜棒上都有大约二十颗珍珠,可以在铜棒上左右滑动,对应铜棒上的数百个细小刻度。

葛瑞尔开始将珍珠排列成一个精细的图案,一面说道:"我们在穹顶上看到的景象便是此刻的星象图。"摆好之后,他往后退。

忽然,一道银白色的光芒出现在大厅中心的圆台边缘,正对着柱子上几条射线的交会处。葛瑞尔点点头,走向第二根柱子,上面也有类似的桐棒和珍珠,他再次将其摆好。

"不过,我们得让时间倒流,回到数百年前的那一刻,才能看到星体交会的光芒。"

又一道光射往圆台边缘,照在另一个交会点上。

葛瑞尔又走向另外五根柱子,地面上出现了更多光束。在最后的第八根柱子,他移动了十几颗珍珠,便停了下来。

他轻声道:"星合光盛,大道得开。"说罢,他将最后一颗珍珠摆好。

穹顶上的星空开始移动,起初极其缓慢,随即逐渐加速。时光逆转,月亮与星星东升西落,旋转不停,渐渐快得只见残影,拉成无数道光线从头顶划过。渐渐地，一切运动开始放慢，直至静止。穹顶上出现数百年来无人得见的星座。玉盘高悬，周围的八颗星星呈正八边形。

星光熠熠，满月的光辉洒向大厅中心的圆台，台沿的八盏清光恰与星光相应。最后的第九盏光出现在房间中心，地板上无数符文和奥术符号也随之现形，玲珑闪烁。

葛瑞尔谄媚地鞠了一躬道："小心脚底，国王陛下。"

话音刚落，地板便发生了变化。

"你们敢松手，立刻性命不保。"佛耶戈厉声恐吓抬着王后的两个骑士。随着一阵石头的摩擦声，整个地面连着柱子都开始下降。

随着地面的下沉，八根细长的五边形柱子如同茎秆般缓缓升起。八道光芒都源自这些柱子。正中是一根八边形柱，最为粗大，一面上升，一面旋转，仿佛正在绽放的花朵。最后，光线在柱林之间闪耀，在随着地面下降的葛瑞尔等人头顶交织成一张错综复杂的大网。

他们下降了大约两人高的距离，地面从最外一圈开始，层层依次静止，形成一系列台阶。实在是令人震惊的奥术建筑。地面尚未下沉之时，石板严丝合缝，谁也摸不出半点缝隙，察觉不到它们实际是众多板块拼合而成的。

忽然大门被人推开，几个监卫跑了进来。在他们身后，玛尔古萨大主教正歪靠在一个监卫身上。她面如死灰，匆忙绑在胸口的绷带上浸满了鲜血。

葛瑞尔嗤笑道："难道你还不知道什么时候该死吗？"

"住手！"眼看他们继续下沉，玛尔古萨嘶声大叫，"死者不能复生！光眷者的创始人曾经试过，结果却让魂灵困在人间！别让你的妻子陷入如此噩梦！"

佛耶戈抬头盯着她，露出怀疑和怨恨的神情。"你不过是要独享生命之水！我怎会听信你的谎言！"

玛尔古萨只觉一阵剧痛，摇摇欲坠，幸好有人搀扶。她声嘶力竭地说道："生命之水远远超出你的理解，万万不可儿戏！我恳求你。那道符文极其不稳定！你再不住手，可能会酿成大祸！"

佛耶戈吼道："符文？什么符文？"

葛瑞尔嘶声道："她在撒谎，想要误导我们，让我们放弃。大师们为了死守秘密，不惜一切代价！"

玛尔古萨对佛耶戈说道："符文才是源头，是它将力量赐予了生命之水。"

佛耶戈却道："我不在乎有什么风险。"不过，葛瑞尔发现那两个卡玛维亚骑士突然有些迟疑。"伊苏尔德回到我身边，才是最重要的事。"

"愚人啊！"玛尔古萨疼得直喘气，做了个手势，让监卫上前。

"阻止他！"

只听盔甲声动，监卫们在大厅周围散开，跳下第一层地面。最下层的地面继续下沉，佛耶戈就地转身，召出巨剑指向监卫。

最后，地面停止了下降。葛瑞尔做了个手势，示意众人站在原地。地面中心又开始移动，石板相互交错，缓缓螺旋降下，形成旋梯。

葛瑞尔催道："动作要快。"

监卫已经逼近，离葛瑞尔他们只差几层。但他们早前见过自己的同僚是如何倒在佛耶戈剑下的，因此十分忌惮。

"快。"说着，葛瑞尔走下最后一段阶梯。

"把我的妻子给我。"佛耶戈瞬间撤剑，小心地从骑士们手中接过王后，命令道，"拖住他们。"然后跟着葛瑞尔向下走。

两名骑士拔出了佩剑和斧头。由于穆清已经不在，监卫略微宽心，继续逼近。

双方兵刃相接，葛瑞尔和佛耶戈则沿着旋梯快步走入最后一个房间。这是一处宽阔的圆厅，墙上以浅浮雕手法饰以各种符记，正与当初瑞兹给葛瑞尔描述的一样。他看到了当时瑞兹爬过的石栅栏，随后又将注意力转移到鎏金大门上。这便是他与万载井之间的最后一道屏障。

头顶忽然传来惊呼和痛叫，一个骑士砰的一声从旋梯上摔了下来，躺在地上一动不动。至于他到底是摔死的还是被监卫的长矛刺死的，葛瑞尔既不知道，也不关心。

片刻过后，几名监卫进入密室，白甲上满是鲜血。

葛瑞尔道："我还需要一点时间开路。"

佛耶戈将王后的尸体放在地上，再次召出巨剑。他做了个手势，将一个监卫拽了过来，一剑贯穿。

葛瑞尔暗赞一声，走到鎏金大门前。门上刻着一只被火焰包围的眼睛，他把手放在上面，感到一阵刺痛。门里传来机械转动的声音，一对三角形的孔洞出现在眼前。

他只觉得心脏猛跳，舔了舔嘴唇，放入钥石。大门敞开，氤氲的白雾迎面而来。

生命之水是他的了。

第三十二章

莱卓斯居高临下，如同刽子手行刑一般，将剑横在赫卡里姆头顶。

"慢着。"卡莉丝塔下令。

他僵住了。"为什么？"

卡莉丝塔知道莱卓斯用上了所有的意志力才遏制住了自己。赫卡里姆躺在地上，似乎感觉到一线生机，目光在卡莉丝塔和眼看就要杀他的莱卓斯之间游走。双方将士都顿了一下，不知道情况会如何变化。

"留他一命，我们也许还能避免真正的大错。"说着，卡莉丝塔走上前去，一只手放在莱卓斯肩上。她能感觉他正因愤怒而全身颤抖。"总而言之，必须阻止佛耶戈。"

莱卓斯咬牙切齿道："这个无耻的浑蛋该死。"

卡莉丝塔应道："是。但我们眼下还有更重要的事。"

"要懂得听令，士兵。"赫卡里姆的声音中带着笑意。

卡莉丝塔杀心顿起，并且感到莱卓斯也濒临爆发。

"稳住。"她再次大吼，既是对自己，也是对莱卓斯。

"铁之团！"赫卡里姆跪在地上大吼，"退下！停止战斗！"

骑士团闻令退后，渐渐停止交战。庶军只剩九人。铁之团已将他们团团围住，但卡莉丝塔注意到阵亡的骑士比她自己的士兵多得多，不免心生自豪。

终于，莱卓斯极不情愿地放下了手中的剑。赫卡里姆痛哼一声，手肘撑地，正欲起身，却被卡莉丝塔制止。她用矛尖抵住他的喉咙道："不许动。"

赫卡里姆吞咽一口，盯着长矛，又坐回了地上，问道："你想怎样？你可能觉得我现在任你摆布，但你们已经被包围了。杀了我，你跟所有庶军都会死。你没资格讨价还价。"

莱卓斯咆哮道："能拉上你一起，我死都乐意。"他再次举剑，赫卡里姆不禁一缩。

卡莉丝塔仍用矛尖抵着赫卡里姆颈间，走到莱卓斯面前，将他推到身后。她俯视赫卡里姆，冷笑道："现在你的狗命在我手里，这是你唯一在乎的东西。依我看，我有的是讨价还价的资格。"

赫卡里姆冷冷地盯着她道："你想怎样？"

"我必须去找佛耶戈。只要铁之团让我们过去，我可以放你一条生路。"

赫卡里姆笑了起来。"就这样而已？"

"就这样。必须阻止佛耶戈。"

赫卡里姆道："我们本来可以在事情发展到这个地步之前就把他解决掉。可你放不下情义，不愿去做。你可还记得？"

卡莉丝塔低声道："他已经出格了。"但赫卡里姆的话正中要害，她确实本来可以避免这一切。

"哈，要我说，他早就出格了，只是你视而不见。"他不屑地摆了摆手，"不过好吧，行！去做你该做的事吧！铁之团不会阻拦。"

莱卓斯吼道："他两面三刀，我们不能信他。"

赫卡里姆翻了个白眼，朗声道："铁之团的骑士们都听好了！不得伤害卡拉·黑伽亚里之卡莉丝塔,还有这些卡玛维亚勇士的半根汗毛!违令者将受到铁律制裁,视同背誓,并处以极刑!放他们走。"

卡莉丝塔盯着他。

赫卡里姆又道:"我根本不在乎你最后那几个士兵的死活,但我大业未成,我自己的命我还是在乎的。"

"彻头彻尾的懦夫。"莱卓斯怒喝一声,看向卡莉丝塔,"让我杀了他。我们都心甘情愿为你而死,将军。"剩下的庶军将士纷纷响应。

赫卡里姆纠正道:"我不是懦夫,只是懂得判断情势。"

卡莉丝塔眯起眼睛。"我怎么知道把你放了,你不会立刻反悔?"

"先灵在上,我可不是野蛮人,卡莉丝塔。我不想看你被人杀死。"说罢,他微笑道,"我只想与你结为夫妻。"

卡莉丝塔冷笑道:"是吗?现在还想?"

"我刚才说了,我大业未成。你是一个言而有信的女人。答应我,事情结束之后,你仍会遵守我们的婚约。"

卡莉丝塔收起嘲笑,面色阴沉。"我为什么要这么做?"

"为了保证你的安全。"赫卡里姆微微一笑,"我怎么可能杀掉能够让我成为国君的人呢?"

莱卓斯道:"卡莉,别听他的。"

卡莉丝塔却问道:"那我的士兵呢?"

"只要你能答应,我绝对不动你的士兵,包括这家伙。"他瞟了莱卓斯一眼,"他们真给你长面子。岂止,我根本没料到他们能有这等战斗力。等你解决了佛耶戈,我就让他们走,保证毫发无伤。不过,你要跟我一起回去,我们一起统治卡玛维亚。"

莱卓斯哀求道:"别听他的。"

卡莉丝塔转过身来,抬头看着莱卓斯的眼睛。她恨赫卡里姆,全身上下每一个毛孔里都是恨意,可她明白他的意思。他想要的是权力,而与她成婚就会给他权力。他为了掌权,可以不惜一切——这便是她的筹码。

她将手放在莱卓斯的胳膊上，深情地说道："你要知道，我不会放过任何救你的机会。"

她一想到不能与莱卓斯厮守，只觉肝肠寸断。可是，只要能够保护他，一切都值得。

"我情愿一死！"

卡莉丝塔道："你是这世上最好的人，莱卓斯。永远不要理会那些贬低你的人。"

赫卡里姆道："真是感人，但你得抓紧时间了。佛耶戈早已进塔，谁知道他已经走到哪一步了？"

卡莉丝塔冒险回头看了一眼烁光塔和毁坏的塔门，缓缓将长矛移开赫卡里姆的咽喉。赫卡里姆急忙挪开身子，一面痛吟，一面撑着自己站起来。他的侍从领着马冲上前去，他便一把夺过长戟。

他吃力地爬上马鞍，卡莉丝塔走过去道："我答应你的条件。"

"卡莉，你不能……"身后传来莱卓斯焦急的怒吼，随后是一声闷哼，地面一震。

卡莉丝塔转过身，只见那个魁梧的战士已经双膝跪地。她低声惊呼："不！"

此时此刻，她才意识到他的伤势之重。她扔掉长矛扑到莱卓斯身前，用手按住他肋下的伤口，搀着他坐下。赫卡里姆的那一下捅得极深。她一脸惊恐地盯着从自己指间涌出的热血。

"你不能死，你不能死！"

"卡莉丝塔……"莱卓斯声音极低，面色苍白。

她双手捧着他的脸，却见他眼中的活力已然消散，像是云层遮住了阳光。她满脸泪水，双唇用力印在他的唇上。这是初吻……也是最后一吻。

莱卓斯低声道："我们注定此生无缘。"

卡莉丝塔泣不成声。"但我们来世会在一起，记得在先灵圣殿里等我。"

321

莱卓斯忽然竭力看向卡莉丝塔身后。"卡莉！"他大声叫喊，挣扎着想爬起来。

她这时才觉出异样，刹那便听见身后马蹄踏石的响动。她立刻起身正要转过……

赫卡里姆的长戟已经刺入她的背心，破胸而出。

"你实在太过轻信，卡莉丝塔。"赫卡里姆的声音有些朦胧，像是从水下听到的声音，"我的骑士们会起誓证明，我们已在穿越永恒之海时成婚，然而你却不幸被海力亚那些可恶的大师杀害。当然，我已经为你报仇。"

她眼神一晃，低头盯着胸口的刀刃，过了好一会儿才意识到刚才发生了什么。

他背叛了她。是啊，他怎么可能信守承诺呢？而此时此刻，她就要死了。

她想开口说话，却被伤口的灼痛感扼住了喉咙，透不过气，只能跪倒在地。

她的视线开始模糊，只见身边出现许多身影，全都沐浴在光芒之中。尊敬的先灵们来接我了。她想告诉他们，她还没准备好，还有未竟之事，她要阻止佛耶戈，她还要保护莱卓斯……可她此刻只觉得浑身无力。

一个先灵将手放在她身上，她所有的痛苦忽然消失了。周遭的一切都变得模糊不清，她突然觉得很累很累。她的眼皮开始下沉。她现在可以休息了。

紧接着，她忽又回想起一切，猛地睁开双眼。

她低声道："叛徒。"这个词既是诅咒，也是谴责。

她发誓不会就此罢休。我不会就此安息，去往彼岸，我要让他付出代价。

她终于耗尽了最后一丝力气，栽倒在地。莱卓斯盯着她，眨着眼睛，竭力保持清醒。接着他怒吼一声，极尽悲愤与不甘。他眼中重现光芒。莱卓斯紧握长剑，猛地站了起来。

赫卡里姆一时无法拔出长戟，只好松手，拽着战马掉头躲开莱卓斯的锋芒。莱卓斯挥剑砍来，赫卡里姆却已拉开距离。

"杀了他！把他们全部杀光！"赫卡里姆大吼一声，铁之团应声合围。

卡莉丝塔倒在地上看着。她即将气绝，再也无法起身，只见莱卓斯疯狂挥剑，肆无忌惮地斩杀对手，拼命接近赫卡里姆，可他已经远去。

终于，莱卓斯倒下了，几十把刀刃将他刺穿。卡莉丝塔眼神涣散，黯然殒逝。

一切就此终结。

最后一个监卫倒在了穆清刃下。佛耶戈回身，轻轻将妻子的尸身揽在怀里。葛瑞尔毫不关心，只是缓缓地穿过鎏金大门，走入万载井的密室，惊叹于眼前的景象。

他感觉自己熟谙此地，毕竟他曾日夜钻研这里的古老设计。可如今亲眼得见，却全然是另一番滋味。

生命之水一下子吸引了他的目光。池底的某种源头让池水散发出淡淡白光。不管那源头是什么，它很深，光芒也太亮，实在看不清楚。但这些都不重要。他赢了。

他欢呼一声，冲上前跪在池边，贪婪地舀起幽幽发亮的水，大口吞下。这就是大师们所隐瞒的东西，这就是他们的不传之秘。不过，现在他们全都死了，这一切都属于他一个人。

这时，他忽然发现池边站了十多个阴影。它们一动不动，漠然看着他。佛耶戈似乎毫无觉察，也没有注意到水中光源所带来的力量。这个疯王似乎已经完全迷失在自己的幻觉之中。

佛耶戈正深情款款地凝视他死去的妻子。她面如尘土，肉体也已开始腐烂。葛瑞尔不知道国王眼中究竟看到了什么，反正肯定不是现实。

佛耶戈柔声道："亲爱的，你可感到了阳光？是否觉得温暖又美好？回来吧，我们将永远一起生活在阳光下。"

葛瑞尔摇了摇头，差点因为国王的妄想笑出声来。这里唯一的光线就是水面那层缥缈的光辉。

佛耶戈抱着王后走入池中。他背对着葛瑞尔，那把巨剑仍然插在最后一名监卫干枯的躯壳内。现在可以动手了。

葛瑞尔攥紧了镰刀。此时要杀佛耶戈，简直易如反掌。他只需向前一步，将刀尖凿进佛耶戈的后脑勺。这里没人可以阻止他，佛耶戈也已经没用了。此外，他要是知道王后根本回不来，或者说不能活着回来，肯定会大发雷霆。

然而，葛瑞尔并未立即动手。他按捺不住内心的好奇。他已经看过区区几滴圣水在死老鼠身上的效果，可若是人类的尸体浸在水中呢？他知道事情必定不如佛耶戈所愿，但他仍然想要知道究竟会发生什么。

佛耶戈向池心走去，将妻子放入了水中，荡起一片涟漪。他轻轻放开双手，脸上满是崇敬之情。她浮在水面，暗淡无光的长发向外散开，周身的池水晶莹荡漾。

葛瑞尔又走近几步，饶有兴趣地观察着。

水池深处忽有一道亮光闪烁，仿佛暴雨时骤然闪亮的云朵。王后的尸体开始迅速下沉，像是被猛力向下拉去。尸体越陷越深，但真正让葛瑞尔屏住呼吸的，是尸身下沉之后依然漂浮在水面的朦胧身影。

那个虚无缥缈的身影一动不动，与王后的每一个细节均无二致。

她猛然睁开了双眼。

她死死盯着上方的黑暗，眼中溢出淡淡光辉。随后，她从水中升起，没有激起半点涟漪，也没有沾上一滴池水。

佛耶戈轻声唤道："亲爱的。"

她环顾四周，低头看了看自己虚无的两臂，又见自己腐败的尸体正躺在池底。池底的光芒已经暗淡下来，渐渐熄灭。那亡灵回过头来看向佛耶戈，面目扭曲，满是惊恐和厌恶的神色。

"你做了什么？"她的声音杳渺，阴森空洞。

"我把你救回来了，亲爱的。"佛耶戈向她走去，"我把你带回我身边了！"

"放我回去。"亡灵摇头乞求，"放我回去！"

"你还活着，亲爱的！从现在起，一切都会好起来的！"

"放我回去！"她捂着脸大叫道，"我曾与光明同在！我已经安息！"

"但现在我们在一起了，永不分开！"说着，佛耶戈张开双臂向她走去。

亡灵透过她指间的缝隙盯着佛耶戈。他微笑着走近，眼中满含爱意。亡灵又瞥了葛瑞尔一眼。她眼中怒火熊熊，葛瑞尔为之一慑，踉跄后退。她再次看向佛耶戈，升到他上方。

她悬浮空中，狠狠瞪着丈夫。佛耶戈却一脸欣喜地仰望着她，仿佛她是神圣的魂灵。她怒不可遏，戾气汹涌，衣裙和长发在她身边悠然舞动，宛如仍在水中。葛瑞尔又退了几步，佛耶戈却依然迷失在幻觉之中，向她伸出双臂，仿佛在渴求她的拥抱。

她倏然飘动，掠过佛耶戈，朝葛瑞尔飞来，眼中的巫火在空中划出两道青光。她穿过了葛瑞尔的身躯，他失声惊叫，只觉一阵寒意紧紧攥住心脏，不由得倒吸一口冷气。那感觉就像是深深坠入寒冰刺骨的湖水之中。他无法呼吸，浑身麻木。

王后的亡灵在密室中呼啸而过，经过仍被穆清贯穿的监卫尸体，随后又飘回圣水池上。她回到原先的地方，俯视着佛耶戈。葛瑞尔惊魂未定，好不容易缓过气来，才发现王后那双缥缈的手中正握着巨大的王者之刃。

佛耶戈对她的威胁视若无睹，只唤道："快过来，亲爱的！"

亡灵如他所愿。

她一脸愤恨，面目扭曲，冲上前去用王者之刃贯穿了佛耶戈。剑尖穿膛而过，她去势不减，直至十字护手抵在他胸口。

此时此刻，佛耶戈终于颓然色变，方才那张幸福的笑脸上写满震惊。

佛耶戈的血流入水中，池底猛然射出一阵刺眼的光芒，能量的星火在池面上飞舞。葛瑞尔向后一跌，忽然想起玛尔古萨的严厉警告，惊慌地意识到这个老巫婆说的可能是实话。

佛耶戈的肉体在他眼前枯萎，生气和精神全被巨剑吸走。与此同时，池水也越发明亮，为他疗伤。剑与水的力量往复循环，将他困在永无休止的毁灭与治愈中，他的脸在这无尽的折磨之中变得无比狰狞。

池水开始变黑，在佛耶戈颤抖的身体周围翻滚。黑色的雾气从致命的伤口中渗出，像是藤蔓一般四处攀爬。此刻的生命之水仿佛波涛汹涌的大海，水底的亮光越来越强，不住闪耀。

亡灵将佛耶戈的身躯举到空中，葛瑞尔僵在原地。鲜血像是油层一般浮在圣水表面。那对抵死相缠的恋人周身皆是白雾，扭曲翻腾，有如活物。

"你从来没有爱过我。"王后的亡魂贴近佛耶戈的脸，嘶声怒斥，"你若在乎我，就会放我走！"

佛耶戈的表情顿时崩溃，像是一个被砸碎的花瓶。与插在胸口的长剑相比，她的话伤他百倍。

伊苏尔德厉声尖叫，怀着一腔怒火挟着巨剑俯冲，将佛耶戈推向水池。两人重重摔入水中，她继续下潜，朝着池底疯狂闪耀的光源冲去。

佛耶戈的伤口中溢出一道黑暗的痕迹，长长地拖在他身后，渐渐将池水侵蚀。

　　万载井的石室裂开，轰然震动，想必整个海力亚都在颤抖。葛瑞尔被恐惧淹没，只觉一场天灾近在眼前。他转身便逃。大破败就此开启。

第三十三章

一阵刺眼的光芒将整个万载井吞噬。

震波袭来时,葛瑞尔正爬上旋梯,只觉一阵飓风猛地扑来,瞬间将他淹没。他失声尖叫着,溃散在破败之咒的轰鸣中。

余波涌向四面八方,岩石为之碎裂。烁光塔的每一层都化作废墟,蜷缩在塔里的一切生灵瞬间陨灭,尸体也被旋涡吞噬。

巨大的塔身残骸飞上海力亚的半空,坠落之时威力惊人。巨石砖板将图书馆和住宅悉数砸毁,又弹到大街小巷中,死伤无数。全城无不震恐。完美无瑕的金色穹顶和闪耀数百年的彩色玻璃全部化为碎片。长柱折损,房屋坍塌,无人得以生还。飞向码头和海湾的石块击沉船只,砸死生人,激起冲天的水柱。

烁光塔前的广场猛然坍陷,荡起阵阵涟漪,像是有人将砖块扔进池水之中。铁之团的骑士和仅存的庶军将士惊恐地看着爆炸波袭来,只一瞬便消失了。

莱卓斯被十几把利刃刺穿,他的断剑落在手边。莱卓斯只剩最后一口气,根本没有注意到毁灭的巨浪正轰然涌来。他眼中只有静静躺在他身边的卡莉丝塔。她眼神空洞,茫然地注视着虚空。他伸出手,戴着重甲的手指紧紧裹住她苍白无力的手。

他轻声道:"先灵圣殿见,我的爱人。"

震波卷过,将他化作虚无。

老咨议官努尼奥在走向码头的路上看到了末日的来临。

他无可奈何地叹道："诅咒啊。"眼见毁灭的浪潮袭来，他紧紧闭上了双眼。

"我们快到了！"瑞兹回头叫道。

他们再往下走一段就到码头了。从他们所在的地方，只需下一段狭窄的阶梯和几条街道就行，比学者道便利许多。

他一边等着其他人赶上来，一边寻找"剑鹰号"。可港口停满了卡玛维亚的船只，他一时半会儿无法分辨。奇怪的是，他看到有艘船正在离开港口，驶向圣霭，可是距离太远，他也无法确定那是不是他要找的"剑鹰号"。

瑞兹还来不及告诉其他同伴，炽烈的光芒忽然闪耀整片天空。他被晃得睁不开眼，不由得暗骂。轰隆的爆炸声随之而来，房屋地面都开始剧烈摇晃。

泰鲁斯低声道："天哪，他们做了什么？"瑞兹在师父眼中看到了他从未见过的恐惧。

随后，全城的屋舍如水波一般荡漾。地面震裂，石砖破损，楼房屋舍轰然倒塌。瑞兹踉跄几步，抓着身旁栏杆想要站稳，可此时的地面比暴风中的甲板还要颠簸。泰鲁斯单膝跪地，怀里还抱着小托卢。双胞胎姐妹艾比和卡丽摔倒在地，哭了起来。真达卡亚和她的助手皮奥特、艾伊拉放下沉重的木箱，蹲在地上，一脸惊恐地环顾四周。

瑞兹将双胞胎扶起来，确认她们没有摔伤，随后又看向来时的路，顿时惊住。

从这里抬头看去，本该看到烁光塔矗立于城中最高处，而且从全城的每一个地方都能看到，可它现在……消失了。取而代之的是一片青绿色的能量风暴，正向外狂涌。瑞兹立刻明白他们根本不可能在风暴袭来之前赶到码头。

其他人似乎也有同样的想法，全都僵在原地，目不转睛地盯着眼前的可怕景象。摧毁一切的巨浪正向他们呼啸而来，一路吞噬所有事物。

瑞兹低声道："这是怎么回事？"话音未落，他便想到这必定与万载井中的那个古代符文有关。他羞愧不已，仿佛身受酷刑。

学者道上忽然出现了一小队骑士。他们勒马狂奔，想要逃离迅速逼近的爆炸。瑞兹认出骑在最前面的便是这些骑士的首领，他那匹巨大的骏马疾驰如电，可这依然不足以让他逃脱。

一大片进着蓝绿色能量的强光涌向整个城市，刺眼无比。所到之处，建筑便像是被木槌击碎的冰块一样四分五裂。几个卡玛维亚骑士顷刻之间便被淹没，消失无踪。他们的首领大声咆哮，拼命要逃，最终却也被吞噬。

那片强光继续呼啸而来，摧毁沿途的一切，以惊人的速度直奔码头。

"都到我身边来！"泰鲁斯大叫，"所有人！快！你也是，瑞兹！"

其他人围了过来，将泰鲁斯紧紧包在中间。泰鲁斯抱紧托卢，不让他看到这汹涌而来的毁灭，而双胞胎则攥住泰鲁斯的长袍。真达卡亚蹲下身子，用双臂搂住双胞胎，紧闭双眼，转过身去。皮奥特用满是烧伤的手臂抱住了艾伊拉。

瑞兹却没有移开目光。就算他要死，也不会向死亡低头。

爆炸波冲来，瑞兹发出了怒吼。而正当他们被击中的那一刻，一道刺眼的白光包围了他们。瑞兹什么也看不见，只听一阵震耳欲聋的声音，像是有一万个魂灵在痛苦和惊恐中尖叫。随后，声音消失不见，刺眼的光芒也渐渐淡去。

瑞兹看向泰鲁斯，他身上仍有余光，而他脖子上的魔符正在发亮。

可怕的强光已经过去，他们躲过一劫！

而在他们周围，整座城市已经化为废墟。目之所及，街道皆被夷为平地，只剩一地瓦砾。瑞兹敢肯定，整个海力亚只有他们几人幸存。

他向港口望去，只见港内的船只无一幸免，全都像是折断的树枝，桅杆和船身悉数化作碎片。爆炸波仍在从港口涌出，但已经明显减弱。它冲向远处的卡玛维亚船只，差点将其掀翻，但爆炸的力量已经衰竭，那艘船最后安然无恙。

真达卡亚低声问道："结束了吗？"

魔法爆炸的余波渐渐抵达天际线上的圣霭边缘。青光掠过，像是云层中森然闪现的电光，将迷雾变成丑陋的青灰色，仿佛一大片风暴云。

瑞兹道："我看还没有。"

圣霭的颜色越发暗沉，还有能量在其中爆炸，不时闪现出一道道弧光，看上去险象环生。很快，圣霭已经漆黑如墨，随后坍塌殆尽。

远处那艘卡玛维亚船只已经消失，没入时不时闪现幽光的黑雾之中。

真达卡亚道："黑雾是离我们越来越近了吗？"

没错。

圣霭已经变得比漆黑无光的夜晚更黑，飞快地向他们逼近，像是一头没有眼睛的贪婪猛兽，张牙舞爪地伸出触手，滚滚而来，令人胆战心惊。

瑞兹瞥了一眼师父，问道："刚才那招还能再用吗？"

泰鲁斯摇了摇头。他看上去已经筋疲力尽，呼吸粗重。"刚才的屏障已经耗尽我的魔符力量。"他气喘吁吁。"还要一段时间才能恢复。"

很快，他们发现黑雾的力量与先前击碎巨石和血肉的爆炸波不一样，但同样惊悚。

黑雾不断扭动，穿过港口，吞噬了外缘的船只和码头，似乎扭转了爆炸造成的损害。桅杆和破裂的船体仿佛恢复如初，巨石也被抬起来放回原处……只是大为古怪。码头边上的建筑刚刚才被击碎，此刻却重新成形，石块仍是被毁时的样子。大块砖石悬在空中，被青光包围，停留在受到爆炸波冲击之后的那一瞬间。沿路的树木重新以虚无缥缈的幽灵形态出现，透明的枝叶在不再存在的风中摇摆。

"蹲下！"真达卡亚边喊边将双胞胎拉到身边，蹲在大箱子后面，躲避向他们涌来的黑雾。

面对沙暴一般狂涌而来的冲击，瑞兹遮住眼睛，蹲在真达卡亚身边，勉力顶住冲击。

黑雾经过，众人只觉得像是被浸入冰冷的深潭之中。瑞兹感到体内的所有温暖都被抽走，不由得倒吸一口冷气，像是有双冰冷的利爪将他的心脏和灵魂紧紧攫住，惊得他跪了下来。刺耳的低语和遥远的尖叫从四面八方涌来，一股绝望之情将他压倒在地。他紧闭双眼，痛苦地呻吟，只想就此沉沦于黑暗，了结一切。

一只手将他拉了起来，他终于得以摆脱痛苦。他睁开眼睛，看到一脸担忧的真达卡亚。

他眨了眨眼，环顾四周。整个海力亚都笼罩于黑雾之中，连几百码外的情形都混沌难辨。泰鲁斯和其他人四下扫视，满面惊恐，显然都和他经历了同样的体验。孩子们瞪大眼睛，脸色苍白。

整座城仿佛已经重建，但极其诡异。海力亚回来了，可一切都已扭曲变形，仿佛痛苦不堪。

瑞兹从黑雾的缝隙之中瞥见高大的烁光塔再次矗立于城中，以诡异的方式重建起来。塔的下层静止于向外爆炸的过程中，因而塔身的上半部分都失去了支撑，却又没有倒下，而是悬停在城市上空，在黑雾的缭绕之中一动不动。

真达卡亚提醒道："这里不止我们几个。"

瑞兹向下一看，只见建筑之中出现几个人影。卡玛维亚侵略者并未杀尽所有海力亚人，许多人藏了起来，此刻才逐渐现身。然而，被诡异地修复的不仅仅是建筑。

这些人并非活人，而是幽灵般的影子，没有实体，模糊不清。瑞兹曾在万载井中见过这样的影子，看见此番情形，顿觉寒意刺骨。

一些鬼魂发觉自己已非生灵，惊恐之下，失声惨叫，哀号命运不公。还有一些似乎十分迷茫，又或者根本不明白自己身上发生了什么。

泰鲁斯喃喃道："不对劲。"

瑞兹道："还用说吗？"

泰鲁斯无视他的讽刺，又道："两界之间的屏障一定是被撕开了，或者说灵界中的死者被强行拉了过来。大事不妙。"

真达卡亚低声道："这就是诅咒。这些肯定是城中的所有亡灵，也许是整片福光岛的所有亡灵。"

大多数亡灵都无视他们，或者还没有注意到他们，但瑞兹发现之前已经灰飞烟灭的卡玛维亚骑士也回来了。他们离得很远，部分被黑雾遮住，但瑞兹看见他们的首领已经与他的战马融合，变成了一个半人半兽的怪物。他扬起马蹄猛踏地面，戴着头盔的头左右摇摆，感受自己刚刚获得的死灵生命。

他大概感觉到了瑞兹的视线，脑袋一偏，头盔里溢出绿色的寒光。随后，这头巨兽开始向瑞兹走来，眼中燃着苍白的火焰。他虽非实体，但披着黑色重甲的身形仍有一种沉重的体态，手中的利刃也极为真实。

"我们得走了！"瑞兹叫道。

真达卡亚问："你觉得还有船能幸存？"

瑞兹觉得不太可能，但眼下也没有时间再做打算，只道："快，下去！"

人马合一的巨兽就像一条无法抗拒本能的猎犬，慢慢跑了起来，最后发足奔向正在走下阶梯的瑞兹一行人。

瑞兹催道："快！"走到一半时，他冒险回头看了一眼。什么也没有。那怪物不可能跟着我们走下这些陡峭狭窄的台阶。应该吧？

他们下到台阶底部，飞快跑入一个小型喷泉广场。喷泉里的雕像残破不堪，口中溢出腐败的黑水，忽然同时将头转向来人，目露凶光。

"别停下！"瑞兹一边喊，一边带头跑进一条狭窄的小巷，他知道这里通向码头。

就在他们进入小巷时，从身后传来砰的一声巨响。

"天哪！"助手艾伊拉哀号一声。瑞兹回头一看，只见那个半人半马的骑士就在广场上，炽热的马蹄在地上踏出一片裂纹，形如蛛网。他看到了瑞兹他们，提起长戟猛冲而来。

真达卡亚拔出一件圣石武器，向那怪物发出了一道光箭，正中要害，把他身上的盔甲刺穿一个洞。然而他并没有像跟着瑞兹从万载井出来的亡魂那样消散，也没有减缓冲刺速度。他大声咆哮，怒然向他们冲来。

他们只能拼命逃亡。

小巷蜿蜒曲折，人马骑士在这样的狭小空间里无法施展拳脚。他转弯时速度过快，直接撞上墙壁，弄掉了几块砖，蹄子也在光溜的石板上打滑。但他显然不肯罢休，执意追击。真达卡亚再放一箭，照亮了黑暗，可惜出手太过匆忙，光箭从对方头顶划过，并未射中。

"走这边！"瑞兹边喊边推开一个店铺的后门。

门很窄，那骑士可能过不来。门后是一个制图师的办公室，这些年瑞兹常常来帮泰鲁斯取地图，他知道前门离码头不远。

老制图师的幽灵坐在他的斜面绘图桌前，但由于他是湮灭之后变成的死灵，瑞兹几乎已经认不出他来。他的血肉之躯已消失不见，只有一卷卷扭曲的羊皮纸和地图被黑雾和发光的能量固定在一起，粗粗构成人形。他手中仍然紧握着生前惯用的精制羽毛笔，在一张长长的羊皮纸上疯狂涂画。

最后进门的是真达卡亚。她举起圣石武器向身后放箭，然后砰的一声关上门。其他人急忙推倒一个书架，把门堵住。可马蹄忽地从外面砸门，吓得他们纷纷后退。

泰鲁斯道："这样撑不了多久。"

"从前门出去！快！"瑞兹大叫。

制图师的亡魂抬头看向闯入办公室的众人，他们踩着玻璃碴和散落一地的地图，在匆忙中把屋里的东西撞得东倒西歪。制图师被这群莽徒惹恼，仰天发出一声愤怒而空洞的长啸，展开羊皮纸构成的四肢，像是一条条猛蛇在空中狂舞。

一条羊皮纸缠在艾伊拉颈间，另一条则紧紧捆住泰鲁斯的一只手臂。艾伊拉跪在地上，两眼圆睁，几乎透不过气。忽然白光一闪，一记重锤将制图师的亡魂砸成两半，救下艾伊拉。真达卡亚将艾伊拉扶了起来，瑞兹则看向皮奥特手中熠熠发光的武器，向这位壮士点头致敬。

他们身后的门猛然打开，门框断裂，向内塌陷。人马骑士正使劲砸开路，想要进门，可他实在太过庞大，只能怒吼一声，转身离开，奔出小巷另寻他法。

"我们快到了！"瑞兹一边大叫，一边带众人冲出前门。他们已经抵达海滨，码头近在眼前。他们全速向前冲，可当他们接近码头时，瑞兹却放慢了脚步。

泰鲁斯气喘吁吁地问："怎么慢下来了？"可他随后便看到了瑞兹在看的东西，也停下了脚步。

港区的船只已经被炸得四分五裂，然后又被岛上释放的魔咒部分修复，现在全是阴森扭曲的残骸。船头的艏饰注视四周，目眦欲裂，似在怒啸，甲板上则是缥缈的水手亡魂，恶狠狠地盯着城中仅存的生灵。

泰鲁斯将一只手放在瑞兹的肩膀上道："孩子，你尽力了。"

厄洛克·葛瑞尔低下头，惊奇地看着自己被重造的双手。它们虚无缥缈，淡淡发光，指尖竟成了凶狠的利爪。

他环顾四周，又露出猎食者的表情，嘴角咧开一个狰狞的笑容。他已经脱胎换骨。他的脸只剩骷髅，眼中幽光闪耀，一口尖牙密密麻麻，如同恶鲨。此时此刻，他灵魂中的黑暗全部外化。

万载井也已经被重造，黑雾笼罩了整个密室。葛瑞尔满怀好奇地前行，穿过大门，溜到卡玛维亚国王殒命的水池。曾经纯净无比的生命之水已经变成一潭黑色的烂泥，表面光溜溜的，像是一摊油渍。他没有看到国王和王后的灵魂。先前在池底的奇怪强光也已消失。

葛瑞尔在烁光塔各层漫游，欣赏每一处神奇的景象，最后遇到一个长者打扮、一脸贪相的亡魂。

他咧嘴大笑，叫道："巴泰克。"

"葛瑞尔？"那亡魂一颤，攥紧双手，"是……是你吗？"

"不错。"说着，葛瑞尔挥着镰刀向前飘去，"正是在下。"

大师的亡魂大张着嘴，在恐惧中哀号。他拼命想逃，但葛瑞尔瞬间欺近，用镰刀钩住了他。葛瑞尔将巴泰克抬离地面，细细品味从他的魂灵中涌出的一波又一波的恐惧和痛苦。片刻之后，大师身形消散，凝聚成一个光球。

葛瑞尔低声道："有意思。"颤抖的光球似乎还在痛苦中，他不禁微笑，缓缓将光球从刀刃上拔下来，感受它在痛苦中的每一次抽动。

他将镰刀收入鞘中，伸手一挥，一只形状扭曲的灯笼便出现在手中，与他生前用的那盏相似，只不过框架是由骨头制成的。他把光球塞了进去，灯笼便透出亮光。

他凑近去看，只见巴泰克的灵魂被困在里面，惊慌失措地到处乱窜。

"实在是有意思。"

他抬起头，看到其他惊恐的亡魂。大师们四散而逃，他脸上的残忍笑意逐渐加深。现在是他说了算。如今的他，可以肆无忌惮地摧残那些胆敢跟他作对的人，而且他还有永无止境的时间。

多年来，他们对他不屑一顾，只会讥笑他不过是个垂尸人。他们既然把他变成了现在这副模样，就该为自己的傲慢和残忍付出代价。

他嘶声道："厄洛克·葛瑞尔已经死了，现在只有锤石。"

他纵声大笑。

锤石说道："这真是，妙不可言……"

数以百计的亡魂正在黑雾中聚集。他们恶狠狠地盯着瑞兹一行人，眼中燃着苍白的火焰。有些亡魂龇牙咧嘴地咆哮，还有些则在黑暗中游荡，就像火光附近的狼群，伺机进攻。

其中一些亡魂不那么凶恶，甚至有些令人怜悯。他们似乎心烦意乱，在远处徘徊，一面拉扯自己的脸和飘忽不定的头发。有些亡魂哭着求救，还有一些则在招手吸引生灵加入他们的行列。瑞兹认出了其中几人，而他们竟叫起他的名字，并乞求他帮助他们安息，令瑞兹备感惊恐。

泰鲁斯提醒他："别去听他们说话。他们已经不再是我们曾经认识的那些人了。"

他怀里仍然抱着小托卢，双胞胎则紧紧抓住他的袍子。

真达卡亚警惕道："越来越多亡魂聚过来了。"瑞兹见她拿着两件圣石武器，一件是他以前见过的造型优雅的远程武器，还有一把握柄上镶有圣石的长刀。她的两个助手也带着类似的装备，皮奥特拿着他那把巨锤，艾伊拉则有一张闪闪发光的白弓，中心嵌有一块圣石。弓上无弦，但瑞兹毫不怀疑它的杀伤力。他见识过这些武器的厉害，心下庆幸他们能与真达卡亚同行。

泰鲁斯猜道："可能他们是被我们的生气吸引过来的，就像水蛭闻到血。"

真达卡亚道："你这个比喻未免有点太过贴切。"

一个亡魂穿过迷雾，向他们伸出手臂。他几乎不成人形，拖着长长的下巴，指尖是一排利爪。真达卡亚的圣石武器发出刺眼的灼热光束，将他刺穿。他哀号一声，像是一片烟雾被强风吹散。另一个亡魂又朝他们冲来，却被艾伊拉的长弓击溃。

瑞兹用双手在空中形成一个符文，又挥拳打向另一个朝他扑来的亡魂。一股紫色能量向外喷发，在空中留下一道符文痕迹。那亡魂不断扭动，最后化作油腻的黑气，渐渐消散。

瑞兹忽听身旁传来几句低声咒骂，转身看见两个幽灵正将皮奥特拖向黑雾。他狂舞大锤，把其中一个幽灵砸破成烟，但又有其他幽灵扑过来抓住了他。真达卡亚击溃了一个，艾伊拉长弓连闪，将其他几个幽灵全部驱散。

忽听双胞胎艾比和卡丽尖叫起来，一个脸正像蜡烛一样熔化的亡魂咆哮着扑了过来，从侧面抓住泰鲁斯，拽得他脚下不稳。

"师父！"瑞兹大喊一声，但他还未行动，泰鲁斯已将一只手掌放在抓住他的亡魂额上，指尖迸发星火。亡魂的头部骤然发光爆裂，随即倒下，化作黑烟。

亡魂仍在源源不断地扑来，瑞兹用符文力量将他们一一击溃。

他们几人站成一圈，背靠背，孩子们则蜷在圆圈中心。亡魂们见同伴受伤，对瑞兹他们很忌惮，便暂时撤离。

瑞兹道："我们得想办法离开这片黑雾，亡魂只会越来越多。"

瑞兹见师父和技师相互对视。他们都不指望有人能够生还，可瑞兹依然不愿屈服。闯入禁地，并且成功逃脱，本来就是他的看家本领，这一次也不例外。

他忽然想起方才在港口所见，便低声道："等等。"他迅速扫视周围，爬上附近一座雕像的大理石基座，好看清海面。

泰鲁斯问道："你在找什么？"

"在那儿！"瑞兹边叫边指向海面。即使透过黑雾，他也能看见远处的卡玛维亚船正朝向开阔的水域驶去。

"卡莉丝塔小姐用自己的性命为我们赢来了现在的机会，我们不能放弃。"

泰鲁斯皱眉道："难道你想游过去？"

瑞兹道："不，我想让你相信我。"

他跳回地面，打开那本符文典籍，疯狂地寻找他要的那一页。翻到后便迅速开始浏览上面的艾卡西亚楔形文字。

泰鲁斯低声喝道："那是什么？"他又看了那本书一眼，一面警惕那些聚集的亡魂。"瑞兹，你从哪里得到的？"

瑞兹仍忙着浏览书页，并不回答，只是摆了摆手道："以后再说。我可以做到。我觉得我可以。"

真达卡亚催道："不管你要干什么，快点吧。看！"

那匹巨大的人马骑士正从黑雾中朝他们飞奔而来。

他冲进大群亡魂之中，踏在他们身上，用长戟将挡路的亡魂扫到一边。真达卡亚和艾伊拉放出灼热的光箭，却对他毫无影响。瑞兹使出符文禁锢，可那怪物竟马不停蹄，径直冲来。

皮奥特提着巨锤，挺身挡在众人身前。此举虽说鲁莽，却令人钦佩。

人马骑士欣然应战，举起长戟，俯身冲向皮奥特。

皮奥特稳住脚下，一直等到那庞然大物近在眼前时方才出手。他的巨锤闪出亮光，砸向对手侧面。这一锤虽然击中，对方却也同时挥戟砍中了皮奥特。

人马骑士被撞到一边,在鹅卵石上跟跟跄跄跌了好几步。

皮奥特倒下了。瑞兹一眼就看出他再也站不起来了。刚才那是致命一击。不过,皮奥特还没有死,当他挣扎着要站起来时,几个亡魂迫不及待地抓住他,将他拖入黑暗。

艾伊拉大呼着要去追他,却被真达卡亚阻止。

"他走了,艾伊拉。他已经走了。"

瑞兹瞥了一眼四周。那巨大的人马骑士已经重新站稳,皮奥特那一击虽然伤到了他,却没能将他毁灭。瑞兹心想,他若再来,恐怕无人能够生还。

"师父?"

泰鲁斯喊道:"动手吧,瑞兹。"

于是瑞兹吸入前所未有的巨大能量,紫色符文也在他的血肉之中燃烧。

"我感觉到手底的土壤。"他一面喃喃低语,一面迅速移动手臂,在空中画出符文。

一圈符文出现在他们周围,缓缓旋转,瑞兹只觉得巨大的能量几欲将他压垮。

"我感觉到手底的土壤!"他大吼一声,符文圈终于闭合。

黑雾向他们逼近,人马骑士又发起冲锋,挥舞着长戟要将他们砍倒……可他们已经凭空消失了。

"剑鹰号"起伏不断的甲板上忽然出现了一圈燃烧的苍白符文,船员急忙高声示警。

"又怎么了？"薇尼克斯船长惊呼一声，转过身来，手中握着那对长长的弯刀。

她方才默默看着海力亚的陷落。"剑鹰号"上方的白色雾墙变暗倒塌，可怕的黑雾蠕动蔓延，至今令她震颤。身处白雾之中让她感到活力四射，雾中的魔法让她的瓦斯塔亚血液欢腾不已。然而腐败的黑雾却充满邪气，仿佛会抽走她的灵魂。

符文圈内出现几个人影，闪烁的能量在他们周围舞动。起初，他们像幽灵一样没有实体，薇尼克斯和船员们都拿好了武器。随后光线慢慢减弱，人影也逐渐成为实体。她看到圆圈中心还有几个年幼的孩子，便放下了手中的利刃。

"成功了！"一个瘦小的年轻人大叫着跪倒在地。他似乎已经筋疲力尽。符文在他的血肉中闪闪发光，渐渐退去。薇尼克斯认出他是上次跟卡莉丝塔一起上岛的那个长者的学徒。

长者也跪坐在地，伸手揽过他的年轻学徒道："你做得很好，孩子。"

薇尼克斯忽然吼道："我感动坏了，可你们还没完全脱险。看！"

铁之团的幽灵骑士们正乘在一片涌动的黑雾之上，穿过港口向他们飞奔而来。他们的宗师赫卡里姆已成为半人半马的怪物，在骑士团的最前端怒踏铁蹄。所有骑士的眼中都燃着巫火，炽热的马蹄凌空踏在汹涌的海面之上。

薇尼克斯在十二大洋上航行多年，见闻无数，却也从未见过死掉的骑士和战马冲过海面。这种诡异感把她吓到了，但她可不想让船员看到她的不安。

薇尼克斯咆哮道："步战准备！"船员们应声跃到右舷，拔出长剑，举起绳钉。"告诉那些浑蛋，死人就该老实躺着！"

刚来的一人喊道："你们的武器没用！"薇尼克斯一看，说话的正是她之前在人群中看到的那个娇小的黑皮肤女人。她的一头白发看起来像是熔化的银浆。

"那你有什么建议？"

那女人没有作声，只是将一把小巧而优雅的武器对准了向他们冲来的幽灵骑士，放出一道光箭。光箭划过黑暗的水面，击中一个骑士，闪现刺眼的电晕。其他骑士紧勒缰绳，俯身加速向前冲来。在她身侧，一个光头助手用一张奇怪的弓指着进犯的亡魂。纯白的光箭连续射向扑来的敌人。

薇尼克斯喊道："你还有这种武器吗？"

白发女人又向迎面而来的幽灵发射了一道光箭，然后匆忙解下背上的长皮箱，把它扔给薇尼克斯。"打开！"

薇尼克斯扯开皮箱，抽出一把她从未见过的长形武器，像是某种巨大的弩弓，只是它没有扳机，没有弦，也没有箭。她一拿到那件武器，便感觉皮肤微微刺痛。

白发女人道："需要训练和时间才能适应。你现在没办法用它发射，但有石头的魔力在，至少也能算是根好棍子。"

薇尼克斯把武器举到肩上，回想起卡莉丝塔用路石分开迷雾的样子，心想这件武器大概也是类似的操作方式。

"给我射啊，你这破烂东西！"她刚吼完，一股炽热的光芒便从武器顶端发射出来，吞噬了一名骑士。

三个女人并肩而战，手中的武器接连闪耀。骑士们在箭雨之中继续冲刺，直到他们的宗师在愤怒和痛苦中咆哮，最终决定转身离开。他已经中了十几箭，黑色盔甲上满是裂口，麾下的骑士也所剩无几，就连黑雾也因这场光芒四射的防御战而蜷缩起来。眼看最后一个幽灵骑士退回到黑雾笼罩的岛上，薇尼克斯的船员们欢呼起来。

白发女人放下手中的武器，一脸惊奇地看着薇尼克斯，低声道："一般人要花好几个月才能用这些武器放出一丁点火花，好多人根本连火星都弄不出来……"

薇尼克斯冲她眨了眨眼道："我能说什么呢？我不是一般人。"

"的确不一般。"说着，白发女人饶有兴趣地打量她道，"卡莉丝塔小姐说你是个好人。我看还得加上一个词——有意思。"

薇尼克斯心想，回头得向卡莉丝塔道谢……但她有一种可怕的预感，她可能再也没机会了。

"她也逃出来了，对吗？"她嘴上这么问，心中却隐隐猜到了几分，"还有别的法子，对吧？"

幸存者们沉痛的表情已经说明了一切。

身材高大的长者道："她牺牲了自己，让我们逃脱。多亏她把铁之团引过去，我们才能成功出逃。"

薇尼克斯如遭重击，垂头嘀咕道："听起来，确实像她，这个该死的傻瓜，就知道装高尚。这么说，活下来的只有你们几个？"

泰鲁斯道："恐怕是的。"

薇尼克斯往脸上一抹，泪水已经快要决堤。"好吧，那你们最好能证明自己对得起她的牺牲。"

叛徒……

卡莉丝塔猛然睁开眼睛。她站了起来，因记忆中的疼痛而呻吟，低头看向从胸口刺出的黑色刀刃。

叛徒啊……

她咬紧牙关，拔出戟刃，发出割破血肉的声音，然后把它扔到地上。然而她胸口仍留有那件凶器的残影。卡莉丝塔不解地盯着，想要将它拔出，却见自己的手径直穿过那残影。她慌乱地看到自己的手臂透明发光，像轻烟一样没有实体，手指也都拉长变成了尖爪。

若非她已不能呼吸，她低头看自己时，必定会惊得喘不过气来。她的盔甲和武器仍在，只是已经变黑破损，仿佛经历了一场大火。而她此刻毫无血肉。

"卡莉丝塔。"一个声音在回响，听起来既近又远。

她转过身，看到一个高大的亡魂近在眼前。他身上的黑色盔甲已残破不堪，透明的身体从盔甲裂缝中透出光芒。他一只手握着断剑，虚影显示出剑身折断前的样子。

卡莉丝塔注视着头盔阴影下那张幽灵般的面孔，震惊地睁大双眼。

她低声叫道："莱卓斯？"

他沉声应道："是我，我的爱人。"她瞬间被痛苦和悲伤淹没。她所爱的那个骄傲、强大、忠诚的男人已经消失不见，只剩下这个残破的亡灵，像是在恶意嘲弄她生前认识的那个高贵之人。

她转过身去，城市的一片荒芜映入眼帘。

曾在开示之门下战斗至死的五十名庶军将士全部在她面前列队听命。她没想到他们也都被困在这里，心中一片绝望。他们是因为她才会沦落至此，是她让他们全部受到了诅咒。

卡莉丝塔哀号道："我希望这只是一场梦。"

莱卓斯道："这是个噩梦，但却是真的。"

黑雾像是活物一般，在四周蠕动盘旋。

叛徒……

"谁在说话？"卡莉丝塔大叫一声，四处张望。

"我什么也没听到。"

卡莉丝塔回头看向莱卓斯，皱眉道："所以我们已经死了。"她的语气是在陈述，而不是提问。"就是这样。"

莱卓斯点了点头。"但这里并不是先灵圣殿。"

卡莉丝塔道："我记得有一道温暖的光。我还听到里面传来声音，他们在欢迎我，可我又被拖走了。我一醒来，便是这样的诅咒。"

"无论这里发生了什么，我们都会将它逆转。然后我们就可以回到先灵圣殿中安息，一起安息。"

叛徒。

卡莉丝塔眯起了眼睛，忽然想明白了，嘶声道："佛耶戈。这是他干的。"

叛徒。

她只觉义愤填膺，怒火淹没了她，淹没了一切，淹没了所有的悲伤、惋惜、失落和痛苦。

莱卓斯拿出他之前在阿洛维德拉时想要送给她的项链。"来。"他将项链递给她。"即便死后，这项链依然代表我的真心。"

卡莉丝塔气得浑身颤抖，根本没留心他在做什么。

叛徒。

背叛充斥了她的一生。佛耶戈，赫卡里姆。她一想到这两个名字，一对幽灵般的长矛便出现在她的背后，如同脊刺般凸出。剧烈的疼痛令她不由得闷哼一声，但她情愿如此。疼痛让她更为坚定，让那些背叛的记忆历历在目。

这两人是主犯，但背叛她的人远不止此。努尼奥·奈克里特、拉祖·菲罗斯、厄洛克·葛瑞尔，还有其他人。她记得她一生中遭受的每一次背叛，无论多么轻微，都让她充满愤怒和苦涩。她的高尚让她变成一个傻瓜，一次又一次地遭人背叛。

她的背上又现出数把长矛。

莱卓斯轻声道："你怎么了？"

卡莉丝塔没有回答，心中只剩下仇恨。她要报复所有辜负了她的人。

"叛徒，他们全是。"

莱卓斯道："别放弃，留在我身边！"

黑雾裂开，露出几个两眼放光、面目可憎的亡魂。他们胯下的兽魂身披盔甲，或许一度是战马，现下却像是猎食的野兽，鼻中冒着黑烟，嘴里伸出獠牙。

"铁之团。"莱卓斯怒吼一声，举起手中的剑和盾牌，走上前去。

卡莉丝塔怒视在迷雾边缘徘徊的骑士亡魂，目光炯炯，溢出巫火之光。

她嘶声道:"叛徒……"

仇恨像火焰一般在她体内熊熊燃烧。长矛的虚影忽然凭空出现在她手中,闪闪发光。

"留在我身边,卡莉!我们一起对抗他们。我们一起和他们战斗。"一个声音从近旁传来,可她不知道是谁在说话。这已经不重要了。除了复仇,一切都不存在。她毫不犹豫地冲上前去,掷出长矛。

武器的虚影击中了一个骑士的脖颈,他的亡魂摔下马鞍。其他骑士也驾着嘶鸣的战马发起冲锋。庶军举矛迎敌,卡莉丝塔手中又幻化出新的武器。

她喊道:"叛徒,统统去死!"

瑞兹从船上看着海力亚的废墟被黑雾笼罩,逐渐远去。邪恶的阴霾已经横亘整片福光岛。

他不知有多少人丧生于此,想想便不寒而栗。有多少人的灵魂正被困在那片地狱般的黑暗之中?

只有我们得以逃脱。

悔恨、内疚和羞愧重重压在瑞兹心上。他还没有从方才的恐怖之中缓过神来,现在只觉筋疲力尽。他也知道,他不会再是过去的自己。

那个变态的锤石监守吏曾说他在瑞兹身上看到了自己的影子。瑞兹至今无法释怀,正是因为这些话并非无稽之谈。然而他现在已经看到,人一旦屈服于痛苦和自私,就会沦落到何种境地。他现在已经明白，这世上还有比他自己那些烦恼更重要的事情。他发誓再也不会任由野心驱使自己。

他沉思道："现在怎么办？"

真达卡亚开口，瑞兹才注意到她就在身旁。"船长说得对，我们要保证自己对得起卡莉丝塔的牺牲。"

瑞兹看向她。她和她仅剩的助手已经将圣石武器收回箱子里，但她拿出了其中一件，翻来覆去地把玩，像是第一次看到它。

瑞兹道："但是怎么做呢？"

真达卡亚道："我想我们每个人都得自己想办法。"

"你会怎么做？"

"我还不确定。"真达卡亚耸了耸肩，"但这些武器的确能用来对付亡魂。再不济，我也可以多做些武器，训练新的哨兵来使用它们，然后回到这里，结束这一切。"

瑞兹回头看向海力亚。即使是远望，也能看到数百个亡魂像雕塑一样静静站在岸边，紧盯着"剑鹰号"远离。而他知道，这不过是他们中的一小部分而已。真达卡亚说的似乎是一项不可能完成的任务。

瑞兹道："那你可需要不少哨兵。"

"万事开头难。"

她留瑞兹一人继续忧郁。他呆立原地凝视远方，直到黑雾将整片岛屿完全遮住。

数千年来，这里一直以福光岛为名，但瑞兹觉得这个名字已经不再恰当。这片岛已经不复往日的光辉。

他喃喃道："暗影岛。"

然后转身离开。

尾声

三十年后

我浑身疼痛，神蚀骨销。当我写下这些文字时，已经视力衰退，双手颤抖。我曾经拥有的一切美好都已消逝……然而薇尼克斯仍然在我身旁，忠贞如初。

我曾恳求她离开。我不希望她记忆中的我只剩一副如此年迈虚弱的躯骸。我希望她只记得那些美好的时光……我们曾是何等美好！当然，瓦斯塔亚血统让她的外貌几乎毫无变化。她仍是那个意志坚定的强悍之人，一如既往地充满活力与爱。

泰鲁斯早已背弃我们，带着瑞兹离开了，说是有比福光岛更重要的东西在等着他。当然，他说得没错……因符文战争而丧生的人不计其数。整个国家瞬间湮灭。若非海力亚沦陷，这一切都不会发生。

在破败之咒爆发后的这些年里，我一直在努力终结福光岛的诅咒。我怎么可能放弃？所有亡魂都将永生永世被囚禁于此，无法往生。他们本该安息。没有人比卡莉丝塔更应该得到安宁，然而她却仍然在岛上的某个角落徘徊。

我后来带人进入过多少次黑雾，我已经数不清了。每次都让我付出了代价，岛上一日便会耗费人类一年的生命。但我们已经抢回了大量圣石，制成新的武器。我们甚至还设法从库房中取回了一些魔法器物。它们太过危险，必须加以保护。我不敢想还有多少器物已经被敢于上岛的拾荒者盗走。

　　我想要挽回破败之咒所造成的惨象，但至今尚未完成这一使命……但即便是现在，我们仍有希望。那是卡莉丝塔舍身为我们留下的希望。既然还会有人加入这场战斗，她的牺牲便没有白费，我也得以安息。我已经尽力招募他们、训练他们、武装他们，为的是驱逐那片黑暗。新哨兵的队伍日益壮大，其中大多数人从未知晓福光岛往日的辉煌。但在诅咒结束之前，他们会战斗不息。我知道他们会担起这份重任。

　　他们已经一次又一次地证明了自己，也拯救了无数生命。多年之前，黑雾便开始涌出岛屿的边界之外。所到之处，人畜不留。但只要黑雾来袭，我的哨兵便会全力抵御。

　　我们的新前哨即将完工。新晋哨兵将在此接受训练，共同完成我们的使命。我们共有的知识和圣石武器都将贮存在此。我在此地写下这篇日志，也将在此地结束我的人生。

　　眼前的一切或许尽是黑暗，但希望的火星仍在燃烧。

　　无须太久，这火星便将烧成烈焰，黑暗也终将被驱逐殆尽。

哨兵技师，真达卡亚

致谢

即使是在最理想的情况下,小说的创作也充满了挑战,更何况根本就不存在最理想的情况!在本书的写作过程中发生了许多事,有一段时间我甚至不确定我是否能完成它。但我做到了——归功于下述诸位的襄助。在此,我谨致以诚挚的谢意。

首先,如果没有我的岳父母——翠西和盖里·威尔逊的帮助,这本书不可能顺利完成。你们在我困难时期伸出的援手对我而言意义非凡。

此外,我还要感谢我的编辑凯特·盖里。在这本书的每一步进展中,她一直是我不可或缺的同谋、后盾与盟友。

我还想感谢拳头游戏图书团队的其他成员——威廉·卡马乔、格雷格·诺尔、麦克·洛斯基、摩根·凌、阿丽尔·劳伦斯、吉约姆·特梅尔和罗德里克·皮奥·罗达。同时还有拳头游戏负责美术指导、采购和图标绘制的布里奇特·奥尼尔、米歇尔·莫克和格雷格·吉尔梅蒂;负责本地化事务的丹·摩尔以及营销的斯蒂芬妮·利皮特和格伦·萨德利。同时,非常感谢宝拉·艾伦,她的真知灼见使本书得以出版。

感谢 Orbit 出版社的编辑布拉德利·恩格勒特,感谢劳伦·帕内皮诺的美术建议。

致格拉汉姆·麦克尼尔:你的建议始终如此一针见血。莫莉·马汉、伊恩·圣马丁、劳里·古尔丁以及迈克尔·维斯克也为我的手稿提出了宝贵的意见。谢谢大家。如果不是你们的帮助，这本书恐怕无法以相较此前优秀许多的面貌呈现在读者面前。

理所当然地，衷心感谢拳头的创始人布兰登和马克，是他们为这个世界打下了基础，让我们得以恣意徜徉其间。

还要感谢拉里·雷，是他当年绘制了卡莉丝塔最初的概念艺术图。同样感谢负责小说内页插图的上海酷拳（Kudos）工作室。

最后且最为重要的是，我想感谢每一位《英雄联盟》的玩家和粉丝。你们的存在，是我们始终坚持讲述符文大陆故事的原因。感谢各位，深深地。

作者简介

拳头游戏提供

来自澳大利亚悉尼的安东尼·雷诺兹（Anthony Reynolds）在年轻时就对游戏和奇幻文学产生了热情。他在二十年间产出了许多故事、游戏、小说和广播剧，并在 S2 赛季左右开始接触《英雄联盟》（小丑玩家，水平糟糕）。他于 2014 年加入拳头游戏，与他的妻子贝丝、女儿玛雅、儿子艾弗里和可爱的傻猫索尔一起生活。而当你读到这里时，他很可能正在遭受（可能是严重的）睡眠不足的困扰——家中新成员所带来的甜蜜负担。

卡莉丝塔

佛耶戈

厄洛克·葛瑞尔

瑞兹

赫卡里姆

真达卡亚

薇尼克斯

索拉卡

光明哨兵的圣物

哨兵标志

作者：真达卡亚

    以下草图及注文所记载的是在破败灾厄中起到关键作用的几件魔法器物，可能可以作为对抗黑雾的手段。我无比殷切地希望，这些情报能够帮助未来的哨兵们彻底禁绝这世上的黑暗。

    我们已经遗失了太多知识，再也经受不起任何损失。——J

佛耶戈的剑

作者：真达卡亚

诅咒之剑，"穆清"，有时被称为"噬魂之刃"（更加名副其实）。这把剑由卡玛维亚王室世代传承，因而传到了愚蠢的佛耶戈手中，最终因破败之咒而下落不明。穆清会与主人的灵魂结契，并且据说还会吸取受到剑伤的人的生命。我有充分的把握认为，这把邪剑就是灾难的最大元凶。试想，如果持剑之人站在生命之水中被穆清弑杀，会发生什么？佛耶戈的灵魂在物质与精神领域之间的帷幕两侧来回拉扯？还是重生与灭亡的无限循环？现实世界的法则被彻底打破，后果不堪设想——不过我敢肯定，一定还有其他来源的魔法能量在背后推波助澜，才使得破败之咒如此具有毁灭性。然而具体是什么来源？我不得而知。

我曾经三度——当然，每次都有我的至亲薇尼克斯相伴——带领啃兵小队进入破败的群岛腹地，寻找这把可怕的古剑。穆清一定是被妥善地收起来，藏在永不见天日的某处。目前为止，我没有找到任何线索，但我也绝不相信穆清已经遭到毁灭（哪怕真的存在这种力量）。

你觉得我会同意你自己一个人去吗？呵！V

米迦勒圣爵

作者：莫达卡亚

　　我收到多方消息，声称王后伊苏尔德的尸身在运抵海力亚时保存得多么完好。不过国王本人似乎认定他的妻子状态极佳（并且他在癫狂中声称她还活着），我可以确定他已经陷入了谵妄。即便如此，只消一瞥我就看出她也并不像我预想中的那样腐败不堪。我认为这都是"米迦勒圣爵"（参见8992号卷帙，"米迦勒柑塔"条目）的功效所致。我们逃离福光岛时，圣爵并不在"剑鹰号"上，因此我相信这件圣物一定被人带到了岸上，可能是那个奸臣奈克里特。要是能找回这件圣物，将对哨兵大有助益。

路石

作者：真达卡亚

显而易见，保护福光岛的圣雾与圣石必然密切相关。可能也正是因为这种关联，我的圣石武器才能如此有效地对抗黑雾。探索者们通过精神力激活路石从而驱开雾气，这个过程与圣石武器的激发十分相似，因此武器本身并不需要装配笨重的扳机。

随着时光流逝，一枚路石不可避免地落入了居心叵测之人的手中。可怕之处不在于这件事情本身，而在于海力亚竟然没有任何计划，应对这一迟早发生的疏漏。

大师的钥石

作者：真达卡亚

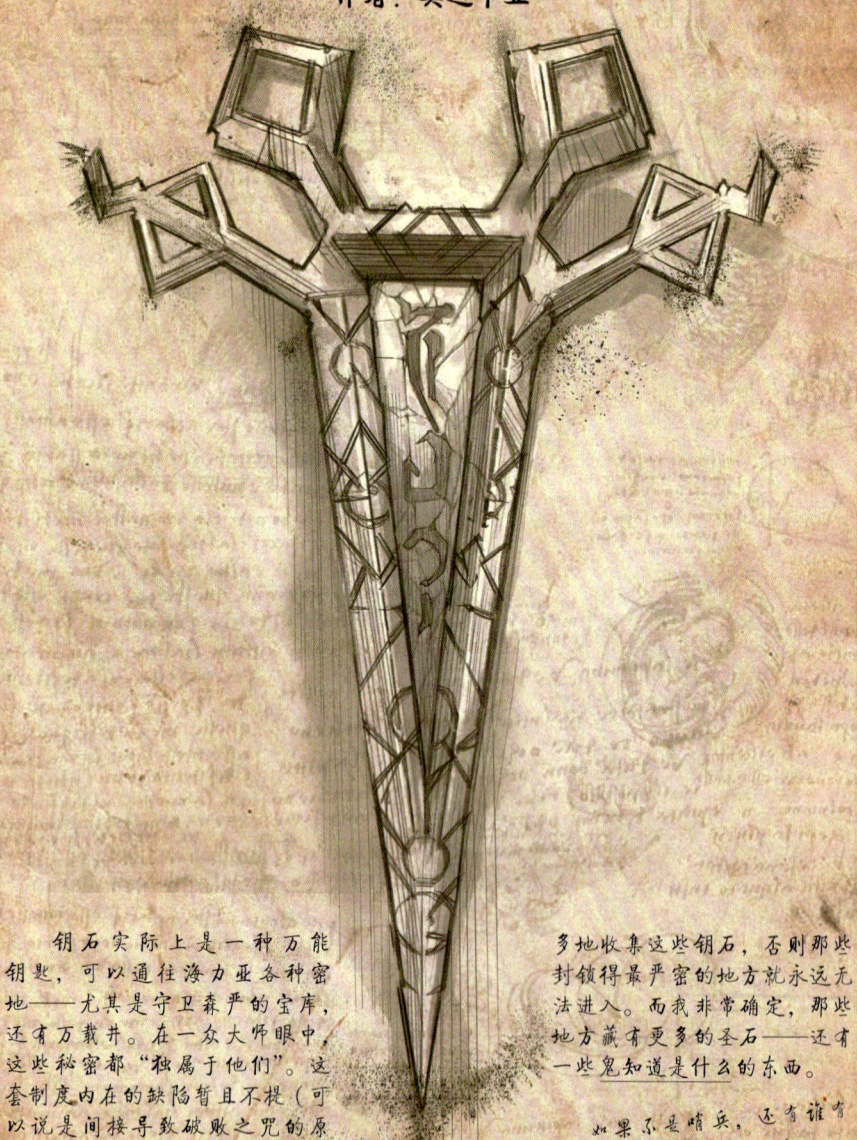

　　钥石实际上是一种万能钥匙，可以通往海力亚各种密地——尤其是守卫森严的宝库，还有万载井。在一众大师眼中，这些秘密都"独属于他们"。这套制度内在的缺陷暂且不提（可以说是间接导致破败之咒的原因），当下的重中之重是尽可能多地收集这些钥石，否则那些封锁得最严密的地方就永远无法进入。而我非常确定，那些地方藏有更多的圣石——还有一些鬼知道是什么的东西。

　　如果不是哨兵，还有谁有可能得到那些石头呢？V

开恩者

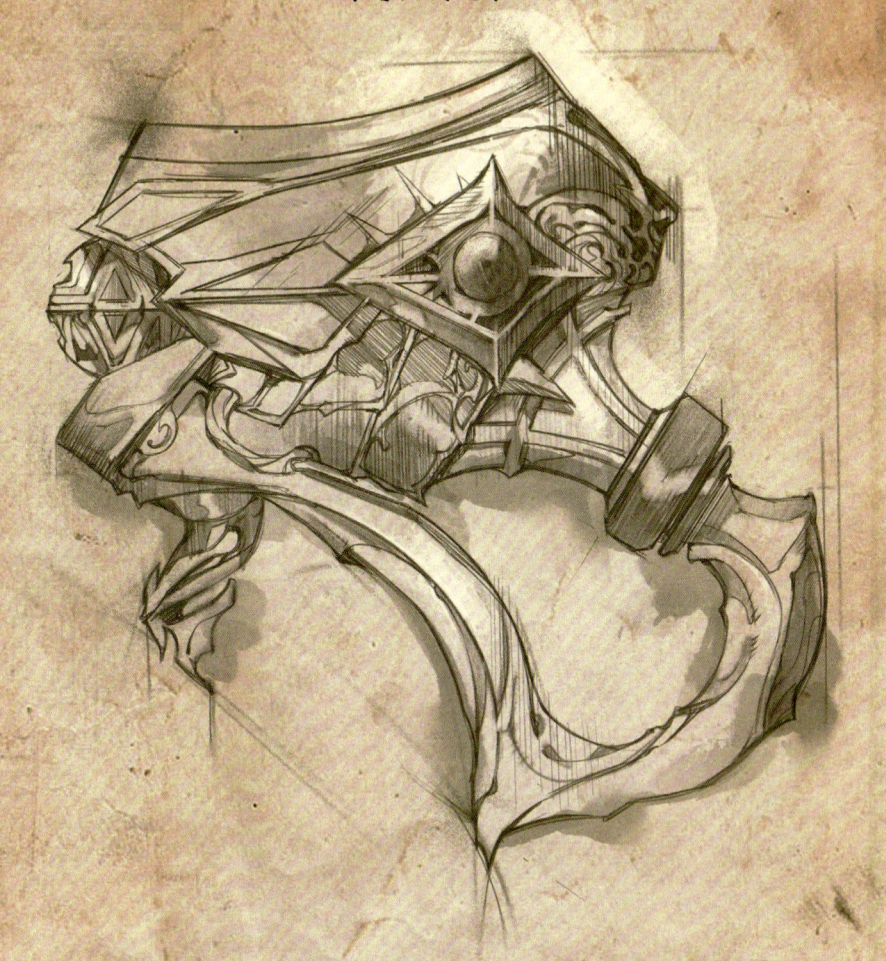

作者：奠达卡亚

　　我最新的这件设计原型虽说与破败之咒没有直接关系，但显然是受到了生命之水（还未腐化前）的复生效果所启发。不过，为了按照我的预想发挥出这件武器的作用，我需要一点点未经污染的生命之水。我相信这种液体仍然有少量存世，要么藏在我们还没探明的某个地库里，要么就是在暮光兄弟会修道院的废墟之中。

　　这件设计如果起名叫"开恩者"，会不会太狂妄了？

　　　　　　　　　　　　狂妄？当然。而且再合适不过了。V

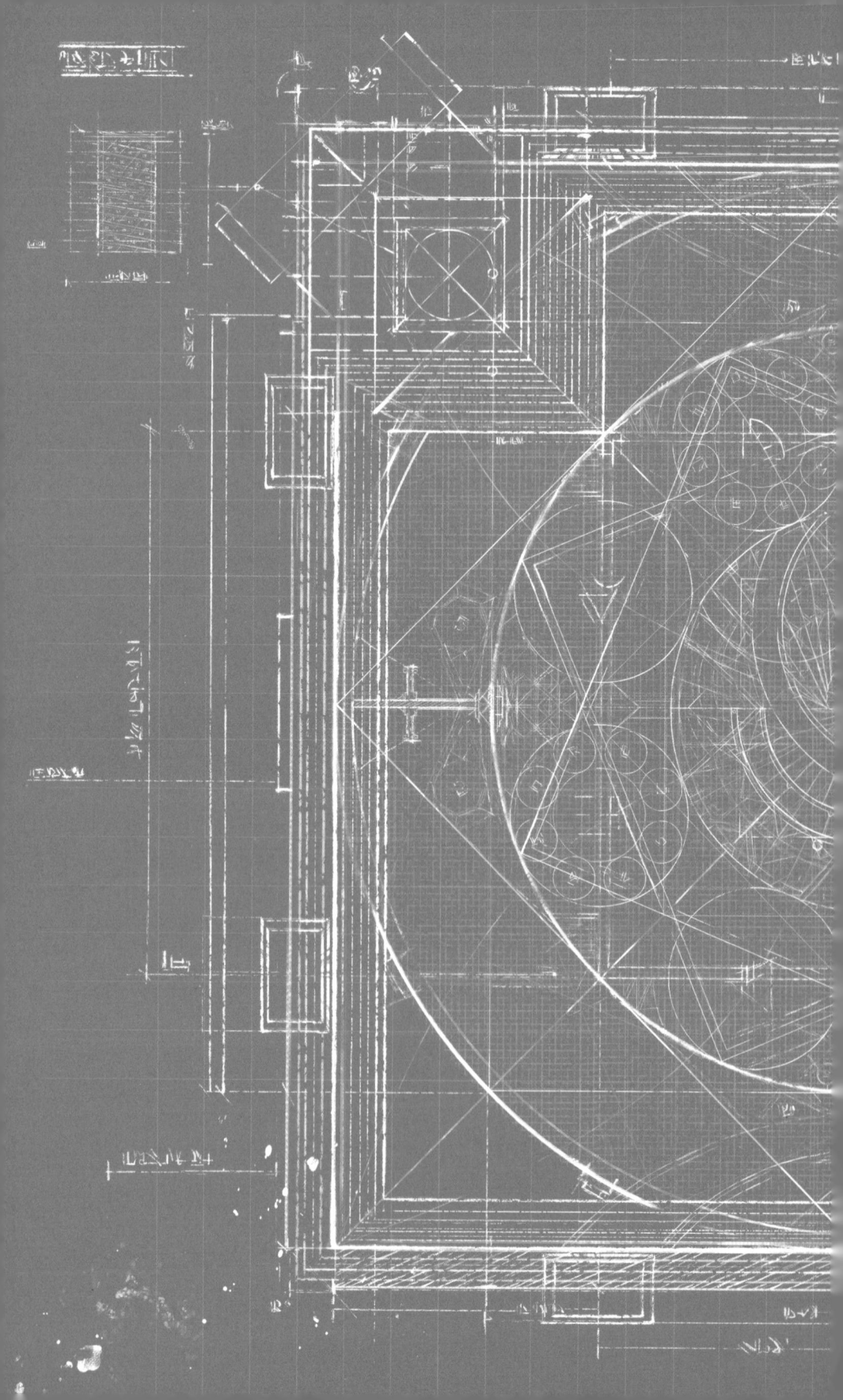